D0918846

Date: 02/28/12

SP FIC CONNELLY
Connelly, Michael,
Nueve dragones /

Nueve dragones

Michael Connelly

Traducción de Javier Guerrero

Rocaeditorial

Título original: *Nine dragons*
© 2009, Hieronymus, Inc.
Esta edición ha sido publicada de acuerdo con Little, Brown and Company,
Nueva York, Nueva York, EEUU. Todos los derechos reservados.

Primera edición: mayo de 2011

© de la traducción: Javier Guerrero
© de esta edición: Roca Editorial de Libros, S.L.
Marquès de l'Argentera, 17. Pral.
08003 Barcelona
info@rocabolsillo.com
www.rocabolsillo.com

Diseño de cubierta: Mario Arturo
Imagen de portada: © Yi Lu Corbis

Impreso por liberdúplex, s.l.u.
Ctra. BV 2249 Km 7, 4 Polígono Torrentfondo
08791 - Sant Llorenc d'Hortons (Barcelona)

ISBN: 978-84-92833-35-1
Depósito legal: B. 13.035-2011

El papel utilizado para la impresión de este libro ha sido fabricado a partir de madera
procedente de bosques y plantaciones gestionados con los más altos estándares ambientales,
garantizando una explotación de los recursos sostenible con el medio ambiente y beneficiosa
para las personas. Por este motivo, Greenpeace acredita que este libro cumple los requisitos
ambientales y sociales necesarios para ser considerado un libro «amigo de los bosques».
El proyecto «Libros amigos de los bosques» promueve la conservación y el uso sostenible
de los bosques, en especial de los Bosques Primarios, los últimos bosques vírgenes del planeta.

Homicidios especiales

rocabolsillo

1

$\mathcal{D}$esde el otro lado del pasillo, Harry Bosch miró hacia el cubículo de su compañero y lo vio sumido en su ritual diario de alinear las carpetas apiladas, despejar de papeles el centro de la mesa y, por último, guardar la taza de café enjuagada en un cajón. Echó un vistazo a su reloj y vio que sólo eran las cuatro menos veinte; daba la impresión de que Ignacio Ferras empezaba cada día su ritual un minuto o dos antes que la jornada anterior. Aún era martes, el inicio de una semana de cuatro días después del puente del Día del Trabajo, y Ferras ya se estaba preparando para salir temprano. El desencadenante de esta rutina era siempre una llamada de teléfono desde su casa: allí lo esperaba una mujer con un niño de dos años y dos gemelos recién nacidos.

La esposa de Ferras miraba el reloj como lo haría el propietario de una tienda de golosinas con los niños gordos. Necesitaba un descanso y que su marido volviera a casa para concedérselo. Incluso desde el otro lado del pasillo y con las mamparas de insonorización de un metro veinte que separaban los espacios de trabajo en la nueva sala de la brigada, Bosch podía oír los dos lados de la conversación, que siempre empezaba con: «¿Cuándo vas a llegar a casa?».

Una vez que puso todo en orden en su espacio de trabajo, Ferras miró a su compañero.

—Harry, me voy a ir ahora, que hay menos tráfico —dijo—. Hay varias llamadas pendientes, pero tienen mi móvil. No hace falta que espere aquí.

Ferras se masajeó el hombro izquierdo mientras hablaba, lo cual también formaba parte de la rutina. Era su forma no verbal de recordarle a Bosch que le habían herido de bala hacía dos años y se había ganado el derecho de salir antes.

Bosch se limitó a asentir. En realidad, la cuestión no era si su compañero salía antes del trabajo ni si se lo había ganado; era una cuestión de compromiso con la misión de Homicidios, de saber si estaría allí cuando llegara el siguiente caso. Ferras se había pasado nueve meses en fisioterapia y rehabilitación antes de reincorporarse a la brigada. En el año transcurrido desde entonces, había trabajado en los casos con una reticencia que estaba acabando con la paciencia de Bosch. No se mostraba comprometido, y Harry se estaba cansando de esperarlo.

También se estaba cansando de esperar un nuevo crimen. Hacía cuatro semanas que no les asignaban un caso y ya había llegado la ola de calor del final del verano. Bosch sabía, tan seguro como que el viento de Santa Ana sopla por los pasos de montaña, que recibirían un caso.

Ferras se levantó y cerró el cajón de su escritorio. Estaba cogiendo la chaqueta del respaldo de la silla cuando Bosch vio que Larry Gandle salía de su oficina, situada al otro lado de la sala de la brigada, y se dirigía hacia ellos. Como miembro más veterano de la pareja, a Bosch le dieron a elegir cubículo un mes antes, cuando la División de Robos y Homicidios empezó a trasladarse desde el decrépito Parker Center al nuevo edificio de la Administración de Policía. La mayoría de los detectives de grado tres eligieron los cubículos orientados a las ventanas con vistas al ayuntamiento. Bosch optó por lo contrario: cedió la vista a su compañero y escogió el espacio que le permitía observar lo que ocurría en la sala de la brigada. Al ver que se acercaba el teniente, supo de manera instintiva que su compañero no volvería a casa temprano.

Gandle sostenía una hoja arrancada de un cuaderno y tenía un brío extra en sus andares. Eso le bastó a Bosch para comprender que su espera había concluido: allí tenía el caso, el nuevo crimen. Empezó a levantarse.

—Bosch y Ferras, en marcha —dijo Gandle cuando llegó hasta ellos—. Necesito que os ocupéis de un caso en el South Bureau.

Bosch vio que su compañero dejaba caer los hombros bruscamente. No le hizo caso y estiró el brazo para coger el papel que sostenía Gandle. Miró la dirección escrita en él: South Normandie. Había estado allí antes.

—Es una licorería —explicó Gandle—. Un hombre muerto detrás del mostrador; la patrulla está reteniendo a un testigo. No sé nada más. ¿Listos para salir?

—Listos —dijo Bosch antes de que su compañero pudiera quejarse.

Pero no funcionó.

—Teniente, esto es Homicidios Especiales —protestó Ferras, volviéndose y señalando la cabeza de jabalí colgada encima de la puerta de la sala de la brigada—. ¿Por qué hemos de ocuparnos de un atraco en una licorería? Sabe que es un caso de bandas y los de South pueden resolverlo antes de medianoche, o al menos saber quién ha disparado.

Ferras tenía razón. Los casos difíciles y complejos los llevaban Homicidios Especiales, una brigada de elite que se encargaba de investigaciones complicadas con el talento implacable de un jabalí que hurga en el barro para sacar una trufa. Un atraco en una licorería situada en un territorio controlado por las bandas difícilmente cumplía esos requisitos.

Gandle, cuya calva y expresión adusta lo convertían en el administrador perfecto, separó las manos en un ademán que expresaba una ausencia absoluta de compasión.

—Os lo dije a todos en la reunión de personal de la semana pasada: esta semana nos toca reforzar a South. Están en cuadro, tienen un equipo de guardia mientras todos los demás están en un curso de homicidios hasta el día 14. Les tocaron tres casos el fin de semana y éste, esta mañana, así que el equipo de guardia no da para más. Es vuestro turno y os toca el caso del atraco. Punto. ¿Alguna pregunta? La patrulla está esperando allí con un testigo.

—Allá vamos, jefe —dijo Bosch, zanjando la discusión.

—Espero noticias. —Gandle se dirigió de nuevo a su despacho.

Bosch cogió la americana del respaldo de su silla, se la puso y abrió el cajón de en medio de su escritorio. Cogió el cuaderno de cuero de su bolsillo de atrás y sustituyó el bloc de papel rayado por otro nuevo. Asesinato nuevo, bloc nuevo: era su rutina. Miró la placa de detective repujada en la tapa del cuaderno y volvió a guardárselo en el bolsillo de atrás. La verdad era que no le importaba qué clase de caso fuera; sólo quería uno. Como con cualquier otra cosa, si pierdes la práctica, pierdes la ventaja. Bosch no quería que le ocurriera eso.

Ferras se quedó con los brazos en jarras, mirando el reloj situado encima del tablón de anuncios.

—Mierda —dijo—. Otra vez.

—¿Cómo que «otra vez»? —preguntó Bosch—. No hemos tenido un caso en un mes.

—Sí, pero ya me estaba acostumbrando.

—Bueno, si no quieres trabajar en Homicidios, seguro que encuentras un puesto de nueve a cinco en robos de coches, por ejemplo.

—Sí, claro.

—Pues vamos.

Bosch salió al pasillo y se encaminó a la puerta. Ferras lo siguió, sacando el teléfono para llamar a su mujer y darle la mala noticia. Antes de salir, los dos hombres levantaron el brazo y tocaron el hocico del jabalí para que les diera buena suerte.

2

*B*osch no tuvo que sermonear a Ferras de camino a la zona sur de Los Ángeles, conocida como South LA. Conducir en silencio fue su sermón. Su joven compañero daba la impresión de marchitarse bajo la presión del silencio y finalmente se sinceró.

—Esto me está volviendo loco.

—¿El qué?

—Los gemelos. Demasiado trabajo, demasiados llantos. Es un efecto dominó; uno se despierta y eso hace que el otro deje de dormir; entonces se despierta el mayor. Nadie puede pegar ojo y mi mujer está…

—¿Qué?

—No lo sé, se está volviendo loca. Me llama a todas horas para preguntarme cuándo volveré a casa. Llego allí y entonces es mi turno de ocuparme de los niños, y no descanso. Es trabajo, niños, trabajo, niños, trabajo, niños, todos los días.

—¿Y una niñera?

—Tal y como están las cosas no podemos pagarla, y ya no hay horas extra.

Bosch no sabía qué decir. Su hija, Madeline, había cumplido trece años el mes anterior y se hallaba a más de quince mil kilómetros de distancia. Harry nunca había participado de manera directa en su educación. La veía cuatro veces al año —dos en Hong Kong y otras dos en Los Ángeles— y nada más. ¿Qué legitimidad tenía para aconsejar a un padre a tiempo completo con tres hijos, dos de los cuales eran gemelos?

—Mira, no sé qué decirte. Ya sabes que te cubro las espaldas. Hago lo que puedo siempre que tengo ocasión, pero…

—Lo sé, Harry, y te lo agradezco. Es el primer año de los gemelos, ¿sabes? Será mucho más fácil cuando sean un poco mayores.

—Sí, pero lo que estoy intentando decirte es que quizás haya algo más que los gemelos. Tal vez se trate de ti, Ignacio.

—¿De mí? ¿Qué estás diciendo?

—Estoy diciendo que a lo mejor eres tú. Quizá volviste demasiado pronto, ¿alguna vez has pensado en eso?

A Ferras le hirvió la sangre, pero no respondió.

—Eh, ocurre a veces —dijo Bosch—. Te pegan un balazo y empiezas a pensar que puede caerte un rayo dos veces.

—Mira, Harry, no sé de qué chorradas hablas, pero no me pasa nada en ese sentido. Estoy bien. Se trata de falta de sueño, de que me siento permanentemente agotado y no consigo recuperarme, porque mi mujer se dedica a incordiarme desde el momento en que llego a casa, ¿vale?

—Lo que tú digas, compañero.

—Exacto, compañero, lo que yo digo. Créeme, ya tengo bastante con ella. No necesito que te unas a mi mujer.

Bosch asintió: ya se había dicho suficiente. Sabía cuándo dejarlo.

La dirección que les había dado Gandle correspondía a South Normandie Avenue, a la altura de la calle Setenta. Se hallaba a sólo un par de manzanas del infame cruce de Florence y Normandie, donde en 1992 los helicópteros grabaron algunas de las escenas más horribles que luego se emitieron por todo el mundo. Al parecer, para muchos, ésta era la imagen más perdurable de Los Ángeles.

No obstante, Bosch se dio cuenta enseguida, ya que conocía la zona y la tienda a la que se dirigía, de que se trataba de un disturbio diferente y por una razón distinta.

Fortune Liquors ya estaba acordonada con la cinta amarilla de las escenas del crimen. Se había congregado un pequeño número de mirones, pero los homicidios en ese barrio no generaban mucha curiosidad. La gente de allí había visto otros antes, muchas veces. Bosch aparcó su sedán en medio de un grupo de tres coches patrulla. Después de sacar el portafolios del maletero, cerró el coche y se encaminó hacia la cinta.

Bosch y Ferras dieron sus nombres y números de identificación al agente de patrulla que se ocupaba del registro de asistentes a la escena del crimen y pasaron por debajo de la cinta. Al acercarse a la puerta de la tienda, Bosch metió la mano en el bolsillo derecho de su chaqueta y sacó un librito de fósforos viejo y gastado. En la cubierta decía FORTUNE LIQUORS y figuraba la dirección del pequeño edificio amarillo que tenía delante. Abrió el librito: sólo faltaba una cerilla y en la cara interna de la cubierta se leía un aforismo:«Dichoso aquel que halla solaz en sí mismo».

Bosch llevaba aquellas cerillas en el bolsillo desde hacía más de diez años, no tanto porque creyera que eso le daría buena fortuna, sino porque creía en lo que decía. Era por la cerilla que faltaba y por lo que le recordaba.

—Harry, ¿qué pasa? —preguntó Ferras.

Bosch se dio cuenta de que había hecho una pausa al acercarse a la tienda.

—Nada, que ya he estado aquí antes.

—¿Cuándo? ¿En un caso?

—Más o menos, pero fue hace mucho tiempo. Vamos.

Bosch pasó al lado de su compañero y entró en la licorería.

Había varios agentes de patrulla y un sargento en el interior del establecimiento, largo y estrecho. La distribución consistía básicamente en tres pasillos. Bosch miró hacia el del centro, que terminaba en otro pasillo perpendicular con una puerta abierta que daba al aparcamiento de detrás de la tienda. Las neveras de bebidas ocupaban la pared del corredor de la izquierda y toda la parte de atrás. Los licores estaban en el pasillo derecho, mientras que el central estaba reservado para el vino, con el tinto a la derecha y el blanco a la izquierda.

Bosch vio otros dos agentes uniformados en el pasillo del fondo y supuso que estaban reteniendo al testigo en lo que probablemente era un almacén o un despacho. Dejó el maletín en el suelo, al lado de la puerta, y sacó dos pares de guantes de látex del bolsillo de la chaqueta. Le dio un par a Ferras y ambos se los pusieron.

El sargento reparó en la llegada de los dos detectives y se separó de sus hombres.

—Ray Lucas —dijo a modo de saludo—. Tenemos una víctima detrás del mostrador. Se llama John Li: ele, i. Creemos que ha ocurrido hace menos de dos horas. Parece un atraco en el que el tipo no quiso dejar testigos. En la Setenta y siete muchos de nosotros conocíamos al señor Li; era un buen hombre.

Lucas les hizo una señal a ambos para que se acercaran al lugar donde se hallaba el cadáver. Bosch se agarró la chaqueta para que ésta no tocara nada mientras rodeaba el mostrador hasta llegar al pequeño espacio que había detrás. Se agachó como un *catcher* de béisbol para mirar más de cerca al hombre que yacía sin vida en el suelo. Ferras se inclinó sobre él como un *umpire*.

La víctima era asiática y aparentaba casi setenta años. Estaba tumbada boca arriba, mirando con ojos inexpresivos al techo. Tenía la mandíbula apretada, casi en una mueca, y al morir había expectorado sangre en labios, mejillas y barbilla. La parte delantera de su camisa estaba asimismo empapada de sangre, y Bosch vio al menos tres orificios de bala en el pecho. El hombre tenía la pierna derecha doblada y torcida de manera extraña bajo la otra. Obviamente se había desplomado en el mismo sitio donde se hallaba antes de que le dispararan.

—No hemos encontrado casquillos —explicó Lucas—. El que disparó los recogió y luego fue lo bastante listo para sacar el disco de la grabadora que hay en la parte de atrás.

Bosch asintió. Los tipos de la patrulla siempre querían ser útiles, pero era información que Bosch todavía no necesitaba y que podía despistarlo.

—A menos que usara un revólver —dijo—. Entonces no habría tenido que recoger ningún casquillo.

—Quizá. Pero ya no se ven muchos revólveres por aquí. Nadie quiere que lo pillen en un tiroteo desde un coche con sólo seis balas en su arma.

Lucas quería demostrar a Bosch que conocía el terreno que pisaba. Harry era sólo un visitante.

—Lo tendré en cuenta.

Bosch se concentró en el cadáver y estudió la escena en silencio. Estaba casi seguro de que la víctima era el mismo hombre que había encontrado en la tienda tantos años antes. Incluso se encontraba en el mismo sitio, en el suelo, detrás del mostrador. Y vio un paquete blando de cigarrillos en el bolsillo de su camisa.

Se fijó en que la mano derecha de la víctima tenía una mancha de sangre, lo cual no le resultó extraño. Desde su tierna infancia, las personas se llevan la mano a una herida para tratar de protegerse y aliviar el dolor; es un instinto natural. Este hombre había hecho lo mismo, seguramente para agarrarse el pecho después de que le dispararan por primera vez.

Había una separación de diez centímetros entre las heridas de bala, las cuales formaban los vértices de un triángulo. Bosch sabía que una rápida sucesión de tres disparos desde cerca normalmente habría formado una figura más cerrada. Este hecho lo llevó a pensar que la víctima había caído al suelo tras el primer disparo. Lo más probable era que el asesino se hubiera inclinado luego sobre el mostrador para disparar otras dos veces más.

Las balas habían atravesado el pecho de la víctima y causado una enorme herida en el corazón y los pulmones. La sangre expectorada revelaba que la muerte no había sido inmediata; Li había tratado de respirar. Después de tantos años trabajando en casos de homicidio, Bosch estaba seguro de una cosa: no había una forma fácil de morir.

—No hubo disparo en la cabeza.

—Correcto —dijo Ferras—. ¿Qué significa?

Bosch cayó en la cuenta de que debía de haber musitado en voz alta.

—Quizá nada. Sólo parece que, con tres tiros en el pecho, el asesino no quería dudas. Pero luego no le disparó en la cabeza.

—Una contradicción.

—Puede ser.

Bosch apartó los ojos del cadáver por primera vez y miró a su alrededor desde el ángulo que le daba esa posición baja. De inmediato reparó en una cartuchera fijada en la parte inferior del mostrador y en la pistola que contenía. El arma estaba situada en un lugar que permitía acceder a ella con facilidad en caso de un atraco o algo peor, pero la víctima no la había sacado de la cartuchera.

—Tenemos una pistola ahí debajo —dijo Bosch—. Parece una cuarenta y cinco en una cartuchera, pero el viejo no tuvo oportunidad de sacarla.

—El asesino entró deprisa y le disparó antes de que pudiera alcanzarla —dijo Ferras—. Quizá en el barrio se sabía que el viejo tenía una pistola bajo el mostrador.

Lucas hizo un ruido con la boca, como si no estuviera de acuerdo.

—¿Qué ocurre, sargento? —preguntó Bosch.

—La pistola ha de ser nueva —dijo Lucas—. Al tipo lo han atracado al menos seis veces en los cinco años que llevo aquí. Por lo que sé, nunca antes sacó un arma.

Bosch asintió; era una observación válida. Volvió la cabeza para hablar por encima del hombro al sargento.

—Hábleme del testigo —dijo.

—Bueno, en realidad no es un testigo —aclaró Lucas—. Es la señora Li, su esposa. Entró para llevarle la comida a su marido y lo encontró muerto. La tenemos en la sala de atrás, pero le hará falta un traductor. Hemos llamado a la UDA para que envíen a un chino.

Bosch echó otra mirada al rostro del hombre muerto, luego se levantó y las dos rodillas le crujieron sonoramente. Lucas se refería a lo que se conocía como la Unidad de Delitos Asiáticos. Recientemente había cambiado el nombre a Unidad de Bandas Asiáticas para atender a las quejas de que el nombre de la unidad mancillaba el honor de la población asiática de la ciudad al insinuar que todos los asiáticos estaban implicados en la delincuencia. Pero los perros viejos como Lucas todavía la llamaban UDA. Al margen del nombre o de las siglas, la decisión de llamar a un investigador adicional de cualquier clase debería haberse dejado a Bosch, como jefe de la investigación.

—¿Habla chino, sargento?

—No, por eso he llamado a la UDA.

—Entonces, ¿cómo sabía que tenía que pedir un chino y no un coreano o incluso un vietnamita?

—Llevo veintiséis años en el trabajo, detective. Y…

—Y conoce a un chino cuando lo ve.

—No, lo que estoy diciendo es que me cuesta aguantar todo

el turno últimamente, ¿sabe? Así que una vez al día paso por aquí para comprar una de esas bebidas energéticas que te dan cinco horas de estimulación. La cuestión es que conocía un poco al señor Li de entrar aquí. Me dijo que él y su mujer procedían de China, por eso lo sabía.

Bosch asintió con la cabeza y se sintió avergonzado de su intento de abochornar a Lucas.

—Supongo que tendré que probar una de esas bebidas. ¿La señora Li llamó a Emergencias?

—No; como le he dicho, casi no sabe inglés. Según me han informado, la señora Li llamó a su hijo y fue él quien llamó a Emergencias.

Bosch cruzó al otro lado del mostrador. Ferras se quedó un poco atrás y se agachó para tener la misma perspectiva del cadáver y la pistola que Bosch acababa de examinar.

—¿Dónde está el hijo? —preguntó Bosch.

—Viene de camino, pero trabaja en el valle de San Fernando —explicó Lucas—. Llegará en cualquier momento.

Bosch señaló al mostrador.

—Cuando llegue aquí, usted y sus hombres manténganlo alejado de esto.

—Entendido.

—Y hemos de conservar este sitio lo más despejado posible.

Lucas entendió el mensaje y sacó a sus agentes de la tienda. Después de terminar su observación detrás del mostrador, Ferras se unió a Bosch cerca de la puerta de la calle, donde Harry estaba mirando a la cámara montada en el techo en el centro de la tienda.

—¿Por qué no te fijas en la parte de atrás? —propuso Bosch—. Mira si el tipo se llevó de verdad el disco y echa un vistazo a nuestro testigo.

—Entendido.

—Ah, y encuentra el termostato y baja la temperatura. Hace demasiado calor y no quiero que se descomponga el cadáver.

Ferras se alejó por el pasillo central. Bosch miró atrás para asimilar la escena en su conjunto. El mostrador tenía unos cuatro metros de largo; la caja registradora se hallaba en el centro, junto a un espacio abierto para que los clientes dejaran sus

MICHAEL CONNELLY

compras. A un lado de ese espacio había un expositor con chicles y caramelos. En el otro lado de la caja se exponían otros productos, como bebidas energéticas, una caja de plástico que contenía cigarros baratos y un expositor de lotería. Encima había una estantería metálica para cartones de cigarrillos.

Detrás del mostrador se hallaban los estantes donde se almacenaban licores caros, que los clientes tenían que pedir explícitamente. Bosch vio seis filas de Hennessy; sabía que el coñac caro era muy apreciado por los miembros de las bandas. Estaba casi seguro de que el emplazamiento de Fortune Liquors lo situaba en el territorio de la Hoover Street Criminals, una banda callejera que había formado parte de los Crips, pero que luego se hizo tan poderosa que sus líderes decidieron forjarse su propio nombre y reputación.

Bosch se fijó en dos cosas y se acercó más al mostrador.

La caja registradora estaba torcida respecto a la mesa y revelaba un cuadrado de arenilla y polvo en la formica donde había estado situada. Bosch razonó que el asesino había tirado de ella al sacar el dinero del cajón. Era una hipótesis reveladora, porque quería decir que el señor Li no había abierto el cajón para darle el dinero a su atracador. Este hecho probablemente significaba que ya le habían disparado, por lo que la teoría de Ferras según la cual el asesino había entrado disparando podía ser correcta. Sería un dato significativo en caso de juicio para probar la intención de matar. Y algo más importante, le dio a Bosch una idea más clara de lo que había ocurrido en la tienda y de la clase de persona que estaban buscando.

Harry sacó del bolsillo las gafas que tenía para ver de cerca. Se las puso sin tocar nada y se inclinó sobre el mostrador para estudiar el teclado de la caja registradora. No vio ningún botón ABRIR ni ninguna indicación obvia de cómo se desbloqueaba el cajón. Bosch no estaba seguro de cómo funcionaba y se preguntó cómo lo había sabido el asesino.

Se enderezó de nuevo y examinó los estantes de botellas de la pared de detrás del mostrador. El Hennessy estaba delante y en el centro, con un acceso fácil para el señor Li cuando entraran los miembros de la Hoover Street. Sin embargo, las filas estaban bien alineadas y no faltaba ninguna botella.

Una vez más, Bosch se inclinó sobre el mostrador. Esta vez trató de alcanzar una de las botellas de Hennessy y se dio cuenta de que si apoyaba una mano en el mostrador para equilibrarse podía llegar al estante fácilmente.

—¿Harry?

Bosch se enderezó y se volvió hacia su compañero.

—El sargento tenía razón —dijo Ferras—. El sistema de la cámara no tiene disco; no hay ninguno en la máquina. O lo quitaron o no estaba grabando y la cámara era sólo para asustar.

—¿Alguna copia de seguridad?

—Hay un par en el mostrador, pero es un sistema de un único disco, que sólo graba una y otra vez en el mismo soporte. Vi muchos sistemas así cuando trabajaba en Robos; duran más o menos un día y luego grabas encima. Puedes sacar el disco si quieres ver algo, pero has de hacerlo el mismo día.

—Vale, no te olvides de esos discos extra.

Lucas volvió a entrar por la puerta de la calle.

—El tipo de la UDA está aquí —dijo—. ¿Lo hago pasar?

Bosch miró a Lucas un largo momento antes de responder.

—Es UBA —dijo al fin—. Pero no lo haga entrar, ahora salgo.

3

*B*osch salió de la tienda a la luz del sol; todavía hacía calor, aunque estaba cayendo la tarde. En la ciudad soplaban los vientos secos de Santa Ana; los incendios en las colinas habían dejado una palidez de humo en el aire. Bosch notó que se le secaba el sudor en la nuca. Casi de inmediato se encontró en la puerta con un detective de paisano.

—¿Detective Bosch?

—Soy yo.

—Detective David Chu, de la UBA. Me ha llamado la patrulla. ¿En qué puedo ayudarle?

Chu era bajo y de complexión delgada, y no había rastro de acento en su voz. Bosch le hizo una señal para que lo siguiera, pasó por debajo de la cinta y se dirigió a su coche. Se quitó la chaqueta mientras caminaba; sacó el librito de fósforos y se lo guardó en el bolsillo de los pantalones, luego dobló la chaqueta del revés y la dejó en una caja de cartón que llevaba en el maletero de su coche de trabajo.

—Hace calor dentro —le dijo a Chu.

Bosch se desabrochó el botón del medio de la camisa y se metió la corbata por dentro. Pensaba participar de lleno en la investigación de la escena del crimen y no quería que nada se interpusiera.

—Hace calor aquí fuera también —dijo Chu—. El sargento de la patrulla me ha dicho que esperara hasta que usted saliera.

—Sí, lo siento. Veamos, lo que tenemos es que el hombre mayor que regentaba la licorería desde hace años está muerto detrás del mostrador. Le han disparado al menos tres veces en lo que parece un atraco. Su mujer, que no habla inglés, lo encontró al entrar en la tienda y llamó a su hijo, que avisó a la policía. Obviamente hemos de hablar con ella y por eso está usted aquí. También podríamos necesitar su ayuda con el hijo cuando llegue. Es todo lo que sé por el momento.

—¿Y estamos seguros de que son chinos?

—Casi seguros. El sargento de la patrulla que hizo la llamada conocía a la víctima, el señor Li.

—¿Sabe qué dialecto habla la señora Li?

Volvieron a dirigirse a la cinta.

—No. ¿Puede ser un problema?

—Conozco los cinco dialectos principales del chino y hablo bien en cantonés y mandarín. Ésos son los dos que más encontramos aquí en Los Ángeles.

Esta vez Bosch sostuvo la cinta para que Chu pasara por debajo.

—¿Y usted cuál habla?

—Yo nací aquí, detective, pero mi familia es de Hong Kong y en casa se hablaba mandarín.

—¿Sí? Yo tengo una hija que vive en Hong Kong con su madre. Está aprendiendo mandarín.

—Bien hecho. Espero que le sea útil.

Entraron en la tienda. Bosch dejó que Chu viera un momento el cadáver detrás del mostrador y enseguida lo acompañó a la parte trasera de la tienda. Ferras los recibió y utilizaron a Chu para que hiciera las presentaciones con la señora Li.

La reciente viuda parecía conmocionada. Bosch no vio ninguna señal de que hubiera vertido ni una sola lágrima por su marido hasta el momento. Daba la impresión de hallarse en un estado disociado que Bosch había visto antes. Su marido yacía muerto en la parte delantera de la tienda y ella se encontraba rodeada de desconocidos que hablaban un idioma diferente. Bosch supuso que estaba esperando a que llegara su hijo, y entonces caerían las lágrimas.

Chu se dirigió a ella con amabilidad. Bosch pensó que estaban hablando mandarín, pues su hija le había enseñado que era más melódico y menos gutural que el cantonés y algunos otros dialectos.

Al cabo de unos minutos, Chu hizo una pausa para informar a Bosch y Ferras.

—El marido se quedó solo en la tienda mientras ella se iba a casa a preparar la cena. Cuando volvió, la señora Li pensó que la tienda estaba vacía, pero entonces lo encontró detrás del mostrador. No vio a nadie al entrar. Aparcó en la parte de atrás y abrió con la llave de la puerta trasera.

Bosch asintió.

—¿Cuánto tiempo estuvo ausente? Pregúntele qué hora era cuando se fue de la tienda.

Chu hizo lo que le pidieron y se volvió hacia Bosch con la respuesta.

—Todos los días se va a las dos y media para recoger la cena. Luego vuelve.

—¿Hay más empleados?

—No, ya se lo he preguntado; sólo la señora Li y su marido. Trabajan de once a diez y cierran los domingos.

Una típica historia de inmigrantes, pensó Bosch. Ellos no contaban con que las balas le pusieran fin.

Bosch oyó voces procedentes de la parte delantera de la tienda y se asomó al pasillo. Había llegado el equipo de Criminalística de la División de Investigaciones Científicas y se estaba poniendo a trabajar. Volvió al almacén, donde continuaba la entrevista con la señora Li.

—Chu —lo interrumpió Bosch.

El detective de la UBA levantó la mirada.

—Pregúntele por el hijo. ¿Estaba en casa cuando lo llamó?

—Ya lo he hecho. Hay otra tienda en el valle de San Fernando y él estaba trabajando allí. Vive con sus padres a mitad de camino, en el distrito de Wilshire.

A Bosch le quedaba claro que Chu sabía lo que estaba haciendo. No necesitaba que él lo ayudara con preguntas.

—Muy bien, vamos a la parte delantera otra vez. Usted ocúpese de ella y cuando llegue el hijo puede que sea mejor que los llevemos a todos al centro, ¿de acuerdo?

—Me parece bien —dijo Chu.

—Bueno, avíseme si necesita algo.

Bosch y Ferras recorrieron el pasillo y fueron a la parte delantera de la tienda. Bosch ya conocía a todos los del equipo científico. También había llegado un grupo de la oficina del forense para documentar la escena de la muerte y llevarse el cadáver.

Los dos detectives decidieron separarse en ese punto. Bosch se quedaría en la escena y como investigador jefe supervisaría la recogida de indicios y el levantamiento del cadáver; Ferras dejaría la tienda para ir de puerta en puerta. Como la licorería estaba situada en una zona de pequeños comercios, los visitaría uno a uno con el objeto de encontrar a alguien que hubiera oído o visto algo relacionado con el crimen. Ambos investigadores sabían que probablemente el esfuerzo resultaría infructuoso, pero había que hacerlo. Una descripción de un coche o de una persona sospechosa podía ser la pieza del rompecabezas que finalmente permitiera resolver el caso. Era el abecé de la investigación de homicidios.

—¿Te importa si me llevo a uno de los tipos de la patrulla? —preguntó Ferras—. Conocen el barrio.

—No, llévatelo sin problemas.

Bosch pensó que el conocimiento del terreno no era el verdadero motivo de que Ferras se llevara a un agente. Su compañero pensaba que necesitaba refuerzos para visitar casas y tiendas del barrio.

Dos minutos después de que Ferras se fuera, Bosch oyó voces y movimiento procedentes de la parte delantera de la tienda. Salió y vio a dos de los agentes de la patrulla de Lucas tratando de detener físicamente a un hombre en la cinta amarilla. El hombre que se resistía, un asiático de veintitantos años, llevaba una camiseta ajustada que mostraba su complexión delgada. Bosch se acercó con rapidez.

—Basta ya —dijo con energía para que a nadie le quedara duda de quién estaba al mando de la situación—. Suéltenlo.

—Quiero ver a mi padre —dijo el joven.

—Ésta no es forma de hacerlo. —Bosch se acercó e hizo una señal a los dos agentes—. Yo me ocuparé del señor Li.

Dejaron a Bosch solo con el hijo de la víctima.

—¿Cuál es su nombre completo, señor Li?

—Robert Li. Quiero ver a mi padre.

—Lo entiendo. Voy a dejarle ver a su padre si de verdad quiere hacerlo, pero todavía no es posible. Soy el detective al mando de la investigación y ni siquiera yo puedo ver a su padre aún. Así que necesito que se calme. La única manera de que consiga lo que quiere es que se tranquilice.

El joven bajó la mirada al suelo y asintió. Bosch estiró el brazo y le tocó el hombro.

—Muy bien —dijo.

—¿Dónde está mi madre?

—Dentro, en la sala de atrás, hablando con otro detective.

—¿Puedo verla al menos a ella?

—Sí puede. Le acompañaré en un minuto. Sólo he de hacerle unas pocas preguntas antes. ¿Le parece bien?

—Adelante.

—Para empezar, me llamo Harry Bosch y soy el detective jefe de esta investigación. Voy a encontrar a la persona que mató a su padre. Se lo prometo.

—No haga promesas que no piensa cumplir, ni siquiera lo conocía. No le importa. Es sólo otro… Da igual.

—¿Otro qué?

—He dicho que da igual.

Bosch lo miró un momento antes de responder.

—¿Qué edad tiene, Robert?

—Veintiséis años, y me gustaría ver a mi madre ahora.

Hizo un movimiento para dirigirse a la parte de atrás de la tienda, pero Bosch lo asió por el brazo. El joven era fuerte, pero lo había agarrado bien. Robert Li se detuvo y miró la mano que sujetaba su brazo.

—Deje que le enseñe algo y luego le acompañaré a ver a su madre.

Soltó el brazo de Li, sacó del bolsillo el librito de fósforos y se lo entregó. El chico lo miró sin revelar sorpresa.

—¿Qué ocurre? Los regalábamos hasta que la economía empeoró y no pudimos afrontar los gastos extra.

Bosch volvió a coger las cerillas y asintió.

—Me las dieron en la tienda de su padre hace doce años —dijo—. Supongo que entonces tenía usted unos catorce. Por poco tuvimos disturbios en esta ciudad justo aquí, en este cruce.

—Me acuerdo. Saquearon la tienda y pegaron a mi padre; no tendría que haber reabierto. Mi madre y yo le dijimos que montase una en el valle, pero no quiso escucharnos. No permitió que nadie lo echara, y mire lo que ha pasado. —Hizo un gesto de impotencia en dirección a la puerta de la tienda.

—Sí, bueno, yo también estuve aquí esa noche —dijo Bosch—. Hace doce años. Hubo un conato de disturbios, pero acabó enseguida, aquí mismo, con una víctima.

—Un policía. Lo sé, lo sacaron de un coche.

—Yo iba en ese coche con él, pero no me alcanzaron. Y cuando llegué aquí ya estaba a salvo. Necesitaba un cigarrillo y entré en la tienda de su padre. Lo encontré allí, detrás del mostrador, pero los saqueadores se habían llevado hasta el último paquete de tabaco. —Bosch sostuvo el librito de fósforos—. Encontré muchas cerillas, pero no cigarrillos. Y entonces su padre metió la mano en su bolsillo y sacó un paquete. Sólo le quedaba un pitillo y me lo dio a mí. —Asintió. Ésa era la historia, nada más—. No conocí a su padre, Robert, pero voy a encontrar a quien lo mató. Es una promesa que cumpliré.

Robert Li asintió y bajó la mirada al suelo.

—Muy bien —dijo Bosch—. Vamos a ver a su madre.

4

Cuando los detectives terminaron en la escena del crimen y volvieron a la sala de la brigada ya era casi medianoche. Para entonces Bosch había decidido no llevar a la familia de la víctima al edificio de la Administración de Policía para realizar interrogatorios formales. Después de citarlos para el miércoles por la mañana, los dejó irse a casa a llorar. Poco después de volver a la sala de la brigada, Bosch también envió a Ferras a casa para que tratara de reparar los daños en su propia familia. Harry se quedó solo organizando el inventario de pruebas y contemplando los hechos del caso por primera vez sin interrupción. Sabía que el miércoles estaba cobrando la forma de un día atareado, con citas con la familia por la mañana y los resultados de parte del trabajo forense y de laboratorio, así como el posible calendario de la autopsia.

Pese a que el examen de los comercios vecinos por parte de Ferras se había revelado infructuoso, tal y como cabía esperar, el trabajo vespertino había producido un posible sospechoso. El sábado por la tarde, tres días antes de su muerte, el señor Li se había enfrentado a un joven del que pensaba que había estado robando habitualmente en su tienda. El adolescente, según manifestó la señora Li y tradujo el detective Chu, había negado muy enfadado que hubiera robado nada y había jugado la carta racial, asegurando que el señor Li sólo lo acusaba porque era negro. Sonaba ridículo, puesto que el noventa por ciento del negocio de la tienda procedía de residentes de raza negra del barrio. No obstante, Li no llamó a la policía: simplemente echó al chico de la tienda y le advirtió que no quería verlo más por allí. La señora Li le explicó a Chu que, desde la puerta, el chico le gritó a su marido que la próxima vez que volviera sería para volarle la cabeza. Li, a su vez, sacó su arma de debajo del mostrador y apuntó al joven, asegurándole que estaría preparado.

Esto significaba que el adolescente conocía la existencia del arma que Li guardaba debajo del mostrador. Si quería hacer valer su amenaza, tenía que entrar en la licorería y actuar con rapidez, disparando a Li antes de que éste pudiera coger su arma.

La señora Li miraría los libros de las bandas por la mañana para ver si reconocía en alguna de las fotos al joven que había amenazado a su marido. Si estaba relacionado con los Hoover Street Criminals había posibilidades de que su foto se encontrara en los libros.

Sin embargo, Bosch no estaba del todo convencido de que se tratara de una pista viable o de que el chico fuera un sospechoso válido. Había elementos en la escena del crimen que no cuadraban con un asesinato por venganza. No cabía duda de que tendría que examinar esa pista y hablar con el chico, pero Bosch no confiaba en cerrar el caso con él. Eso sería demasiado fácil y había cosas en la investigación que desafiaban la simplicidad.

Junto al despacho del capitán había una sala de reuniones con una larga mesa de madera, que se usaba sobre todo como espacio para comer y en ocasiones para encuentros o discusiones privadas de investigaciones que implicaban a varios equipos de detectives. Bosch se había apropiado de la sala vacía y había esparcido sobre la mesa varias fotografías de la escena del crimen, que acababan de llegar de Criminalística.

Había colocado las fotos en forma de mosaico inconexo de imágenes que se solapaban y en conjunto creaban la escena del crimen total. Se parecía a la obra fotográfica del artista británico David Hockney, que vivió un tiempo en Los Ángeles y creó varios *collages* artísticos que documentaban escenas del sur de California. Bosch conocía los mosaicos de fotos y al artista porque durante una época Hockney fue vecino suyo en las colinas que se alzaban sobre el paso de Cahuenga. Aunque Bosch no lo había tratado personalmente, tenía una conexión con él: siempre había tenido por costumbre esparcir fotos de la escena del crimen en un mosaico que le permitiera buscar nuevos detalles y ángulos, igual que Hockney con su trabajo.

Mirando en ese momento las fotos mientras daba sorbos a una taza de café que él mismo había preparado, Bosch se fijó en las mismas cosas que lo habían atraído en la licorería. En medio y en el centro estaba la fila sin tocar de botellas de Hennessy, justo encima del mostrador. Harry dudaba de que el asesinato estuviera relacionado con las bandas, porque le costaba creer que un pandillero se llevara el dinero y no cogiera ninguna botella de Hennessy. El coñac había sido un trofeo; estaba allí mismo, a su alcance, especialmente si el asesino tuvo que inclinarse por encima del mostrador para recoger los casquillos. ¿Por qué no había cogido también el Hennessy?

Bosch llegó a la conclusión de que estaban buscando un asesino al que no le importaba el Hennessy; es decir, que no era pandillero.

El siguiente punto de interés eran las heridas de la víctima. Para Bosch, con eso bastaba para excluir al misterioso ladronzuelo como sospechoso. Tres balas en el pecho no dejaban lugar a dudas de que el objetivo era matar, pero no había ningún disparo en el rostro que indicara que se trataba de una muerte motivada por la rabia o la venganza. Bosch había investigado cientos de homicidios, la mayoría de ellos relacionados con el uso de armas de fuego, y sabía que cuando se encontraba con un disparo en la cara, el crimen muy probablemente era personal y el asesino alguien que conocía a la víctima. Por consiguiente, lo contrario también tenía que ser cierto. Tres disparos en el pecho no eran algo personal, sino un asunto de negocios. Bosch estaba seguro de que el hipotético ladrón no era su asesino. En cambio, estaban buscando a alguien que podía ser un absoluto desconocido para John Li. Alguien que había entrado con frialdad, le había metido tres balas en el pecho y luego había vaciado con calma la caja registradora, recogido los casquillos e ido a la trastienda a sacar el disco de la cámara grabadora.

Bosch sabía que probablemente no se tratara de un primer crimen. Por la mañana tendría que buscar casos similares en Los Ángeles y alrededores.

Al mirar la imagen del rostro de la víctima, Bosch se fijó de repente en algo nuevo: la sangre en la mejilla y la barbilla de Li era una mancha; además, los dientes estaban limpios, sin sangre en ellos.

Bosch se acercó la foto y trató de entender el sentido. Había supuesto que la sangre en el rostro de Li era expectorada: la que había salido de sus pulmones destrozados en los últimos jadeos irregulares en busca de oxígeno. Ahora bien, ¿cómo podía ocurrir eso sin que hubiera sangre en los dientes?

Dejó la foto y su mirada recorrió el mosaico hasta llegar a la imagen de la mano derecha de la víctima. Había caído a un costado y se apreciaba sangre en los dedos y el pulgar, una línea que goteaba a la palma.

Bosch volvió a mirar la mancha de sangre en la cara. De repente se dio cuenta de que Li se había tocado la boca con la mano ensangrentada. Eso significaba que se había producido una doble transferencia. Li se había tocado el pecho con la mano, manchándola de sangre, y luego había transferido sangre de la mano a la boca.

La cuestión era por qué. ¿Esos movimientos formaban parte de los últimos estertores o Li había hecho otra cosa?

Bosch sacó el móvil y llamó al número de los investigadores de la oficina del forense; lo tenía en marcación rápida. Miró el reloj al sonar el teléfono: eran las doce y diez.

—Forense.

—¿Está ahí Cassel?

Max Cassel era el investigador que había trabajado en la escena de Fortune Liquors y había levantado el cadáver.

—No, acaba de… Un momento, aquí está.

Pusieron la llamada en espera y respondió Cassel.

—No me importa quién sea, me largo. Sólo he vuelto porque me he dejado el calentador de café.

Bosch sabía que Cassel vivía en Palmdale, al menos a una hora de viaje. Las tazas de café con calentadores que se conectaban al mechero del coche eran un accesorio obligado para los que trabajaban en el centro y tenían un largo trayecto de regreso a casa.

—Soy Bosch. ¿Ya has metido a mi hombre en un cajón?

—No, los tenemos todos ocupados. Está en la nevera tres, pero he terminado con él y me voy a casa, Bosch.

—Entiendo. Sólo tengo una pregunta rápida: ¿le has mirado la boca?

—¿Qué quieres decir con que si le he mirado la boca? Claro que lo he hecho; es mi trabajo.

—¿Y había algo en la boca o en la garganta?

—Sí, había algo.

Bosch sintió un subidón de adrenalina.

—¿Por qué no me lo has dicho? ¿Qué era?

—La lengua.

La adrenalina se secó y Bosch se sintió decepcionado al tiempo que Cassel se reía entre dientes. Harry creía que había encontrado alguna pista.

—Muy gracioso. ¿Y sangre?

—Sí, había una pequeña cantidad de sangre en la lengua y en la garganta. Consta en mi informe, que recibirás mañana.

—Pero tres disparos… Sus pulmones deberían estar como un queso de Gruyère. ¿No debería haber mucha sangre?

—No si ya estaba muerto. No si el primer disparo le destrozó el corazón y dejó de latir. Oye, he de irme, Bosch. Tienes cita mañana a las dos con Laksmi; pregúntale a ella.

—Lo haré, pero ahora estoy hablando contigo. Creo que se nos ha pasado algo.

—¿De qué estás hablando?

Bosch miró las fotos que tenía delante y sus ojos se movieron de la mano a la cara.

—Creo que se puso algo en la boca.

—¿Quién?

—La víctima. El señor Li.

Hubo una pausa mientras Cassel consideraba la idea y probablemente también pensaba si se le había pasado algo.

—Bueno, si lo hizo, no lo vi en la boca ni en la garganta. Si fue algo que se tragó, no es mi jurisdicción. Es cosa de Laksmi y ella encontrará lo que sea mañana.

—¿Le dejarás una nota?

—Bosch, estoy tratando de salir de aquí. Puedes decírselo tú cuando vengas a la autopsia.

—Ya lo sé, pero, por si acaso, escribe una nota.

—Muy bien, como quieras, le dejaré una nota. Sabes que aquí ya nadie hace horas extra, Bosch.

—Sí, lo sé. Aquí pasa lo mismo. Gracias, Max.

Bosch cerró el teléfono y decidió dejar de lado las fotos por el momento. La autopsia determinaría si su conclusión era correcta, y no podía hacer nada hasta entonces.

Había dos sobres de pruebas que contenían los dos discos que habían encontrado junto a la grabadora en sendas cajas de plástico. En cada una de las cajas había una fecha escrita con un rotulador. Una estaba marcada «1-9», justo una semana antes, y la otra, «27-8». Bosch se llevó los discos al equipo de audio y vídeo que había al fondo de la sala de reuniones y puso primero el del 27 de agosto en el reproductor de DVD.

Las imágenes aparecieron en una pantalla partida: un ángulo de cámara mostraba la parte delantera de la tienda, incluida la caja registradora, y el otro correspondía a la zona de atrás; la fecha y la hora figuraban en la parte superior. La actividad se reproducía en tiempo real. Bosch comprendió que, puesto que la licorería estaba abierta de once de la mañana a diez de la noche, tenía veintidós horas de vídeo para ver a menos que usara el botón de avance rápido.

Volvió a mirar el reloj. Sabía que podía trabajar toda la noche y tratar de resolver el misterio de por qué John Li había separado esos dos discos o bien irse a casa y descansar unas horas. Nunca se sabía adónde podía llevarte un caso, y descansar siempre era importante. Además, no había nada en aquellos discos que sugiriera que tuvieran nada que ver con el asesinato. El disco que estaba en la máquina se lo habían llevado. Ése era el importante, y no lo tenía.

«Qué demonios», pensó Bosch. Decidió mirar el primer disco y ver si podía resolver el misterio. Apartó una silla de la mesa, se colocó delante de la televisión y puso la velocidad de reproducción a cuatro veces la real. Supuso que tardaría menos de tres horas en terminar con el primer disco. Luego podría irse a casa, dormir unas horas y volver a la vez que todos los demás por la mañana.

—Parece un buen plan —se dijo a sí mismo.

5

*B*osch fue despertado bruscamente del sueño y abrió los ojos para ver al teniente Gandle mirándolo desde arriba. Tardó un momento en despejarse y comprender dónde estaba.

—¿Teniente?

—¿Qué estás haciendo en mi oficina, Bosch?

Se incorporó en el sofá.

—Estaba… Estaba mirando el vídeo en la sala de reuniones y se hizo tan tarde que no merecía la pena ir a casa. ¿Qué hora es?

—Casi las siete, pero eso todavía no explica por qué estás en mi oficina. Cuando me marché ayer, cerré la puerta.

—¿De verdad?

—Sí, de verdad.

Bosch asintió y actuó como si todavía se estuviera aclarando las ideas. Se alegró de haber guardado sus ganzúas en la cartera después de abrir la puerta. Gandle tenía el único sofá de Robos y Homicidios.

—A lo mejor han pasado a limpiar y han olvidado cerrarla —propuso.

—No, no tienen llave. Mira, Harry, no me importa que se use el sofá para dormir, pero si la puerta está cerrada es por alguna razón. No puede ser que abran la puerta después de que yo la cierre.

—Tiene razón, teniente. ¿Cree que podríamos tener un sofá en la brigada?

—Lo intentaré, pero ésa no es la cuestión.

Bosch se levantó.

—Entiendo. En fin, vuelvo al trabajo.

—No tan deprisa. Háblame de ese vídeo que te ha tenido aquí toda la noche.

Bosch explicó brevemente que se había pasado cinco horas viendo los dos discos y que John Li había dejado de manera no intencionada lo que parecía una pista sólida.

—¿Quiere que se lo prepare en la sala de conferencias?

—¿Por qué no esperas hasta que llegue tu compañero? Podemos mirarlo juntos, pero antes ve a buscar un poco de café.

Bosch dejó a Gandle y cruzó la sala de la brigada, un impersonal laberinto de cubículos y mamparas. El aspecto general era el de una oficina de seguros, y la verdad era que en ocasiones a Bosch le costaba concentrarse con tanto silencio. Todavía estaba desierta, pero pronto empezaría a llenarse rápidamente. Gandle siempre era el primero en llegar: le gustaba dar ejemplo a la brigada.

Harry bajó a la cafetería; abría a las siete, pero estaba vacía porque el grueso del personal del Departamento de Policía todavía trabajaba en el Parker Center. El traslado al nuevo edificio de la Administración de la Policía progresaba con lentitud; primero algunas brigadas de detectives, luego el personal administrativo y después el resto. Era una apertura progresiva y el edificio no se inauguraría formalmente hasta dos meses más tarde. Por el momento esto significaba que no había colas en la cafetería, pero también que no disponían de un menú completo. Bosch pidió el desayuno del poli, dos dónuts y un café, y también cogió un café para Ferras. Dio rápida cuenta de los dónuts mientras echaba nata líquida y azúcar en la taza de su compañero y volvía a tomar el ascensor. Como esperaba, cuando volvió a la sala de la brigada, Ferras estaba en su escritorio. Bosch dejó uno de los cafés delante de él y se acercó a su propio cubículo.

—Gracias, Harry. Debería haber supuesto que llegarías antes. Eh, llevas el mismo traje que ayer. No me digas que has estado trabajando toda la noche.

Bosch se sentó.

—He dormido un par de horas en el sofá del teniente. ¿A qué hora van a venir la señora Li y su hijo?

—Les dije que a las diez, ¿por qué?

—Creo que tenemos algo que hemos de investigar. Anoche vi los discos extra de las cámaras de la tienda.

—¿Qué has encontrado?

—Coge el café y te lo enseñaré. El teniente también quiere verlo.

Al cabo de diez minutos, Bosch estaba delante del equipo de vídeo con el mando a distancia en la mano. Ferras y Gandle se habían sentado al extremo de la mesa de la sala de reuniones. Bosch buscó la posición adecuada en el disco marcado «1-9» y congeló la reproducción hasta que estuvo preparado.

—Vale, nuestro asesino sacó el disco de la grabadora, así que no tenemos un vídeo de lo que ocurrió ayer en la tienda. Pero lo que sí dejó fueron dos discos marcados con las fechas del 27 de agosto y el 1 de septiembre. Éste es el del 1 de septiembre, es decir, justo una semana antes de ayer. ¿Se entiende?

—Entendido —dijo Gandle.

—Bueno, lo que el señor Li estaba haciendo era documentar a un equipo de ladrones. El punto en común entre estos dos discos es que en ambos días dos tipos entran; uno va al mostrador y pide cigarrillos, mientras el otro se va al pasillo de los licores. El primer tipo distrae a Li para que no vea a su compañero ni la pantalla de la cámara que hay detrás del mostrador. Mientras Li saca los cigarrillos para el primero de los tipos, el otro se guarda un par de petacas de vodka en los pantalones, luego coge una tercera y la lleva al mostrador para pagarla. El primer tío saca la billetera, ve que se ha dejado el dinero en casa o lo que sea y se va sin comprar nada. Esto ocurre los dos días con los tipos alternando sus papeles. Creo que por eso Li se guardó los discos.

—¿Crees que estaba tratando de recoger pruebas? —preguntó Ferras.

—Quizá —contestó Bosch—. Si los tenía grabados, podía llevarlo a la policía.

—¿Ésta es tu pista? —inquirió Gandle—. ¿Has trabajado toda la noche para esto? He estado leyendo los informes y creo que me convence más el tipo al que Li le sacó la pistola.

—Ésta no es la pista —dijo Bosch, perdiendo la paciencia—. Sólo estaba explicando la razón de que Li guardara los discos; los sacó de la cámara porque sabía que estos tipos pretendían algo y quería conservar una grabación. Inadvertidamente, también preservó esto en la cinta del 1 de septiembre.

Bosch pulsó el botón de reproducción y la imagen empezó a moverse. En la pantalla partida, los dos ángulos de cámara mostraban que la tienda estaba vacía, a excepción de la presencia de Li detrás del mostrador. La hora marcada en la parte superior indicaba que eran las 15.03 del martes 1 de septiembre.

Se abrió la puerta de la licorería y entró un cliente. Saludó como si tal cosa a Li en el mostrador y se dirigió a la parte de atrás. La imagen tenía grano, pero era lo suficientemente clara para que los tres espectadores vieran que el cliente era un hombre asiático de treinta y pocos años. Lo captó la segunda cámara cuando iba a una de las neveras del fondo y cogía una lata de cerveza, que llevó al mostrador.

—¿Qué está haciendo? —preguntó Gandle.

—Sólo mire —dijo Bosch.

El cliente le decía algo a Li, que se estiraba hasta el estante superior y bajaba un cartón de cigarrillos Camel. Los ponía encima del mostrador y luego metía la lata de cerveza en una pequeña bolsa marrón.

El cliente era de complexión imponente; aunque era bajo, tenía los brazos gruesos y hombros musculosos. Dejó un solo billete en el mostrador; Li lo cogió y abrió la caja registradora. Puso el billete en el último espacio, luego contó varios billetes del cambio y le pasó el dinero por encima del mostrador. El cliente lo cogió y se lo embolsó. Se metió el cartón de cigarrillos bajo un brazo, cogió la cerveza y con la mano libre apuntó con un dedo a Li como si fuera una pistola. Apretó el pulgar como si disparara el arma y salió de la tienda.

Bosch detuvo la reproducción.

—¿Qué ha pasado? —preguntó Gandle—. ¿Eso era una amenaza con el dedo? ¿Eso es lo que tienes?

Ferras no dijo nada, pero Bosch estaba casi seguro de que su joven compañero había visto lo que él quería que viera. Retrocedió la película y empezó a reproducirla de nuevo.

—¿Qué ves, Ignacio?

Ferras se levantó para poder señalar directamente sobre la pantalla.

—Para empezar, el tipo es asiático, así que no es del barrio.

Bosch asintió.

—He visto veintidós horas de vídeo —dijo—. Es el único asiático que entra en la tienda aparte de Li y su mujer. ¿Qué más, Ignacio?

—Mire el dinero, teniente —dijo Ferras—. Recibe más de lo que da.

En la pantalla Li estaba cogiendo los billetes de la caja registradora.

—Mire, pone el dinero en el cajón y luego empieza a recogerlo, incluido lo que el tipo le ha dado a él. Así que recibe la cerveza y los cigarrillos gratis, y luego el dinero.

Bosch asintió: Ferras era bueno.

—¿Cuánto recibe? —preguntó Gandle.

Era una buena pregunta, porque la imagen de vídeo tenía demasiado grano para distinguir el valor de los billetes que se intercambiaban.

—Hay cuatro espacios en el cajón —explicó Bosch—. Así que hay de uno, de cinco, de diez y de veinte. Lo pasé a cámara lenta anoche. Guarda el billete del cliente en el cuarto espacio. Un cartón de tabaco y una cerveza: supongamos que es el espacio de los billetes de veinte. En ese caso, le entrega uno de un dólar, uno de cinco, uno de diez y luego once de veinte. Diez de veinte si no contamos el que el cliente entrega en primer lugar.

—Es un chantaje —dijo Ferras.

—¿Doscientos treinta y seis dólares? —preguntó Gandle—. Parece una cantidad extraña y se ve que aún hay dinero en el cajón; así que es fija.

—En realidad —dijo Ferras—, son doscientos dieciséis si restamos los veinte dólares que da primero el cliente.

—Exacto —asintió Bosch.

Los tres se quedaron mirando la imagen congelada durante unos segundos, sin hablar.

—Así pues, Harry —dijo finalmente Gandle—, has estado pensando en esto un par de horas. ¿Qué significa?

Bosch señaló la hora que aparecía marcada en la parte superior de la pantalla.

—El chantaje se hizo justo una semana antes del crimen; a

las tres en punto del martes. Este martes, hacia las tres, dispararon al señor Li; quizás esta semana decidió no pagar.

—O no tenía dinero para hacerlo —propuso Ferras—. El hijo nos contó ayer que el negocio había ido a menos y que abrir la tienda en el valle de San Fernando los había dejado al borde de la bancarrota.

—Así que el anciano dice que no y le disparan —concluyó Gandle—. ¿No es un poco extremo? Si matas al tipo pierdes el flujo de ingresos, como dicen en las altas finanzas.

Ferras se encogió de hombros.

—Siempre están la mujer y el hijo —señaló—. Ellos reciben el mensaje.

—Vendrán a las diez para firmar sus declaraciones —añadió Bosch.

Gandle asintió.

—¿Cómo vas a manejar esto? —preguntó.

—Bueno, pondremos a la señora Li con Chu, el tipo de la UBA, e Ignacio y yo hablaremos con el hijo. Descubriremos de qué se trata.

La expresión normalmente severa de Gandle se suavizó. Estaba complacido con el progreso del caso y la pista que había surgido.

—Muy bien, caballeros, quiero estar informado —dijo.

—Por supuesto —afirmó Bosch.

Gandle se marchó de la sala de reuniones, y Bosch y Ferras se quedaron de pie delante de la pantalla.

—Buena, Harry. Lo has hecho feliz.

—Lo estará más si resolvemos esto.

—¿Qué opinas?

—Creo que tenemos trabajo que hacer antes de que llegue la familia Li. Llama al laboratorio a ver qué ha pasado y si han terminado con la caja registradora. Tráela aquí si puedes.

—¿Y tú?

Bosch apagó la pantalla y sacó el disco.

—Voy a hablar con el detective Chu.

—¿Crees que se está guardando algo?

—Eso es lo que voy a averiguar.

6

La UBA formaba parte de la sección de bandas de la División de Apoyo a Operaciones Especiales, desde la cual se dirigían muchas operaciones secretas y a muchos agentes. La DAOE se hallaba en un edificio sin identificar, a varias manzanas del de la Administración de Policía. Bosch decidió ir caminando porque sabía que tardaría más si iba a buscar el coche al garaje, se enfrentaba al tráfico y buscaba aparcamiento. Llegó a la puerta de entrada de la oficina de la UBA a las ocho y media. Pulsó el timbre, pero nadie salió a abrir. Sacó el teléfono, listo para llamar al detective Chu, cuando oyó a su espalda una voz familiar.

—Buenos días, detective Bosch. No esperaba verlo por aquí.

Bosch se volvió. Era Chu, que llegaba con su maletín.

—Vaya unas horas de llegar —soltó Bosch.

—Sí, nos gusta tomárnoslo con calma.

Bosch se apartó y Chu abrió con una tarjeta magnética.

—Vamos, pase.

Chu lo guio hasta una pequeña sala de brigada con una docena de mesas y una oficina para el teniente a la derecha. Se colocó detrás de uno de los escritorios y dejó el maletín en el suelo.

—¿Qué puedo hacer por usted? —preguntó—. Pensaba ir a Robos y Homicidios a las diez, cuando llegara la señora Li.

Chu empezó a sentarse, pero Bosch se quedó de pie.

—Tengo algo que quiero mostrarle. ¿Hay una sala de vídeo?

—Sí, por aquí.

La UBA disponía de cuatro salas de interrogatorios en la parte de atrás de la brigada; una se había convertido en sala de vídeo y contaba con la habitual pantalla de televisión encima del DVD. Bosch vio que en la pila de aparatos había también una impresora fotográfica, algo con lo que ellos todavía no contaban en la sala de la brigada de Robos y Homicidios.

Le pasó el DVD de Fortune Liquors a Chu y éste lo puso. Cogió el mando y usó el avance rápido hasta que la hora sobreimpresa indicó las tres de la tarde.

—Quiero que eche un vistazo al tipo que entra —dijo.

Chu observó en silencio al hombre asiático que llegaba a la tienda, compraba una cerveza y un cartón de cigarrillos, y se llevaba un buen pellizco por su inversión.

—¿Eso es todo? —preguntó después de que el cliente saliera de la tienda.

—Es todo.

—¿Puede pasarlo otra vez?

—Claro.

Bosch volvió a pasar el episodio de dos minutos y luego congeló la reproducción cuando el cliente se volvía del mostrador para irse. Jugó con la grabación, avanzando ligeramente hasta que congeló la mejor imagen posible del rostro del hombre al volverse del mostrador.

—¿Lo conoce? —preguntó Bosch.

—No, por supuesto que no.

—¿Qué ve ahí?

—Obviamente, un chantaje de algún tipo. Recibe mucho más de lo que da.

—Sí, doscientos dieciséis dólares además de sus veinte. Lo hemos contado.

Bosch vio que las cejas de Chu se arqueaban.

—¿Qué significa? —preguntó Bosch.

—Probablemente significa que es una tríada —respondió Chu como si tal cosa.

Harry asintió. Nunca había investigado un asesinato relacionado con las tríadas antes, pero sabía que las llamadas sociedades secretas de China habían atravesado el Pacífico tiempo atrás y ya operaban en la mayoría de las principales ciudades de Estados Unidos. Los Ángeles, con su gran población china, era uno de sus puntos de apoyo, junto con San Francisco, Nueva York y Houston.

—¿Qué le ha hecho pensar que es un tipo de la tríada?

—Ha dicho que el pago era de doscientos dieciséis dólares, ¿no?

—Exacto. Li le devolvió al hombre su billete y, además, le dio diez de veinte, uno de diez, uno de cinco y uno de uno. ¿Qué significa?

—El negocio de extorsión de las tríadas se basa en los pagos semanales de los dueños de pequeños comercios a cambio de protección. El pago es normalmente de ciento ocho dólares y, por supuesto, doscientos dieciséis es un múltiplo de esta cifra. Un pago doble.

—¿Por qué 108? ¿Pagan impuestos además del soborno? ¿Mandan los ocho pavos extra al Estado o qué?

Chu no hizo caso del sarcasmo en la voz de Bosch y respondió como si estuviera dándole una clase a un niño.

—No, detective, el número no tiene nada que ver con eso. Deje que le dé una pequeña lección de historia que con suerte le proporcionará alguna comprensión de esto.

—Adelante.

—La formación de las tríadas se remonta a la China del siglo XVII. Había ciento trece monjes budistas en el monasterio de Shaolin. Los invasores manchúes los atacaron y los mataron a todos menos a cinco. Los supervivientes crearon las sociedades secretas con el objetivo de derrocar a los invasores: así nacieron las tríadas. Pero a lo largo de los siglos cambiaron; abandonaron la política y el patriotismo y se convirtieron en organizaciones criminales, recurriendo a la extorsión y a negocios de protección de manera similar a las mafias italiana y rusa. Para honrar a los fantasmas de los monjes asesinados, las cifras de la extorsión suelen ser un múltiplo de ciento ocho.

—Quedaron cinco monjes, no tres —dijo Bosch—. ¿Por qué los llamaron tríadas?

—Porque cada monje empezó su propia tríada, *Tian di hui*, que significa «sociedad del cielo y la tierra». Cada grupo tiene una bandera con forma de triángulo que representa la relación entre cielo, tierra y hombre. A partir de ahí se las conoció como tríadas.

—Genial, y lo importaron aquí.

—Llevan mucho tiempo aquí, pero no las trajeron ellos. Las

importaron los propios estadounidenses con la mano de obra china que vino a construir ferrocarriles.

—Y extorsionan a su propia gente.

—En su mayoría sí, pero el señor Li era religioso. ¿Vio el templo budista ayer en el almacén?

—Eso se me pasó.

—Estaba allí y hablé de ello con su mujer. El señor Li era muy espiritual: creía en fantasmas. Para él, pagar a la tríada podría haber sido como hacer una ofrenda a un fantasma, a un ancestro. Usted lo ve desde fuera, detective Bosch. Si desde el primer día supiera que parte de su dinero va a la tríada con la misma sencillez con la que paga impuestos, no se vería como una víctima. Era sólo un dato, parte de la vida.

—Pero el fisco no te mete tres balas en el pecho si no pagas.

—¿Cree que al señor Li lo mató este hombre o la tríada?

Mientras señalaba al hombre de la pantalla, Chu se mostró casi indignado al formular la pregunta.

—Creo que es la mejor pista de que disponemos en este momento —repuso Bosch.

—¿Y la pista que encontramos a través de la señora Li? El pandillero que amenazó a su marido el sábado.

Bosch negó con la cabeza.

—No cuadra. Aún quiero que la señora Li mire los libros e identifique al chico, pero creo que será trabajar en balde.

—No lo entiendo, dijo que volvería y mataría al señor Li.

—No, dijo que volvería y le volaría la cabeza, pero al señor Li le dispararon en el pecho. No fue un crimen de rabia, detective Chu; no encaja. Pero no se preocupe, lo investigaremos aunque sea una pérdida de tiempo.

Esperó a que Chu respondiera, pero éste no lo hizo. Bosch señaló la hora marcada en la pantalla.

—Li fue asesinado a la misma hora y el mismo día de la semana. Hemos de asumir que hacía pagos semanales y que ese hombre estaba allí cuando lo mataron. Eso lo convierte en el mejor sospechoso.

La sala de interrogatorios era muy pequeña y habían dejado la puerta abierta. Bosch se acercó a ella y la cerró, antes de mirar a Chu.

—Así que dígame que no tenía idea de nada de esto ayer.

—No, por supuesto que no.

—¿La señora Li no le mencionó que hacían pagos a la tríada local?

Chu se puso tenso. Era mucho más pequeño que Bosch, pero su postura sugería que estaba listo para una pelea.

—Bosch, ¿qué está insinuando?

—Estoy insinuando que éste es su mundo y que debería habérmelo dicho. Lo descubrí por casualidad. Li guardó ese disco porque hay un ladrón en él, no por la extorsión.

Se miraban a menos de medio metro de distancia.

—Bueno, ayer no había nada que sugiriera esto —dijo Chu—. Me llamaron para que fuera a traducir; no me pidió mi opinión sobre nada más. Me dejó deliberadamente al margen, Bosch. Quizá si me hubiera incluido, habría visto u oído algo.

—Eso es una estupidez. No lo han formado como detective para que se quede ahí chupándose el dedo. No necesita una invitación para hacerme una pregunta.

—Con usted pensaba que sí.

—¿Qué se supone que significa eso?

—Significa que lo he observado, Bosch. Cómo trató a la señora Li, a su hijo… a mí.

—Oh, ya estamos.

—¿Qué fue, Vietnam? ¿Sirvió en Vietnam?

—No pretenda saber nada de mí, Chu.

—Sé lo que veo y lo que he visto antes. Yo no soy de Vietnam, detective. Soy estadounidense; nacido aquí, igual que usted.

—Mire, ¿podemos dejar esto y concentrarnos en el caso?

—Lo que usted diga. Usted manda.

Chu puso los brazos en jarras y se volvió hacia la pantalla. Bosch trató de contener sus emociones; se veía obligado a reconocer que Chu tenía parte de razón. Y le avergonzaba que lo hubieran etiquetado tan fácilmente como alguien que había vuelto de Vietnam con prejuicios raciales.

—Muy bien —dijo—. Tal vez la forma en que le traté ayer fue un error. Lo siento. Pero ahora forma parte de esto y he de saber lo mismo que usted. No se guarde nada.

Chu también se relajó.

—Ya se lo he dicho todo. La única otra cosa en la que estaba pensando era en los doscientos dieciséis.

—¿Qué pasa?

—Es un pago doble. Puede ser que el señor Li se saltara una semana porque quizá estaba teniendo problemas para pagar. Su hijo dijo que el negocio iba mal.

—Y quizá por eso lo mataron. —Bosch señaló de nuevo la pantalla.

—¿Puede hacerme una copia?

—Yo también quiero una.

Chu pasó a la impresora y pulsó un botón dos veces. Enseguida aparecieron dos copias de la imagen del hombre que se daba la vuelta desde el mostrador.

—¿Tiene libros de fotos? —preguntó Bosch—. ¿Archivos de inteligencia?

—Por supuesto —dijo Chu—. Trataré de identificarlo; indagaré.

—No quiero que nos vean venir.

—Gracias, detective, pero eso ya lo suponía.

Bosch no respondió; otro paso en falso. Estaba pasándolo mal con Chu. Se veía incapaz de confiar en él, pese a que llevaban la misma placa.

—También me gustaría tener una impresión del tatuaje —dijo Chu.

—¿Qué tatuaje? —preguntó Bosch.

Chu le cogió a Bosch el mando a distancia y pulsó el botón de retroceso. Finalmente congeló la imagen en el momento en que el hombre extendía la mano izquierda para coger el dinero del señor Li. Chu trazó con el dedo el contorno de una silueta apenas visible en la cara interna del brazo del hombre: era un tatuaje, pero la marca era tan leve en la imagen granulosa que a Bosch se le había pasado completamente.

—¿Qué es? —preguntó.

—Parece la silueta de un cuchillo. Un autotatuaje.

—Ha estado en prisión.

Chu pulsó el botón para hacer copias de la imagen.

—No, normalmente los hacen en el barco, al cruzar el océano.

—¿Qué significa para usted?

—Cuchillo es *kim*. Hay al menos tres tríadas con presencia en el sur de California: Yee Kim, Sai Kim y Ying Kim. Significan «Cuchillo Justo», «Cuchillo Occidental» y «Cuchillo Valeroso». Existe una rama de una tríada de Hong Kong llamada 14 K, muy fuerte y poderosa.

—¿Aquí o allí?

—En los dos sitios.

—¿Catorce K?

—Catorce es un número de mala suerte: en chino, catorce suena igual que muerte; K es de *kill*.

Bosch sabía por su hija y por sus frecuentes visitas a Hong Kong que cualquier permutación del número cuatro se consideraba mala suerte. Su hija vivía con su ex mujer en un edificio donde no había pisos marcados con el número 4. La cuarta planta estaba marcada con la P de Parking y la catorce se saltaba, del mismo modo que en muchos edificios occidentales se saltaba la trece. Las plantas del edificio que eran en realidad la catorce y la veinticuatro estaban habitadas por angloparlantes que no tenían las mismas supersticiones que los chinos han.

Bosch hizo un gesto hacia la pantalla.

—¿Así que piensa que este tipo podría ser de una rama de la 14 K? —preguntó.

—Quizá sí —respondió Chu—. Empezaré a hacer averiguaciones en cuanto se marche.

Bosch lo miró y trató de interpretarlo otra vez. Creía que había comprendido el mensaje: Chu quería que Bosch se fuera para ponerse a trabajar. Harry se acercó al reproductor de DVD, sacó el disco y lo cogió.

—Estaremos en contacto, Chu —dijo.

—Claro —respondió éste, cortante.

—En cuanto tenga algo, me lo envía.

—Entendido, detective. Perfectamente.

—Bien, y le veo a las diez con la señora Li y su hijo.

Bosch abrió la puerta y salió.

7

*F*erras tenía la caja registradora de Fortune Liquors en su escritorio y había conectado un cable desde un lateral hasta su portátil. Bosch dejó en la mesa las imágenes impresas de las capturas de pantalla y miró a su compañero.

—¿Qué está pasando?

—He ido a Criminalística y han terminado con esto. No hay más huellas que las de la víctima. Ahora estoy copiando la memoria, pero puedo decirte que los ingresos del día hasta el momento del crimen eran de menos de doscientos dólares. La víctima lo habría pasado mal para hacer un pago de doscientos dieciséis, si es eso lo que crees que ocurrió.

—Bueno, tengo material nuevo sobre eso. ¿Algo más de Criminalística?

—No mucho, están procésandolo todo. Ah, el test de la viuda dio negativo, pero supongo que eso ya lo esperábamos.

Bosch asintió. Puesto que la señora Li había descubierto el cadáver de su marido, formaba parte de la rutina examinarle manos y brazos en busca de residuos de pólvora para determinar si había disparado un arma recientemente. Como se esperaba, el test había dado negativo. Bosch estaba convencido de que podía tacharla de la lista de potenciales sospechosos, aunque nunca había estado en ella.

—¿Cuánta memoria tiene eso? —preguntó Bosch.

—Parece que puede almacenar hasta todo un año. He hecho algunos promedios. Los ingresos brutos de la tienda eran de algo menos de tres mil por semana. Si contamos gastos indirectos, materia prima, seguros y cosas así, este tipo tenía suerte si sacaba cincuenta mil al año. No es manera de ganarse la vida. Probablemente es más peligroso trabajar en aquellas calles que ser policía.

—Ayer el hijo dijo que el negocio andaba flojo últimamente.

—Mirando esto, no veo cuándo fue bien.

—Es un negocio de efectivo. Podría haber sacado dinero de otras maneras.

—Probablemente, y luego está el tipo al que pagaba. Si le estaba pasando doscientos y pico a la semana, hay que sumárselos. Eso serían diez mil menos al año.

Bosch le contó a Ferras lo que había averiguado por medio de Chu y que esperaba que la UBA lograra una identificación. Ambos coincidieron en que el punto focal de la investigación se estaba desplazando hacia el hombre que aparecía en la imagen granulada obtenida de la cámara de vigilancia de la tienda: el matón de la tríada. Entre tanto, aún había que identificar e interrogar al posible pandillero que había discutido con John Li el sábado anterior, aunque las contradicciones entre la escena del crimen y un asesinato tipo rabia-venganza colocaban esa pista en segundo lugar.

Se pusieron a trabajar en las declaraciones y en el voluminoso papeleo que acompañaba toda investigación. Chu llegó el primero, a las diez en punto, y se acercó a la mesa de Bosch sin anunciarse.

—¿Aún no ha llegado Yee-ling? —preguntó a modo de saludo.

Bosch levantó la mirada de su trabajo.

—¿Quién es Yee-ling?

—Yee-ling Li, la madre.

Bosch se dio cuenta de que no conocía el nombre completo de la mujer de la víctima. Le molestó, porque era una señal de lo poco que sabía del caso en realidad.

—No ha llegado todavía. ¿Ha encontrado algo?

—He revisado nuestros álbumes de fotos. No he visto a nuestro hombre, pero estamos haciendo averiguaciones.

—Sí, no para de decirlo. ¿Qué significa exactamente «hacer averiguaciones»?

—Significa que la UBA tiene una red de conexiones entre la comunidad y haremos discretas averiguaciones sobre quién es ese hombre y cuál era la afiliación del señor Li.

—¿Afiliación? —preguntó Ferras—. Lo estaban extorsionando, su afiliación era la de víctima.

—Detective Ferras —dijo Chu con paciencia—, lo está mirando desde el típico punto de vista occidental. Como le he explicado al detective Bosch esta mañana, el señor Li podría haber tenido una relación de toda la vida con una sociedad triádica. Se llama *quang xi* en su dialecto nativo; no tiene traducción directa, pero tiene que ver con la propia red social, y una relación de tríada se incluiría en eso.

Ferras se quedó mirando a Chu.

—Da igual —dijo al fin—, aquí creo que lo llamamos chorradas. La víctima llevaba casi treinta años viviendo aquí. No me importa cómo lo llamen en China; en Estados Unidos es extorsión.

Bosch admiró la firme reacción de su joven compañero.

Estaba sopesando sumarse a la refriega cuando sonó el teléfono de su mesa y lo descolgó.

—Bosch.

—Soy Rogers, de abajo. Tiene dos visitas, ambas se llaman Li; dicen que tienen una cita.

—Que suban.

—De acuerdo.

Bosch colgó.

—Están subiendo. Así es como quiero que lo hagamos: Chu, usted se ocupa de la señora en una de las salas de interrogatorios, repasa su declaración y logra que la firme. Después de hacerlo, quiero que le pregunte sobre la extorsión y el hombre del vídeo. Enséñele la foto y no deje que se haga la tonta. Ha de estar informada; su marido debe de haberle hablado de ello.

—Le sorprendería —dijo Chu—. Maridos y mujeres no han de hablar necesariamente de esto.

—Bueno, inténtelo. Puede que sepa mucho, tanto si ella y su marido hablaban como si no. Ferras y yo nos ocuparemos del hijo. Quiero averiguar si estaban pagando por protección en el valle de San Fernando. Si es así, podríamos pillar al tipo allí.

Bosch miró a través de la sala de la brigada y vio que entraba la señora Li, pero no iba con su hijo, sino con una mujer más joven. Bosch levantó la mano para atraer su atención y decirles que se acercaran.

—Chu, ¿quién es?

Chu se dio la vuelta cuando se acercaban las dos mujeres,

pero no dijo nada: no lo sabía. Cuando llegaron, Bosch vio que la mujer más joven tenía treinta y tantos años y era atractiva de un modo sencillo, recatado. Iba vestida con tejanos y blusa blanca, caminaba medio paso por detrás de la señora Li y tenía la mirada clavada en el suelo. La impresión inicial de Bosch fue que se trataba de una empleada, una doncella contratada como chófer. Sin embargo, el agente de la entrada había dicho que las dos se llamaban Li.

Chu se dirigió a la señora Li en chino. Después de que ella respondiera, tradujo lo que había dicho.

—Es la hija de los señores Li. Mia ha traído a su madre porque Robert Li se ha retrasado.

Bosch se quedó inmediatamente frustrado por la noticia y negó con la cabeza.

—Genial —le dijo a Chu—. ¿Cómo es que no sabíamos que había una hija?

—Ayer no hicimos las preguntas adecuadas —respondió éste.

—Ayer era usted el que preguntaba. Pregúntele a Mia dónde vive.

La mujer joven se aclaró la garganta y miró a Bosch.

—Vivo con mis padres —dijo—. O al menos hasta ayer. Supongo que ahora vivo con mi madre.

Bosch se sintió avergonzado por haber supuesto que no hablaba inglés y por el hecho de que hubiera oído y comprendido su enfado ante su aparición.

—Lo siento, pero necesitamos toda la información posible. —Miró a los otros dos detectives—. Mia, necesitamos interrogarla. Detective Chu, ¿por qué no continúa con el plan y se lleva a la señora Li a una sala de interrogatorios para que haga su declaración? Yo hablaré con Mia y tú, Ignacio, espera a que aparezca Robert. —Se volvió hacia la chica—. ¿Sabe cuánto retraso lleva su hermano?

—Debería estar en camino. Dijo que iba a salir de la tienda a las diez.

—¿Qué tienda?

—Su tienda del valle.

—Bien. Mia, ¿por qué no viene conmigo y que su madre vaya con el detective Chu?

Mia habló con su madre en chino, y ésta y Chu se dirigieron hacia la hilera de salas de interrogatorios de la parte de atrás del espacio de la brigada. Bosch cogió un bloc amarillo y la carpeta que contenía la imagen impresa de la cámara de vídeo antes de mostrarle el camino. Ferras se quedó atrás.

—Harry, ¿quieres que empiece con el hijo cuando llegue? —preguntó.

—No —dijo Bosch—. Ven a buscarme. Estaré en la sala 2.

Bosch condujo a la hija de la víctima a una pequeña sala sin ventanas y con una mesa en medio. Se sentaron uno a cada lado de la mesa y Bosch trató de poner una expresión agradable, aunque era difícil. La mañana estaba empezando con una sorpresa y no le gustaba encontrarse con ellas en sus investigaciones de homicidios.

—Muy bien, Mia —dijo Bosch—. Empecemos otra vez. Soy el detective Bosch; me han asignado como investigador jefe en el caso del asesinato de su padre. La acompaño en el sentimiento.

—Gracias. —Tenía la mirada clavada en la mesa.

—¿Puede decirme su nombre completo?

—Mia-ling Li.

Había elegido la occidentalización al colocar el nombre primero y el apellido después, pero no había adoptado un nombre completamente occidental como habían hecho su padre y su hermano. Bosch se preguntó si eso era porque se esperaba que los hombres se integraran en la sociedad occidental mientras que las mujeres debían mantenerse alejadas de ella.

—¿Cuál es su fecha de nacimiento?

—14 de febrero de 1980.

—El día de San Valentín.

Bosch sonrió sin saber por qué. Sólo quería empezar de nuevo la relación. Entonces se preguntó si existía el día de San Valentín en China. Siguió adelante en sus reflexiones, haciendo cálculos. Se dio cuenta de que aunque era muy atractiva, Mia era más joven de lo que aparentaba y sólo unos pocos años mayor que su hermano Robert.

—¿Vino aquí con sus padres? ¿Cuándo fue eso?

—En 1982.

—Sólo tenía dos años.

—Sí.

—¿Y su padre abrió la tienda entonces?

—No la abrió. La compró a otra persona y le cambió el nombre a Fortune Liquors. Antes se llamaba de otra forma.

—Bien. ¿Hay más hermanos además de usted y Robert?

—No, sólo nosotros.

—Muy bien. Veamos, ha dicho que vivía con sus padres. ¿Desde cuándo?

Ella levantó brevemente la mirada y volvió a bajarla.

—Toda mi vida, salvo un par de años cuando era más joven.

—¿Se casó?

—No. ¿Qué tiene esto que ver con quién mató a mi padre? ¿No debería estar buscando al asesino?

—Lo siento, Mia. Necesito cierta información básica y luego sí, saldré a buscar al asesino. ¿Ha hablado con su hermano? ¿Le ha dicho que yo conocía a su padre?

—Dijo que lo vio una vez. En realidad no lo conocía; eso no es conocerlo.

Bosch asintió.

—Sí, fue una exageración. No lo conocía, pero por la situación en la que estábamos cuando... lo vi, sentí como si lo conociera un poco. Quiero encontrar a su asesino, Mia, y lo haré. Sólo necesito que usted y su familia me ayuden en todo lo posible.

—Entiendo.

—No se guarden nada, porque nunca se sabe en qué puede ayudarnos.

—No lo haré.

—Muy bien, ¿cómo se gana la vida?

—Cuido de mis padres.

—¿En casa? ¿Se queda en casa y cuida de sus padres?

Esta vez Mia lo miró a los ojos. Sus pupilas eran tan oscuras que era difícil leer algo en ellas.

—Sí.

Bosch se dio cuenta de que podía haber cruzado alguna barrera cultural que desconocía. Mia pareció darse cuenta.

—Por tradición en mi familia la hija cuida de los padres.

—¿Ha estudiado?

—Sí, fui dos años a la universidad, pero luego volví con mis padres. Cocino, limpio y mantengo la casa. Para mi hermano también, aunque él quiere irse a vivir por su cuenta.

—Pero hasta ayer todos vivían juntos.

—Sí.

—¿Cuándo fue la última vez que vio a su padre con vida?

—Cuando se marchó a trabajar ayer por la mañana: hacia las nueve y media. Le preparé el desayuno.

—¿Y su madre también se fue entonces?

—Sí, siempre se van juntos.

—¿Y luego su madre volvió por la tarde?

—Sí, yo preparo la cena y ella viene a buscarla. Todos los días.

—¿A qué hora llegó a casa?

—A las tres en punto, como siempre.

Bosch sabía que la casa familiar se hallaba en la zona de Larchmont del distrito de Wilshire y al menos a media hora de coche de la tienda. La ruta directa habría sido por carretera durante todo el camino.

—¿Cuánto tiempo pasó ayer antes de que cogiera la cena y volviera a la tienda?

—Se quedó media hora y se fue.

Bosch asintió. Todo coincidía con la declaración de la madre y con el cronograma y el resto de la información que conocían.

—Mia, ¿su padre habló de alguien en el trabajo del que tuviera miedo? ¿De un cliente o de alguna otra persona?

—No, mi padre era muy callado. No hablaba del trabajo.

—¿Le gustaba vivir en Los Ángeles?

—No, creo que no.

—¿Por qué?

—Quería volver a China, pero no podía.

—¿Por qué no?

—Porque cuando te vas no vuelves. Se fueron porque Robert estaba en camino.

—¿Quiere decir que su familia se marchó por Robert?

—En nuestra provincia sólo se puede tener un hijo. Ya me tenían a mí y mi madre no iba a enviarme al orfanato. Mi padre quería un varón y cuando mi madre se quedó embarazada, vinimos a América.

Bosch no conocía las particularidades de la política del hijo único en China, pero había oído hablar de ellas: un plan de contención de la población cuyo resultado era que se daba un mayor valor a los nacimientos de varones. Muchas niñas recién nacidas eran abandonadas en orfanatos o algo peor. En lugar de renunciar a Mia, la familia había emigrado a Estados Unidos.

—¿Así que su padre siempre lamentó quedarse y no mantener a su familia en China?

—Sí.

Bosch decidió que había recopilado suficiente información en este sentido. Abrió la carpeta, sacó la imagen impresa del vídeo de seguridad y la colocó delante de Mia.

—¿Quién es, Mia?

La mujer entrecerró los ojos al estudiar la imagen granulada.

—No lo conozco. ¿Mató a mi padre?

—No lo sé. ¿Está segura de que no lo conoce?

—Sí. ¿Quién es?

—Todavía no lo sabemos. Pero lo vamos a descubrir. ¿Su padre le habló alguna vez de las tríadas?

—¿Las tríadas?

—¿De que tenía que pagarles?

Parecía muy nerviosa con la pregunta.

—No sé nada de eso. No hablamos de eso.

—Habla chino, ¿verdad?

—Sí.

—¿Alguna vez oyó a sus padres hablando de ello?

—No, no sé nada de eso.

—Vale, Mia, entonces creo que podemos dejarlo ya.

—¿Puedo llevar a mi madre a casa?

—En cuanto termine de hablar con el detective Chu. ¿Qué cree que ocurrirá ahora con la tienda? ¿Se ocuparán de ella su madre y su hermano?

Mia negó con la cabeza.

—Creo que se cerrará. Mi madre trabajará ahora en la tienda de mi hermano.

—¿Y usted, Mia? ¿Cambiará algo para usted ahora?

La joven se tomó un buen rato para considerarlo, como si no hubiera pensado en ello antes de que Bosch le preguntara.

—No lo sé —dijo al fin—. Quizá.

8

Cuando volvieron a la sala de la brigada, la señora Li ya había terminado el interrogatorio con Chu y estaba esperando a su hija. Todavía no había rastro de Robert Li, y Ferras explicó que había llamado diciendo que no podía abandonar su tienda porque su ayudante había telefoneado para avisar de que estaba enfermo.

Después de escoltar a las dos mujeres a la zona de ascensores, Bosch miró su reloj y decidió que aún les quedaba tiempo para ir hasta el valle, hablar con el hijo de la víctima y luego volver al centro de la ciudad y asistir a la autopsia programada para las dos de la tarde. Además, no necesitaba estar en la oficina del forense para los procedimientos preliminares; podía pasarse más tarde.

Se decidió que Ferras se quedaría trabajando con la policía científica sobre los resultados de los indicios recogidos el día anterior. Bosch y Chu irían al valle a hablar con Robert Li.

Bosch condujo su Crown Vic, con el que ya había recorrido más de trescientos cincuenta mil kilómetros. El aire acondicionado apenas funcionaba y, al acercarse al valle, la temperatura empezó a ascender y lamentó no haberse quitado la americana antes de subir al coche.

Por el camino, Chu fue el primero en hablar y explicó que la señora Li había firmado su declaración y no había añadido nada a ella. No había reconocido al hombre del vídeo de seguridad y aseguró no saber nada sobre los pagos a la tríada. Bosch explicó entonces la escasa información que había recabado de Mia-ling Li y preguntó a Chu qué sabía de la tradición de mantener a una hija adulta en casa para cuidar de los padres.

—Es una *chinacienta* —dijo Chu—. Se queda en casa y se ocupa de cocinar y limpiar, casi como una criada de sus padres.

—¿No quieren que se case y se vaya de casa?

—Ni hablar, es mano de obra gratuita. ¿Por qué iban a querer que se casara? Entonces tendrían que contratar a una criada, un cocinero y un chófer. Así lo tienen todo sin tener que pagar.

Bosch condujo en silencio durante un rato después de eso, pensando en la vida que le tocaba vivir a Mia-ling Li. No creía que cambiara nada tras la muerte de su padre: todavía tenía que ocuparse de su madre.

Recordó algo relacionado con el caso y volvió a hablar.

—Dijo que la familia probablemente cerraría la tienda y se quedaría sólo con la del valle.

—De todos modos no ganaban nada —dijo Chu—. Puede que logren vendérsela a alguien de la comunidad y saquen algo de dinero.

—No es mucho después de casi treinta años aquí.

—La historia del inmigrante chino no siempre es una historia feliz —dijo Chu.

—¿Y usted, Chu? Usted tiene éxito.

—Yo no soy inmigrante. Mis padres lo fueron.

—¿Fueron?

—Mi madre murió joven. Mi padre era pescador; un día su barco zarpó y nunca volvió a puerto.

Bosch se quedó en silencio por la naturalidad con que Chu había contado su tragedia familiar y se concentró en conducir. El tráfico era denso y tardaron tres cuartos de hora en llegar a Sherman Oaks. Fortune Fine Foods & Liquor estaba en Sepulveda Boulevard, a sólo una manzana de Ventura Boulevard. Esto lo situaba en un barrio elegante de apartamentos y bloques de pisos, a los pies de las residencias aún más selectas de la ladera. Era una buena ubicación, pero no parecía haber suficiente aparcamiento. Bosch encontró un sitio en la calle, delante de una boca de riego. Bajó la visera, que tenía una tarjeta enganchada que identificaba el vehículo como municipal, y salió.

Bosch y Chu habían elaborado un plan durante el largo trayecto. Creían que si alguien conocía los pagos a la tríada aparte de la víctima, tenía que ser el hijo que también regentaba una tienda, Robert. La gran pregunta era por qué no se lo había dicho a los detectives el día anterior.

Fortune Fine Foods & Liquor era algo completamente diferente a su homólogo de South LA. La tienda era al menos cinco veces más grande y rebosaba de toques de distinción acordes con el barrio.

Había una barra de autoservicio de café. Los pasillos de vino tenían carteles colgados del techo que anunciaban los varietales y las regiones de producción, y no había garrafas apiladas al fondo. Las neveras estaban bien iluminadas, con estantes abiertos en lugar de puertas de cristal. Había pasillos de platos preparados y mostradores de venta de comida caliente y fría donde los clientes podían pedir bistecs y pescado fresco o pollo asado, carne y costillas a la barbacoa. El hijo había tomado el negocio del padre y lo había mejorado varios niveles. Bosch estaba impresionado.

Chu preguntó a la mujer sentada tras una de las dos cajas dónde estaba Robert Li. Enviaron a los detectives a una puerta de doble hoja que daba a un almacén con estantes de tres metros apoyados contra la pared. Al fondo había una puerta donde ponía DESPACHO. Bosch llamó y Robert Li salió a abrir enseguida.

Pareció sorprendido de verlos.

—Detectives, pasen —dijo—. Siento mucho no haber ido al centro hoy. Mi encargado llamó diciendo que estaba enfermo y no puedo dejar esto sin un supervisor. Lo siento.

—No pasa nada —dijo Bosch—, sólo estamos tratando de encontrar al asesino de su padre.

Bosch pretendía poner al joven a la defensiva: interrogarlo en su propio terreno le concedía cierta ventaja y quería aportar un poco de malestar a la situación. Si Li se sentía amenazado sería más comunicativo y estaría más dispuesto a tratar de complacer a sus interrogadores.

—Bueno, lo siento. De todos modos, pensaba que lo único que tenía que hacer era firmar mi declaración.

—Tenemos su declaración, pero se trata de algo más que firmar papeles, señor Li. Hay una investigación en marcha; las cosas cambian cuando llega más información.

—Lo único que puedo hacer es pedir disculpas. Siéntense, por favor. Lamento que haya tan poco espacio.

La oficina era estrecha y Bosch se dio cuenta de que era compartida. Había dos escritorios, uno al lado del otro, apoyados contra la pared de la derecha. Dos sillas de oficina y otras dos plegables, probablemente para representantes de ventas y entrevistas de trabajo.

Li cogió el teléfono de su despacho, marcó un número y le pidió a alguien que no lo molestaran. A continuación hizo un gesto de abrir las manos, señalando que estaba listo para empezar.

—Primero de todo, me sorprende un poco que esté trabajando hoy —dijo Bosch—. Ayer asesinaron a su padre.

Li asintió con solemnidad.

—Me temo que no he tenido tiempo de llorar a mi padre. He de dirigir el negocio o no habrá negocio que dirigir.

Bosch asintió e hizo una señal a Chu para que continuara. Él había redactado la declaración de Li y, mientras la repasaba, Bosch miró a su alrededor en el despacho. En la pared de encima de los escritorios había licencias del estado enmarcadas, el diploma de 2004 de Li de la facultad de Empresariales de la Universidad del Sur de California y un certificado con mención honorífica a la mejor tienda nueva de 2007 de la Asociación de Comerciantes de Comestibles de Estados Unidos. También había fotos enmarcadas de Li con Tommy Lasorda, el anterior director de los Dodgers, y un Li adolescente de pie en los escalones del Tian Tan Buddha de Hong Kong. Igual que había reconocido a Lasorda, Bosch reconoció la escultura de bronce de treinta metros conocida como el Gran Buda. En una ocasión había viajado con su hija a la isla de Lantau para verla.

Bosch estiró el brazo y enderezó el marco del diploma de la Universidad del Sur de California. Al hacerlo se dio cuenta de que Li se había graduado con honores. Pensó por un momento en Robert saliendo de la universidad con la oportunidad de hacerse con las riendas del negocio de su padre y convertirlo en algo más grande y mejor. Entre tanto, su hermana abandonó la universidad y volvió a casa para hacer las camas.

Li no pidió cambios en su declaración y firmó al pie de cada página. Cuando hubo terminado levantó la mirada y la dirigió a un reloj de pared colgado sobre la puerta. Bosch se dio cuenta de que pensaba que había terminado. Pero no era así: había llegado su turno. Abrió el maletín y sacó una carpeta, de donde extrajo la foto impresa del matón que había recaudado el dinero de la extorsión. Bosch se la pasó a Robert Li.

—Hábleme de este hombre —dijo.

Li sostuvo la imagen con ambas manos y juntó las cejas al examinarla. Bosch sabía que la gente hacía eso para simular una profunda concentración, pero en general trataba de ocultar otra cosa. Era muy probable que durante la última hora Robert hubiera recibido una llamada de su madre y supiera que iban a enseñarle la foto. Respondiera como lo hiciese, Bosch sabía que no iba a contar la verdad.

—No puedo decirle nada —dijo Li al cabo de unos segundos—. No lo reconozco, nunca lo he visto.

Le devolvió la hoja a Bosch, pero éste no la cogió.

—Pero sabe quién es.

En realidad no era una pregunta.

—No, lo cierto es que no —dijo Li con una ligera incomodidad en la voz.

Bosch le sonrió, pero era una de esas sonrisas sin la menor calidez de humor.

—Señor Li, ¿le ha llamado su madre y le ha avisado de que iba a enseñarle esta foto?

—No.

—Podemos mirar los teléfonos, ¿sabe?

—¿Y qué si lo hizo? Ella no sabía quién era y yo tampoco.

—Quiere que encontremos a la persona que mató a su padre, ¿no?

—¡Por supuesto! ¿Qué clase de pregunta es ésa?

—Es la clase de pregunta que hago cuando sé que alguien me oculta algo y que eso…

—¿Qué? ¡Cómo se atreve!

—… podría ser muy útil para mi investigación.

—¡No le oculto nada! Le aseguro que no conozco a ese hombre. ¡No sé cómo se llama y nunca lo había visto antes! ¡Es la pura verdad!

Li se ruborizó. Bosch esperó un momento y luego habló con calma.

—Puede que esté diciendo la verdad. Puede que no conozca su nombre y que nunca lo haya visto antes. Pero sabe quién es, Robert. Sabe que su padre estaba pagando una extorsión; quizás usted también lo hace. Si cree que hablar con nosotros entraña un riesgo, entonces podemos ayudarle.

—Desde luego —intervino Chu.

Li negó con la cabeza y sonrió como si no pudiera creer la situación en la que se hallaba. Empezó a respirar con dificultad.

—Mi padre acaba de morir, lo han matado. ¿No puede dejarme en paz? ¿Por qué me están acosando? Yo también soy una víctima.

—Ojalá pudiéramos dejarlo en paz, Robert —dijo Bosch—. Pero si no encontramos al responsable, nadie lo hará. Supongo que no es eso lo que quiere.

Li pareció calmarse y negó con la cabeza.

—Mire —continuó Bosch—. Tenemos una declaración firmada. Nada de lo que nos diga ahora ha de salir de este despacho. Nadie sabrá nunca lo que nos ha dicho. —Bosch se inclinó hacia delante y tocó la imagen con un dedo. Li todavía la sujetaba—. Quien mató a su padre se llevó el disco de la grabadora que había en la parte de atrás, pero dejó discos viejos. Este tipo estaba en uno de ellos cobrando dinero de su padre una semana antes del crimen, el mismo día y a la misma hora. Su padre le dio doscientos dieciséis dólares. Este tipo es de la tríada y creo que usted lo sabe. Ha de ayudarnos con eso, Robert; nadie más puede hacerlo.

Bosch esperó. Li puso la imagen sobre la mesa y se frotó las palmas sudorosas de las manos en los vaqueros.

—De acuerdo, sí, mi padre pagaba a la tríada —dijo.

Bosch respiró pausadamente. Acababan de dar un gran paso y quería que Li continuara hablando.

—¿Durante cuánto tiempo? —preguntó.

—No lo sé, toda su vida; toda mi vida, supongo. Siempre lo hizo; para él formaba parte de ser chino: había que pagar.

Bosch asintió.

—Gracias por decírnoslo, Robert. Veamos, ayer nos comentó que con la situación económica y demás las cosas no marchaban bien en la tienda. ¿Sabe si su padre iba atrasado en los pagos?

—No lo sé, es posible, pero no me lo dijo. Estábamos de acuerdo en eso.

—¿Qué quiere decir?

—Yo creía que no debía pagar y se lo dije un millón de veces. «Esto es América, padre, no ha de pagarles.»

—Pero seguía haciéndolo.

—Sí, cada semana; era de la vieja escuela.

—Entonces, ¿usted no paga aquí?

Li negó con la cabeza, pero sus ojos se apartaron un momento. Una delación clara.

—Paga, ¿verdad?

—No.

—Robert, hemos de…

—No pago porque él lo hacía por mí. Ahora no sé lo que ocurrirá.

Bosch se acercó a él.

—Quiere decir que su padre pagaba por las dos tiendas.

—Sí.

Li tenía la mirada baja. Volvió a frotarse las palmas en los pantalones.

—El doble pago, ciento ocho por dos, cubría las dos tiendas.

—Sí, la semana pasada.

Li asintió y Bosch pensó que veía lágrimas agolpándose en sus ojos. Harry sabía que la siguiente pregunta era la más importante de todas.

—¿Qué pasó esta semana?

—No lo sé.

—Pero tiene una idea, ¿verdad, Robert?

Volvió a asentir.

—Las dos tiendas están perdiendo dinero. Nos expandimos en el momento equivocado, justo antes de la crisis. Los bancos tienen ayuda del gobierno, pero nosotros no. Podíamos perderlo todo, y le dije… Le dije a mi padre que no podíamos seguir pagando. Le dije que estábamos pagando por nada y que íbamos a perder las tiendas si no parábamos.

—¿Dijo que dejaría de pagar?

—No, no, nada de eso. Pensé que iba a seguir pagando hasta que tuviéramos que cerrar. Iba sumando y ochocientos dólares al mes es mucho en un negocio como éste. Mi padre pensaba que si encontraba otras formas… —Su voz se apagó.

—¿Otras formas de qué, Robert?

—Otras formas de ahorrar dinero. Estaba obsesionado con pillar a los rateros, y pensaba que si contenía las pérdidas cambiaría las cosas. Era de otra época, no lo entendía.

Bosch se recostó en la silla y miró a Chu. Habían logrado que Li se sincerara. Ahora era el turno de que Chu se ocupara de las preguntas concretas en relación con la tríada.

—Robert, ha sido de gran ayuda —dijo Chu—. Quiero hacerle unas preguntas sobre el hombre de la foto.

—He dicho la verdad. No sé quién es, nunca en mi vida lo he visto.

—Vale, pero ¿alguna vez habló de él su padre cuando estaban discutiendo sobre los pagos?

—Nunca mencionó su nombre. Sólo dijo que se enfadaría si dejábamos de pagar.

—¿Alguna vez mencionó el nombre del grupo al que pagaba? ¿La tríada?

Li negó con la cabeza.

—No, nunca… Espere, sí, una vez. Era algo sobre un cuchillo, como si el nombre procediera de una clase de cuchillo o algo así. Pero no lo recuerdo.

—¿Está seguro? Eso podría ayudarnos a reducir el círculo.

Li negó con la cabeza otra vez.

—Trataré de recordarlo; ahora mismo no puedo.

—Vale, Robert.

Chu continuó con el interrogatorio, pero las preguntas eran demasiado específicas y Li continuamente respondía que no sabía las respuestas. Para Bosch estaba bien, habían conseguido un gran avance y ahora veía que el caso estaba mucho mejor enfocado.

Al cabo de un rato, Chu terminó y volvió a cederle la batuta a Bosch.

—Bien, Robert —dijo Harry—. ¿Cree que el hombre o los

hombres a los que su padre pagaba vendrán a pedirle el dinero a usted ahora?

La pregunta suscitó un arqueo de cejas de Li.

—No lo sé —dijo.

—¿Quiere protección del Departamento de Policía de Los Ángeles?

—Eso tampoco lo sé.

—Bueno, tiene nuestros teléfonos. Si aparece alguien, coopere y prométale el dinero si se ve en la necesidad de hacerlo.

—¡No tengo el dinero!

—Ésa es la cuestión. Prométale el dinero, pero dígale que tardará un día en conseguirlo. Entonces llámenos y nosotros nos ocuparemos.

—¿Y si simplemente lo coge de las cajas registradoras? Ayer me dijo que la de la tienda de mi padre estaba vacía.

—Si hace eso, usted no se oponga y luego llámenos. Lo cogeremos cuando vuelva la próxima vez.

Li asintió y Bosch vio que había asustado al joven.

—Robert, ¿tiene un arma en la tienda?

Era una prueba. Habían comprobado qué armas estaban registradas y sólo lo estaba la de la otra tienda.

—No, mi padre tenía el arma; estaba en la zona mala.

—Bien, no traiga un arma aquí. Si aparece el tipo, simplemente coopere.

—Bien.

—Por cierto, ¿por qué compró su padre esa arma? Llevaba allí casi treinta años y hace sólo seis meses que la adquirió.

—La última vez que lo atracaron le hicieron daño. Dos pandilleros le golpearon con una botella. Le dije que si no vendía la tienda, tenía que conseguir una pistola, pero no le hizo ningún bien.

—Normalmente no lo hacen.

Los detectives le dieron las gracias a Li y dejaron en su despacho a un joven de veintiséis años que ahora parecía dos décadas mayor. Mientras caminaban por la tienda, Bosch miró el reloj y vio que era más de la una. Tenía mucha hambre y quería comer algo antes de dirigirse a la sala de autopsias a las dos. Se paró delante de la comida caliente y apuntó al pan de carne.

Cogió un número de servicio del dispensador; cuando le ofreció un trozo a Chu, éste le dijo que era vegetariano.

Bosch negó con la cabeza.

—¿Qué? —preguntó Chu.

—No creo que pudiéramos ser compañeros, Chu —dijo Bosch—. No me fío de un tipo que no puede comerse un perrito caliente de vez en cuando.

—Como perritos calientes de tofu.

Bosch hizo una mueca.

—Ésos no cuentan.

Entonces vio que se les acercaba Robert Li.

—Olvidé preguntarlo. ¿Cuándo nos entregarán el cadáver de mi padre?

—Probablemente mañana —dijo Bosch—. La autopsia es hoy.

Li pareció alicaído.

—Mi padre era una persona muy espiritual. ¿Han de profanar su cuerpo?

Bosch asintió.

—Es la ley: hay una autopsia después de cualquier homicidio.

—¿Cuándo la harán?

—Dentro de una hora.

Li asintió en señal de aceptación.

—Por favor, no se lo diga a mi madre. ¿Me llamarán cuando pueda disponer del cadáver?

—Me aseguraré de que así sea.

Li les dio las gracias y volvió a su despacho. Bosch oyó que el hombre de detrás del mostrador decía su número.

9

*D*e camino al centro, Chu informó a Bosch de que en sus catorce años en el departamento aún no había presenciado una autopsia y que esto no era algo que quisiera cambiar. Explicó que iba a volver a la oficina de la UBA para proseguir los esfuerzos de identificar al matón de la tríada. Bosch lo dejó allí y se dirigió a la oficina del forense en Mission Road. Cuando llegó, se puso la bata y entró en la sala número 3: la autopsia ya estaba en marcha. La oficina del forense llevaba a cabo seis mil al año; las salas de autopsias seguían un horario y control estrictos, y los forenses no esperaban a los policías que llegaban tarde. Un buen profesional podía terminar una autopsia quirúrgica en una hora.

A Bosch todo eso no le importaba. Le interesaban los hallazgos de la autopsia, no el proceso.

El cuerpo de John Li yacía desnudo y profanado en la fría mesa de acero inoxidable. Le habían abierto el pecho y extraído los órganos vitales. La doctora Sharon Laksmi estaba trabajando en una mesa contigua, colocando muestras de tejido en diversos portaobjetos.

—Buenas tardes, doctora —dijo Bosch.

Laksmi dejó su trabajo, se dio la vuelta y lo miró. Por la mascarilla y el gorro del pelo que llevaba Bosch, no consiguió identificarlo enseguida. Hacía mucho tiempo que los detectives no podían limitarse a entrar y mirar: las normativas sanitarias del condado requerían un equipo de protección completo.

—¿Bosch o Ferras?

—Bosch.

—Llega tarde, he empezado sin usted.

Laksmi era pequeña y de tez oscura. Lo que más llamaba la atención en ella eran sus ojos, muy maquillados detrás de la protección plástica de su mascarilla. Era como si se diera cuenta de que los ojos constituían el único rasgo que la gente veía detrás del atuendo de seguridad que llevaba casi todo el tiempo. Hablaba con un ligero acento, pero quién no en Los Ángeles. Incluso el jefe de policía saliente tenía un deje que parecía del sur de Boston.

—Sí, lo siento. Estaba con el hijo de la víctima y la cosa se alargó.

No mencionó el sándwich de pan de carne que también le había demorado un rato.

—Aquí está lo que probablemente está buscando.

Dio unos golpecitos con la hoja del escalpelo en uno de los cuatro recipientes de acero alineados a la izquierda de la mesa. Bosch se acercó a mirar: cada uno contenía un elemento probatorio extraído del cadáver. Vio tres balas deformadas y un casquillo.

—¿Ha encontrado un casquillo? ¿Estaba sobre el cuerpo?

—Dentro del cuerpo, en realidad.

—¿Dentro?

—Exacto, alojado en el esófago.

Bosch pensó en lo que había descubierto al mirar las fotos de la escena del crimen. Sangre en los dedos, barbilla y labios de la víctima, pero no en los dientes. Había acertado con su corazonada.

—Parece que está buscando a un asesino muy sádico, detective Bosch.

—¿Por qué dice eso?

—Porque o le metió un casquillo por la garganta o de alguna manera éste aterrizó en su boca. Como las posibilidades de esto último son de una entre un millón, apuesto por la primera alternativa.

Bosch asintió. No porque suscribiera lo que ella estaba diciendo, sino porque estaba pensando en una posibilidad que la doctora Laksmi no había contemplado. Ya tenía una idea de lo que había ocurrido detrás del mostrador de Fortune Liquors. Uno de los casquillos de la pistola del asesino había aterrizado encima de John Li o cerca de él cuando yacía agonizando en el suelo tras el mostrador. O bien vio que el asesino recogía los casquillos o supo que podría ser un elemento de prueba valioso para la investigación de su homicidio. En sus últimos momentos, Li cogió el casquillo y trató de tragárselo para que no lo recuperara el asesino. El acto final de John Li fue un intento de proporcionar a Bosch una pista importante.

—¿Lo ha limpiado, doctora?

—Sí, la sangre subió por la garganta y el casquillo actuó como un dique, que impedía que saliera más sangre por la boca. Tuve que limpiarlo para ver lo que era.

—Bien.

Bosch sabía que las posibilidades de que hubiera huellas dactilares en el casquillo eran de todos modos irrisorias. La explosión de gases al disparar una bala casi siempre evaporaba las huellas.

Aun así, el casquillo sería útil para identificar el arma si las balas recuperadas estaban demasiado dañadas. Bosch se fijó en los recipientes que contenían las balas y enseguida determinó que eran de punta hueca. Habían estallado tras el impacto y se hallaban muy deformadas. No sabía si alguna de ellas sería útil para los propósitos de comparación. En cambio, el casquillo era probablemente una prueba sólida. Las marcas causadas por la uña extractora, el percutor y el botador del arma podían servir para la identificación y comparación de ésta si se hallaba. El casquillo relacionaría a la víctima con el arma.

—¿Quiere escuchar mi resumen y así podrá marcharse? —preguntó Laksmi.

—Claro, doctora, adelante.

Mientras Laksmi ofrecía un informe preliminar de sus hallazgos, Bosch cogió bolsas transparentes de pruebas del estante de encima de la mesa y guardó las balas y el casquillo por separado. Éste parecía proceder de una bala de nueve milímetros, pero esperaría a la confirmación de Balística. Marcó cada sobre con su nombre, así como con el de Laksmi y el número de caso. Finalmente, se levantó la bata y se los guardó en el bolsillo de la chaqueta.

—El primer disparo fue a la parte superior izquierda del

pecho. El proyectil rasgó el ventrículo derecho del corazón, impactó en las vértebras torácicas y seccionó la médula. La víctima caería al suelo de inmediato. Los otros dos disparos fueron a los lados derecho e izquierdo del esternón inferior; es imposible ordenarlos. Las balas atravesaron los lóbulos derecho e izquierdo de los pulmones y se alojaron en la musculatura de la espalda. El resultado de los tres disparos fue una pérdida instantánea de la función cardiopulmonar y la consecuente muerte. Diría que no duró más de treinta segundos.

El informe sobre la lesión medular aparentemente ponía en duda la hipótesis de Bosch según la cual la víctima se había tragado voluntariamente el casquillo.

—Con la médula dañada, ¿podría haber efectuado un movimiento con la mano y el brazo?

—No por mucho tiempo. La muerte fue casi instantánea.

—Pero no estaba paralizado, ¿no? En esos últimos treinta segundos, ¿podría haber cogido el casquillo y ponérselo en la boca?

Laksmi consideró la nueva hipótesis durante unos segundos antes de responder.

—Creo que de hecho estuvo paralizado, pero el proyectil se alojó en la cuarta vértebra torácica y seccionaría la médula en ese punto. Sin duda causaría parálisis, pero ésta habría empezado en ese punto. Los brazos podían seguir moviéndose: sería cuestión de tiempo. Como he dicho, su organismo habría dejado de funcionar enseguida.

Bosch asintió: su teoría aún se sostenía. Li podría haber cogido rápidamente el casquillo con sus últimas fuerzas y ponérselo en la boca.

Bosch se preguntó si el asesino lo sabía. Lo más probable era que hubiera tenido que rodear el mostrador para buscar los casquillos, y en ese momento Li podría haber cogido uno de ellos. La sangre hallada bajo el cuerpo de la víctima indicaba que lo habían movido, y Bosch se dio cuenta de que lo más probable era que eso hubiera ocurrido durante la búsqueda del casquillo que faltaba.

Sintió una creciente excitación. El casquillo era un hallazgo significativo, pero la idea de que el asesino había cometido un error era aún mayor. Quería llevar la prueba a Balística lo antes posible.

—Vale, doctora, ¿qué más tenemos?

—Hay algo que tal vez quiera ver ahora mejor que esperar a las fotos. Ayúdeme a darle la vuelta.

Se acercaron a la mesa de autopsias e hicieron rodar con cuidado el cuerpo. El rígor mortis ya había desaparecido y la operación resultó sencilla. Laksmi señaló los tobillos; Bosch se acercó y vio que había pequeños símbolos chinos tatuados en la parte de atrás de los pies de Li. Había dos o tres en cada pie, situados a ambos lados del tendón de Aquiles.

运气　钱　　　爱　家庭

—¿Los ha fotografiado?

—Sí, estarán en el informe.

—¿Hay alguien aquí que pueda traducirlo?

—No creo. Tal vez el doctor Ming, pero esta semana está de vacaciones.

—Vale. ¿Podemos arrastrarlo un poco hacia abajo para que le cuelguen los pies y pueda hacerle una foto?

Laksmi le ayudó a mover el cadáver en la mesa. Los pies salieron por el borde y Bosch situó los tobillos uno junto al otro de manera que los símbolos chinos quedaran alineados. Buscó bajo su bata y sacó el teléfono móvil; lo puso en modo cámara e hizo dos fotos de los tatuajes.

—Listo.

Bosch dejó el teléfono y volvieron a dar la vuelta al cadáver para colocarlo en su lugar en la mesa.

Bosch se quitó los guantes y los arrojó al receptáculo de residuos médicos. Cogió el teléfono y llamó a Chu.

—¿Cuál es su correo electrónico? Quiero enviarle una foto.

—¿De qué?

—Símbolos chinos tatuados en los tobillos del señor Li. Quiero saber qué significan.

—Vale.

Chu le dio el correo de su departamento. Bosch comprobó su cámara y le envió la foto más nítida; luego guardó el teléfono.

—Doctora Laksmi, ¿hay algo más que necesite saber?

—Creo que es todo, detective, aunque hay una cosa que tal vez la familia quiera saber.

—¿Qué?

La doctora hizo un gesto hacia uno de los órganos que había colocado sobre la mesa de trabajo.

—Las balas sólo aceleraron lo inevitable. El señor Li se estaba muriendo de cáncer.

Bosch se acercó y miró la bandeja. Laksmi había extraído del cuerpo los pulmones de la víctima para pesarlos y examinarlos. Los había abierto para extraer las balas y ambos lóbulos se veían de color gris oscuro por las células cancerosas.

—Era fumador —dijo Laksmi.

—Lo sé —dijo Bosch—. ¿Cuánto tiempo cree que le quedaba?

—Quizás un año, tal vez algo más.

—¿Sabe si lo habían tratado?

—No lo parece. Desde luego no hubo cirugía, y no veo signos de quimioterapia ni radiación. Puede que no lo hubieran diagnosticado, pero lo habría sabido muy pronto.

Bosch pensó en sus propios pulmones: llevaba años sin fumar, pero decían que el daño se causa pronto. En ocasiones, por las mañanas, sentía los pulmones cargados y pesados. Años atrás tuvo un caso en el cual estuvo expuesto a altos niveles de radiación. Salió bien librado médicamente, pero siempre pensó o deseó que la exposición hubiera terminado con cualquier cosa que creciera en su pecho.

Bosch sacó de nuevo el teléfono móvil y una vez más lo puso en función cámara.

—¿Qué está haciendo? —preguntó Laksmi.

—Quiero enviárselo a alguien.

Comprobó la foto y vio que era bastante clara. Entonces la envió por correo electrónico.

—¿A quién? Espero que no sea a la familia.

—No, a mi hija.

—¿A su hija? —Había un tono de indignación en la voz.

—Ha de saber lo que puede causar el tabaco.

—Muy bonito.

Laksmi no dijo nada más. Bosch apartó el teléfono y miró

el reloj: tenía una doble visualización que mostraba la hora de Los Ángeles y la de Hong Kong; un regalo de su hija después de demasiadas llamadas en plena noche por calcular mal el cambio horario. Eran poco más de las tres en Los Ángeles. Su hija le llevaba quince horas de ventaja y estaba durmiendo. Se levantaría para ir a la escuela al cabo de una hora y recibiría la foto entonces. Sabía que suscitaría una llamada de protesta, pero incluso una llamada así era mejor que nada.

Sonrió al pensar en ello y volvió a concentrarse en el trabajo. Estaba listo para seguir en marcha.

—Gracias, doctora —dijo—. Para que conste, me llevo las pruebas balísticas a Criminalística.

—¿Ha firmado?

Laksmi señaló una tablilla con portapapeles que había sobre la mesa y Bosch vio que ella ya había rellenado el informe de cadena de pruebas. Harry firmó en el lugar correspondiente para atestiguar que tomaba posesión de las pruebas mencionadas. Se dirigió hacia la puerta de la sala de autopsias.

—Deme un par de días para el informe escrito —dijo Laksmi.

Se refería al informe formal de la autopsia.

—Concedido —dijo Bosch al tiempo que salía.

10

*D*e camino a Criminalística, Bosch llamó a Chu y le preguntó por los tatuajes.

—Todavía no los he traducido —respondió éste.

—¿Qué quiere decir, no los ha mirado?

—Sí, los he mirado, pero no sé traducirlos. Estoy tratando de encontrar a alguien que pueda hacerlo.

—Chu, le vi hablando con la señora Li. Usted la tradujo.

—Bosch, que hable chino no significa que sepa leerlo. Hay ocho mil caracteres como éstos. Toda mi educación fue en inglés; hablaba chino en casa, pero nunca lo leí.

—Muy bien, ¿hay alguien ahí que pueda traducirlo? Es la Unidad de Delitos Asiáticos, ¿no?

—Unidad de Bandas Asiáticas. Y, sí, hay gente que puede hacerlo, pero no están aquí ahora mismo. En cuanto lo tenga, le llamaré.

—Genial. Llámeme.

Bosch colgó. Se sentía frustrado por el retraso. Un caso tenía que moverse como un tiburón: detener su impulso podía resultar fatal. Miró el reloj para ver qué hora era en Hong Kong, aparcó junto al bordillo y envió la foto de los tatuajes del tobillo de Li a su hija por correo electrónico. Ella lo recibiría en su teléfono, justo después de ver las fotos de los pulmones que le había mandado.

Complacido consigo mismo, Bosch volvió a incorporarse al tráfico. Cada vez era más adepto a la comunicación digital gracias a su hija. Ella había insistido en que se comunicaran por medios modernos: correo electrónico, mensajes de texto, vídeo; incluso había intentado, sin éxito, introducirlo en algo llamado

Twitter. Bosch, por su parte, insistió en que se comunicaran también a la vieja usanza: la conversación oral. Se aseguró de que sus contratos telefónicos contaban con planes de llamadas internacionales.

Volvió al EAP al cabo de unos minutos y fue derecho a la unidad de Balística del cuarto piso. Llevó sus cuatro bolsas de plástico a un técnico llamado Ross Malone, cuyo trabajo consistía en coger las balas y los casquillos y usarlos para intentar identificar la marca y modelo del arma de fuego de la que procedían. Después, en el caso de que se recuperara una pistola, podría relacionar las balas con el arma por medio de pruebas balísticas y análisis.

Malone empezó con el casquillo: usó unas pinzas para sacarlo del envoltorio y lo sostuvo bajo una lupa de gran potencia con el borde iluminado. Lo estudió un buen rato antes de hablar.

—Cor Bon nueve milímetros —dijo—. Y probablemente está buscando una Glock.

Bosch confiaba en que le confirmara el tamaño de la bala e identificara la marca de ésta, pero no que mencionara el tipo de arma que la había disparado.

—¿Cómo lo sabe?

—Eche un vistazo.

Malone estaba sentado en un taburete, delante de una lupa fijada a la mesa de trabajo mediante un brazo ajustable. La movió lentamente para que Bosch pudiera ver por encima de su hombro la parte de atrás del casquillo. Bosch leyó las palabras «Cor Bon» estampadas en el exterior del casquillo; en el centro se apreciaba una depresión causada cuando el percutor de la pistola golpeó la base y disparó la bala.

—¿Ve que la impresión es alargada, casi rectangular? —preguntó Malone.

—Sí.

—Es una Glock; sólo éstas dejan un rectángulo, porque el percutor es rectangular. Debe buscar una Glock de nueve milímetros: hay diversos modelos posibles.

—Gracias, eso ayuda. ¿Algo más?

Malone volvió a colocar la lupa y giró el casquillo de bala por debajo del cristal de aumento.

—Hay marcas claras de la uña extractora y el botador. Si me trae la pistola creo que podré relacionarlas.

—En cuanto la encuentre. ¿Qué hay de las balas?

Malone volvió a meter el casquillo en la bolsa de plástico. Sacó los proyectiles uno a uno y los estudió bajo el cristal; los examinó rápidamente antes de dejarlos. A continuación volvió al segundo y echó otro vistazo, antes de negar con la cabeza.

—No son muy útiles, no están en buen estado. El casquillo será nuestra mejor baza en la comparación. Como le he dicho, tráigame el arma y la relacionaré.

Bosch se dio cuenta de que el último acto de John Li estaba creciendo en importancia. Se preguntó si el viejo podía haber sabido lo decisivo que podría resultar su gesto.

El silencio de Bosch incitó a Malone a hablar.

—¿Ha tocado este casquillo, Harry?

—No, pero la doctora Laksmi, de la oficina del forense, quitó la sangre con agua. Lo encontraron dentro de la víctima.

—¿Dentro? Eso es imposible. No hay manera de que un casquillo pueda…

—No me refiero a que le dispararan con él. Trató de tragárselo: estaba en su garganta.

—Ah, eso es diferente.

—Sí.

—Y Laksmi llevaría guantes cuando lo encontró.

—Sí. ¿Qué pasa, Ross?

—Bueno, estaba pensando en algo. Recibimos un aviso de Dactiloscopia hace un mes donde decía que iban a empezar a usar un método supermoderno electronosecuántos para sacar huellas de casquillos de latón, y estaban buscando casos de prueba para usarlo en juicios.

Bosch miró a Malone. En todos sus años de trabajo como detective nunca había oído hablar de que sacaran huellas dactilares de un casquillo disparado por un arma de fuego. Las huellas estaban formadas por aceites de la piel y se quemaban en la fracción de segundo en que se producía la explosión en la recámara.

—Ross, ¿estás seguro de que hablamos de casquillos usados?

—Sí, eso es lo que digo. Teri Sopp es la técnica que se ocupa de ello. ¿Por qué no vas a verla?

—Iré si me devuelves el casquillo.

Al cabo de quince minutos Bosch estaba con Teri Sopp en el laboratorio de Huellas Dactilares del Departamento de Investigaciones Científicas. Sopp era técnica superior y llevaba en el departamento casi tanto tiempo como Harry. Mantenían una buena relación, pero Bosch aún sentía que tenía que afinar la reunión y camelar a Sopp.

—Harry, ¿qué te cuentas? —Era la forma en que siempre saludaba a Bosch.

—Me cuento que me tocó un caso ayer y hoy hemos recuperado un casquillo de la pistola del asesino.

Bosch levantó la mano para mostrar la bolsa de pruebas con el objeto dentro. Sopp la cogió, la levantó y entrecerró los ojos mientras lo examinaba a través del plástico.

—¿Disparado?

—Sí. Sé que es muy complicado, pero confío en que quizás haya una huella en él. Ahora mismo no tengo mucho más en el caso.

—Vamos a ver. Normalmente, deberías esperar tu turno, pero teniendo en cuenta que llevamos cuatro jefes de policía de retraso...

—Por eso he acudido a ti, Teri.

Sopp se sentó en una mesa de examen y, como Malone, usó unas pinzas para sacar el casquillo de la bolsa de pruebas. Primero le echó vapor de cianocrilato y luego la sostuvo bajo una luz ultravioleta. Bosch estaba mirando por encima del hombro y tuvo la respuesta antes de que Sopp la expresara.

—Hay una mancha aquí. Parece que alguien la manejó después de que la dispararan, pero nada más.

—Mierda.

Bosch supuso que la mancha la dejó casi con toda seguridad Li cuando cogió el casquillo y se lo puso en la boca.

—Lo siento, Harry.

Bosch bajó los hombros. Sabía que era una posibilidad remota, o quizá ni eso, pero quería expresarle a Sopp lo mucho que había contado con conseguir una huella.

Sopp empezó a poner el casquillo de nuevo en el sobre.

—¿Balística ya lo ha mirado?

—Sí, vengo de allí.

Ella asintió con un gesto. Bosch se dio cuenta de que estaba pensando en algo.

—Harry, háblame del caso. Dime los parámetros.

Bosch hizo un resumen, pero omitió el detalle del sospechoso captado por el vídeo de vigilancia. Lo explicó como si la investigación fuera casi desesperada: ni pruebas, ni sospechosos, ni otro motivo que el robo común; nada de nada.

—Bueno, hay una cosa que podríamos hacer —dijo Sopp.

—¿El qué?

—A final de mes publicaremos un boletín sobre esto. Estamos trabajando en la mejora electrostática. Éste podría ser un buen primer caso para nosotros.

—¿Qué demonios es una mejora electrostática?

Sopp sonrió como un chico al que todavía le quedan caramelos cuando a ti se te acaban.

—Es un proceso que desarrolló en Inglaterra la policía de Northamptonshire, mediante el cual pueden obtenerse huellas dactilares de superficies de latón como casquillos de bala gracias a la electricidad.

Bosch miró a su alrededor, vio un taburete vacío en una de las mesas de trabajo y lo arrastró. Se sentó.

—¿Cómo funciona?

—La cosa va así. Introducir balas en un revólver o en un cargador en el caso de una automática es un proceso preciso. Sostienes cada bala entre los dedos, empujas y aplicas presión. Parecería una situación perfecta para dejar huellas, ¿no?

—Bueno, hasta que se dispara el arma.

—Exactamente. Una huella dactilar es esencialmente un depósito de sudor que se forma entre las hendiduras de tus huellas dactilares. El problema es que cuando disparas una pistola y se expulsa el casquillo, la huella normalmente desaparece en la explosión. Es raro que consigas una de un casquillo usado, a menos que pertenezca a la persona que lo recogió en el suelo después.

—Todo eso lo sé —manifestó Bosch—. Dime algo nuevo.

—Vale, vale. Bueno, este proceso funciona mejor si la pistola no se dispara de inmediato. En otras palabras, para que tenga éxito, es preciso que la bala se cargue en la pistola y luego la dejen allí durante al menos unos días. Cuanto más tiempo, mejor. Durante ese lapso, el sudor que forma las huellas reacciona con el latón, ¿lo entiendes?

—Quieres decir que hay una reacción química.

—Una reacción química microscópica. El sudor está formado por un montón de cosas distintas, pero sobre todo cloruro sódico y otras sales, que reaccionan con el latón (lo corroen) y dejan su huella. Pero no podemos verla.

—Y la electricidad te lo permite.

—Exactamente. Aplicamos una descarga de dos mil quinientos voltios al casquillo, lo pintamos con carbón y entonces lo vemos. Hasta ahora hemos hecho varios experimentos y lo he visto funcionar. Lo inventó ese tipo llamado Bond en Inglaterra.

Bosch estaba cada vez más entusiasmado.

—Entonces, ¿por qué no lo hacemos?

Sopp separó los dedos en un gesto de calma.

—Uf, espera, Harry. No podemos hacerlo sin más.

—¿Por qué no? ¿A qué estás esperando, a una ceremonia con el jefe cortando la cinta?

—No, no es eso. Esta clase de prueba y procedimiento todavía no se ha introducido en los tribunales de California. Estamos trabajando con el fiscal del distrito en protocolos y nadie quiere ponerlo en práctica por primera vez en un caso que no esté cantado. Hemos de pensar en el futuro: la primera vez que usemos este proceso como prueba establecerá un precedente. Si no es el caso adecuado, la cagaremos y nos salpicará.

—Bueno, quizás éste sea el caso. ¿Quién lo decide?

—Primero va a ser decisión de Brenneman y luego lo llevará al fiscal.

Chuck Brenneman era el jefe de la División de Investigaciones Científicas. Bosch se dio cuenta de que el proceso de elegir el primer caso llevaría semanas o meses.

—Aquí habéis experimentado con eso, ¿verdad?

—Sí, pero hemos de estar seguros de que sabemos exactamente lo que hacemos.

—Bien, entonces experimenta con este casquillo. Veamos lo que encuentras.

—No podemos, Harry. Usamos balas de fogueo en un experimento controlado.

—Teri, lo necesito. Tal vez no haya nada, pero la huella del asesino podría estar en ese casquillo. Puedes descubrirlo.

Sopp pareció darse cuenta de que la había arrinconado alguien que no iba a ceder.

—Muy bien, escucha: la siguiente tanda de experimentos no está prevista hasta la semana que viene. No te prometo nada, pero veré qué puedo hacer.

—Gracias, Teri.

Bosch cumplimentó el formulario de la cadena de pruebas y salió del laboratorio. Estaba entusiasmado con la posibilidad de usar las novedades de la ciencia para quizá conseguir las huellas del asesino. Casi sentía que John Li había tenido conocimientos de potenciaciones electrostáticas desde el principio. La idea produjo una clase distinta de electricidad en su columna vertebral.

Al salir del ascensor en la quinta planta Bosch miró el reloj y vio que era hora de llamar a su hija, que estaría caminando por Stubbs Road para ir a la Happy Valley Academy. Si no la localizaba entonces tendría que esperar a que terminara las clases. Se paró en el pasillo, fuera de la sala de la brigada, sacó el teléfono y apretó el botón de marcación rápida. La llamada transpacífica tardó treinta segundos en establecerse.

—¡Papá! ¿Qué es esa foto de una persona muerta?

Bosch sonrió.

—Hola. ¿Cómo sabes que está muerto?

—Um, a ver. Mi padre investiga asesinatos y me envía unos pies desnudos en una mesa de acero. ¿Y qué es la otra foto? ¿Los pulmones del tío? ¡Es asqueroso!

—Era fumador. Pensé que deberías verlo.

Hubo un momento de silencio y entonces su hija habló con voz muy calmada. No había rastro de niña pequeña en la voz.

—Papá, yo no fumo.

—Bueno, tu madre me dijo que olías a humo cuando volvías a casa después de estar con tus amigos en el centro comercial.

—Sí, eso puede ser verdad, pero no fumo con ellos.

—Entonces, ¿con quién lo haces?

—¡Papá, que no! El hermano mayor de mi amiga se pasa a veces a vigilarla. Yo no fumo y tampoco He.

—¿He?

Madeline repitió el nombre, esta vez con un marcado acento chino. Sonó como «Heiu».

—Mi amiga se llama He; significa «río».

—Entonces ¿por qué no la llamas Río?

—Porque es china y la llamo por su nombre chino.

—Bueno, dejemos lo de los pulmones, Maddie. Si me dices que no fumas, te creo, pero no te llamaba por eso. ¿Puedes leer los tatuajes de los tobillos?

—Sí, es asqueroso. Tengo los pies de un muerto en mi teléfono.

—Bueno, puedes borrarlo en cuanto me digas qué ponen los tatuajes. Sé que estudias esas cosas en el cole.

—No voy a borrarlos, sino a enseñárselos a mis amigas. Pensarán que es guay.

—No, no lo hagas. Es parte de un caso en el que estoy trabajando y nadie más debería verlo. Te lo mandé porque pensé que podías darme una traducción rápida.

—¿Quieres decir que en todo el Departamento de Policía de Los Ángeles no hay ni una persona que pueda traducirlo? ¿Has de llamar a tu hija a Hong Kong para una cosa tan sencilla?

—En este momento eso es correcto. Uno hace lo que tiene que hacer. ¿Sabes lo que significan esos símbolos o no?

—Sí, papá, es fácil.

—Bueno, ¿qué significan?

—Es como un augurio. En el tobillo izquierdo están los símbolos *Fu* y *Cai*, que significan suerte y dinero; en el lado derecho están *Ai* y *Xi*, que es amor y familia.

Bosch pensó en ello: le pareció que los símbolos representaban lo que era importante para John Li. El hombre esperaba que esas cosas siempre caminaran con él.

Entonces consideró el hecho de que los símbolos estaban situados a ambos lados del tendón de Aquiles de Li, quien quizás había colocado los tatuajes allí de manera intencionada, al darse cuenta de que las cosas que más quería también lo hacían vulnerable: eran también su talón de Aquiles.

—Hola, ¿papá?

—Sí, estoy aquí, sólo estaba pensando.

—Bueno, ¿te sirve de ayuda? ¿He resuelto el caso?

Bosch sonrió, pero inmediatamente se dio cuenta de que ella no podía verlo.

—No del todo, pero ayuda.

—Bueno, me debes una.

Bosch asintió.

—Eres una chica muy lista, ¿verdad? ¿Qué edad tienes? ¿Trece, camino de los veinte?

—Por favor, papá.

—Bueno, tu madre ha tenido que hacer algo bien.

—No mucho.

—Eh, ésa no es forma de hablar de tu madre.

—Papá, tú no has de vivir con ella. Yo sí, y no me hace gracia. Te lo dije cuando estuve en Los Ángeles.

—¿Aún sale con alguien?

—Sí, y yo soy agua pasada.

—No, ni mucho menos, Maddie. Es que ha pasado mucho tiempo para ella.

«Y mucho tiempo para mí también», pensó Bosch.

—Papá, no te pongas de su parte. Para mamá soy un estorbo constante, pero cuando le digo «pues me iré a vivir con papá» se niega en redondo.

—Deberías estar con tu madre: ella te ha educado. Mira, de aquí a un mes iré a pasar una semana contigo; podemos hablar de todo esto entonces los tres juntos.

—Claro. He de colgar, estoy en el cole.

—Muy bien. Saluda de mi parte a He.

—Claro, papá, pero no me mandes más fotos de pulmones, ¿vale?

—La próxima vez será un hígado, o tal vez un bazo. Los bazos quedan muy bien en las fotos.

—¡Papáaaa!

Bosch colgó el teléfono y pensó en lo que se habían dicho. Tenía la sensación de que las semanas y meses que pasaba sin ver a Maddie lo complicaban todo. A medida que se iba haciendo más independiente, brillante y comunicativa, cada vez la quería más y la echaba de menos continuamente. Había estado en Los Ángeles en julio y realizado el largo vuelo sola por primera vez. Apenas adolescente y ya viajaba por el mundo: era más lista que la edad que tenía. Él había pedido vacaciones y habían disfrutado juntos, explorando la ciudad. Fue una temporada maravillosa para él y al final fue la primera vez que su hija mencionó que quería vivir en Los Ángeles. Con él.

Bosch era lo bastante listo para darse cuenta de que estos sentimientos los había expresado después de dos semanas de atención plena de un padre que empezaba cada día preguntándole qué quería hacer. Era muy diferente del compromiso a tiempo completo de su madre, que la educaba día a día al tiempo que se ganaba la vida para las dos. Aun así, el día más duro de Bosch como padre a tiempo parcial fue aquel en que se llevó a su hija al aeropuerto y la puso en el avión de vuelta a casa. Casi esperó que ella echara a correr, pero sólo protestó hasta el momento de embarcar. Bosch se sintió vacío por dentro.

Faltaba un mes para sus siguientes vacaciones y su viaje a Hong Kong y era consciente de que la espera hasta entonces sería larga y dura.

—Harry, ¿qué estás haciendo aquí?

Bosch se dio la vuelta: su compañero, Ferras, estaba allí de pie. Había salido de la sala de la brigada, probablemente para ir al lavabo.

—Estaba hablando con mi hija. Quería un poco de intimidad.

—¿Todo bien?

—Sí. Te veo en la sala de la brigada.

Bosch se dirigió a la puerta y volvió a guardarse el teléfono en el bolsillo.

11

*B*osch llegó a casa a las ocho de la tarde y entró con una bolsa de comida para llevar del In-N-Out de Cahuenga.

—Cielo, estoy en casa —dijo en voz alta, mientras pugnaba con la llave, la bolsa y el maletín.

Sonrió para sus adentros y fue directamente a la cocina. Dejó el maletín sobre la encimera, cogió una botella de cerveza de la nevera y salió a la terraza. Por el camino encendió el reproductor de CD y dejó abierta la puerta corredera para que la música pudiera mezclarse en la terraza con el sonido de la 101 en el desfiladero.

La situación de la terraza ofrecía una vista del noreste que se extendía por Universal City, Burbank y hasta las montañas de San Gabriel. Harry se comió sus dos hamburguesas, que sostuvo por encima de la bolsa abierta para que no gotearan en el suelo, y observó el agonizante sol que cambiaba el color de las laderas de las montañas. Escuchó «Seven Steps to Heaven» del álbum *Dear Miles* de Ron Carter, uno de los bajistas más importantes de las últimas cinco décadas. Había tocado con todo el mundo y, en ocasiones, Bosch se preguntaba por las historias que podría contar, por las sesiones en las que había participado y por los músicos a los que conocía. Tanto en sus propias grabaciones como en las de los demás, el trabajo de Carter siempre destacaba, y en opinión de Harry eso era porque como bajista nunca podía ser un *sideman*, sino que siempre era el sostén, el que llevaba el ritmo, aunque fuera detrás de la trompeta de Miles Davis.

El tema que sonaba en ese momento tenía un ímpetu innegable, como una persecución de coche. Al oírlo Bosch pensó en su propia persecución y en los avances que había hecho durante el día. Estaba satisfecho con su ímpetu, pero no se encontraba a gusto desde que se había dado cuenta de que el caso se había desplazado a un punto en el que tenía que confiar en el trabajo de los demás. Tenía que esperar a que otros identificaran al matón de la tríada, a que otros decidieran si usaban el casquillo de bala como caso de prueba para la nueva tecnología de huellas dactilares, a que alguien llamara.

Bosch se sentía más a gusto en un caso cuando él mismo impulsaba la acción o dejaba las huellas para que los demás las siguieran. No era un *sideman*: tenía que marcar el ritmo. Y en esa coyuntura había llegado lo más lejos posible. Podía empezar a ir por los negocios chinos de South LA con la foto del hombre de la tríada, pero sabía que sería un ejercicio fútil. La brecha cultural era muy ancha: nadie iba a identificar voluntariamente ante la policía a un hombre de la tríada.

Sin embargo, estaba preparado para recorrer ese camino si no surgía nada pronto; al menos lo mantendría en movimiento. El impulso era el impulso, tanto si lo encontrabas en la música, en la calle o en los latidos de tu propio corazón.

Cuando la luz empezó a desaparecer del cielo, Bosch buscó en el bolsillo y sacó el librito de fósforos que siempre llevaba. Lo abrió con el pulgar y estudió el aforismo. Desde la primera noche que lo había leído se lo había tomado en serio. Creía que era un hombre que había encontrado solaz en sí mismo; al menos, de vez en cuando.

Su móvil sonó mientras mascaba el último bocado. Sacó el teléfono y miró la pantalla. La identificación estaba bloqueada, pero respondió de todos modos.

—Bosch.

—Harry, soy David Chu. Parece que está comiendo, ¿dónde está?

Su voz sonaba tensa por la excitación.

—Estoy en casa. ¿Y usted?

—En Monterey Park. Lo tenemos.

Bosch hizo un momento de pausa. Monterey Park era una ciudad del este del condado donde casi tres cuartas partes de la población era china. A quince minutos del centro, era como un país extranjero de lenguaje y cultura impenetrables.

—¿A quién tiene? —preguntó al fin.

—A nuestro hombre, al sospechoso.

—¿Quiere decir que lo ha identificado?

—Hemos hecho más que identificarlo. Lo tenemos, lo estamos viendo ahora mismo.

Había varias cosas en lo que estaba diciendo Chu que inmediatamente molestaron a Bosch.

—Para empezar, ¿con quién está?

—Estoy con el Departamento de Policía de Monterey Park. Han identificado a nuestro hombre en el vídeo y luego me han llamado.

Bosch sentía el pulso en la sien. Sin duda, conseguir la identificación del matón de la tríada —si era correcta— era un gran paso en la investigación. En cambio, todo lo demás que estaba oyendo no le gustaba. Meter a otro departamento de policía en el caso y acercarse al sospechoso constituían decisiones potencialmente fatales y no deberían haberse contemplado sin el conocimiento y aprobación del jefe de la investigación. Aun así, Bosch sabía que no podía saltarle encima a Chu, todavía no. Tenía que mantener la calma y hacer lo posible para contener una mala situación.

—Detective Chu, escúcheme atentamente. ¿Ha establecido contacto con el sospechoso?

—¿Contacto? No, todavía no. Estábamos esperando al momento adecuado; ahora mismo no está solo.

«Gracias a Dios», pensó Bosch, aunque no lo dijo.

—¿El sospechoso le ha visto?

—No, Harry, está al otro lado de la calle.

Bosch dejó escapar un poco más de aire. Empezaba a pensar que la situación podía salvarse.

—Vale, quiero que se quede donde está y me diga qué movimientos ha hecho y en qué lugar se encuentra exactamente. ¿Cómo ha ido a Monterey Park?

—La UBA tiene una estrecha relación con el grupo de bandas de Monterey Park. Esta noche, al salir de trabajar, he llevado la foto de nuestro hombre para ver si alguien lo reconocía. Conseguí una identificación positiva del tercer tipo que se la mostré.

—¿El tercero? ¿Quién era?

—El detective Tao. Estoy con él y su compañero ahora mismo.

—Bueno, dígame el nombre del sospechoso.

—Bo-jing Chang. —Deletreó el nombre.

—¿El apellido es Chang? —preguntó Bosch.

—Exacto. Y según la información, está en Yung Kim, Cuchillo Valeroso. Encaja con el tatuaje.

—Bien, ¿qué más?

—Nada más por el momento. Se supone que pertenece a un nivel bajo; todos estos tipos tienen empleos de verdad. Trabaja en un concesionario de coches de segunda mano en Monterey Park. Lleva aquí desde 1995 y tiene doble nacionalidad. No tiene antecedentes, al menos en Estados Unidos.

—Y tiene un veinte sobre él ahora mismo.

—Estoy vigilando cómo juega a las cartas. Cuchillo Valeroso se centra sobre todo en Monterey Park y hay un club aquí donde les gusta reunirse por las tardes. Tao y Herrera me han traído.

Bosch supuso que Herrera era el compañero de Tao.

—¿Dice que están al otro lado de la calle?

—Sí, el club está en un pequeño centro comercial y nosotros nos encontramos al otro lado de la calle, observándolos mientras juegan a las cartas. Vemos a Chang con los prismáticos.

—Vale, escuche: voy para allá. Quiero que retrocedan hasta que llegue allí; aléjense al menos otra manzana.

Hubo una larga pausa antes de que Chu respondiera.

—No necesitamos retroceder, Harry. Si le perdemos la pista, podría largarse.

—Escuche, detective, necesito que retroceda. Si se escapa será culpa mía, no suya. No quiero arriesgarme a que detecte presencia policial.

—Estamos al otro lado de la calle —protestó Chu—. A cuatro carriles de distancia.

—Chu, no me está escuchando. Si pueden verlo, él también. Aléjense; quiero que retrocedan al menos una manzana y que me esperen. Estaré allí en menos de media hora.

—Esto va a ser incómodo... —dijo Chu casi en un susurro.

—No me importa. Si lo hubiera manejado bien, me habría

llamado en el momento en que identificó al tipo. En cambio, está allí haciendo de vaquero con mi caso y yo voy a pararlo antes de que la cague.

—Se equivoca, Harry. Sí le he llamado.

—Sí, bueno, se lo agradezco. Ahora retroceda; le avisaré cuando esté cerca. ¿Cuál es el nombre del local?

Después de una pausa, Chu respondió con voz enfurruñada.

—Se llama Club 88. Está en Garvey, a cuatro manzanas al oeste de Garfield. Coja la Diez hasta…

—Sé cómo llegar. Ahora salgo.

Cerró el teléfono para no dar pie a ninguna discusión o debate posterior. Chu estaba avisado. Si no retrocedía o controlaba a los dos agentes de Monterey Park, estaría en manos de Bosch en un proceso de investigación interna.

12

*H*arry salió al cabo de dos minutos. Bajó por las colinas y luego tomó la 101 por Hollywood hasta el centro; después la 10 y se dirigió al este. Monterey Park estaba a diez minutos con tráfico escaso. Por el camino, Bosch llamó a Ignacio Ferras a casa, le informó de lo que estaba ocurriendo y le ofreció la oportunidad de reunirse con él en Monterey Park. Su compañero declinó el ofrecimiento y argumentó que sería mejor que estuviera fresco por la mañana. Además, estaba hasta el cuello con los análisis criminalísticos y los aspectos económicos del caso, tratando de determinar hasta qué punto le iba mal el negocio a John Li y la implicación que podía tener con la tríada.

Bosch se mostró de acuerdo y cerró el teléfono. Ya esperaba esa respuesta de Ferras: su temor a las calles era cada vez más evidente y Bosch se estaba cansando de darle tiempo. Sin embargo, Ferras parecía desvivirse por encontrar tareas que pudieran llevarse a cabo en la sala de la brigada: papeleo, comprobaciones informáticas e historiales económicos se habían convertido en su especialidad. En ocasiones, Bosch tenía que reclutar a otros detectives para que salieran del edificio con él, incluso para asignaciones sencillas como interrogar testigos. Había hecho cuanto estaba en su mano para darle a Ferras tiempo para recuperarse, pero la situación había alcanzado un punto en el que tenía que pensar en las víctimas, que no lograban la atención que merecían. Era difícil llevar a cabo una investigación implacable cuando tu compañero estaba pegado a la silla.

Garfield era una avenida principal que ofrecía una panorámica completa del distrito comercial de la ciudad al dirigirse hacia el sur. Monterey Park podía pasar fácilmente por un barrio de Hong Kong. El neón, los colores, las tiendas y el lenguaje de los carteles estaban pensados para una población de habla china. La única cosa que faltaba eran los rascacielos: Hong Kong era una ciudad vertical; Monterey Park, no.

Dobló a la izquierda en Garvey y sacó el teléfono para llamar a Chu.

—He llegado a Garvey. ¿Dónde está?

—Siga y verá un gran supermercado en el lado sur; estamos en el aparcamiento. Pasará el club en el lado norte antes de llegar ahí.

—Entendido.

Cerró el teléfono y siguió conduciendo, buscando con la mirada el neón del lado izquierdo. Enseguida vio el 88, que brillaba por encima de la puerta de un pequeño club sin ninguna otra denominación. Al ver el número en lugar de oírlo en la voz de Chu se dio cuenta de algo. No era la dirección del local, sino una bendición. Bosch sabía por su hija y por sus numerosas visitas a Hong Kong que el 8 era un número de la suerte en la cultura china. El numeral simbolizaba el infinito en la suerte, el amor, el dinero o en lo que se quisiera en la vida. Aparentemente, los miembros de Cuchillo Valeroso estaban deseando un doble infinito al poner el 88 en su puerta.

Al pasar al lado vio luz detrás de la ventana delantera de cristal. Las persianas estaban ligeramente abiertas y Bosch contó una decena de hombres sentados o de pie en torno a una mesa. Harry continuó y tres manzanas después metió el coche en el aparcamiento del supermercado Big Lau. En un extremo del aparcamiento vio un Crown Victoria que parecía demasiado nuevo para ser del Departamento de Policía de Los Ángeles y supuso que Chu iba con los de Monterey Park. Se colocó en el espacio libre de al lado.

Todo el mundo bajó las ventanas y Chu hizo las presentaciones desde el asiento de atrás. Herrera se hallaba detrás del volante y Tao iba a su lado. Ninguno de los agentes de Monterey Park se acercaba a los treinta años, lo cual era de esperar: los pequeños departamentos de policía de las ciudades que rodeaban Los Ángeles funcionaban como semilleros del de la capital. Los policías empezaban jóvenes, conseguían unos años de experiencia y luego se presentaban al Departamento de Policía de Los Ángeles o al del Condado del Sheriff, donde la placa se veía como algo más atractivo y divertido, y la experiencia adicional proporcionaba cierta ventaja.

—¿Usted identificó a Chang? —preguntó Bosch a Tao.

—Correcto. Lo detuve en un control hace seis meses. Cuando Davy vino con la foto, lo recordé.

—¿Cuándo fue eso?

Mientras Tao hablaba, su compañero mantenía los ojos en el Club 88, calle abajo. Ocasionalmente, levantaba unos prismáticos para ver más de cerca a la gente que iba y venía.

—Me lo encontré en la zona de almacenes, al final de Garvey. Era tarde, conducía una furgoneta y parecía perdido. Miré y el vehículo estaba vacío, pero supuse que iba a hacer una recogida. Por allí pasan muchos artículos falsos; es fácil perderse, porque hay muchos almacenes y todos parecen iguales. La cuestión es que la furgoneta no era suya: estaba registrada a nombre de Vincent Tsing, quien vive en South Pasadena pero es bien conocido como miembro de Cuchillo Valeroso. Es una cara popular. Tiene un concesionario de coches usados aquí en Monterey Park y Chang trabaja para él.

Bosch comprendió el procedimiento. Tao había parado la furgoneta, pero al no tener causa probable para registrar o detener a Chang, todo dependía de la buena voluntad de éste. Cumplimentaron un interrogatorio de campo con la información proporcionada y miraron en la parte de atrás de la furgoneta después de recibir permiso.

—Entonces, ¿dijo voluntariamente que era de la tríada de Cuchillo Valeroso?

—¡No! —respondió Tao con indignación—. Nos fijamos en el tatuaje y en la propiedad del vehículo. Sumamos dos y dos, detective.

—Está bien. ¿Tenía carnet de conducir?

—Sí, pero ya hemos verificado la dirección esta noche. No es correcta: se mudó.

Bosch volvió a mirar a Chu en el asiento trasero. Eso significaba que si la dirección del carnet de conducir de Chang hubiera sido correcta, probablemente ya se habrían enfrentado con el sospechoso sin la presencia de Bosch.

Chu rehuyó su mirada. Bosch se calmó y trató de no perder la compostura. Si estallaba contra ellos, perdería toda cooperación y el caso se resentiría. No era eso lo que quería.

—¿Tiene aquí la tarjeta de acoso? —le preguntó a Tao.

Tao le pasó por la ventanilla una tarjeta de tres centímetros por cinco. Harry encendió la luz del techo y leyó la información escrita a mano en la cartulina. Como los grupos de derechos civiles habían considerado a lo largo de los años los interrogatorios de campo como acosos injustificados, todo el mundo se refería a los formularios de información rellenados por los agentes con el nombre de «tarjetas de acoso».

Bosch estudió la información sobre Bo-jing Chang. La mayoría de los datos ya se los habían comunicado, pero Tao había llevado a cabo un interrogatorio de campo muy concienzudo. Había un número de teléfono móvil escrito en la tarjeta: era un momento decisivo.

—¿Este número es bueno?

—No lo sé, estos tipos suelen tirar los teléfonos, pero era bueno entonces. Llamé allí mismo para asegurarme de que no me estaba tomando el pelo. Así que todo lo que puedo decir es que en aquel momento era válido.

—Vale, hemos de confirmarlo.

—¿No irá a llamarlo y preguntarle qué tal está?

—No, lo hará usted. Bloquee su identificación y llame en cinco minutos. Si responde, dígale que se ha equivocado de número. Préstame los prismáticos y, Davy, usted viene conmigo.

—Espere un momento —dijo Tao—. ¿Qué estamos haciendo con los teléfonos?

—Si el número aún es bueno podemos pedir una escucha. Déjeme esos prismáticos; llame mientras yo miro y lo confirmaremos, ¿entendido?

—Claro.

Bosch le devolvió la tarjeta a Tao y cogió los prismáticos. Chu bajó del coche y entró en el vehículo de Bosch, quien salió a Garvey y se dirigió al Club 88. Examinó los aparcamientos, en busca de un lugar para acercarse.

—¿Dónde había aparcado antes?

—Arriba a la izquierda.

Señaló una plaza y Bosch se metió, dio la vuelta y apagó las luces al aparcar en un espacio que estaba enfrente del Club 88, al otro lado de la calle.

—Coja los prismáticos y mire si responde el teléfono —ordenó a Chu.

Mientras Chu se concentraba en Chang, Bosch estudió la panorámica completa del club y buscó a alguien que pudiera estar mirando por la ventana en su dirección.

—¿Cuál es Chang? —preguntó.

—Está a la izquierda, al lado del tipo con el sombrero.

Bosch lo localizó, aunque estaba demasiado lejos para poder confirmar que Chang era el hombre del vídeo de Fortune Liquors.

—¿Cree que es él o se fía de la identificación de Tao?

—Es una buena identificación —dijo Chu—. Es él.

Bosch miró su reloj. Herrera debería haber hecho la llamada; se estaba impacientando.

—De todos modos, ¿qué estamos haciendo? —preguntó Chu.

—Estamos construyendo un caso, detective. Confirmamos el número, luego conseguimos una orden de escucha. Empezamos a escucharle y descubrimos cosas: con quién habla, qué pretende. Quizá lo oigamos hablando de Li; quizá no, entonces lo asustaremos y veremos a quién llama. Empezaremos a rodearlo. La cuestión es que nos tomemos el tiempo suficiente para hacerlo bien. No vamos a caballo disparando por la ciudad.

Chu prefirió no responder. Mantuvo los prismáticos pegados a los ojos.

—Dígame una cosa —dijo Bosch—. ¿Se fía de esos dos tipos, Tao y Herrera?

Chu no vaciló.

—Me fío de ellos. ¿Usted no?

—No los conozco, o sea que no. Lo único que sé es que ha cogido mi caso y mi sospechoso, y lo ha mostrado todo en ese departamento de policía.

—Mire, estaba tratando de avanzar en el caso y lo he hecho. Tenemos la identificación.

—Sí, y ojalá nuestro sospechoso no se entere.

Chu bajó los prismáticos y miró a Bosch.

—Creo que está cabreado porque no lo ha hecho usted.

—No, Chu, no me importa quién logre la identificación siempre que la maneje bien. Mostrar mis cartas a personas que no conozco no es mi idea de un buen control del caso.

—¿No se fía de nadie?

—Mire al club —respondió Bosch de manera severa. Chu obedeció y volvió a levantar los prismáticos—. Confío en mí.

—Me pregunto si tiene que ver con Tao y conmigo; si se trata de eso.

Bosch se volvió hacia él.

—No empiece con esa mierda otra vez, Chu. Me da igual lo que se pregunte; puede volver a la UBA y quedarse lejos de mi caso. No le habría llamado si no…

—Chang acaba de responder.

Bosch miró al club: creyó ver al hombre que Chu había identificado como Chang con un teléfono pegado a la oreja. Enseguida bajó el brazo.

—Ha colgado —dijo Chu—. El número es bueno.

Bosch arrancó y empezó a dirigirse al supermercado.

—Todavía no sé por qué estamos haciendo el tonto con un número —dijo Chu—. ¿Por qué no lo detenemos? Lo tenemos en la cinta. El mismo día, a la misma hora. Lo usamos para que confiese.

—¿Y si no confiesa? No nos queda nada. La fiscalía se reirá y nos mandará a casa si vamos sólo con esa cinta. Necesitamos más. Es lo que estoy tratando de enseñarle.

—No necesito un maestro, Bosch, y todavía creo que podemos vencerlo.

—Sí, váyase a casa y mire un poco más la tele. ¿Por qué demonios iba a decirnos una sola palabra? A estos tipos les enseñan desde el primer día que si los detienen no deben decir nada. Si te condenan, te condenan y cuidamos de ti.

—Dijo que no había trabajado nunca en un caso de la tríada.

—No, pero algunas cosas son universales y ésta es una de ellas. Hay una oportunidad con estos casos; tenemos que hacerlo bien.

—Vale, entonces lo haremos a su manera. ¿Ahora qué?

—Volvemos al aparcamiento y dejamos a sus amigos. Nosotros nos ocuparemos de esto a partir de aquí; el caso es nuestro, no suyo.

—No les va a gustar.

—No me importa si les gusta o no, así va a ser. Busque una manera bonita de deshacerse de ellos. Dígales que volveremos a llamarlos cuando estemos listos para actuar sobre el tipo.

—¿Yo?

—Sí, usted. Usted los ha invitado, usted los echa.

—Gracias, Bosch.

—De nada, Chu. Bienvenido a Homicidios.

13

*B*osch, Ferras y Chu estaban sentados a un lado de la mesa de reuniones, enfrente del teniente Gandle y del capitán Bob Dodds, jefe de Robos y Homicidios. Varios documentos y fotografías del caso, empezando por la imagen de Bo-jing Chang de la cámara de seguridad de Fortune Liquors, se hallaban esparcidos sobre la pulida mesa.

—No estoy convencido —dijo Dodds.

Era jueves por la mañana, seis horas después de que Bosch y Chu dieran por terminada su vigilancia de Chang, una vez que el sospechoso llegó a un apartamento en Monterey Park y aparentemente se quedó allí.

—Bueno, capitán, aún no tiene que estar convencido —se explicó Bosch—. Por eso queremos continuar con la vigilancia y conseguir la escucha.

—Lo que quiero decir es que no estoy convencido de que ésta sea la forma de actuar —dijo Dodds—. La vigilancia está bien, pero una escucha supone mucho trabajo y esfuerzo, y es poco probable que se consigan buenos resultados.

Bosch lo comprendió. Dodds poseía una excelente reputación como detective, pero en ese momento era administrador y estaba tan lejos del trabajo de los detectives como un ejecutivo de Houston lo está del pozo de petróleo. Trabajaba con cifras de personal y presupuestos, y tenía que encontrar formas de hacer más con menos y no permitir nunca un bajón en las estadísticas de detenciones realizadas y casos cerrados. Eso lo convertía en una persona realista, y la realidad era que la vigilancia electrónica costaba muy cara. No sólo se requerían muchas horas para preparar un escrupuloso affidávit de más de cincuenta páginas para conseguir el permiso del juez, sino que una vez obtenido éste, había que dotar de personal una sala de escucha que debía estar controlada por un detective las veinticuatro horas del día. Con frecuencia, pinchar un número hacía necesario pinchar otros y, por imperativo legal, cada línea tenía que contar con su propio encargado. Una operación así chupaba horas extra como una esponja gigante. Con el presupuesto de horas extra de Robos y Homicidios drásticamente reducido por los recortes económicos en el departamento, Dodds se mostraba reacio a abrir el grifo para la investigación del asesinato del dueño de una tienda de licores de la zona sur. Prefería guardar los recursos para un caso importante que tuviera la plena atención de los medios.

Dodds, por supuesto, no diría nada de esto en voz alta, pero Bosch, igual que el resto de los presentes en la sala, sabía que ésa era la cuestión con la que batallaba el capitán. Era eso lo que no le convencía. No tenía nada que ver con las particularidades del caso.

Bosch hizo un último intento para persuadirlo.

—Esto es la punta del iceberg, capitán —dijo—. No sólo estamos hablando únicamente de un tiroteo en una tienda de licores; es sólo el principio. Podemos acabar con toda una tríada antes de que esto termine.

—¿Antes de que esto termine? Me retiro dentro de diecinueve meses, Bosch. Esta clase de cosas pueden prolongarse eternamente.

Bosch se encogió de hombros.

—Podemos llamar al FBI, conseguir socios. Ellos siempre están a punto para un caso internacional y tienen dinero para escuchas y vigilancia.

—Pero tendríamos que compartirlo todo —dijo Gandle, refiriéndose al botín de la detención: titulares, conferencias de prensa, todo.

—No me gusta la idea —dijo Dodds al tiempo que levantaba la foto de Bo-jing Chang.

Bosch jugó su última carta.

—¿Y si lo hacemos sin horas extra? —preguntó.

El capitán sostenía un bolígrafo en la mano, que probablemente le recordaba su autoridad. Era él quien firmaba, quien decidía. Jugueteó con el bolígrafo mientras consideraba la inesperada pregunta de Bosch, pero enseguida negó con la cabeza.

—Sabe que no puedo pedirle eso —dijo—. Ni siquiera puedo saberlo.

Era cierto. El departamento había sido demandado en tantas ocasiones por condiciones laborales injustas que ningún administrador daría siquiera una aprobación tácita a que los detectives trabajaran fuera de horario.

La frustración de Bosch con los presupuestos y la burocracia pudo finalmente con él.

—Entonces, ¿qué hacemos? Detenemos a Chang. Todos sabemos que no va a decirnos ni una palabra y que el caso morirá ahí mismo.

El capitán jugó con el boli.

—Bosch, ya sabe cuál es la alternativa. Trabaje el caso hasta que surja algo. Trabaje con los testigos. Trabaje con las pruebas. Siempre hay un vínculo. Pasé quince años haciendo lo que usted hace ahora y siempre hay algo: encuéntrelo. Una escucha es una probabilidad remota y lo sabe. El trabajo de campo es siempre lo mejor. Y bien, ¿hay algo más?

Harry sentía que se estaba poniendo colorado: Dodds lo estaba echando. Lo que le escocía era que, en el fondo, Bosch sabía que el capitán tenía razón.

—Gracias, capitán —dijo de manera cortante, y se levantó.

Los detectives dejaron a Dodds y al teniente en la sala de conferencias y se reunieron en el cubículo de Bosch. Éste lanzó un boli encima de su escritorio.

—Ese tío es un capullo —dijo Chu.

—No —dijo Bosch con rapidez—. Tiene razón y por eso es el capitán.

—Entonces, ¿qué hacemos?

—Nos quedamos con Chang. No me importan las horas extra, y lo que el capitán no sabe no le hará daño. Vigilamos a Chang y esperamos a que cometa un error. No me importa lo que tarde; puedo convertirlo en un pasatiempo si es preciso.

Bosch miró a los otros dos, esperando que se negaran a participar en una vigilancia que superaría los límites de la jornada de ocho horas.

Para su sorpresa, Chu asintió.

—Ya he hablado con mi teniente. Estoy libre para trabajar en este caso, puedo hacerlo.

Bosch asintió y al principio consideró que se había equivocado al sospechar de Chu. Su siguiente idea, no obstante, fue que había estado en lo cierto y que el compromiso de Chu de mantenerse en el caso no era más que un medio de permanecer cerca de la investigación y controlarlo.

Harry se volvió hacia su compañero.

—¿Y tú?

Ferras asintió de manera reticente e hizo un gesto hacia la sala de conferencias, al otro lado de la sala de la brigada. A través de la pared de cristal, vieron que Dodds continuaba hablando con Gandle.

—Ellos saben lo que estamos haciendo —dijo—. No van a pagarnos y nos dejan que decidamos si lo hacemos o pasamos. No es justo.

—¿Y? —dijo Bosch—. La vida no es justa. ¿Estás con nosotros o no?

—Estoy, pero dentro de un límite. Tengo familia, tío. No voy a pasarme la noche de vigilancia. No puedo hacerlo, y menos por nada.

—Vale, muy bien —dijo Bosch, aunque su tono expresaba su desacuerdo con Ferras—. Haz lo que puedas. Ocúpate del trabajo interior, y Chu y yo nos quedaremos con Chang.

Al notar la inflexión de la voz de Bosch, Ferras reveló una suave protesta en su propio tono.

—Mira, Harry, no sabes lo que es. Tres hijos… intenta explicarlo en casa. Que vas a sentarte en un coche toda la noche vigilando a algún tipo de la tríada y tu nómina va a tener el mismo aspecto, te pases las horas que te pases.

Bosch levantó las manos como para decir basta.

—Tienes razón, no he de explicarlo: sólo he de hacerlo. Ése es el trabajo.

14

*B*osch vigilaba a Chang desde detrás del volante de su propio coche, mientras éste se ocupaba de tareas menores en Tsing Motors. El concesionario de Monterey Park había sido una gasolinera estilo años cincuenta con dos espacios para el garaje y una oficina adjunta. Bosch había aparcado a media manzana, en la concurrida Garvey Avenue, y no corría ningún riesgo de que lo detectaran. Chu estaba en su coche particular, a media manzana del aparcamiento en dirección opuesta. Usar sus automóviles particulares para la vigilancia constituía una infracción de la política departamental, pero Bosch había llamado al garaje de la policía y no había vehículos sin identificar disponibles. La elección era utilizar sus coches de detectives —lo cual les habría proporcionado el mismo camuflaje que un coche pintado de blanco y negro— o romper las normas. A Bosch no le importaba hacer esto porque tenía un cargador de seis CD en su coche. Ese día llevaba música de su último hallazgo: Tomasz Stańko era un trompetista polaco que sonaba como el fantasma de Miles Davis. Su instrumento era intenso y emotivo. Era una buena música de vigilancia, que mantenía a Bosch alerta.

Durante las casi tres horas que llevaban observando al sospechoso, éste se había ocupado de sus quehaceres cotidianos en el concesionario. Había lavado coches, abrillantado llantas para que parecieran nuevas e incluso había llevado al único cliente potencial a probar un Mustang de 1989. Y durante la última media hora había movido sistemáticamente cada una de las tres docenas de coches del aparcamiento a nuevas posiciones a fin de que pareciera que iban cambiando los vehículos disponibles, que había actividad comercial y que el negocio funcionaba.

A las cuatro de la tarde sonó *Soul of Things* en el reproductor de CD y Bosch no pudo evitar pensar que incluso Miles daría su reconocimiento a Stańko, aunque fuera a regañadientes. Harry estaba siguiendo el ritmo con los dedos en el volante cuando vio que Chang se dirigía a una pequeña oficina y se cambiaba la camisa. Cuando salió había terminado la jornada. Entró en el Mustang y se marchó solo.

El teléfono de Bosch sonó inmediatamente con una llamada de Chu. Harry detuvo la música.

—¿Lo tiene? —preguntó Chu—. Se está moviendo.

—Sí, ya lo veo.

—Va hacia la 10. ¿Cree que ha terminado la jornada?

—Se ha cambiado de camisa; creo que ha terminado. Yo iré delante, prepárese.

Bosch lo siguió a cinco coches de distancia y se acercó cuando Chang tomó la 10 en dirección oeste, hacia el centro. No iba a casa. Bosch y Chu lo habían seguido la noche anterior a un apartamento en Monterey Park —también propiedad de Vincent Tsing— y lo habían vigilado durante una hora después de que se apagaran las luces y se convencieran de que no iba a volver a salir esa noche.

En ese momento se estaba dirigiendo a Los Ángeles y el instinto de Bosch le decía que iba a llevar a cabo negocios de la tríada. Aceleró y adelantó al Mustang, sosteniendo el móvil junto a la oreja para que Chang no pudiera verle la cara. Llamó a Chu y le dijo que iba delante.

Bosch y Chu continuaron intercambiando posiciones mientras Chang tomaba la autovía 101 en sentido norte y atravesaba Hollywood para dirigirse al valle. El atasco de la hora punta facilitaba el seguimiento del sospechoso. Chang tardó casi una hora en llegar a Sherman Oaks, donde finalmente salió en la rampa de Sepulveda Boulevard. Bosch llamó a Chu.

—Creo que se dirige a la otra tienda —le dijo a su compañero de vigilancia.

—Me parece que tiene razón. ¿Deberíamos llamar a Robert Li y avisarlo?

Bosch se lo pensó. Era una buena pregunta: tenía que decidir si Robert Li corría peligro. En ese caso, debería avisarlo; en cambio, si no estaba en peligro, una advertencia podía estropear toda la operación.

—No, todavía no. Veamos qué ocurre. Si Chang va a la tienda, entramos con él e intervenimos si las cosas se tuercen.

—¿Está seguro, Harry?

—No, pero es lo que haremos. No se quede en el semáforo.

Mantuvieron la conexión. El semáforo acababa de ponerse verde al final de la rampa. Bosch iba cuatro coches detrás de Chang, pero Chu estaba a al menos ocho.

El tráfico se movía despacio y Bosch continuó mirando el semáforo. Se puso ámbar justo cuando él llegaba al cruce. Logró pasar, pero Chu no.

—Vale, lo tengo —dijo al teléfono—. No hay problema.

—Bueno. Llegaré en tres minutos.

Bosch cerró el aparato. En ese momento oyó una sirena justo detrás y vio unas luces azules que destellaban en el retrovisor.

—¡Mierda!

Miró adelante y vio que Chang avanzaba hacia el sur por Sepulveda. Estaba a cuatro manzanas de Fortune Fine Foods & Liquor. Bosch se detuvo rápidamente y echó el freno; abrió la puerta y salió. Llevaba la placa en la mano al acercarse al agente en motocicleta que lo había hecho parar.

—¡Estoy en vigilancia! ¡No puedo parar!

—Hablar por el móvil es ilegal.

—Entonces apúntelo y mándeselo al jefe. No voy a estropear una vigilancia por eso.

Se dio la vuelta y volvió a su coche. Se incorporó de nuevo al tráfico y miró adelante en busca del Mustang de Chang: no estaba. El siguiente semáforo se puso rojo y volvió a detenerse. Dio un manotazo al volante y empezó a preguntarse si debía llamar a Robert Li.

Sonó el teléfono: era Chu.

—Estoy girando. ¿Dónde está?

—Sólo una manzana por delante. Me ha parado un poli de tráfico por hablar por el móvil.

—¡Genial! ¿Dónde está Chang?

—Delante. Ahora me estoy moviendo.

El tráfico avanzaba con lentitud en el cruce. Bosch no tenía pánico, porque la calle estaba tan bloqueada de vehículos que sabía que Chang no podía estar mucho más adelante. Se quedó en su carril, sabiendo que podría atraer la atención de Chang en los retrovisores si empezaba a cambiar de carril.

Al cabo de otros dos minutos llegó al cruce de Sepulveda y Ventura Boulevard. Divisó las luces de Fortune Fine Foods & Liquor a una manzana, en el siguiente cruce de Sepulveda. No vio por ninguna parte el Mustang de Chang delante del establecimiento. Llamó a Chu.

—Estoy en el semáforo de Ventura y no lo veo. Puede que ya esté allí.

—Estoy a un semáforo de distancia. ¿Qué hacemos?

—Voy a aparcar y entrar. Quédese fuera y busque su coche; llámeme cuando lo vea.

—¿Va a ir directo a Li?

—Ya veremos.

En cuanto el semáforo se puso verde, Bosch pisó el acelerador y estuvo a punto de atropellar a un peatón que cruzaba en rojo. Circuló despacio en la siguiente travesía y giró a la derecha en el aparcamiento de la tienda. No vio el coche de Chang ni ningún sitio libre salvo el marcado claramente para minusválidos. Bosch cruzó el aparcamiento hasta el callejón y dejó el coche al lado de un cubo de basura que tenía un adhesivo de PROHIBIDO APARCAR. Salió y trotó por el aparcamiento hasta la puerta de la tienda.

Justo cuando Bosch estaba cruzando la puerta automática que decía ENTRADA vio que Chang atravesaba la de salida. Bosch levantó la mano y se la pasó por el cabello, tapándose la cara con el brazo. Continuó caminando y sacó el teléfono del bolsillo.

Pasó entre las dos cajas, donde había dos mujeres, diferentes de las del día anterior, que esperaban clientes.

—¿Dónde está el señor Li? —preguntó Bosch sin detenerse.

—En la parte de atrás —dijo una.

—En su oficina —añadió la otra.

Bosch llamó a Chu mientras caminaba rápidamente por el pasillo central hasta la trastienda.

—Acaba de salir. Quédese con él, yo hablaré con Li.

—Entendido.

Bosch colgó y se guardó el teléfono en el bolsillo. Siguió la misma ruta que el día anterior hasta la oficina de Li. Cuando llegó allí, la puerta de la oficina estaba cerrada. Sintió que le quemaba la adrenalina al poner la mano en el pomo.

Bosch abrió la puerta sin llamar y encontró a Li y otro hombre asiático sentados ante dos escritorios, manteniendo una conversación que se detuvo abruptamente. Li se levantó de un salto y Bosch vio de inmediato que estaba ileso.

—¡Detective! —exclamó Li—. ¡Ahora mismo iba a llamarle! ¡Ha estado aquí! ¡El hombre que me mostró ha estado aquí!

—Lo sé, estaba siguiéndolo. ¿Está bien?

—Asustado, pero nada más.

—¿Qué ha ocurrido?

Li vaciló un momento para buscar las palabras.

—Siéntese y cálmese —dijo Bosch—. Ahora me lo cuenta. ¿Quién es usted? —Bosch señaló al hombre sentado detrás del otro escritorio.

—Es Eugene, mi ayudante.

El hombre se levantó y le ofreció su mano a Bosch.

—Eugene Lam, detective.

Bosch le estrechó la mano.

—¿Estaba aquí cuando entró Chang? —preguntó.

—¿Chang? —repitió Li.

—Así se llama el hombre de la fotografía.

—Sí, estábamos los dos aquí. Acaba de entrar en la oficina.

—¿Qué quería?

—Ha dicho que ahora tenía que pagar yo a la tríada; que mi padre ya no estaba y que ahora me tocaba a mí. Que volvería en una semana y que tendría que pagar.

—¿Ha mencionado algo sobre el asesinato de su padre?

—Que ahora ya no estaba y que yo tenía que pagar.

—¿Ha dicho qué ocurriría si no pagaba?

—No tenía que hacerlo.

Bosch asintió; Li tenía razón. La amenaza era implícita, sobre todo después de lo que le había ocurrido a su padre. Bosch se entusiasmó. El hecho de que Chang acudiera a Robert Li ampliaba las posibilidades. Estaba intentando extorsionarle y eso facilitaría una detención, que en última instancia podía conducir a una acusación de asesinato.

Harry se volvió hacia Lam.

—¿Usted ha sido testigo de todo lo que se ha dicho?

Lam titubeó, pero asintió al fin. Bosch pensó que quizás era reticente a implicarse.

—¿Lo ha oído o no, Eugene? Acaba de decirme que se encontraba usted aquí.

Lam asintió otra vez antes de responder.

—Sí, he visto al hombre, pero… no hablo chino. Lo entiendo un poco, aunque no mucho.

Bosch se volvió a Li.

—¿Le ha hablado en chino?

Li asintió.

—Sí.

—Pero lo ha entendido y ha quedado claro que le ha dicho que tenía que empezar a pagar ahora que su padre no estaba.

—Sí, eso ha quedado claro, pero…

—Pero ¿qué?

—¿Van a detener a ese hombre? ¿Tendré que presentarme en el juicio?

Estaba claramente asustado por la posibilidad.

—Mire, es demasiado pronto para decir si esto saldrá alguna vez de esta sala. No queremos acusar a Chang de extorsión, sino de matar a su padre, si es que fue él. Y estoy seguro de que usted hará lo que sea necesario para ayudarnos a encerrar al asesino.

Li asintió, pero Bosch aún podía ver su vacilación. Considerando lo que le había ocurrido a su padre, estaba claro que Robert no quería enfrentarse a Chang o a la tríada.

—He de hacer una llamada rápida a mi compañero —dijo Bosch—. Voy a salir un momento y enseguida vuelvo. —Salió de la oficina y cerró la puerta. Llamó a Chu—. ¿Lo tiene?

—Sí, va otra vez hacia la autovía. ¿Qué ha pasado?

—Le ha dicho a Li que ha de empezar a hacer los pagos que hacía su padre a la tríada.

—¡Joder! ¡Tenemos el caso!

—No se entusiasme. Un caso de extorsión tal vez, y sólo si

el chico coopera. Todavía estamos muy lejos de un cargo por homicidio.

Chu no respondió y Bosch de repente se sintió mal por aguarle la fiesta.

—Pero tiene razón —dijo—. Nos estamos acercando. ¿Hacia qué lado va?

—Está en el carril de la derecha en dirección sur por la 101. Me da la sensación de que tiene prisa. Está mordiéndole el culo al coche de delante, pero no parece que eso le ayude mucho.

Aparentemente, Chang estaba volviendo por donde había llegado.

—Vale, voy a hablar con esos tipos un poco más y luego estaré libre. Llámeme cuando Chang pare en algún sitio.

—¿Esos tipos? ¿Quién más hay aparte de Robert Li?

—Su ayudante, Eugene Lam. Estaba en la oficina cuando entró Chang, pero el problema es que éste habló en chino y Lam sólo sabe inglés. No será un buen testigo salvo para situar a Chang en el despacho de la tienda.

—De acuerdo, Harry. Ahora estamos en la autovía.

—Quédese con él y llamaré en cuanto termine —dijo Bosch.

Bosch cerró el teléfono y volvió al despacho. Li y Lam seguían tras sus escritorios, esperándolo.

—¿Tiene videovigilancia en la tienda? —preguntó en primer lugar.

—Sí —dijo Li—. El mismo sistema que en la tienda del sur, aunque aquí hay más cámaras. Graba en múltiplex; ocho pantallas a la vez.

Bosch levantó la mirada al techo y a la parte superior de las paredes.

—No hay cámara aquí, ¿verdad?

—No, detective —contestó Li—. En el despacho no.

—Bueno, de todos modos necesitaré el disco para que podamos probar que Chang vino a verlo.

Li asintió de manera vacilante, como un chico arrastrado a la pista de baile por alguien con quien no quiere bailar.

—Eugene, ¿puedes ir a buscar el disco para el detective Bosch? —dijo.

—No —repuso Bosch con rapidez—. Necesito ser testigo

de cómo saca el disco. Hay que respetar la cadena de pruebas y custodia. Iré con usted.

—Como quiera.

Bosch pasó otros quince minutos en la tienda. Primero observó el vídeo de vigilancia y confirmó que Chang había entrado, se había dirigido al despacho de Li y había vuelto a marcharse después de tres minutos fuera de cámara con Li y Lam. A continuación, Bosch se guardó la grabación y volvió al despacho para repasar una vez más el relato de Li de lo que había ocurrido con Chang. La reticencia de Li pareció crecer con el interrogatorio más detallado. Harry empezó a creer que el hijo de la víctima de homicidio podría negarse a cooperar en una acusación. Aun así, había otro aspecto positivo en el último acontecimiento. El intento de extorsión de Chang podía usarse de otras maneras: podía proporcionar causa probable. Y con eso, Bosch podía detener a Chang y registrar sus pertenencias en busca de pruebas del homicidio, tanto si Li finalmente cooperaba en una acusación como si no.

Al salir por la puerta automática de la tienda, Bosch se sentía animado. El caso cobraba nueva vida. Sacó el teléfono para conocer el paradero del sospechoso.

—Hemos vuelto a su apartamento —dijo Chu—. Sin paradas. Creo que no va a volver a salir.

—Es demasiado temprano. Aún no está oscuro.

—Bueno, lo único que puedo decirle es que ha llegado a casa. Y ha corrido las cortinas.

—Vale. Voy hacia allá.

—¿Le importa cogerme un perrito de tofu, Harry?

—Ni hablar, Chu.

Chu rio.

—Lo suponía —dijo.

Bosch cerró el teléfono. Chu obviamente también sentía la excitación del caso.

15

Chang no salió de su apartamento hasta las nueve del viernes por la mañana. Y cuando lo hizo llevaba algo que inmediatamente puso a Bosch en máxima alerta: una maleta grande.

Bosch llamó a Chu para asegurarse de que estaba despierto. Se habían repartido la vigilancia nocturna en turnos de cuatro horas, de manera que cada hombre dormía un rato en su coche. A Chu le correspondía el turno de cuatro a ocho, pero Bosch aún no había recibido noticias suyas.

—¿Está despierto? Chang está en marcha.

Chu todavía tenía la voz somnolienta.

—Sí, pero ¿cómo que está en marcha? Tenía que llamarme a las ocho.

—Ha puesto una maleta en el coche. Se larga. Creo que le han avisado.

—¿De nosotros?

—No, de que compre acciones de Microsoft. No se haga el estúpido.

—Harry, ¿quién iba a avisarlo?

Chang se metió en el coche y salió marcha atrás de su plaza en el aparcamiento del complejo de apartamentos.

—Es una excelente pregunta —dijo Bosch—. Pero si alguien conoce la respuesta es usted.

—¿Está sugiriendo que avisé al sospechoso de una investigación de homicidio? —Chu sonó ultrajado por la acusación.

—No sé lo que hizo —dijo Bosch—, pero paseó nuestra investigación por todo Monterey Park, así que ahora no hay forma de saber quién avisó a ese tipo. Lo que sé ahora mismo es que parece que se va de la ciudad.

—¿Por todo Monterey Park? ¿Se puede saber qué coño está hablando?

Bosch siguió al Mustang hacia el norte desde el aparcamiento, manteniéndose a una manzana.

—La otra noche me dijo que al tercer tipo al que le mostró la foto de Chang lo identificó. Ya van tres, y todos tienen compañeros y reuniones de turno y todos hablan.

—Bueno, quizás esto no habría ocurrido si no le hubiéramos dicho a Tao y Herrera que se largaran como si no confiáramos en ellos.

Bosch miró por el espejo a Chu. Estaba tratando de no dejar que su rabia lo distrajera de la persecución. No podían perder a Chang en ese momento.

—Acelere. Nos dirigimos a la 10. Después de que entre, quiero que cambie conmigo y se ponga delante.

—Entendido.

La voz de Chu todavía contenía rabia, pero a Bosch no le importaba. Si habían avisado a Chang de la investigación, Harry encontraría al que había hecho la llamada y lo quemaría vivo, aunque fuera Chu.

Chang se metió en la autovía 10 en dirección oeste; Chu pasó a Bosch enseguida y se colocó delante. Harry miró y vio que le hacía un gesto obsceno con el dedo. Cambió de carril, se quedó atrás y llamó al teniente Gandle.

—Harry, ¿qué pasa?

—Tenemos problemas.

—Cuéntame.

—El primero es que nuestro hombre ha metido una maleta en el coche esta mañana y se está dirigiendo por la 10 hacia el aeropuerto.

—Mierda, ¿qué más?

—Me parece que lo han avisado, quizá le han dicho que se marche de la ciudad.

—Quizá ya le habían dicho que se marchara después de matar a Li. No te precipites con esto, Harry. A menos que sepas algo seguro.

A Bosch le molestó que su propio teniente no lo respaldara, pero podía soportarlo. Si habían avisado a Chang y en algún lugar de la investigación estaba el cáncer de la corrupción, él lo encontraría. No le cabía ninguna duda. Lo dejó estar por el momento y se concentró en las opciones que tenían con Chang.

—¿Detenemos a Chang? —preguntó.

—¿Estás seguro de que se marcha? Quizás esté haciendo una entrega o algo. ¿Cómo de grande es la maleta?

—Grande. De las que preparas cuando no vas a volver.

Gandle suspiró al darse cuenta de que Bosch ponía en el plato de la balanza otro dilema y otra decisión que tomar.

—Vale, déjame hablar con algunas personas y volveré a llamarte.

Bosch supuso que hablaría con el capitán Dodds y posiblemente con alguien de la oficina del fiscal del distrito.

—Hay una buena noticia, teniente —dijo.

—Menos mal —exclamó Gandle—. ¿Cuál es?

—Ayer por la noche seguimos a Chang a la otra tienda, la que el hijo de la víctima tiene en el valle de San Fernando. Lo extorsionó, le dijo al chico que tenía que empezar a pagar ahora que faltaba el padre.

—Vaya, ¡eso es genial! ¿Por qué no me lo habías dicho?

—Acabo de hacerlo.

—Eso nos da causa probable para detenerlo.

—Para detenerlo, pero probablemente no para acusarlo. El chico parece reacio a ser testigo. Tendría que declarar para que haya caso, y no sé si aguantará. Y además, no es una acusación de homicidio, que es lo que queremos.

—Bueno, al menos podemos impedir que ese tipo suba a un avión.

Bosch asintió al tiempo que empezaba a formarse la idea de un plan.

—Es viernes. Si nos lo tomamos con calma y presentamos cargos a última hora, no tendrá que comparecer ante el juez hasta el lunes por la mañana. Eso nos dará al menos setenta y dos horas para montar el caso.

—Con la extorsión como mal menor.

—Exacto.

Bosch estaba recibiendo el pitido de otra llamada en el oído y supuso que era Chu. Le pidió a Gandle que volviera a llamarlo en cuanto hubiera analizado el escenario con los que mandaban.

Bosch atendió la otra llamada sin mirar la pantalla.

—¿Sí?

—¿Harry?

Era una mujer. Reconoció la voz, pero no la situaba.

—Sí, ¿quién es?

—Teri Sopp.

—Ah, hola, pensaba que me llamaba mi compañero. ¿Qué pasa?

—Quería que supieras que los he convencido de que usen el casquillo que me diste ayer en el programa de potenciación electrostática. Ya veremos si conseguimos sacar una huella.

—Teri, ¡eres mi heroína! ¿Será hoy?

—No, hoy no. No volveremos a eso hasta la semana que viene. El martes probablemente.

Bosch odiaba pedir un favor cuando acababan de hacerle uno, pero sentía que no tenía elección.

—Teri, ¿hay alguna posibilidad de que pueda hacerse el lunes por la mañana?

—¿El lunes? No creo que tengamos la aplicación hasta…

—Podríamos tener al sospechoso entre rejas antes de que termine el día. Creemos que está tratando de dejar el país y podríamos necesitar detenerle, lo que nos da hasta el lunes para presentar pruebas. Vamos a necesitar todo lo que podamos conseguir.

Hubo vacilación antes de que respondiera.

—Veré qué podemos hacer. Entre tanto, si lo detienes, mándame una tarjeta con las huellas para que pueda hacer la comparación en cuanto tenga algo aquí. Si es que consigo algo.

—Concedido, Teri. Un millón de gracias.

Bosch cerró el teléfono y examinó la autovía que tenía delante de él. No vio ni el coche de Chu —un Mazda Miata rojo— ni el Mustang plateado de Chang. Se dio cuenta de que se había quedado atrás. Le dio a la tecla de marcación rápida del número de Chu.

—Chu, ¿dónde está?

—Al sur, en la 405. Va al aeropuerto.

Bosch todavía estaba en la autovía 10 y vio el acceso de la 405 más adelante.

—Vale, lo pillaré.

—¿Qué ocurre?

—Gandle está haciendo llamadas para ver si detenemos a Chang o no.

—No podemos dejarlo escapar.

—Es lo que le he dicho. Veremos qué dicen ellos.

—¿Quiere que implique a mi jefe?

Bosch casi respondió diciendo que no quería meter en el ajo a otro jefe con la posibilidad de que hubiera una fuga en algún punto del conducto.

—Esperemos antes a ver qué dice Gandle —dijo en cambio, diplomáticamente.

—Entendido.

Bosch colgó y se abrió paso entre el tráfico en un esfuerzo por darle alcance. Cuando estaba en el paso superior que lo llevaba de la 10 a la 405, logró localizar los vehículos de Chu y Chang a ochocientos metros, atrapados en la cola donde se juntaban los carriles.

Cambiando dos veces más la posición, Bosch y Chu siguieron a Chang hasta la salida al aeropuerto LAX en Century Boulevard. Ya estaba claro que Chang iba a marcharse de la ciudad, y ellos iban a impedirlo. Volvió a llamar a Gandle y le pusieron la llamada en espera.

Por fin, después de dos largos minutos, Gandle contestó.

—Harry, ¿qué tienes?

—Está en Century Boulevard, a cuatro manzanas del aeropuerto.

—Todavía no he podido hablar con nadie.

—Yo digo que lo detengamos. Lo acusamos de homicidio y en el peor de los casos el lunes presentamos cargos por extorsión. Conseguirá fianza, pero el juez le impedirá viajar, sobre todo después de que haya tratado de irse hoy.

—Tú decides, Harry. Yo te apoyaré.

Lo que significaba que sería culpa de Bosch si se equivocaba, el lunes todo se desmontaba y Chung salía en libertad con la posibilidad de irse de Los Ángeles para no volver.

—Gracias, teniente. Le tendré informado.

Bosch colgó el teléfono y al cabo de un momento Chang giró a la derecha hacia el aparcamiento de larga duración, que proporcionaba servicios de lanzadera a las terminales del aeropuerto. Como era de esperar, Chu llamó.

—Ya está. ¿Qué hacemos?

—Lo detenemos. Esperamos hasta que aparque y saque la maleta del coche; luego echamos un vistazo a la maleta con una orden.

—¿Dónde?

—Uso este aparcamiento cuando voy a Hong Kong. Hay un montón de filas y estaciones de lanzaderas donde pueden recogerte. Vamos a aparcar allí. Nos hacemos pasar por viajeros y lo detenemos en la estación de la lanzadera.

—Entendido.

Colgaron. Bosch iba delante en ese momento, así que entró en el aparcamiento justo detrás de Chang. Cogió el tíquet de la máquina, se levantó la barrera y pasó. Siguió a Chang por el aparcamiento principal y cuando éste giró a la derecha por un carril secundario, Bosch continuó, pensando que Chu lo seguiría y giraría a la derecha.

Bosch aparcó en el primer espacio que vio, bajó del coche y regresó a pie al lugar donde habían girado Chang y Chu. Vio a Chang a un carril, de pie detrás del Mustang, sacando la maleta. Chu estaba aparcando ocho coches más allá.

Dándose cuenta de que parecería sospechoso sin equipaje en un aparcamiento de larga duración, Chu empezó a caminar hacia una parada de lanzadera cercana, llevando un maletín y una gabardina como si estuviera en viaje de negocios.

Bosch no tenía nada con lo que disfrazarse, así que avanzó por los pasillos centrales del aparcamiento usando los vehículos como escudos.

Chang cerró el coche y cargó la pesada maleta, antigua, sin ruedas. Cuando llegó a la parada de la lanzadera, Chu ya estaba allí. Bosch atajó por detrás de un monovolumen y salió dos coches más allá. Eso le daría a Chang poco tiempo para caer en la cuenta de que el hombre que se acercaba debería llevar equipaje en un aparcamiento de larga duración.

—Bo-jing Chang —dijo Bosch en voz alta al acercarse.

El sospechoso se volvió para mirar a Bosch. De cerca, Chang parecía fuerte y ancho, imponente. Bosch vio que los músculos se le tensaban.

—Está detenido. Ponga las manos a la espalda.

Chang no tuvo ocasión de dar una respuesta tipo «lucha o huye». Chu se le acercó por detrás y le colocó una esposa en la muñeca derecha mientras le agarraba la izquierda. Chang se debatió un momento, más como respuesta a la sorpresa que otra cosa, pero Chu le puso la esposa en la otra muñeca y completó la detención.

—¿Qué es esto? —protestó Chang—. ¿Qué he hecho? —Tenía un acento muy marcado.

—Vamos a hablar de todo eso, señor Chang, en cuanto lleguemos al Edificio de Administración de Policía.

—He de coger un avión.

—Hoy no.

Bosch le mostró la placa y luego presentó a Chu, asegurándose de mencionar que pertenecía a la Unidad de Bandas Asiáticas. Bosch quería que eso se fuera filtrando en la mente del detenido.

—¿Detenido por qué? —preguntó el sospechoso.

—Por el asesinato de John Li.

Bosch no vio sorpresa en la reacción de Chang. Notó que se ponía físicamente en modo hibernación.

—Quiero un abogado —dijo.

—Espere un momento, señor Chang —dijo Bosch—. Deje que le leamos antes sus derechos.

Bosch hizo una señal a Chu, quien sacó una tarjeta del bolsillo. Leyó a Chang sus derechos y le preguntó si los entendía. La única respuesta de Chang fue volver a solicitar un abogado. Sabía lo que se hacía.

El siguiente movimiento de Bosch fue llamar a una unidad de patrulla para trasladar a Chang al centro y una grúa para que se llevara su coche al aparcamiento del garaje de la policía del centro de la ciudad. Bosch no tenía prisa en ese momento; cuanto más tardara en transportar a Chang al centro, más cerca estarían de las dos de la tarde, la hora de cierre en el tribunal de delitos graves. Si retrasaban la comparecencia de Chang ante el tribunal, podría ser huésped del calabozo de la ciudad durante el fin de semana.

Al cabo de cinco minutos de quedarse allí en silencio, durante los cuales Chang se sentó en un banco de la parada de lanzadera, Bosch se volvió, hizo un gesto hacia la maleta y habló con él en plan de charla, como si las preguntas y respuestas no importaran.

—Parece que eso pesa una tonelada —dijo—. ¿Adónde va?

Chang no dijo nada. No existe la charla cuando estás detenido. Miró hacia delante y no hizo caso de Bosch. Chu tradujo la pregunta, pero tampoco obtuvo respuesta.

Bosch se encogió de hombros como si no le importara mucho si Chang contestaba o no.

—Harry —dijo Chu.

Bosch notó que su teléfono vibraba dos veces, la señal de que había recibido un mensaje. Hizo un gesto a Chu para que se apartara unos metros de la parada a fin de poder hablar sin que Chang los oyera.

—¿Qué opina? —preguntó Chu.

—Bueno, está claro que no va a hablar con nosotros y ha pedido un abogado. Así que en eso estamos.

—Bueno, ¿qué hacemos?

—Para empezar, vamos con calma. Nos tomamos nuestro tiempo para llevarlo al centro y luego para presentar cargos. No llamará a su abogado hasta que sea acusado, y con un poco de suerte no será hasta después de las dos. Entre tanto, conseguimos órdenes. El coche, la maleta y el móvil si lo lleva encima. Después de eso, vamos a su apartamento y su lugar de trabajo; adonde el juez nos deje. Y rezamos para encontrar algo como la pistola antes de mediodía del lunes. Porque si no lo hacemos, probablemente saldrá libre.

—¿Y la extorsión?

—Eso nos da causa probable, pero no iremos a ninguna parte si Robert Li no coopera.

Chu asintió.

—*Solo ante el peligro*, Harry. Era una peli. Un *western*.

—No la he visto —le dijo a Chu.

Bosch miró por la larga fila de coches aparcados y vio un coche patrulla que giraba hacia ellos. Saludó.

Sacó el teléfono para comprobar el mensaje. Vio en la pantalla que había recibido un vídeo de su hija.

Lo miraría después. Era muy tarde en Hong Kong y sabía que su hija debía de estar en la cama; probablemente no podía dormir y esperaba que él respondiera. Pero tenía trabajo que hacer. Guardó el teléfono cuando el coche patrulla se detuvo delante de ellos.

—Voy a ir con él —le dijo a Chu—. Por si decide decir algo.

—¿Y su coche?

—Lo recogeré después.

—Quizá debería ir yo con él.

Bosch miró a Chu. Era uno de esos momentos: Harry sabía que era mejor que Chu viajara con Chang, porque conocía los dos idiomas y era chino. Pero eso significaría que cedería parte del control del caso. También significaría que estaba mostrando confianza en Chu, sólo una hora después de señalarlo con el dedo como culpable.

—Vale —dijo Bosch al fin—, usted va con él.

Chu asintió, comprendiendo al parecer el significado de la decisión de Bosch.

—Pero coja el camino largo —dijo Bosch—. Estos tipos probablemente trabajan desde Pacific. Pase primero por la comisaría, luego llámeme. Le diré que hay un cambio de planes y que vamos a acusarlo en el centro. Eso debería darnos una hora extra en el viaje.

—Entendido —dijo Chu—. Eso funcionará.

—¿Quiere que lleve su coche? —preguntó Bosch—. No me importa dejar el mío aquí.

—No, está bien, Harry. Dejaré el mío y vendré después. De todos modos no le gustaría oír lo que hay en el equipo de música.

—¿El equivalente musical de un perrito caliente de tofu?

—Para usted probablemente sí.

—Vale, entonces cogeré el mío.

Bosch dijo a los dos agentes de patrulla que pusieran a Chang en la parte de atrás del coche y que metieran la maleta en el portaequipajes. Entonces se puso serio con Chu.

—Voy a poner a Ferras a trabajar en las órdenes de registro de las propiedades de Chang. Cualquier reconocimiento por su parte ayudará con la causa probable. Que nos dijera que tenía un vuelo es un reconocimiento que nos ayuda a argumentar voluntad de huir. Trate de que cometa un error así cuando vaya con él en la parte de atrás.

—Pero ya ha pedido un abogado.

—Hágalo en plan de charla, no como un interrogatorio. Trate de averiguar adónde iba. Eso ayudaría a Ignacio. Y recuerde, estire lo máximo que pueda. Llévelo por la ruta turística.

—Entendido. Sé lo que he de hacer.

—Vale, voy a esperar aquí a la grúa. Si llega al EAP antes que yo, ponga a Chang en una sala y que se vaya macerando. No olvide poner el vídeo; Ignacio le explicará cómo hacerlo. Nunca se sabe, a veces estos tipos se quedan una hora solos en una sala y empiezan a confesar a las paredes.

—Entendido.

—Buena suerte.

Chu entró en la parte de atrás del coche patrulla y cerró la puerta. Bosch dio dos veces una palmada en el techo y observó cómo se alejaba el vehículo.

16

*E*ra casi la una cuando Bosch llegó a la sala de la brigada. Había esperado a la grúa y luego se había tomado su tiempo para llegar, parando en el In-N-Out de al lado del aeropuerto para comprar una hamburguesa. Encontró a Ignacio Ferras en su cubículo, trabajando en su ordenador.

—¿Dónde estamos? —preguntó.

—Casi he terminado con la solicitud de registro.

—¿Qué vamos a pedir?

—Tengo un affidávit por la maleta, el teléfono y el coche. Entiendo que está en el garaje.

—Acaban de llevarlo. ¿Y su apartamento?

—He llamado a la línea de ayuda de la fiscalía y le he contado a la mujer lo que estamos haciendo. Ha sugerido que lo hagamos así, en dos fases. Primero estas tres cosas y luego, con un poco de suerte, encontraremos algo que nos dé causa probable para el apartamento. Me ha dicho que éste es complicado con lo que tenemos ahora.

—Vale, ¿tienes a un juez esperando?

—Sí, he llamado al ayudante de la juez Champagne. Va a recibirme en cuanto esté listo.

Daba la sensación de que Ferras tenía las cosas en orden y avanzando. Bosch estaba impresionado.

—Suena bien. ¿Dónde está Chu?

—Mi última noticia es que estaba en la sala de vídeo, observando al tipo.

Antes de unirse ellos, Bosch entró en su cubículo y soltó las llaves en el escritorio. Vio que Chu había dejado la pesada maleta allí y las otras pertenencias del sospechoso sobre la mesa.

Había bolsas de pruebas que contenían la cartera de Chang, el pasaporte, el clip de billetes, las llaves, el móvil y la tarjeta de embarque del aeropuerto, que aparentemente había impreso en casa.

Bosch leyó la tarjeta de embarque a través del plástico y vio que Chang tenía un billete de Alaska Airlines para Seattle. Eso dio que pensar a Harry, que esperaba averiguar que Chang se dirigía a China. Volar a Seattle no se vendía exactamente como un alegato de intento de huida del país para evitar la acusación.

Dejó esa bolsa y cogió la que contenía el teléfono. Habría sido fácil para Bosch abrirlo rápidamente y examinar la lista de llamadas en busca de contactos de Chang. Podría encontrar incluso un número perteneciente a un policía de Monterey Park, o a Chu o a quien fuese que hubiese avisado a Chang de que la investigación se estaba cerrando en torno a él. Quizás el teléfono tenía mensajes de correo o de texto que le ayudarían a cimentar la acusación contra Chang.

Pero Bosch decidió seguir las reglas. Era una zona gris y tanto el departamento como la oficina del fiscal habían dictado directrices para que los agentes buscaran aprobación del tribunal antes de ver datos contenidos en el teléfono de un sospechoso. A menos, por supuesto, que éste diera su permiso. Abrir el teléfono era igual que abrir el maletero de un coche en una parada de tráfico. Había que hacerlo correctamente o lo que se encontrara podía ser eliminado del caso por los tribunales.

Bosch dejó el móvil. Podría contener la clave del caso, pero esperaría la aprobación de la juez Champagne. Al hacerlo, el aparato sonó en su escritorio. El identificador de llamada decía XXXXXX, lo cual significaba que era una llamada transferida desde el Parker Center. Lo cogió.

—Bosch.

No había nadie al otro lado de la línea.

—Hola. Soy el detective Bosch, ¿puedo ayudarle?

—Bosch... puedes ayudarte tú.

La voz era claramente asiática.

—¿Quién es?

—Hazte un favor y retírate, Bosch. Chang no está solo. Somos muchos. Retírate. Si no, habrá consecuencias.

—Escúcheme…

El que llamaba había colgado. Bosch dejó el teléfono en su sitio y miró la pantalla vacía de identificación. Sabía que podía contactar con el centro de comunicaciones del Parker y conseguir el número desde el que se había realizado la llamada. Pero también sabía que alguien que llamaba para amenazarlo habría bloqueado su número, usado un teléfono público o un móvil del que iba a deshacerse. No sería tan estúpido como para dejar un número localizable.

En lugar de preocuparse por eso, se concentró en la hora de la llamada y en su contenido. De algún modo, los colegas de la tríada de Chang ya sabían que lo habían detenido. Bosch volvió a comprobar la tarjeta de embarque y vio que el vuelo estaba programado para despegar a las once y veinte. Eso significaba que el vuelo todavía estaba en el aire y que no podía ser que alguien que esperara en Seattle a Chang pudiera haberse enterado de que no iba en el avión. Sin embargo, la gente de Chang sabía de una forma u otra que estaba en manos de la policía. También conocían a Bosch por el nombre.

Una vez más, oscuros pensamientos entraron en el cerebro de Bosch. A menos que Chang fuera a encontrarse con un compañero de viaje en LAX o lo estuvieran vigilando mientras Bosch lo vigilaba a él, las pruebas apuntaban una vez más al interior de la investigación.

Salió del cubículo y fue directamente al centro de vídeo, un pequeño despacho entre las dos salas de interrogatorios de Robos y Homicidios. Las salas contaban con grabación de audio y vídeo y en el despacho situado entre ambas era donde los sospechosos podían ser observados en el equipo de grabación.

Bosch abrió la puerta y encontró a Chu y Gandle en el despacho, observando a Chang en el monitor. Con la entrada de Bosch la estancia quedó atestada.

—¿Alguna cosa? —preguntó Bosch.

—Ni una palabra hasta ahora —dijo Gandle.

—Nada —dijo Chu—. Traté de entablar conversación, pero sólo dijo que quería un abogado. Punto.

—Ese tipo es una roca —dijo Gandle.

—He mirado su billete de avión —explicó Bosch—. Seattle tampoco nos ayuda.

—Yo creo que sí —dijo Chu.

—¿Cómo?

—Supongo que iba a volar a Seattle para cruzar la frontera a Vancouver. Tengo un contacto en la policía montada y ha mirado las listas de pasajeros. Chang había reservado un vuelo esta noche desde Vancouver a Hong Kong con la Cathay Pacific Airways. Muestra claramente que quería irse deprisa y sin dejar rastro.

Bosch asintió.

—¿La policía montada de Canadá? Caray, Chu. Han hecho un buen trabajo.

—Gracias.

—¿Le ha dicho esto a Ignacio? El intento de Chang de enmascarar su huida ayudará con la causa probable de la orden de registro.

—Lo sabe. Lo ha puesto.

—Bien.

Bosch miró el monitor. Chang estaba sentado a la mesa con las muñecas esposadas a una anilla de hierro atornillada en el centro de la misma. Sus enormes hombros parecían a punto de reventar las costuras de la camisa. Estaba sentado tieso como un palo y mirando inexpresivo a la pared que tenía delante.

—Teniente, ¿hasta cuándo le parece que retrasemos la acusación?

Gandle parecía preocupado. No le gustaba que lo pusieran en el punto de mira con algo que podía tener retroceso.

—Bueno, creo que lo estamos estirando. Chu me dijo que ya le habéis dado el tour turístico al venir. Si tardáis mucho más, el juez puede poner pegas.

Bosch miró el reloj. Necesitaban otros cincuenta minutos antes de dejar que Chang llamara a su abogado. El proceso de acusación implicaba papeleo, toma de huellas y luego el traslado físico del sospechoso a prisión, en cuyo momento tendría acceso a un teléfono.

—Vale, podemos empezar el proceso. Pero seguimos con

lentitud. Chu, usted entra y empieza a llenar la hoja con él. Si tenemos suerte no cooperará y eso nos dará más tiempo.

Chu asintió.

—Entendido.

—No lo metemos en una celda hasta las dos, como pronto.

—Exacto.

Chu se coló entre el teniente y Bosch y abandonó la sala. Gandle empezó a ir tras él, pero Bosch le dio un golpecito en el hombro y le hizo una seña para que se quedara. Esperó hasta que se cerró la puerta antes de hablar.

—Acabo de recibir una llamada. Una amenaza. Alguien me ha dicho que me retire.

—¿Que te retires de qué?

—Del caso. De Chang. De todo.

—¿Cómo sabes que la llamada era sobre este caso?

—Porque el que llamó era asiático y mencionó a Chang. Dijo que no estaba solo, que tenía que retirarme o habría consecuencias.

—¿Has tratado de localizar la llamada? ¿Crees que va en serio?

—Localizarla sería perder el tiempo. Y en cuanto a la amenaza, que vayan llegando. Estaré esperando. Pero la cuestión es: ¿cómo lo sabían?

—¿Saber qué?

—Que hemos detenido a Chang. Lo detenemos y al cabo de dos horas los colegas de este capullo de la tríada llaman y me dicen que me retire. Tenemos una filtración, teniente. Primero avisan a Chang, ahora saben que lo hemos detenido. Alguien está hablando con…

—Frena, frena, frena. Eso no lo sabemos, Harry. Puede haber otras explicaciones.

—¿Sí? ¿Cómo saben que tenemos a Chang?

—Puede haber muchas razones, Harry. Tenía móvil. Quizá tenía que llamar desde el aeropuerto. Podría ser cualquier cosa.

Bosch negó con la cabeza. Su instinto le decía otra cosa: había una filtración en alguna parte. Gandle abrió la puerta. No le gustaba esa conversación y quería irse de allí, pero miró a Bosch antes de salir.

—Mejor que tengas cuidado con esto —dijo—. Hasta que lo tengas claro, ten mucho cuidado.

Gandle cerró la puerta tras de sí, dejando a Bosch solo en la sala. Harry se volvió hacia la pantalla de vídeo y vio que Chu había entrado en la sala de interrogatorios. Se sentó enfrente de Chang con un boli y una tablilla con portapapeles, preparado para rellenar el informe de detención.

—Señor Chang, ahora he de hacerle unas preguntas.

Chang no respondió. No mostró reconocimiento en sus ojos y su lenguaje corporal no delató siquiera que hubiera oído lo que le habían dicho.

Chu continuó con una traducción al chino, pero de nuevo el detenido permaneció callado e inmóvil. No era una sorpresa para Bosch. Volvió a la sala de la brigada, sintiéndose todavía ansioso e inquieto por la amenaza de la llamada telefónica y la aparente falta de preocupación de Gandle respecto a la filtración.

El cubículo de Ferras estaba ahora vacío y Bosch supuso que ya se habría marchado con una solicitud de registro para su cita con la juez Champagne.

Todo dependía de la orden de registro. Tenían a Chang por el intento de extorsión de Robert Li —si Li accedía a presentar quejas y testificar—, pero ni siquiera se estaban acercando en el caso de homicidio. Bosch confiaba en una reacción en cadena. La primera orden de registro aportaría pruebas que apoyarían posteriores solicitudes de registro y conducirían al premio gordo: el arma homicida oculta en algún lugar del apartamento o el puesto de trabajo de Chang.

Se sentó a su mesa y pensó en llamar a Ferras para ver si la juez había firmado la orden, pero sabía que era demasiado pronto y que Ferras llamaría en cuanto tuvieran el permiso para los registros. Se tapó los ojos con la parte blanda de las manos. Todo estaba en un compás de espera hasta que firmara el juez. Lo único que podía hacer era esperar.

Se acordó de que había recibido el mensaje de vídeo de su hija antes y no lo había mirado. Sabía que en ese momento su hija estaría durmiendo desde hacía rato: eran las cuatro de la mañana del sábado en Hong Kong. Quizá se hubiera quedado a dormir con amigas, en cuyo caso podría pasarse despierta toda la noche, pero de todos modos no querría que la llamara su padre.

Sacó el teléfono y lo abrió. Todavía se estaba acostumbrando a todas las campanas y silbatos tecnológicos. El último día de la última visita de su hija a Los Ángeles habían ido a una tienda de telefonía y Maddie había elegido los móviles para los dos, un modelo que les permitiera comunicarse en múltiples niveles. No lo usaba mucho para el correo electrónico, pero sabía cómo abrir y reproducir los vídeos de treinta segundos que a ella le gustaba mandar. Los guardaba todos y los volvía a reproducir con frecuencia.

Bo-jing Chang quedó temporalmente en el olvido. La preocupación por la filtración se alejó. Bosch tenía una sonrisa de anticipación en el rostro cuando pulsó el botón y abrió el último mensaje de vídeo.

17

*B*osch entró en la sala de interrogatorios y dejó la puerta abierta. Chu estaba a media pregunta, pero se detuvo y levantó la mirada por la intrusión.

—¿No está respondiendo? —preguntó Bosch.

—No dirá una palabra.

—Déjeme intentarlo.

—Ah, claro, Harry.

Se levantó y Bosch se hizo a un lado para que pudiera salir. Le pasó a Bosch la tablilla con portapapeles.

—Buena suerte, Harry.

—Gracias.

Chu salió y cerró la puerta tras de sí. Bosch esperó un momento hasta que estuvo seguro de que se había ido y se movió con rapidez para colocarse detrás de Chang. Le golpeó en la cabeza con el portapapeles y luego lo agarró por el cuello. Su rabia era incontrolable. Apretó con fuerza los brazos en una llave de estrangulamiento que el departamento había prohibido hacía mucho tiempo. Sintió que Chang se tensaba al darse cuenta de que le habían cortado la entrada de aire.

—Muy bien, hijo de puta, la cámara está apagada y la sala, insonorizada. ¿Dónde está? Te mataré aquí mismo si…

Chang se echó atrás en la silla y, al tirar con fuerza, arrancó el perno de anclaje de las esposas. Empujó a Bosch contra la pared de atrás y cayeron juntos al suelo. Bosch mantuvo su llave y apretó aún más. Chang se debatió como un animal, haciendo palanca con los pies en una de las patas de la mesa, fijadas al suelo, y golpeando repetidamente la espalda de Bosch contra el rincón de la sala.

—¿Dónde está? —gritó Bosch.

Chang hacía ruidos ahogados, pero no mostraba ninguna señal de que estuviese perdiendo fuelle. Tenía las muñecas unidas por las esposas, pero aún podía mover los brazos juntos por encima de la cabeza como si empuñara una porra. Iba a por el rostro de Bosch y al mismo tiempo utilizaba el cuerpo para aplastar a Harry en el rincón. Bosch se dio cuenta de que la maniobra de estrangulamiento no iba a funcionar y de que tenía que soltarlo y atacar. Lo hizo y agarró la muñeca de Chang cuando éste hacía uno de sus movimientos hacia atrás. Cambió el peso del cuerpo y desvió el golpe a un lado. Los hombros de Chang giraron con el cambio de dirección en el impulso y Bosch logró colocarse encima de él en el suelo. Levantó las dos manos juntas y descargó un golpe de martillo en la nuca de Chang.

—He dicho que dónde está…

—¡Harry!

La voz llegó de detrás de él. Era Chu.

—¡Eh! —gritó Chu hacia la sala de la brigada—. ¡Ayuda!

La distracción permitió a Chang incorporarse y colocar las rodillas debajo del cuerpo. Se impulsó hacia atrás y Bosch salió propulsado contra la pared antes de caer al suelo. Chu saltó sobre la espalda de Chang y forcejeó con él. Se oyeron pasos que corrían y enseguida entraron en la pequeña sala más hombres, que se apilaron sobre Chang y lo inmovilizaron contra el suelo, con la cara apretada en el rincón. Bosch se apartó y trató de recuperar la respiración. Por un momento, todo el mundo se quedó en silencio y la sala se llenó con los sonidos de la respiración de todos los hombres que trataban de recuperar el aliento. Entonces apareció el teniente Gandle en el umbral.

—¿Qué demonios ha pasado?

Se inclinó hacia delante para mirar por el agujero en la parte superior de la mesa. Obviamente el perno no se había reforzado adecuadamente por debajo. Uno de los muchos fallos que sin duda saldrían a relucir en el nuevo edificio.

—No lo sé —dijo Chu—. He vuelto para coger la americana y ya estaba liada.

Todos los ojos de la sala se volvieron hacia Bosch.

—Tienen a mi hija —dijo.

18

Bosch estaba de pie en la oficina de Gandle. No paraba quieto; no podía. Caminaba adelante y atrás delante del escritorio. El teniente le había pedido dos veces que se sentara, pero Bosch no podía hacerlo, no con el terror que crecía en su pecho.

—¿Qué pasa, Harry?

Bosch sacó el teléfono y lo abrió.

—La tienen.

Pulsó el botón de reproducción en el programa de vídeo y le pasó el teléfono a Gandle, que estaba sentado a su mesa.

—¿Qué quiere decir que la tienen...?

Se detuvo al ver el vídeo.

—Oh, Dios mío... Oh, Dios. Harry, ¿cómo sabes que es real?

—¿De qué está hablando? Es real. La tienen y ese tipo sabe quién y dónde.

Señaló en dirección a la sala de interrogatorios. Estaba caminando más deprisa, como un tigre enjaulado.

—¿Cómo funciona esto? Quiero verlo otra vez.

Bosch cogió el teléfono y reinició el vídeo.

—He de volver a entrar con él —le dijo Bosch mientras Gandle miraba—. He de obligarle a decir...

—No vas a acercarte a él —dijo Gandle sin levantar la mirada—. Harry, ¿dónde está tu hija, en Hong Kong?

—Sí, en Hong Kong, donde iba él. Es de allí y ésa es la sede de la tríada. Además, me han llamado, ya se lo dije. Han dicho que habría consecuencias si...

—Su hija no dice nada aquí. Nadie dice nada. ¿Cómo sabes que es gente de Chang?

—¡Es la tríada! ¡No tienen que decir nada! El vídeo lo explica todo. La tienen. ¡Ése es el mensaje!

—Vale, vale, pensemos un poco. La tienen. ¿Cuál es el siguiente paso? ¿Qué se espera que hagas?

—Soltar a Chang.

—¿Qué quieres decir, dejarle salir de aquí?

—No lo sé. Sí, abandonar el caso. Perder las pruebas o, mejor todavía, dejar de buscarlas. Ahora mismo no tenemos bastante para retenerlo más allá del lunes. Eso es lo que quieren, que salga. Mire, no puedo estar aquí. He de…

—Hemos de llevar esto a criminalística; eso lo primero. ¿Has llamado a tu ex para ver qué sabe?

Bosch se dio cuenta de que en su inmediata reacción de pánico después de ver el vídeo no había telefoneado a su ex mujer, Eleanor Wish. Primero había intentado llamar a su hija. Después, al no recibir respuesta, había ido a confrontar a Chang.

—Tiene razón. Deme el teléfono.

—Harry. Ha de ir a Criminalística…

Bosch se inclinó sobre el escritorio y agarró el teléfono de la mano de Gandle. Pasó al modo de llamada y le dio a la tecla de marcación rápida del número de Eleanor Wish. Miró el reloj mientras esperaba a que se estableciera la conexión. Eran casi las cinco de la mañana del sábado en Hong Kong. No comprendía por qué todavía no había tenido noticias de Eleanor si su hija había desaparecido.

—¿Harry?

La voz estaba alerta. No la había despertado.

—Eleanor, ¿qué pasa? ¿Dónde está Madeline? —Salió del despacho de Gandle y se dirigió a su cubículo.

—No lo sé. No me ha llamado y no responde a mis llamadas. ¿Cómo sabes qué está pasando?

—No lo sé, pero he recibido… un mensaje suyo. Dime lo que sabes.

—¿Qué decía el mensaje?

—No decía nada. Era un vídeo. Dime qué está pasando ahí.

—No ha vuelto a casa del centro comercial después de la escuela. Es viernes, así que la he dejado ir con sus amigas. Normalmente llama a las seis y pide quedarse más rato, pero esta vez no. Al ver que no llegaba a casa he llamado, pero no ha respondido. Le he dejado varios mensajes y me he cabreado bastante. Pero ya la conoces, probablemente ella también se ha enfadado y no ha vuelto a casa. He llamado a sus amigas y todas dicen que no saben dónde está.

—Eleanor, son las cinco de la mañana allí. ¿Has llamado a la policía?

—Harry...

—¿Qué?

—Lo ha hecho antes.

—¿De qué estás hablando?

Bosch se dejó caer pesadamente en la silla de su escritorio y se agachó, sosteniendo el teléfono contra la oreja.

—Se quedó con una amiga toda la noche para «darme una lección» —dijo Eleanor—. Llamé a la policía entonces y todo fue muy embarazoso porque la encontraron allí. Siento no habértelo dicho, pero Madeline y yo tenemos problemas. Está en esa edad, ¿sabes? Actúa como si fuera mucho mayor de lo que realmente es, y parece que ahora mismo no le gusto mucho. Dice que quiere vivir en Los Ángeles contigo. Dice...

Bosch la cortó.

—Escucha, Eleanor, te entiendo, pero esto es diferente. Ha ocurrido algo.

—¿Qué quieres decir? —El pánico le inundó la voz.

Bosch reconoció su propio miedo en él. Se resistía a hablarle del vídeo, pero sentía que debía hacerlo. Ella tenía que saberlo. Describió los treinta segundos de vídeo sin evitar nada. Eleanor emitió un sonido agudo que sólo hace una madre por una hija perdida.

—Oh, Dios mío, oh, Dios mío.

—Vamos a rescatarla, Eleanor. Voy...

—¿Por qué te lo han mandado a ti y no a mí?

Bosch se dio cuenta de que estaba empezando a llorar; perdiendo el control. No respondió su pregunta, porque sabía que sólo lo empeoraría.

—Escúchame, Eleanor, hemos de estar juntos. Has de hacer esto por ella. Tú estás ahí y yo no.

—¿Qué quieren? ¿Dinero?

—No…

—Entonces, ¿qué?

Bosch trató de hablar con calma, esperando contagiar esa calma a través del teléfono cuando el impacto de sus palabras llegara al otro lado de la línea.

—Creo que es un mensaje para mí, Eleanor. No están pidiendo dinero. Sólo me están diciendo que la tienen.

—¿A ti? ¿Por qué? ¿Qué han…? ¿Qué has hecho, Harry?

Dijo la última pregunta en un tono de acusación. Bosch temió que fuera una pregunta que lo atravesara durante el resto de su vida.

—Estoy trabajando en un caso de la tríada china. Creo…

—¡¿La han cogido para llegar a ti?! —gritó—. ¿Cómo sabían de ella?

—Todavía no lo sé, Eleanor. Estoy en ello. Tenemos un sospechoso detenido…

Una vez más Eleanor lo cortó, esta vez con un gemido: el sonido de la peor pesadilla de una madre cobrando vida. En ese momento, Bosch se dio cuenta de lo que tenía que hacer. Bajó aún más la voz cuando habló.

—Eleanor, escúchame. Necesito que te calmes. Has de empezar a hacer llamadas. Voy a viajar. Estaré allí antes del amanecer del domingo. Entre tanto, has de hablar con los amigos de Maddie para averiguar con quién estaba en el centro comercial y adónde fue. Cualquier cosa que puedas descubrir sobre lo que ocurrió. ¿Me has oído?

—Voy a colgar y llamaré a la policía.

—¡No!

Bosch miró a su alrededor para verificar si su estallido había llamado la atención en la sala de la brigada. Después del incidente en la sala de interrogatorios, ya era objeto de preocupación en toda la brigada. Se deslizó más en su asiento y se inclinó sobre el escritorio para que nadie pudiera verlo.

—¿Qué? Harry, hemos de…

—Escúchame antes y luego haz lo que consideres conveniente. No creo que debas llamar a la policía. Todavía no. No debemos correr el riesgo de que la gente que la tiene lo sepa o puede que nunca la recuperemos.

Ella no respondía. Bosch la oyó llorar.

—¡Eleanor, escúchame! ¿Quieres recuperarla o no? Contente. ¡Fuiste agente del FBI! Puedes hacerlo. Necesito que trabajes como una agente hasta que llegue allí. Voy a analizar el vídeo. En éste, ella da una patada a la cámara y se mueve. Veo una ventana; tal vez puedan trabajar con eso. Voy a coger un avión esta noche e iré directamente a verte en cuanto aterrice. ¿Lo has entendido?

Pasó un buen rato antes de que Eleanor respondiera. Cuando lo hizo, su voz sonó calmada. Había recibido el mensaje.

—Sí, Harry. Pero creo que hemos de llamar a la policía de Hong Kong.

—Si es lo que piensas, vale. Hazlo. ¿Conoces a alguien allí? ¿Alguien en quien puedas confiar?

—No, pero hay un equipo de tríadas. Han venido al casino.

Casi veinte años después de ser agente del FBI, Eleanor era jugadora de póquer profesional. Llevaba al menos seis años viviendo en Hong Kong y trabajando para el Cleopatra Casino en la cercana Macao. Todos los jugadores importantes del continente querían jugar contra la *gweipo*, la mujer blanca. Eleanor era un gancho. Trabajaba con dinero de la casa, se quedaba una parte de las ganancias y no tenía que pagar nada por las pérdidas. Era una vida cómoda. Ella y Maddie vivían en una torre de pisos en Happy Valley y el casino enviaba un helicóptero a recogerla en el tejado a la hora de ir a trabajar.

Una vida cómoda, hasta ese momento.

—Habla con tu gente del casino —dijo Bosch—. Si te dicen que hay alguien en el que puedas confiar, haz la llamada. He de colgar y moverme aquí. Te llamaré antes de volar.

Eleanor respondió como si estuviera mareada.

—Vale, Harry.

—Si se te ocurre algo, lo que sea, llámame.

—Sí.

—Eleanor...

—¿Qué?

—Mira si puedes conseguirme una pistola. No puedo llevarme la mía.

—Aquí te meten en la cárcel por llevar armas.

—Ya lo sé, pero conoces a gente del casino. Consígueme una pistola.

—Lo intentaré.

Bosch vaciló antes de colgar. Lamentó no poder estirar el brazo y tocarla, tratar de apaciguar sus temores de alguna manera. Pero sabía que eso era imposible. Ni siquiera podía tranquilizarse él.

—He de colgar. Trata de mantener la calma, por Maddie. Si mantenemos la calma podemos hacerlo.

—Vamos a recuperarla, ¿verdad, Harry?

Bosch asintió para sí antes de responder.

—Sí. Lo haremos.

19

La unidad de imagen digital era uno de los subgrupos de la División de Investigaciones Científicas y aún estaba ubicada en el viejo Parker Center. Bosch atravesó las dos manzanas entre la vieja y la nueva sede como un hombre que corre para llegar a un avión. Cuando entró por las puertas de cristal del edificio donde había pasado gran parte de su carrera como detective iba resoplando y había un brillo de sudor en su frente. Se abrió paso con la placa en la mesa de recepción y subió en ascensor a la tercera planta.

La División de Investigaciones Científicas estaba en proceso de traslado al EAP. Los viejos escritorios y mesas de trabajo continuaban en su lugar, pero ya estaban guardando en cajas el equipamiento, los registros y los efectos personales. El proceso estaba cuidadosamente orquestado y ocasionaba un retraso en la ya lenta marcha de la ciencia en la lucha contra el crimen.

La unidad de imagen digital era una suite de dos salas en la parte de atrás. Bosch entró y vio al menos una docena de cajas de cartón apiladas a un lado de la primera sala. No había fotos ni mapas en las paredes y un montón de estantes estaban vacíos. Encontró a una técnica trabajando en el laboratorio de atrás.

Barbara Starkey era una veterana que había saltado entre diversas especialidades del Departamento de Investigaciones Científicas a lo largo de casi cuatro décadas en el departamento. Bosch la conoció cuando era un novato en los restos quemados de una casa donde tuvo lugar una batalla con armas potentes contra el Ejército Simbionés de Liberación. Los militantes radicales habían reivindicado el secuestro de Patty Hearst, la heredera de un magnate de la prensa. Starkey en ese momento formaba parte del equipo forense encargado de determinar si los restos de Patty Hearst se encontraban entre los escombros de la casa quemada. En aquellos tiempos, el departamento desplazaba a las mujeres a posiciones donde las confrontaciones físicas y la necesidad de llevar un arma eran mínimas. Starkey deseaba ser policía. Terminó en el Departamento de Investigaciones Científicas y allí vivió el crecimiento exponencial del uso de la tecnología en la detección del crimen. Como le gustaba decirles a los técnicos novatos, cuando ella entró en Criminalística, ADN eran sólo tres letras del alfabeto. Ahora era experta en casi todas las ciencias forenses y su hijo, Michael, también trabajaba en la división como experto en salpicaduras de sangre.

Starkey levantó la mirada de su puesto de trabajo, donde estaba mirando un vídeo con mucho grano del atraco a un banco en un ordenador con doble pantalla. En las pantallas había dos imágenes de la misma escena, una más enfocada que la otra: un hombre que apuntaba con una pistola a la ventanilla de un cajero.

—¡Harry Bosch! El hombre del plan.

Bosch no tenía tiempo para charlar. Se acercó a ella y fue al grano.

—Barb, necesito tu ayuda.

Starkey torció el gesto al notar la urgencia en su voz.

—¿Qué pasa, cielo?

Bosch le mostró el móvil.

—Tengo un vídeo en mi teléfono. Necesito que lo amplíes y lo pases a cámara lenta para ver si puedo identificar una ubicación. Es un secuestro.

Haciendo un gesto hacia la pantalla, Starkey dijo:

—Estoy en medio de este dos once en West…

—Mi hija está en el vídeo, Barbara. Necesito tu ayuda ahora.

Esta vez Starkey no vaciló.

—Déjamelo ver.

Bosch abrió el teléfono, puso en marcha el vídeo y le pasó el aparato a ella. Starkey lo miró sin decir una palabra y su rostro no expresó ninguna reacción personal. Si acaso, Bosch vio que su postura se enderezaba y emergía un aura de urgencia profesional.

—¿Puedes enviármelo?

—No lo sé. Sé como mandarlo a tu teléfono.

—¿Puedes enviar un e-mail con un adjunto?

—Puedo mandar e-mails, pero no sé lo del adjunto. Nunca lo he intentado.

Con la ayuda de Starkey, Bosch envió un mensaje de correo con el vídeo como adjunto.

—Vale, ahora hemos de esperar a que llegue.

Antes de que Bosch pudiera preguntar cuánto podía tardar, hubo un sonido en su ordenador.

—Ahí está.

Starkey cerró su trabajo sobre el atraco al banco, abrió un mensaje de correo y descargó el vídeo. Enseguida lo reprodujo en la pantalla de la izquierda. En pantalla completa la imagen se veía borrosa por la expansión de píxeles. Starkey lo redujo a media pantalla y quedó más nítido, más claro y más duro que cuando Bosch vio las imágenes en su teléfono. Harry miró a su hija y trató de concentrarse.

—Lo siento mucho, Harry —dijo Starkey.

—Lo sé. No hablemos de ello.

En la pantalla Maddie Bosch, de trece años, estaba sentada atada a una silla. Una mordaza de tela roja brillante le tapaba con fuerza la boca. Llevaba el uniforme: falda azul pálido y blusa blanca con el escudo de la escuela sobre el pecho izquierdo. Miraba a la cámara —la cámara de su propio móvil— con ojos que a Bosch le desgarraron el corazón. «Desesperada» y «asustada» fueron sólo las primeras palabras descriptivas que se le ocurrieron.

No había sonido, o al menos nadie decía nada al principio del vídeo. Durante quince segundos la cámara se mantenía fija en ella y con eso bastaba. Simplemente estaba exhibida para él. Bosch volvió a sentir rabia. E impotencia.

Entonces la persona de detrás de la cámara estiró el brazo para retirar momentáneamente la mordaza de la boca de Maddie.

—¡Papá!

La mordaza quedó recolocada de inmediato, ahogando lo que dijo después de esa única palabra y dejando a Bosch incapaz de interpretarlo.

La mano cayó entonces en un intento de agarrar uno de los pequeños pechos de la chica. Maddie reaccionó con violencia, moviéndose lateralmente pese a estar atada y golpeando con la pierna izquierda el brazo extendido. El encuadre del vídeo quedó un momento descontrolado y luego volvió a Maddie, que se cayó con la silla. Durante los últimos cinco segundos de vídeo la cámara sólo se centró en ella, hasta que la pantalla se puso negra.

—No hay petición —dijo Starkey—. Sólo la muestran.

—Es un mensaje para mí —concluyó Bosch—. Están diciéndome que lo deje.

Starkey al principio no respondió y puso las dos manos en una mesa de edición conectada al teclado del ordenador. Bosch sabía que manipulando los diales ella podía hacer avanzar y retroceder el vídeo con un control preciso.

—Harry, voy a ver esto fotograma a fotograma, pero llevará tiempo —explicó—. Hay treinta segundos de vídeo.

—Puedo verlo contigo.

—Creo que será mejor que me dejes hacer mi trabajo. Te llamaré en cuanto encuentre algo. Confía en mí, Harry. Sé que es tu hija.

Bosch asintió. Sabía que debía dejarla trabajar sin agobiarla. Eso daría los mejores resultados.

—Vale. Podemos echar un vistazo a la patada y luego te dejo. Quiero ver si hay algo ahí. La cámara se mueve cuando ella da la patada y hay un destello de luz, como una ventana.

Starkey volvió al momento en que Maddie le daba un puntapié a su captor. En tiempo real sólo se veía un movimiento desdibujado y luz, seguido por una rápida corrección del enfoque. Sin embargo, en acción detenida o en reproducción fotograma a fotograma, Bosch vio que la cámara barría momentáneamente la habitación hasta una ventana para luego volver.

—Eres bueno, Harry —dijo Starkey—. Podría haber algo ahí.

Bosch se inclinó para mirar más de cerca por encima del hombro de Starkey. Ésta retrocedió el vídeo y lo pasó lentamente hacia delante de nuevo. El esfuerzo de Maddie por dar una patada al brazo extendido de su captor movía el encuadre hacia la izquierda y luego hacia el suelo. Después subía a la ventana y corregía a la derecha otra vez.

El lugar parecía una habitación de hotel barato con una sola cama, una mesa y una lámpara detrás de la silla a la que estaba atada Maddie. Bosch se fijó en una alfombra gris sucia, con diversas manchas. La pared de encima de la cama estaba marcada con agujeros dejados por clavos usados para colgar objetos. Las fotos o pinturas probablemente habían sido retiradas para dificultar más la localización.

Starkey retrocedió hasta la imagen de la ventana y la congeló. Era una ventana vertical de un único cristal que se abría hacia fuera como una puerta. Al parecer no había cortina. Estaba abierta casi del todo y en el cristal aparecía el reflejo de un paisaje urbano.

—¿Dónde crees que es, Harry?

—Hong Kong.

—¿Hong Kong?

—Vive allí su madre.

—Bueno…

—Bueno, ¿qué?

—Eso hará que nos cueste más determinar la ubicación. ¿Conoces bien Hong Kong?

—He ido dos veces al año desde hace seis años. Limpia esto si puedes. ¿Puedes ampliar esta parte?

Usando el ratón, Starkey seleccionó la zona de la ventana y pasó una copia de esa imagen a la segunda pantalla. Aumentó el tamaño y realizó varias maniobras de enfoque.

—No tenemos los píxeles, Harry, pero si ejecuto un programa que rellena lo que no tenemos, podemos mejorarlo. Quizá reconozcas algo en el reflejo.

Bosch asintió con la cabeza, aunque estaba detrás de ella.

En la segunda pantalla, el reflejo en la ventana se convirtió en una imagen más nítida con tres niveles distintos de profundidad. La primera cosa en la que se fijó Bosch fue en que la ubicación de la habitación era alta: el reflejo mostraba una calle desde al menos diez pisos de altura, según sus cálculos. Veía los laterales de edificios que se alineaban en la acera y el borde de un valla publicitaria o el letrero de un edificio con las letras N y O. Había también un *collage* de carteles a ras de calle con caracteres chinos. Éstos eran más pequeños y no tan claros.

Más allá de este reflejo, Bosch distinguió edificios altos en la distancia. Reconoció uno de ellos por dos antenas en el tejado. Las antenas de radio gemelas estaban unidas por una barra horizontal y la configuración siempre le recordaba a Bosch una portería de fútbol americano.

El tercer nivel de reflejo enmarcaba el contorno de los edificios: la silueta de una montaña quebrada tan sólo por una estructura con forma de cuenco apoyado en dos gruesas columnas.

—¿Te ayuda, Harry?

—Sí, sí, sin duda. Esto ha de ser Kowloon. El reflejo recorre el puerto hasta Central y luego está el pico de la montaña detrás. Este edificio con los postes de fútbol es el Banco de China, muy reconocible en el *skyline*. Y esto de atrás es Victoria Peak. Esa estructura que ves encima a través de la portería es como un puesto de observación al lado de la torre. Para reflejar todo esto, estoy casi seguro de que han de estar al otro lado del puerto, en Kowloon.

—Nunca he estado allí, así que nada tiene sentido para mí.

—Central Hong Kong es en realidad una isla, pero también hay otras islas que lo rodean, y al otro lado del puerto está Kowloon y una zona llamada Nuevos Territorios.

—Suena demasiado complicado para mí, pero si te ayuda…

—Ayuda mucho. ¿Puedes imprimirme esto? —Señaló la segunda pantalla con la vista aislada de la ventana.

—Claro. Aunque hay una cosa que es muy rara.

—¿Qué?

—¿Ves en el fondo este reflejo parcial del cartel?

Usó el cursor para marcar una caja en torno a las dos letras N y O que formaban parte de una cartel más grande y una palabra en inglés.

—Sí, ¿qué pasa?

—Has de recordar que es un reflejo en la ventana. Es como un espejo, así que todo está al revés.

—Sí.

—Los carteles deberían estar al revés, pero las letras no lo están. Por supuesto, con la O no lo sabes, es igual en cualquier caso. Pero esta N no está al revés, Harry, y teniendo en cuenta que es un reflejo invertido, significa que…

—¿Que el cartel está al revés?

—Sí. Ha de estarlo para mostrarse correctamente en el reflejo.

Bosch asintió. Starkey tenía razón. Era extraño, pero no tenía tiempo para entretenerse con eso en ese momento. Sabía que era hora de moverse. Quería llamar a Eleanor y decirle que estaban reteniendo a su hija en Kowloon. Quizás eso se relacionara con algo en su lado. Al menos era un punto de partida.

—¿Puedes hacerme esa copia?

—Ya lo estoy imprimiendo. Tarda un par de minutos porque es una impresora de alta resolución.

—Entendido.

Bosch miró la imagen de la pantalla, buscando otros detalles. Lo más notable era un reflejo parcial del edificio en el que retenían a su hija. Una fila de unidades de aire acondicionado sobresalía de las ventanas. Eso significaba que se trataba de un edificio viejo y podría ayudarle a identificar el lugar.

—Kowloon —dijo Starkey—. Suena siniestro.

—Mi hija me dijo que significa Nueve Dragones.

—Justo. ¿Quién iba a ponerle a su barrio Nueve Dragones a menos que quiera asustar a todo el mundo?

—Viene de una leyenda. En una de las antiguas dinastías, el emperador era sólo un niño al que persiguieron los mongoles en una zona de lo que ahora es Hong Kong. Vio los ocho picos de las montañas que lo rodeaban y quiso llamar al sitio Ocho Dragones. Pero uno de los hombres que lo custodiaban le recordó que el emperador también era un dragón, así que lo llamaron Nueve Dragones: Kowloon.

—¿Tu hija te contó esto?

—Sí, lo aprendió en la escuela.

Se produjo un silencio. Bosch oyó el ruido de la impresora detrás de él. Starkey se levantó, pasó por detrás de una pila de cajas y cogió la hoja con la impresión en alta resolución del reflejo de la ventana.

Se la pasó a Bosch. Era una buena impresión en papel fotográfico, tan nítida como la imagen de la pantalla del ordenador.

—Gracias, Barbara.

—No he terminado, Harry. Como te he dicho, voy a mirar todos los fotogramas de ese vídeo, treinta por segundo, y si hay algo más que ayude lo encontraré. También separaré la pista de audio. —Bosch se limitó a mirar la impresión que tenía en la mano—. La encontrarás, Harry. Sé que lo harás.

—Sí, yo también.

20

*B*osch llamó a su ex mujer mientras iba de camino al EAP. Eleanor respondió la llamada con una pregunta urgente.

—¿Tienes algo, Harry?

—No mucho, pero estamos trabajando. Estoy casi seguro de que el vídeo que me enviaron lo grabaron en Kowloon. ¿Significa algo para ti?

—No. ¿Kowloon? ¿Por qué allí?

—No tengo ni idea, pero podría ayudarnos a encontrar el sitio.

—¿Te refieres a la policía?

—No. Me refiero a ti y a mí, Eleanor. Cuando llegue. De hecho, aún he de reservar mi vuelo. ¿Has llamado a alguien? ¿Qué has conseguido?

—¡No tengo nada! —gritó ella, sorprendiendo a Bosch—. Mi hija está en alguna parte y no tengo nada. ¡La policía ni siquiera me cree!

—¿De qué estás hablando? ¿Los has llamado?

—Sí. No puedo quedarme aquí esperando a que aparezcas mañana. He llamado a la Unidad de Tríadas.

Bosch sintió que se le tensaba el estómago. No podía confiar en extraños, por expertos que fueran, cuando se trataba de la vida de su hija.

—¿Qué han dicho?

—Han puesto mi nombre en el ordenador y les ha salido un resultado. La policía tiene un expediente sobre mí; saben quién soy, para quién trabajo. Y sabían lo de la vez anterior, cuando pensé que la habían secuestrado y resultó que estaba en casa de una amiga. Así que no me han creído. Piensan que se ha largado otra vez y que sus amigas me están mintiendo. Me han dicho que espere un día más y que llame si no aparece.

—¿Les has hablado del vídeo?

—Se lo he dicho, pero no les ha importado. Dicen que si no hay petición de rescate probablemente lo habrán preparado ella y sus amigos para llamar la atención. ¡No me creen!

Eleanor empezó a llorar por la frustración y el temor, pero Bosch consideró la reacción de la policía y pensó que podía actuar a su favor.

—Eleanor, escúchame, creo que eso es bueno.

—¿Qué? ¿Cómo puede ser bueno? La policía ni siquiera la está buscando.

—Ya te lo he dicho antes: no quiero a la policía. La gente que la tiene los vería llegar desde un kilómetro. Pero a mí no me verán.

—Esto no es Los Ángeles, Harry. No conoces el terreno como allí.

—La encontraré y tú me ayudarás.

Hubo un largo silencio antes de que ella respondiera. Bosch casi había llegado al EAP.

—Harry, prométeme que la rescatarás.

—Lo haré, Eleanor —respondió sin dudar—. Te lo prometo. Voy a rescatarla.

Entró en el vestíbulo principal, abriendo la chaqueta para que el recepcionista pudiera verle la placa que llevaba en el cinturón.

—He de coger un ascensor —dijo—. Es probable que se corte la comunicación.

—Vale.

Se detuvo fuera del ascensor.

—Se me acaba de ocurrir algo —añadió—. ¿Has hablado con una amiga suya llamada He?

—¿He?

—Sí, He. Maddie explicó que significa «río». Me dijo que era una de las amigas con las que va al centro comercial.

—¿Cuándo fue eso?

—¿Quieres decir que cuándo me lo dijo? Hace un par de días. Debió de ser el jueves para ti; el jueves por la mañana cuando iba a clase. Estaba hablando con ella y saqué el tema del tabaco que mencionaste. Maddie…

Eleanor lo interrumpió haciendo un ruidito.

—¿Qué? —preguntó Bosch.

—Por eso me ha tratado como a un trapo de un tiempo a esta parte —dijo ella—. Me has delatado.

—No, no ha sido así. Le mandé una foto porque sabía que haría que me llamara y que surgiría lo del tabaco. Funcionó. Y cuando le dije que era mejor que no fumara, me habló de He. Dijo que a veces el hermano mayor de ésta va a vigilarlas y que él es quien fuma.

—No conozco a ninguna amiga que se llame He ni a su hermano. Supongo que eso muestra cuánto he perdido el contacto con mi propia hija.

—Escucha, Eleanor, en un momento como éste los dos vamos a repasar todo lo que le hicimos o le dijimos. Pero es una distracción, y ahora hemos de concentrarnos en otra cosa, ¿vale? No te preocupes con lo que hiciste o dejaste de hacer. Concentrémonos en recuperarla.

—Está bien. Volveré a llamar a sus amigos que conozco. Averiguaré cosas sobre He y su hermano.

—Averigua si el chico tiene alguna relación con la tríada.

—Lo intentaré.

—He de irme, pero una cosa más: ¿has sabido algo de lo otro?

Bosch saludó a un par de detectives de Robos y Homicidios que salían del ascensor. Eran de Casos Abiertos, que tenía su propia sala de brigada, y le dio la impresión de que no lo miraban con cara de saber lo que ocurría. Bosch pensó que eso era bueno. Quizá Gandle lo estaba manteniendo oculto.

—¿Te refieres a la pistola? —preguntó Eleanor.

—Sí, eso.

—Harry, ni siquiera ha amanecido aquí. Me ocuparé más tarde, no voy a sacar a la gente de la cama.

—De acuerdo.

—Pero llamaré para averiguar lo de He. Ahora mismo.

—Perfecto. Llamémonos si surge algo.

—Adiós, Harry.

Bosch cerró el teléfono y entró en la zona de ascensores. Los otros detectives se habían ido y él pilló el siguiente. Al subir solo miró el teléfono que tenía en la mano y pensó en que pronto amanecería en Hong Kong. Había luz diurna en el mensaje de vídeo que le habían enviado. Eso significaba que su hija podía haber sido secuestrada doce horas antes.

No había recibido un segundo mensaje. Pulsó el botón de marcación rápida de su hija otra vez y la llamada fue directamente al buzón. Colgó y apartó el teléfono.

—Está viva —se dijo a sí mismo—. Está viva.

Logró llegar a su cubículo en Robos y Homicidios sin llamar la atención de nadie. No había rastro de Ferras ni de Chu. Bosch sacó una agenda de direcciones de un cajón y la abrió por una página que enumeraba las líneas aéreas que volaban entre Los Ángeles y Hong Kong. Sabía que había distintas opciones de aerolíneas pero pocas variaciones horarias. Todos los vuelos salían entre las once de la noche y la una de la mañana y aterrizaban a primera hora del domingo. Entre las más de catorce horas de vuelo y las quince horas de diferencia horaria, todo el sábado se evaporaría con el viaje.

Bosch llamó primero a Cathay Pacific y consiguió reservar un asiento de ventanilla en el primer vuelo que iba a salir. Aterrizaría a las 5.25 del domingo.

—¿Harry?

Bosch giró en la silla y vio a Gandle de pie en la entrada del cubículo. Bosch le hizo una señal para que esperara y terminó la llamada, anotando el código localizador del pasaje. Colgó.

—Teniente, ¿dónde está todo el mundo?

—Ferras sigue en el tribunal y Chu está presentando cargos contra Chang.

—¿Qué cargos?

—Vamos con homicidio, como planeamos, pero ahora mismo no tenemos nada para respaldarlo.

—¿Y el intento de huir de la jurisdicción?

—También ha añadido eso.

Bosch miró el reloj de la pared de encima del tablón de anuncios. Eran las dos y media. Con un cargo de homicidio y el adicional de intento de fuga, la fianza se establecería de manera automática en dos millones de dólares para Chang. Bosch sabía que era demasiado tarde para que un abogado le consiguiera una vista en el tribunal para solicitar una reducción de fianza o para cuestionar la falta de pruebas para esa acusación. Con las oficinas de los tribunales cerradas durante el fin de semana, era asimismo poco probable que pusieran en libertad a Chang sin que alguien depositara los dos millones en efectivo. Las garantías de la fianza no podrían verificarse hasta el lunes. Todo ello se resumía en que tenían hasta el lunes por la mañana para reunir pruebas que respaldaran la acusación de homicidio.

—¿Cómo le ha ido a Ferras?

—No lo sé. Sigue allí y no ha llamado. La cuestión es cómo te va a ti. ¿En criminalística han visto el vídeo?

—Barbara Starkey está trabajando con él ahora mismo. Ya he conseguido esto.

Bosch sacó del bolsillo de la chaqueta la hoja con la imagen de la ventana y la desplegó. Explicó a Gandle lo que pensaba que significaba y dijo que hasta el momento se trataba de la única pista.

—He oído que estabas reservando un vuelo. ¿Cuándo te vas?

—Esta noche. Llegaré allí a primera hora del domingo.

—¿Pierdes un día entero?

—Sí, pero lo gano al volver. Tendré todo el domingo para encontrarla. Luego saldré el lunes por la mañana y llegaré aquí el mismo día. Iremos a la fiscalía y acusaremos a Chang. Funcionará, teniente.

—Mira, Harry, no te preocupes por un día. No te preocupes por el caso. Tú céntrate en encontrarla y quédate el tiempo que necesites. Nosotros nos encargaremos del caso.

—Bien.

—¿Y la policía? ¿Tu ex los ha llamado?

—Lo ha intentado, pero no están interesados.

—¿Qué? ¿Les has enviado ese vídeo?

—Todavía no. Pero ella se lo dijo y ni caso.

Gandle puso los brazos en jarras. Lo hacía cuando algo le molestaba o tenía que mostrar su autoridad en una situación.

—Harry, ¿qué está pasando?

—Creen que se ha escapado y que deberíamos esperar a ver si aparece. Y a mí me parece bien, porque no quiero que la policía participe. Todavía no.

—Seguro que tienen unidades enteras dedicadas a las tríadas. Tu ex probablemente llamó a un capullo burócrata. Te hace falta experiencia y ellos la tienen.

Bosch asintió como si ya supiera todo eso.

—Jefe, estoy seguro de que tienen sus expertos. Pero las tríadas han sobrevivido más de trescientos años y han prosperado. No es algo que se consiga sin tener contactos directos en el departamento de policía. Si fuera una de sus hijas, ¿llamaría a un montón de gente en la que no puede confiar o lo manejaría usted?

Sabía que Gandle tenía dos hijas, ambas mayores que Maddie. Una había vuelto al Este a estudiar en la Hopkins y el teniente se preocupaba mucho por ella.

—Te entiendo, Harry.

Bosch señaló la copia impresa.

—Sólo quiero el domingo. Tengo una pista sobre el sitio y voy a ir allí a rescatarla. Si no puedo encontrarla, acudiré a la policía el lunes. Hablaré con su gente de la tríada, demonios, incluso llamaré a la oficina local del FBI allí. Haré lo que sea necesario, pero quiero el domingo para encontrarla yo. —Gandle asintió y bajó la mirada al suelo. Parecía que quería decir algo más—. ¿Qué? Deje que lo adivine: Chang me va a denunciar por tratar de estrangularlo. Tiene gracia, porque terminé recibiendo más que él. Ese cabrón es fuerte.

—No, no, no es eso. Aún no ha dicho ni una sola palabra. No es eso.

—Entonces, ¿qué?

Gandle asintió y cogió la hoja impresa.

—Bueno, sólo iba a decir que me llames si las cosas no se solucionan el domingo. Estos cabrones nunca van por buen camino. Ya sabes: otra vez, otro crimen. Siempre podemos pillar a Chang después.

El teniente Gandle le estaba diciendo a Bosch que estaba dispuesto a dejar marchar a Chang si eso permitía que la hija de Harry volviera a casa a salvo. El lunes podían informar a la fiscalía de que no se presentarían pruebas que apoyaran la acusación de homicidio y soltarían a Chang.

—Es usted un buen hombre, teniente.

—Y, por supuesto, no he dicho nada de esto.

—No va a ser así, pero aprecio lo que acaba de hacer. Además, la triste realidad es que puede que tengamos que soltar a este tipo el lunes de todos modos, a menos que encontremos algo en los registros del fin de semana.

Bosch recordó que le había prometido a Teri Sopp que le enviaría una tarjeta de huellas de Chang para que ella pudiera tenerlas a mano si surgía algo en el test de potenciación electrostática del casquillo recuperado del cadáver de John Li. Le dijo a Gandle que se asegurara de que Ferras o Chu le llevaban una tarjeta. El teniente contestó que se ocuparía. Devolvió a Bosch la impresión de la imagen de vídeo y le dijo lo que siempre le decía: que se mantuvieran en contacto. Luego se dirigió de nuevo a su oficina.

Bosch colocó la foto en el escritorio y se puso las gafas de lectura. También cogió una lupa de un cajón y empezó a estudiar cada centímetro cuadrado de la imagen, buscando algo que no hubiera visto antes y pudiera ayudarle. Llevaba diez minutos en ello sin descubrir nada cuando sonó su móvil. Era Ferras, que no sabía nada del secuestro.

—Harry, lo tengo. Tenemos aprobación para registrar el teléfono, la maleta y el coche.

—Ignacio, eres un escritor de primera. Sigues inmaculado.

Era cierto. Hasta el momento, en los tres años que llevaban de compañeros, Ferras todavía no había escrito una petición de orden de registro que un juez hubiera declinado por causa insuficiente. Podía estar intimidado por las calles, pero no por los tribunales. Sabía muy bien lo que tenía que poner en cada solicitud y lo que no debía mencionar.

—Gracias, Har.

—¿Ya has terminado ahí?

—Sí, voy a volver.

—¿Por qué no te desvías por el GOP y te ocupas de eso? Yo tengo el teléfono y la maleta aquí. Me pondré ahora mismo. Chu está presentando los cargos.

Ferras vaciló. Ir al Garaje Oficial de la Policía para ocuparse del registro del coche de Chang tensaba la cuerda psicológica en la sala de la brigada.

—Esto…, Harry, ¿no crees que debería encargarme del teléfono? No sé, acabas de recibir tu primer móvil multifunción hace un mes.

—Creo que puedo apañarme.

—¿Estás seguro?

—Sí, lo estoy. Y lo tengo aquí mismo. Vete al garaje. Asegúrate de que miran en los paneles de las puertas y en el filtro de aire. Tuve un Mustang una vez; se puede meter una cuarenta y cinco en el filtro.

Bosch se refería al personal del GOP. Serían ellos los que desmontarían el coche de Chang mientras Ferras supervisaba.

—De acuerdo —dijo Ferras.

—Bien —señaló Bosch—. Llámame si encuentras oro.

Bosch cerró el teléfono. No veía la necesidad de hablarle a Ferras de la situación de su hija todavía. Ferras tenía tres hijos y un recordatorio de lo vulnerable que eran no sería útil en un momento en que Bosch contaba con que rindiera al máximo.

Harry se apartó del escritorio y giró en la silla para mirar la gran maleta de Chang que estaba en el suelo, apoyada contra la pared trasera del cubículo. Encontrar el arma homicida en la posesión o posesiones del sospechoso sería hallar oro. Bosch sabía que Chang se estaba dirigiendo a un avión, así que no habría suerte en la maleta. Si aún estaba en posesión del arma que había matado a John Li, lo más probable era que estuviera en su coche o en el apartamento. Eso si no había desaparecido hacía mucho.

Pero la maleta podía contener información valiosa y pruebas incriminatorias, una gota de sangre de la víctima en el puño de una camisa, por ejemplo. Aún podía encontrar oro. Bosch se volvió hacia el escritorio y decidió ir primero al teléfono móvil. Buscaría otro tipo de oro: oro digital.

21

Bosch tardó menos de cinco minutos en determinar que el teléfono móvil de Bo-jing Chang sería de escasa utilidad para la investigación. Enseguida encontró el registro de llamadas, pero contenía una lista de sólo dos llamadas recientes, ambas a números gratuitos, y una entrante. Las tres se habían realizado o recibido esa mañana. No había ningún registro más allá de eso. Habían borrado el historial del teléfono.

A Bosch le habían dicho que las memorias digitales duraban para siempre. Sabía que un análisis completo del teléfono podía resultar posiblemente en la recuperación de los datos borrados del dispositivo, pero a efectos inmediatos el móvil era un fracaso. Llamó a los números gratuitos y averiguó que pertenecían a Hertz Car Rental y a Cathay Pacific Airways. Probablemente Chang había estado verificando su itinerario y su plan de conducir desde Seattle hasta Vancouver para coger el avión a Hong Kong. Bosch también comprobó el número de la llamada entrante y averiguó que procedía de Tsing Motors, el patrón de Chang. Aunque no se sabía de qué habían tratado durante la llamada, el número ciertamente no añadía ninguna prueba o información al caso.

Bosch no sólo contaba con que el teléfono contribuyera a la acusación contra Chang, sino que también esperaba que proporcionara alguna pista del lugar al que se dirigía en Hong Kong y, por consiguiente, de la situación de Madeline. Sintió el mazazo de la decepción y sabía que tenía que mantener la mente en marcha para evitar pensar demasiado en ello. Volvió a guardar el móvil en la bolsa de pruebas y a continuación despejó el escritorio para poner la maleta encima.

Al levantar la maleta para colocarla en el escritorio calculó que pesaría al menos treinta kilos. Usó unas tijeras para cortar el precinto que Chu había colocado encima de la cremallera y se encontró con un pequeño candado. Sacó sus ganzúas y abrió el barato candado en menos de treinta segundos. Corrió la cremallera y abrió la maleta sobre el escritorio. Estaba dividida en dos mitades iguales. Empezó por el lado izquierdo, soltando las dos correas en diagonal que mantenían el contenido en su lugar. Sacó y examinó toda la ropa, prenda por prenda. Lo apiló todo en un estante que tenía encima del escritorio y en el que aún no había tenido tiempo de poner nada desde el traslado.

Daba la impresión de que Chang había metido todas sus pertenencias en la maleta. La ropa estaba apretada más que doblada para usarla en un viaje. En el centro de cada fardo había una joya u otra posesión personal. Encontró un reloj en un fardo y un sonajero antiguo en otro. En el centro del último que abrió había un pequeño marco de bambú que contenía una foto descolorida de una mujer. La madre de Chang, supuso.

Después de registrar la mitad de la maleta, Bosch concluyó que Chang no tenía intención de volver.

En el lado derecho había un separador que Bosch abrió y dobló por la mitad. Había más fardos de ropa y zapatos, además de un neceser con cremallera. Bosch revisó primero los fardos sin encontrar nada inusual en la ropa. El primero envolvía una pequeña estatua de jade de un Buda que tenía fijado un pequeño cuenco para quemar incienso u ofrendas. El segundo envolvía un cuchillo con funda. Era un joya con una hoja de sólo trece centímetros y un mango de hueso labrado. La escena grabada describía una batalla desigual en la cual hombres con cuchillos, flechas y hachas exterminaban a otros desarmados que rezaban en lugar de luchar. Bosch supuso que se trataba de la masacre de los monjes Shaolin que según Chu le había contado era el origen de las tríadas. La forma del cuchillo se parecía mucho al tatuaje que Chang llevaba en la cara interior del brazo. Era un hallazgo interesante y posiblemente señalaba que Chang formaba parte de la tríada Cuchillo Valeroso, pero no era prueba de ningún crimen. Bosch lo puso en el estante con las otras pertenencias y siguió registrando.

Enseguida vació la maleta. Palpó el forro con las manos para asegurarse de que no había nada escondido debajo. La levantó para notar si era demasiado pesada para estar vacía, pero no fue así. Estaba seguro de que no se le había pasado nada.

Lo último que miró fueron los dos pares de zapatos que había guardado Chang. Echó un vistazo inicial a cada zapato, pero los apartó. Sabía que la única manera de buscar de verdad en un zapato era desmontarlo y no era algo que le gustara hacer, porque resultaba inútil. Además, no le gustaba destrozar los zapatos de un hombre, sospechoso o no. Esta vez no le importó.

El primer par de zapatos en el que se centró eran unas botas de trabajo que vio que Chang llevaba el día anterior. Estaban viejas y gastadas, pero sabía que le gustaban. Los cordones eran nuevos y la piel había sido engrasada en repetidas ocasiones. Bosch sacó los cordones para poder levantar la lengüeta hasta el final y mirar en el interior. Con las tijeras levantó el acolchado del empeine para ver si ocultaba cualquier clase de compartimento secreto en el talón. No había nada en la primera bota, pero en la segunda encontró una tarjeta de visita entre dos capas de acolchado. Bosch sintió una inyección de adrenalina al dejar la bota de trabajo a un lado para mirar la tarjeta. Por fin había encontrado algo.

Era una tarjeta escrita por las dos caras: en chino en un lado y en inglés en el otro. Bosch, por supuesto, estudió el lado en inglés.

JIMMY FONG

GERENTE DE FLOTA

SERVICIO DE TAXIS

En la tarjeta figuraba una dirección en Causeway Bay y dos números de teléfono. Bosch se sentó por primera vez desde que había empezado a registrar la maleta y continuó estudiando la tarjeta. Se preguntó lo que tenía, si es que tenía algo. Causeway Bay no estaba lejos de Happy Valley y el centro comercial donde posiblemente habían secuestrado a su hija. Y el hecho de que hubiera una tarjeta de un gerente de servicio de taxis escondida en la bota de trabajo de Chang era un misterio.

Dio la vuelta a la tarjeta y examinó el lado chino. Había tres líneas de texto, igual que en el lado inglés, además de la dirección y los números en la esquina. Parecía que la tarjeta decía lo mismo en ambos lados.

Bosch hizo una copia y puso el original en un sobre de pruebas para que Chu pudiera echarle un vistazo. Luego pasó al otro par de zapatos. En otros veinte minutos había terminado y no había encontrado nada más. Continuaba intrigado por la tarjeta de visita, pero decepcionado por la falta de resultados en el registro. Volvió a poner todas las pertenencias en la maleta de modo semejante a como las había encontrado. La cerró y corrió la cremallera.

Tras dejar la maleta en el suelo llamó a su compañero. Estaba ansioso por saber si el registro del coche de Chang había ido mejor que el de su teléfono y su maleta.

—Sólo estamos a medio camino —dijo Ferras—. Han empezado por el maletero.

—¿Alguna cosa?

—Hasta ahora no.

Bosch sintió que sus esperanzas empezaban a desvanecerse. Chang iba a salir limpio, y eso significaba que quedaría en libertad el lunes.

—¿Has conseguido algo del teléfono? —preguntó Ferras.

—No, nada. Lo habían borrado. Tampoco había gran cosa en la maleta.

—Mierda.

—Sí.

—Bueno, aún no nos hemos metido a fondo en el coche. Sólo en el maletero. Miraremos también los paneles de la puerta y el filtro de aire.

—Bueno. Infórmame.

Bosch cerró el teléfono e inmediatamente llamó a Chu.

—¿Aún está presentando cargos?

—No, Bosch, he salido hace media hora. Estoy en el tribunal, esperando a que la juez Champagne me firme el DCP.

Después de presentar cargos de homicidio contra un sospechoso se requería que un juez firmara un DCP, documento de detención por causa probable. Éste contenía el informe del arresto y presentaba las pruebas que justificaban la encarcelación del sospechoso. El umbral de la causa probable para la detención era mucho más bajo que los requisitos para presentar cargos. Conseguir un DCP firmado era normalmente rutina, pero Chu había hecho un buen movimiento al volver a la juez que ya había firmado la orden de registro.

—Bien. Quería comprobar eso.

—Lo tengo controlado. ¿Qué está haciendo ahí, Harry? ¿Qué ocurre con su hija?

—Sigue desaparecida.

—Lo siento. ¿Qué puedo hacer?

—Puedes hablarme de los cargos.

Chu tardó un momento en hacer el salto de la hija de Bosch a la presentación de cargos contra Chang en la cárcel de Los Ángeles.

—En realidad no hay nada que contar. No ha dicho una palabra, sólo ha gruñido varias veces. Lo han metido en una celda de alta seguridad y con suerte allí seguirá hasta el lunes.

—No va a ir a ninguna parte. ¿Ha llamado a un abogado?

—Iban a darle acceso a un teléfono cuando estuviera dentro. Así que no lo sé seguro, pero supongo que sí.

—Vale.

Bosch sólo estaba tratando de encontrar algo que pudiera señalarle una dirección y que la adrenalina continuara fluyendo.

—Tenemos la orden de registro —dijo—, pero no había nada en el teléfono ni en la maleta. Había una tarjeta escondida en uno de sus zapatos. Está en inglés por un lado y en chino por el otro. Quiero que vea si coincide. Ya sé que no lee chino, pero si lo mando por fax a la UBA, ¿podrá conseguir que alguien le eche un vistazo?

—Sí, Harry, pero hágalo ahora. La unidad probablemente se está vaciando.

Bosch miró su reloj. Eran las cuatro y media de una tarde de viernes. Las salas de brigada de todo Los Ángeles se estaban convirtiendo en ciudades fantasma.

—Lo haré ahora. Llame y dígales que está en camino.

Cerró el teléfono y salió del cubículo para ir al fax que había al otro lado de la sala de la brigada.

Las cuatro y media. En seis horas, Bosch tenía que estar en el aeropuerto. Sabía que en cuanto subiera al avión su investigación quedaría paralizada. En las catorce horas y pico que duraba el vuelo continuarían ocurriendo cosas con su hija y con el caso, pero Bosch estaría estancado; como un viajero del espacio en las películas de ciencia ficción al que hibernan durante el largo regreso a casa desde la misión.

Sabía que no podía meterse en ese avión sin nada. De un modo u otro tenía que lograr un avance significativo.

Después de mandar por fax la tarjeta a la Unidad de Bandas Asiáticas volvió a su cubículo. Había dejado el teléfono sobre el escritorio y vio que tenía una llamada perdida de su ex mujer. No había mensaje y la telefoneó .

—¿Has encontrado algo? —preguntó.

—He tenido conversaciones muy largas con dos amigas de Maddie. Esta vez me han hablado.

—¿He?

—No, no con He. No tengo ni el nombre completo ni su número. Ninguna de las otras chicas lo tiene.

—¿Qué te han contado?

—Que He y el hermano no son de la escuela. Los conocieron en el centro comercial, pero ni siquiera son de Happy Valley.

—¿Saben de dónde son?

—No, pero saben que no son de allí. Me han dicho que Maddie parecía muy amiga de He y que ella se trajo a su hermano; todo esto en el último mes o así. Desde que volvió de visitarte, de hecho. Las dos niñas me han dicho que se había distanciado de ellas.

—¿Cómo se llama el hermano?

—Lo único que conseguí fue Quick. He dijo que se llamaba Quick, pero como con su hermana, no conocían el apellido.

—Esto no es de mucha ayuda. ¿Algo más?

—Bueno, confirmaron lo que te dijo Maddie, que Quick era el que fumaba. Dijeron que era un tipo duro, que tenía tatuajes, brazaletes y... Supongo, bueno, que les atraía el elemento de peligro.

—¿A ellas o a Madeline?

—Sobre todo a Maddie.

—¿Creen que podría haberse ido con él el viernes después de la escuela?

—No lo han expuesto abiertamente, pero sí, creo que era lo que trataban de decir.

—¿Has preguntado si Quick habló alguna vez de afiliación a una tríada?

—Lo he preguntado y han dicho que nunca surgió. No habría surgido de todos modos.

—¿Por qué no?

—Porque aquí no se habla de esas cosas. Las tríadas son anónimas. Están en todas partes, pero son anónimas.

—Entiendo.

—No me has dicho lo que crees que está pasando. No soy tonta y sé lo que estás haciendo: tratas de no inquietarme con lo que pasa, pero creo que necesito saberlo ya, Harry.

—Vale.

Bosch sabía que ella tenía razón. Si quería que diera lo mejor de sí misma tenía que contarle todo lo que sabía.

—Estoy trabajando en el homicidio de un chino que era propietario de una tienda de licores en la zona sur. Pagaba a la tríada por protección, y lo mataron el mismo día y a la misma hora en que hacía siempre los pagos semanales. Eso nos puso sobre la pista de Bo-jing Chang, el matón de la tríada. El problema es que no tenemos nada más, y no hay pruebas que lo relacionen directamente con el asesinato. Hoy hemos tenido que detener a Chang porque estaba a punto de subir a un avión para huir del país. No teníamos elección. Nos queda el fin de semana para conseguir pruebas suficientes que apoyen la acusación o habremos de soltarlo, se subirá a un avión y no volveremos a verlo.

—¿Y cómo se relaciona esto con nuestra hija?

—Eleanor, estoy tratando con gente que no conozco: la Unidad de Bandas Asiáticas del departamento y la policía de Monterey Park. Alguien informó a Chang directamente o a la tríada de que íbamos tras él y por eso trató de largarse. Pueden haberme investigado y se han centrado en Madeline como forma de llegar hasta mí para mandarme el mensaje de que deje el caso. Recibí una llamada. Alguien me dijo que habría consecuencias si no soltaba a Chang, pero nunca imaginé que éstas serían...

—Maddie —dijo Eleanor finalizando la idea.

Siguió un largo silencio y Bosch supuso que su ex mujer estaba tratando de controlar sus emociones, odiando a Bosch al mismo tiempo que tenía que confiar en él para salvar a su hija.

—¿Eleanor? —preguntó al fin.

—¿Qué?

Su voz era entrecortada, pero obviamente cargada de rabia.

—¿Las amigas de Maddie te han dicho la edad de ese chico, Quick?

—Las dos pensaban que tenía al menos diecisiete años, y han dicho que tenía coche. He hablado por separado con ellas y ambas han contado lo mismo. Creo que me estaban explicando lo que sabían. —Bosch no respondió. Estaba pensando—. El centro comercial abre dentro de un par de horas. Pienso ir allí con fotos de Maddie.

—Es una buena idea. Podría haber un vídeo. Si Quick causó problemas en el pasado, la seguridad del centro comercial podría tenerlo fichado.

—Ya he pensado en todo eso.

—Perdón, lo sé.

—¿Qué dijo tu sospechoso de esto?

—Nuestro sospechoso no habla. Acabo de revisar su maleta y su teléfono y aún estamos trabajando en el coche. Por el momento, nada.

—¿Y su casa?

—No tenemos suficiente para una orden de registro.

La idea quedó flotando unos momentos. Ambos sabían que, con su hija desaparecida, las formalidades legales como la aprobación de una orden de registro no iban a importarle a Bosch.

—Probablemente volveré a ello. Tengo seis horas antes de ir al aeropuerto.

—Vale.

—Te llamaré en cuanto...

—¿Harry?

—¿Qué?

—Estoy tan consternada que no sé qué decir.

—Lo entiendo, Eleanor.

—Si la recuperamos, no volverás a verla. Tenía que decírtelo.

Bosch se quedó en silencio. Sabía que Eleanor tenía derecho a la rabia y a lo que fuese. Ésta podría hacerle trabajar con más agudeza.

—No hay condicionales —dijo al fin—. Voy a rescatarla. —Esperó a que ella respondiera, pero sólo hubo silencio—. Vale, Eleanor. Te llamaré en cuanto sepa algo.

Después de cerrar el teléfono, Bosch volvió a su ordenador, abrió la foto de la ficha policial de Chang y la envió a la impresora en color. Quería tener una copia consigo en Hong Kong.

Chu llamó poco después y dijo que había recibido la DCP firmada y que iba a salir del tribunal. Explicó que había hablado con un agente de la UBA que había recibido el fax de Bosch y que podía confirmarle que las dos caras de la tarjeta decían lo mismo: era del gerente de una flota de taxis con base en Causeway Bay. Pese a ser información completamente inocua a primera vista, Bosch aún se preguntaba por qué estaba escondida en el zapato de Chang y por el hecho de que se tratara de un negocio tan próximo al lugar donde su hija había sido vista por última vez en compañía de sus amigas. Bosch nunca había creído en las coincidencias, y no iba a empezar a hacerlo entonces.

Le dio las gracias a Chu y colgó justo cuando el teniente Gandle se detenía junto a su cubículo antes de irse a casa.

—Harry, me da la sensación de que te dejo en la estacada. ¿Qué puedo hacer por ti?

—No puede hacer nada que no se esté haciendo ya.

Puso al día a Gandle de los registros y de la ausencia de hallazgos sólidos hasta el momento. También informó de que no había ninguna novedad sobre el paradero ni sobre los secuestradores de su hija. El rostro de Gandle se avinagró.

—Necesitamos un golpe de suerte —dijo—. De verdad que lo necesitamos.

—Estamos en ello.

—¿Cuándo te vas?

—Dentro de seis horas.

—Vale. Tienes mis números. Llámame en cualquier momento, día o noche, si necesitas algo. Haré todo lo que pueda.

—Gracias, jefe.

—¿Quieres que me quede aquí contigo?

—No, estoy bien. Iba a ir al GOP y pensaba dejar que Ferras se fuese a casa si quiere.

—Vale, Harry, infórmame si encuentras algo.

—Lo haré.

—La rescatarás. Sé que lo harás.

—Yo también lo sé.

Por fin, Gandle le tendió la mano de un modo torpe y Bosch se la estrechó. Probablemente era la primera vez que se daban la mano desde que se conocieron tres años atrás. Gandle se fue y dejó a Bosch examinando la sala de la brigada. Al parecer era el único que quedaba.

Se volvió y miró la maleta. Sabía que tenía que llevarla al ascensor y bajarla al almacén de pruebas. También el teléfono tenía que archivarse como prueba. Después de eso, él también se iría del edificio, pero no para pasar un fin de semana de ocio con la familia. Bosch tenía una misión, y nada lo detendría hasta verla cumplida. Incluso bajo la última amenaza de Eleanor. Incluso si salvar a su hija significaba no volver a verla.

22

*B*osch esperó hasta que oscureció para entrar en el domicilio de Bo-jing Chang. Era una casa adosada con un vestíbulo de entrada compartido con el apartamento adjunto. Esto le ofreció protección para abrir la doble cerradura con sus ganzúas. Al hacerlo no sintió culpa ni vaciló ante la barrera que estaba cruzando. Los registros del coche, maleta y teléfono habían terminado en fracaso y Bosch se encontraba desesperado. No estaba buscando pruebas para construir un caso contra Chang; trataba de dar con cualquier cosa que pudiera ayudarle a localizar a su hija. Llevaba más de doce horas desaparecida y el allanamiento de morada —que ponía en peligro su medio de vida y su carrera— parecía un riesgo mínimo en comparación con lo que tendría que afrontar interiormente si no conseguía rescatarla sana y salva.

En cuanto se acopló la última ganzúa, abrió la puerta y entró con rapidez en el apartamento. Cerró y volvió a pasar la llave. Bosch sabía por el registro de la maleta que Chang no pensaba volver. Aun así, no creía que el sospechoso lo hubiera metido todo en esa única maleta. Tenía que haber dejado cosas atrás, cosas de naturaleza menos personal para él, pero posiblemente valiosas para Bosch. Chang había imprimido su tarjeta de embarque en alguna parte antes de dirigirse al aeropuerto. Puesto que se encontraba bajo vigilancia, sabía que no había hecho más paradas. Bosch estaba convencido de que tenía que haber un ordenador y una impresora en la casa.

Harry esperó treinta segundos a que sus pupilas se adaptaran a la oscuridad antes de separarse de la puerta. Una vez empezó a ver razonablemente bien entró en el salón, pero tropezó con una silla y casi tiró una lámpara antes de encontrar el interruptor y encender la luz. Enseguida se acercó a la ventana y corrió las cortinas.

Se volvió y examinó la sala. Era un pequeño salón-comedor con una ventanilla de servir que comunicaba con una cocina en la parte de atrás. A la derecha había una escalera que subía al dormitorio. En un primer examen, Bosch no vio nada de naturaleza personal. No había ordenador ni impresora, sólo los muebles. Examinó rápidamente el salón y luego pasó a la cocina, también desprovista de efectos personales. Los armarios estaban vacíos; no había ni siquiera una caja de cereales. Debajo del fregadero vio un cubo, pero estaba vacío y con una bolsa de basura recién puesta. Bosch volvió al salón y se dirigió a la escalera. Había un interruptor con regulador al pie de la misma que controlaba la luz del techo del piso de arriba. La puso a baja intensidad y volvió a apagar la lámpara del salón.

El piso de arriba estaba amueblado con una cama *queen-size* y una cómoda. No había escritorio ni ordenador. Bosch rápidamente pasó a la cómoda y fue abriendo y cerrando todos los cajones; estaban todos vacíos. En el cuarto de baño, la papelera estaba vacía y el botiquín también. Levantó la tapa del inodoro, pero tampoco encontró nada escondido allí.

Habían limpiado la casa, y tenían que haberlo hecho después de que Chang se marchara, llevándose tras él la vigilancia. Bosch pensó en la llamada de Tsing Motors que había encontrado en el teléfono del sospechoso. Quizás había avisado a Vincent Tsing para que se ocuparan del apartamento. Decepcionado y sintiendo que lo habían manipulado con pericia, Bosch decidió localizar la basura del edificio en un intento de encontrar las bolsas que debían de haberse llevado del apartamento. Quizás habían cometido el error de dejar la basura de Chang; una nota tirada o garabateada con un número de teléfono podía resultar muy útil.

Había bajado tres peldaños de la escalera cuando oyó una llave en la cerradura de la puerta de la calle. Dio la vuelta rápidamente, volvió a subir y se escondió detrás de una columna.

Las luces de abajo se encendieron y el apartamento enseguida se llenó de voces chinas. Con la espalda pegada a la columna,

Bosch contó las voces de dos hombres y una mujer. Uno de los hombres dominaba la conversación y a Bosch le dio la impresión de que cuando alguno de los otros dos hablaba estaba haciendo preguntas.

Bosch se situó al borde de la columna y se arriesgó a mirar abajo. Vio que el hombre señalaba los muebles y a continuación abría la puerta del armario de debajo de la escalera y hacía un movimiento de barrido con la mano. Bosch se dio cuenta de que estaba mostrando el apartamento a la pareja. Estaba en alquiler.

Comprendió que antes o después las tres personas de abajo subirían. Miró la cama. Era un simple colchón encima de un somier que se apoyaba en una plataforma, a treinta centímetros del suelo. Era el único escondite posible. Rápidamente se echó al suelo y se metió debajo de la cama, con el pecho rozando la parte inferior del somier. Se colocó en el centro y esperó, controlando la visita al apartamento por las voces.

Finalmente, la comitiva subió por la escalera. Bosch contuvo la respiración cuando la pareja rodeó el dormitorio y ambos lados de la cama. Esperaba que alguien se sentara en ella, pero eso no ocurrió.

Bosch de repente notó una vibración en el bolsillo y se dio cuenta de que no había silenciado el móvil. Por fortuna el tipo que mostraba el apartamento estaba continuando con la charla sobre lo fantástica que era la vivienda. Su voz impidió que nadie reparara en la vibración grave. Bosch enseguida metió la mano en el bolsillo y sacó el teléfono para ver si la llamada era desde el teléfono de su hija. Tendría que responder esa llamada, fueran cuales fuesen las circunstancias.

Levantó el teléfono en el somier para poder verlo. La llamada era de Barbara Starkey, la técnica de vídeo, y Bosch pulsó el botón de rechazo. La localizaría más tarde.

Al abrir el teléfono se había activado la pantalla. La luz tenue iluminó la parte interior del somier y Bosch vio una pistola metida detrás de una de las tablas de madera del armazón.

Se le aceleró el pulso al mirar la pistola, pero decidió no tocarla hasta que el apartamento volviera a estar vacío. Cerró el teléfono y esperó. Enseguida oyó que los visitantes bajaban por la escalera. Al parecer echaron otro vistazo rápido por el piso de abajo y luego se marcharon.

Bosch oyó que cerraban la puerta desde fuera y salió de debajo de la cama.

Después de mirar unos segundos para asegurarse de que se habían ido definitivamente, volvió a encender la luz. Levantó el colchón y lo puso contra la pared de atrás. A continuación levantó el somier y lo apoyó contra el colchón. Miró la pistola, todavía sostenida en el armazón de madera.

Todavía no llegaba a verla con claridad, de manera que abrió el teléfono otra vez y lo usó como linterna sosteniéndolo cerca del arma.

—¡Maldita sea! —dijo en voz alta.

Estaba buscando una Glock, la pistola con un percutor rectangular. El arma escondida bajo la cama de Chang era una Smith & Wesson.

No había nada que le sirviera, y Bosch se dio cuenta de que había vuelto a la casilla de salida. Como para acentuar esa idea, un pequeño *bip* sonó en su reloj. Apagó la alarma que había programado antes para no arriesgarse a perder el vuelo. Era hora de ir al aeropuerto.

Después de dejar la cama como la había encontrado, Harry apagó la luz del piso de arriba y salió en silencio del apartamento. Su plan era pasar por casa antes para recoger el pasaporte y guardar su arma. No estaba autorizado a llevar la pistola a un país extranjero sin el permiso de ese país y el proceso duraba días o semanas. No pensaba llevarse ropa, porque no creía que fuera a tener tiempo de cambiarse en Hong Kong. Estaba en una misión que empezaría en el momento en que aterrizara el avión.

Se incorporó a la 10 en dirección oeste en Monterey Park con la intención de tomar la 101 por Hollywood hasta su casa. Empezó a concebir un plan para dirigir a la policía a la pistola escondida en el antiguo apartamento de Chang, pero por el momento no había causa probable para registrarlo. Aun así, era preciso que encontraran y examinaran la Smith & Wesson. No era útil para Bosch en la investigación de John Li, pero eso no significaba que Chang la hubiera empleado para obras de filantropía. Seguramente habría sido usada para asuntos de la tríada y bien podría conducir a algo.

Cuando estaba tomando la 101 hacia el norte, cerca del centro cívico, Bosch recordó la llamada de Barbara Starkey. Comprobó si tenía mensajes y oyó que Starkey le pedía que la llamara lo antes posible. Daba la impresión de que había hecho progresos. Bosch pulsó el número de responder la llamada.

—Barbara, soy Harry.

—Harry, esperaba contactar contigo antes de ir a casa.

—Deberías haberte ido a casa hace tres horas.

—Bueno, te dije que iba a mirar esto.

—Gracias, Barbara, significa mucho. ¿Qué has encontrado?

—Un par de cosas. Para empezar, tengo aquí otra impresión que es un poco mejor que la que te has llevado.

Bosch se desanimó. Al parecer no había mucho más de lo que ya había visto y Starkey sólo quería hacerle saber que contaba con una imagen más nítida de la vista de la ventana de la habitación en la que retenían a su hija. Se había fijado en que, en ocasiones, cuando alguien te hacía un favor quería asegurarse de que lo supieras. Pero decidió que se arreglaría con lo que tenía. Salir de la autovía para recoger la foto le retrasaría mucho. Tenía que coger un avión.

—¿Algo más? —preguntó—. He de ir al aeropuerto.

—Sí, tengo un par más de identificadores visuales y de audio que podrían ayudarte —dijo Starkey.

Bosch prestó toda su atención.

—¿Qué son?

—Bueno, una cosa creo que podría ser un tren o un metro. Otra es un fragmento de conversación que no es en chino. Y lo último es un helicóptero silenciado.

—¿Qué quiere decir silenciado?

—Quiere decir literalmente silenciado. Tengo un destello de reflejo en la ventana de un helicóptero que pasa, pero no tengo pista de audio que lo acompañe.

Bosch no respondió al principio. Sabía de qué estaba hablando Starkey. Había visto los helicópteros Whisper Jet que los ricos y poderosos usaban para moverse por Hong Kong. Moverse en helicóptero no era raro, pero sólo unos pocos edificios en cada distrito tenían permiso para que se aterrizara en sus tejados. Una razón de que su ex esposa hubiera elegido el edificio en el que vivía en Happy Valley era que tenía zona de aterrizaje de helicópteros en el tejado. Podía llegar al casino de Macao en veinte minutos de puerta a puerta en lugar de las dos horas que tardaría en salir del edificio, llegar al muelle del ferry, cruzar la bahía y luego tomar un taxi o caminar desde el puerto hasta el casino.

—Barbara, estaré allí en cinco minutos —dijo.

Salió en Los Angeles Street y se dirigió al Parker Center. Era tan tarde que Bosch pudo escoger sitio en el garaje de detrás del viejo cuartel general de la policía. Aparcó y enseguida cruzó la calle y entró por la puerta de atrás. El ascensor pareció tardar una eternidad y cuando salió al casi abandonado laboratorio del Departamento de Investigaciones Científicas habían pasado siete minutos desde que había cerrado el teléfono.

—Llegas tarde —dijo Starkey.

—Lo siento, gracias por esperar.

—Era broma, ya sé que llevas mucha prisa, así que vamos a mirar esto.

Señaló una de las pantallas donde había una imagen congelada de la ventana sacada del vídeo del teléfono. Era lo que Bosch había impreso. Starkey puso las manos en los diales.

—Vale —dijo—. Fíjate aquí arriba, en el reflejo en la parte superior del cristal. No vimos ni oímos esto antes.

Giró lentamente un dial. En el reflejo en el cristal sucio Bosch vio lo que no había visto antes. Justo cuando el objetivo de la cámara empezaba a girar hacia su hija, un helicóptero cruzaba la parte superior del reflejo como un fantasma. Era un aparato negro de pequeñas dimensiones con alguna clase de insignia ilegible en el lateral.

—Ahora esto es en tiempo real.

Retrocedió el vídeo hasta que la cámara estuvo centrada en la hija de Bosch y ella estaba lanzando la patada. Starkey pulsó un botón y pasó a tiempo real. La cámara giró hacia la ventana durante una fracción de segundo y luego volvió. Los ojos de Bosch registraron la ventana, pero no el reflejo de la ciudad y menos un helicóptero que pasaba.

Era un buen hallazgo y Bosch se entusiasmó.

—La cuestión es, Harry, que para estar en esa ventana el helicóptero tenía que volar muy bajo.

—O sea, que acababa de despegar o estaba aterrizando.

—Creo que estaba ascendiendo. Parece subir ligeramente al cruzar el reflejo. No se aprecia a simple vista, pero lo he medido. Considerando que el reflejo muestra de derecha a izquierda lo que está ocurriendo de izquierda a derecha, tenía que haber despegado desde el otro lado de la calle. —Bosch asintió—. Cuando busco la pista de audio... —pasó a la otra pantalla, donde un gráfico mostraba diferentes flujos de audio aislados que había extraído del vídeo—... y quito todo el ruido ambiental que puedo, obtengo esto.

Reprodujo una pista con casi un gráfico plano y lo único que Bosch logró distinguir fue ruido de tráfico distante entrecortado.

—Es limpieza de rotor —dijo—. No oyes el helicóptero en sí, pero interfiere en el sonido ambiente. Es como un helicóptero furtivo o algo así.

Bosch asintió. Había dado un paso más. Ahora sabía que a su hija la retenían en un edificio cercano a uno de los pocos helipuertos de Kowloon.

—¿Te ayuda? —preguntó Starkey.

—Ya lo creo.

—Bueno. También tengo esto.

Reprodujo otra pista que contenía un susurro grave que a Bosch le recordó agua corriente. Empezó, se hizo más fuerte y luego se disipó.

—¿Qué es? ¿Agua?

Starkey negó con la cabeza.

—Esto es con la máxima amplificación —dijo—. He tenido que trabajarlo. Es aire, aire que escapa. Diría que estamos hablando de una entrada a una estación de metro o quizás un respiradero por el que se canaliza el aire desplazado cuando llega un tren a la estación. Los metros modernos no hacen mucho ruido, pero hay mucho desplazamiento de aire cuando un tren pasa por el túnel.

—Entendido.

—Tu ubicación está aquí arriba. Quizás a doce o trece pisos, a juzgar por el reflejo, así que el audio es difícil de precisar. Podría estar a nivel de suelo de este edificio o a una manzana; es difícil de decir.

—Aun así ayuda.

—Y lo último es esto.

Reprodujo la primera parte del vídeo, cuando la cámara estaba fijada en la hija de Bosch y simplemente la mostraba. Aumentó el sonido y filtró otros ruidos en competencia. Bosch oyó unas líneas ahogadas de diálogo.

—¿Qué es eso? —preguntó.

—Creo que podría estar fuera de la habitación. No he podido limpiarlo mejor. Está silenciado por la estructura y no me suena a chino, pero no creo que sea eso lo importante.

—Entonces, ¿qué es?

—Escucha otra vez el final.

Lo reprodujo de nuevo. Bosch miró los ojos asustados de su hija mientras se concentraba en el audio. Era una voz masculina demasiado amortiguada para entenderse o traducirse y que luego terminaba abruptamente a media frase.

—¿Alguien lo ha cortado?

—Quizá la puerta de un ascensor se cerró y lo cortó.

Bosch asintió. La del ascensor parecía una explicación más plausible, porque no había tensión en el tono de voz antes de que se interrumpiera.

Starkey señaló la pantalla.

—Cuando des con el edificio, encontrarás la habitación cerca del ascensor.

Bosch miró los ojos de su hija por un último y largo momento.

—Gracias, Barbara.

Ella se quedó de pie a su lado y le apretó los hombros.

—De nada, Harry.

—He de irme.

—Dijiste que tenías que dirigirte al aeropuerto. ¿Vas a Hong Kong?

—Sí.

—Buena suerte, Harry. Rescata a tu hija.

—Ése es el plan.

Bosch volvió rápidamente a su coche y aceleró hacia la autovía. La hora punta había pasado y no tardó mucho en cruzar Hollywood hasta el paso de Cahuenga y llegar a su casa. Empezó a concentrarse en su viaje. Los Ángeles y lo que había allí pronto quedaría atrás y todo se reduciría a Hong Kong. Iba a encontrar a su hija y llevarla a casa, o moriría en el intento.

Toda su vida Harry Bosch había pensado que tenía una misión, y para cumplirla se había forjado a sí mismo como un hombre a prueba de balas. Tuvo que construir su vida para ser invulnerable, para que nada ni nadie pudiera alcanzarle, pero todo eso cambió el día que le presentaron a la hija que no sabía que tenía. En ese momento supo que estaba salvado, que estaría conectado para siempre con el mundo de una manera que sólo un padre conoce, pero que al mismo tiempo estaba perdido, porque sabía que las fuerzas oscuras a las que se enfrentaba la encontrarían algún día. No importaba si había un océano entero entre ellos. Sabía que un día se reduciría a eso, que la oscuridad encontraría a su hija y la usaría para llegar a él.

Ese día había llegado.

SEGUNDA PARTE

El día de treinta y nueve horas

23

Bosch durmió de manera intermitente durante el vuelo sobre el Pacífico. En catorce horas en el aire, apretado contra una ventana de la cabina, no logró dormir más de quince o veinte minutos seguidos antes de que pensamientos sobre su hija o sobre la peligrosa situación en la que ésta se hallaba por culpa suya se entrometieran y lo despertaran.

Durante el día se había movido demasiado deprisa para pensar, se había mantenido por delante del miedo, la culpa y las recriminaciones brutales. Logró dejar todo eso de lado porque la persecución era más importante que la culpabilidad con la que cargaba. Sin embargo, en el vuelo 883 de Cathay Pacific ya no pudo correr más. Sabía que necesitaba dormir para estar descansado y listo para el día que le aguardaba en Hong Kong, pero en el avión estaba arrinconado y ya no pudo seguir ocultando sus sentimientos. El terror lo envolvió. Pasó la mayor parte de las horas sentado en la oscuridad, con los puños apretados y mirada inexpresiva, mientras el *jet* surcaba el espacio negro hacia el lugar donde Madeline permanecía oculta en alguna parte. Todo ello hacía que el sueño fuera efímero cuando no imposible.

El viento de proa en el Pacífico fue más débil de lo previsto, por lo que el avión ganó tiempo y aterrizó con antelación en el aeropuerto de Lantau Island a las 4.55. Para llegar a la parte delantera del avión, Bosch se abrió paso casi a empujones entre los pasajeros que se estiraban para bajar sus pertenencias de los portamaletas. Sólo llevaba una pequeña mochila que contenía cosas que tal vez podían resultarle útiles para encontrar y rescatar a su hija. En cuanto se abrieron las puertas del avión, caminó con rapidez y enseguida se puso delante de todos los pasajeros que se dirigían hacia los controles de aduana e inmigración. El temor lo acuchilló al acercarse al primer punto de control: un escáner térmico diseñado para identificar a los pasajeros con fiebre. Bosch estaba sudando. ¿La culpa que le quemaba en la conciencia se había manifestado en forma de fiebre? ¿Lo detendrían antes de que pudiera empezar la misión más importante de todas?

Al pasar, miró por encima del hombro a la pantalla del ordenador. Vio las imágenes de viajeros convertidos en fantasmas azules en la pantalla. No había signos delatores de rojo; no tenía fiebre. Al menos de momento.

Un inspector revisó su pasaporte en el punto de control de aduanas y vio los sellos de entrada y salida correspondientes a los numerosos viajes que había realizado en los últimos seis años. Luego comprobó algo en una pantalla de ordenador que Bosch no podía ver.

—¿Tiene un negocio en Hong Kong, señor Bosch? —preguntó el inspector.

De algún modo había modificado la única sílaba del apellido de Bosch para que sonara *Botch*.

—No —dijo Bosch—. Mi hija vive aquí y vengo a visitarla a menudo.

El inspector miró la mochila que el viajero llevaba colgada del hombro.

—¿Ha facturado sus maletas?

—No, sólo llevo esto. Es un viaje rápido.

El inspector asintió y volvió a consultar su ordenador. Bosch sabía lo que iba a ocurrir. Invariablemente, cuando llegaba a Hong Kong, el inspector de inmigración veía su clasificación como agente del orden en el sistema informático y lo ponía en la fila del registro de equipaje.

—¿Ha traído su arma? —preguntó el inspector.

—No —dijo Bosch con voz cansada—. Sé que no está permitido.

El inspector tecleó algo en el ordenador y dirigió a Bosch, como él esperaba, a una cola para que registraran su mochila. Perdería otros quince minutos, pero mantuvo la calma. El avión había llegado con media hora de adelanto.

El segundo inspector le revisó cuidadosamente la mochila y echó miradas de curiosidad a los prismáticos y otros elementos, incluido el sobre lleno de dinero en efectivo. Pero no era ilegal introducir nada de todo aquello en el país. El inspector terminó con su registro y pidió a Bosch que pasara por un detector de metales. Salvado este último escollo, Harry se dirigió a la terminal de equipaje y localizó una ventanilla de cambio de divisas que estaba abierta a pesar de que aún era muy temprano. Se acercó, volvió a sacar el sobre de efectivo de la mochila y le dijo a la mujer de detrás del mostrador que quería cambiar cinco mil dólares americanos en dólares de Hong Kong. Era su reserva del terremoto: billetes que tenía escondidos en su habitación, en la caja fuerte de la pistola. En 1994, cuando el terremoto sacudió Los Ángeles y dañó gravemente su casa, aprendió una valiosa lección: el dinero en efectivo es el rey; no había que salir de casa sin él. Ahora el dinero que guardaba para una crisis podía ayudarle a superar otra. La tasa de cambio era de un poco menos de ocho a uno, y sus cinco mil dólares estadounidenses se convirtieron en treinta y ocho mil dólares de Hong Kong.

Después de coger su dinero se dirigió a las puertas de salida del otro lado de la terminal de equipaje. La primera sorpresa del día fue ver a Eleanor Wish esperándolo en el vestíbulo principal del aeropuerto. A su lado vio a un hombre de traje con la postura de piernas separadas típica de un guardaespaldas. Eleanor hizo un pequeño gesto con la mano por si Harry no la había visto. Percibió una mezcla de dolor y esperanza en su rostro, y tuvo que bajar la mirada al suelo al acercarse.

—Eleanor, no…

Ella lo agarró en un rápido y torpe abrazo que terminó abruptamente con su frase. Comprendió que le estaba diciendo que dejara la culpa y las recriminaciones para después; había cosas más importantes de las que ocuparse. Se apartó e hizo un gesto hacia el hombre del traje.

—Él es Sun Yee.

Bosch lo saludó con la cabeza, pero luego le tendió la mano. Esperaba que el gesto le ayudara a averiguar quién era Sun Yee.

—Harry —se presentó.

El otro hombre inclinó la cabeza y le agarró la mano con

fuerza, pero no dijo nada. Ninguna ayuda. Tendría que seguir la pista de Eleanor. Bosch supuso que Sun Yee tendría casi cincuenta años, la misma edad que ella. Era bajo, pero de complexión fuerte; su pecho y brazos presionaban las costuras de la chaqueta de seda hasta el límite. Llevaba gafas de sol pese a que todavía no había amanecido.

Bosch se volvió hacia su ex mujer.

—¿Nos va a llevar?

—Nos va a ayudar —le corrigió Eleanor—. Trabaja en la seguridad del casino.

Bosch asintió. Un misterio resuelto.

—¿Habla inglés?

—Sí —respondió el hombre por sí mismo.

Bosch lo estudió un momento, miró a Eleanor y vio en su rostro una conocida determinación, una expresión que había visto muchas veces cuando estaban juntos. No iba a permitir ninguna discusión al respecto. Aquel hombre formaba parte del paquete o Bosch habría de ir solo.

Bosch sabía que, si las circunstancias lo dictaban, podía separarse y seguir su propio camino. De hecho, era lo que había previsto hacer. Sin embargo, por el momento estaba dispuesto a seguir el plan de Eleanor.

—¿Estás segura de que quieres hacer esto, Eleanor? Pensaba trabajar por mi cuenta.

—También es mi hija. Donde tú vayas, iré yo.

—De acuerdo.

Empezaron a caminar hacia las puertas de cristal que los llevarían al exterior. Bosch dejó que Sun Yee se adelantara para poder hablar en privado con su ex mujer. A pesar de la tensión obvia que se reflejaba en su rostro, para él estaba igual de guapa que siempre. Llevaba el pelo echado hacia atrás con un estilo serio que realzaba la línea limpia y determinada de su mentón. No importaba cuáles fuesen las circunstancias ni que se vieran con poca frecuencia, Harry nunca lograría dejar de mirarla sin pensar en lo que podría haber sido. Era un tópico gastado, pero Bosch siempre había pensado que estaban hechos para estar juntos. Su hija les daba un vínculo para toda la vida, pero no era suficiente para Bosch.

—Bueno, cuéntame qué está pasando, Eleanor —dijo—. He estado casi catorce horas en el aire. ¿Qué novedades hay por aquí?

Ella asintió.

—Ayer pasé cuatro horas en el centro comercial. Cuando llamaste y dejaste un mensaje desde el aeropuerto, mi teléfono debía de estar en modo seguro. No sé, o no tenía señal o no oí la llamada.

—No te preocupes por eso. ¿Qué has averiguado?

—Tienen un vídeo de vigilancia en el que se ve a Maddie con los hermanos Quick y He. Todo desde cierta distancia. No son identificables, salvo Mad. A ella la reconocería en cualquier sitio.

—¿Muestra cómo la secuestran?

—No hubo rapto. Estuvieron juntos, sobre todo en la zona de comida. Luego Quick encendió un cigarrillo y alguien se quejó. Intervino el servicio de seguridad y lo echaron. Madeline salió con ellos voluntariamente y no volvieron a entrar.

Bosch asintió. Se dio cuenta de que todo podía haber sido un plan para hacerla salir: Quick enciende el cigarrillo, sabiendo que lo echarán del centro comercial y que Madeline irá con él.

—¿Qué más?

—Eso es todo acerca del centro comercial. El servicio de seguridad conoce a Quick, pero no lo tienen identificado ni poseen ficha suya.

—¿A qué hora se fueron?

—A las seis y cuarto.

Bosch hizo los cálculos. Eso había sido el viernes. Su hija había desaparecido del vídeo del centro comercial casi treinta y seis horas antes.

—¿Cuándo anochece? ¿A qué hora?

—Normalmente a las ocho. ¿Por qué?

—El vídeo que me mandaron está grabado con luz diurna. Menos de dos horas después de salir del centro comercial con ellos, Maddie estaba en Kowloon, donde grabaron el vídeo.

—Quiero verlo, Harry.

—Te lo enseñaré en el coche. Has dicho que recibiste mi mensaje. ¿Has averiguado algo de los helipuertos de Kowloon?

Asintiendo, Eleanor contestó:

—Llamé al jefe de transporte de clientes del casino y me dijo que en Kowloon hay siete azoteas disponibles para que aterricen helicópteros. Tengo una lista.

—Bien. ¿Le dijiste para qué necesitabas la lista?

—No, Harry. Confía un poco en mí.

Bosch la miró y luego movió la mirada hacia Sun, que había abierto una distancia de varios pasos con ellos. Eleanor captó el mensaje.

—Sun Yee es diferente. Sabe lo que está pasando. Le he pedido que me acompañe porque puedo confiar en él. Garantiza mi seguridad en el casino desde hace tres años.

Bosch asintió. Su ex mujer era un activo valioso para el Cleopatra Resort and Casino de Macao. Pagaban su apartamento y un helicóptero la recogía para llevarla a trabajar en las mesas privadas, donde jugaba contra los clientes más ricos del casino. La seguridad, personalizada en Sun Yee, formaba parte del paquete.

—Bueno, lástima que no estuviera vigilando también a Maddie.

Eleanor se detuvo de golpe y se volvió hacia Bosch. Sun no se dio cuenta y siguió caminando. Eleanor se plantó ante Harry.

—¿Quieres empezar con esto ahora? Porque si quieres, por mí adelante. Podemos hablar de Sun Yee y podemos hablar de cómo tú y tu trabajo habéis puesto a mi hija en este... este...

No terminó. En lugar de acabar la frase, agarró con fuerza a Bosch por la chaqueta y empezó a sacudirlo enfadada hasta que lo abrazó y rompió a llorar. Bosch le puso una mano en la espalda.

—Nuestra hija, Eleanor —dijo—. Es nuestra hija y vamos a rescatarla.

Sun se fijó en que no estaban con él y se detuvo. Miró atrás a Bosch, con los ojos ocultos por las gafas de sol. Harry, todavía abrazado por Eleanor, levantó una mano para pedirle que esperara un momento y mantuviera la distancia. Ella se apartó al fin y se limpió los ojos y la nariz con el dorso de la mano.

—Has de calmarte, Eleanor. Voy a necesitarte.

—Basta de decir eso, ¿vale? Estaré calmada. ¿Por dónde empezamos?

—¿Tienes el mapa del MTR que te pedí?

—Sí, está en el coche.

—¿Y la tarjeta de Causeway Taxi? ¿Has comprobado eso?

—No hacía falta. Sun Yee ya los conocía. Se sabe que la mayoría de compañías de taxi contratan a hombres de las tríadas, pues éstos necesitan trabajos legítimos para evitar sospechas y mantenerse a salvo de la policía. La mayoría tienen licencias de taxi y hacen algunos turnos como tapadera. Si tu sospechoso llevaba la tarjeta del gerente de la flota era probablemente porque iba a verlo para pedirle un trabajo cuando llegara aquí.

—¿Fuiste a la dirección?

—Pasamos anoche, pero es sólo una estación de taxis, donde cargan gasolina y los reparan, y adonde envían a los conductores al empezar el turno.

—¿Hablaste con el gerente de la flota?

—No. No quería hacer un movimiento así sin preguntarte, pero estabas en el aire y no podía hacerlo. Además, me pareció que no nos llevaría a ninguna parte; probablemente era un tipo que iba a darle trabajo a Chang, nada más. Es lo que hace para las tríadas; no se implicaría en un secuestro. Y si estaba implicado, tampoco iba a decírnoslo.

Bosch pensó que Eleanor seguramente tenía razón. Aun así, el gerente de la flota sería alguien a quien volver si otros esfuerzos para localizar a su hija no daban resultado.

—Vale —dijo—. ¿Cuándo amanece?

Eleanor se volvió para ver la enorme pared de cristal del vestíbulo principal, como si fuera a juzgar su respuesta en función del cielo. Bosch miró su reloj. Eran las 5.45 de la mañana y casi llevaba una hora en Hong Kong. Tenía la sensación de que el tiempo pasaba demasiado deprisa.

—Quizá dentro de media hora —dijo Eleanor.

—¿Y la pistola, Eleanor?

Ella asintió de manera vacilante.

—Si estás seguro, Sun Yee sabe dónde conseguirte una. En Wan Chai.

Bosch asintió. Por supuesto, ése sería el sitio para conseguir un arma. Wan Chai era el lugar donde la cara oculta de Hong Kong salía a la superficie. No había estado allí desde un permiso en Vietnam cuarenta años antes. Aun así, sabía que algunas cosas y algunos lugares nunca cambiaban.

—Bueno, vamos al coche. Estamos perdiendo tiempo.

Salieron por las puertas automáticas y Bosch fue recibido por una vaharada de aire caliente y húmedo. Notó que la humedad empezaba a pegársele a la piel.

—¿Adónde le parece que vayamos primero? —preguntó Eleanor—. ¿A Wan Chai?

—No, al Peak. Empezaremos allí.

24

*S*e conocía como Victoria Peak durante los tiempos coloniales. Ahora era sólo el Peak, una cima que se alzaba junto a Hong Kong y ofrecía vistas asombrosas del distrito central y del puerto hasta Kowloon. Se podía acceder en coche o en funicular y era un destino popular para los turistas durante todo el año y para los lugareños en los meses de verano, cuando la ciudad que se extendía a sus pies parecía retener la humedad como una esponja absorbe el agua. Bosch había estado allí varias veces con su hija, comiendo en el restaurante del mirador o en la galería comercial construida detrás de éste.

Bosch, su ex mujer y el guardaespaldas llegaron a la cima antes de que amaneciera en la ciudad. La galería y los quioscos de turistas todavía estaban cerrados y no había nadie en los miradores. Dejaron el Mercedes de Sun en el aparcamiento de al lado de la galería y enfilaron el camino que bordeaba la ladera de la montaña. Bosch llevaba la mochila al hombro. El aire se notaba pesado a causa de la humedad. El camino estaba mojado porque había llovido por la noche y Bosch ya tenía la camisa pegada a la espalda.

—¿Qué estamos haciendo exactamente? —preguntó Eleanor.

Era la primera pregunta que planteaba en mucho rato. En el trayecto desde el aeropuerto, Bosch había preparado el vídeo y le había pasado su teléfono. Ella lo observó y Bosch notó que contenía el aliento. Luego le pidió verlo una segunda vez y le devolvió el teléfono sin decir nada. Hubo un silencio terrible que se prolongó hasta que estuvieron en el camino.

Bosch se puso la mochila delante y la abrió. Le pasó a Eleanor la foto impresa del vídeo y la linterna.

—Es un fotograma del vídeo. Cuando Maddie le da una patada al tipo y la cámara se mueve, capta la ventana.

Eleanor encendió la linterna y examinó la imagen mientras caminaban. Sun iba varios pasos por detrás. Bosch continuó explicando su plan.

—Recuerda que en la ventana todo se refleja al revés. Pero ¿ves los postes encima del Banco de China? Tengo una lupa aquí si quieres usarla.

—Sí, los veo.

—Bueno, entre esos postes se ve una pagoda. Creo que es la pagoda del León. He estado allí con Maddie.

—Yo también. Se llama el Pabellón del León. ¿Estás seguro de que sale aquí?

—Sí, necesitarás la lupa. Espera a que lleguemos allí.

El sendero se curvaba y Bosch vio la estructura estilo pagoda delante. Se encontraba en una posición privilegiada y ofrecía una de las mejores vistas desde el Peak. Siempre que Bosch había estado antes en ese lugar, lo había visto lleno de turistas y cámaras. A la luz gris del alba estaba vacío. Bosch cruzó la entrada en arco y salió al pabellón con vistas. La gigantesca ciudad se extendía a sus pies. Había mil millones de luces en la oscuridad que retrocedía, y sabía que una de ellas pertenecía a su hija. Iba a encontrarla.

Eleanor, a su lado, mantenía el haz de la linterna en la imagen impresa. Sun adoptó una posición de guardaespaldas detrás de ellos.

—No lo entiendo —dijo ella—. ¿Piensas que puedes revertirlo y señalar dónde está?

—Exacto.

—Harry…

—Hay otros marcadores. Sólo quiero reducirlo. Kowloon es un sitio muy grande.

Bosch sacó los prismáticos de la mochila. Eran de muchos aumentos y los usaba en las vigilancias. Se los acercó a los ojos.

—¿Qué otros marcadores?

Todavía estaba oscuro. Bosch bajó los prismáticos; tendría que esperar. Pensó que tal vez debería ir a Wan Chai para conseguir primero la pistola.

—¿Qué otros marcadores, Harry?

Bosch se acercó a ella para poder ver la foto impresa y señalar los marcadores de los que le había hablado Barbara Starkey, sobre todo la porción del cartel al revés con las letras O y N. También le habló de la pista de audio de un metro cercano y le recordó el helicóptero, que no estaba en la impresión.

—Si sumamos todo esto, creo que podremos acercarnos —declaró—. Si lo consigo, la encontraré.

—Bueno, ya puedo decirte ahora mismo que estás buscando el cartel de Canon.

—¿Las cámaras Canon? ¿Dónde?

Señaló en la distancia hacia Kowloon. Bosch miró otra vez a través de los prismáticos.

—Lo veo siempre desde el helicóptero al cruzar la bahía. Hay un cartel de Canon en el lado de Kowloon. El anuncio es giratorio, de forma que cuando rota hacia el puerto, desde Kowloon se ve al revés. En el reflejo está corregido. Ha de ser ése. —Tocó las letras que se veían en la foto impresa.

—Sí, pero ¿dónde? No lo veo.

—Déjame mirar.

Harry le pasó los prismáticos. Su ex mujer habló mientras miraba.

—Por lo general está encendido, pero probablemente lo apagan un par de horas antes del amanecer para ahorrar energía. Ahora mismo hay muchos carteles apagados.

Bajó los prismáticos y miró su reloj.

—Podremos verlo dentro de unos quince minutos.

Bosch volvió a coger los prismáticos y empezó a buscar el cartel otra vez.

—Siento que estoy perdiendo el tiempo.

—No te preocupes. Está saliendo el sol.

Frustrado, Bosch bajó reticentemente los prismáticos y durante los siguientes diez minutos observó la luz que subía por encima de las montañas y en la ensenada.

El amanecer se alzó, rosa y gris. En el puerto ya había ajetreo de barcazas y transbordadores que entrecruzaban sus caminos en lo que parecía algún tipo de coreografía natural. Bosch vio una niebla baja aferrada a las torres de Central y Wan Chai, y al otro lado del puerto en Kowloon. Olió a humo.

—Huele como Los Ángeles después de que ocurrieran los disturbios —dijo—. Como si la ciudad estuviera en llamas.

—En cierto modo lo está —dijo Eleanor—. Estamos a mitad de Yue Laan.

—¿Sí? ¿Qué es eso?

—El festival del Espíritu Hambriento. Empezó la semana pasada. Está relacionado con el calendario chino. Dicen que en el decimocuarto día del séptimo mes lunar las puertas del infierno se abren y los espíritus del mal acechan el mundo. Los creyentes queman ofrendas para calmar a sus antepasados y librarse de los espíritus malignos.

—¿Qué clase de ofrendas?

—Sobre todo dinero de papel y reproducciones en papel maché de cosas como pantallas de plasma o casas y coches; objetos que supuestamente los espíritus necesitan en el otro lado. En ocasiones la gente quema también objetos reales. —Se rio y continuó—. Una vez vi a un tipo quemando un aparato de aire acondicionado; enviando aire fresco a un antepasado del infierno, supongo.

Bosch recordó que su hija le había hablado de ello en cierta ocasión. Dijo que había visto quemar un coche entero.

Bosch bajó la mirada a la ciudad y se dio cuenta de que lo que había tomado como niebla matinal era en realidad humo de las hogueras que flotaba en el aire como los mismos fantasmas.

—Parece que hay muchos creyentes.

—Sí que los hay.

Bosch levantó la mirada a Kowloon y alzó los prismáticos. La luz del sol por fin incidía en los edificios por el lado del puerto. Movió los prismáticos adelante y atrás, manteniendo siempre los postes de la portería de fútbol de encima del Banco de China en su campo de visión. Finalmente, encontró el letrero de Canon que había mencionado Eleanor. Se alzaba encima de un edificio de cristal y aluminio que proyectaba agudos reflejos de luz en todas direcciones.

—Veo el cartel —dijo, sin apartar la mirada.

Calculó que el edificio sobre el que se alzaba el cartel tenía doce pisos, y que éste se hallaba encima de un armazón de hierro que añadía al menos otro piso a su altura. Desplazó los prismáticos, esperando ver algo más, pero nada llamó su atención.

—Déjame verlo otra vez —dijo Eleanor.

Bosch le pasó los prismáticos y ella rápidamente enfocó el cartel de Canon.

—Lo tengo —dijo—. Y veo el hotel Peninsula, que está a dos manzanas, al otro lado de la calle. Es uno de los helipuertos.

Bosch siguió la línea de visión hasta el muelle. Tardó un momento en encontrar el cartel; ahora ya captaba el sol de pleno. Estaba empezando a sentir que el cansancio del largo vuelo desaparecía. La adrenalina estaba actuando.

Vio una calle ancha que enfilaba hacia el norte en Kowloon, junto al edificio con el cartel encima.

—¿Qué calle es? —preguntó.

Eleanor mantuvo los prismáticos en los ojos.

—Ha de ser Nathan Road —dijo—. Es una vía principal norte-sur. Va desde el puerto a los Nuevos Territorios.

—¿Las tríadas están allí?

—Sin duda.

Bosch se volvió a mirar Nathan Road y Kowloon.

—Nueve Dragones —susurró para sí.

—¿Qué? —preguntó Eleanor.

—Digo que es allí donde está.

25

*B*osch y su hija normalmente tomaban el funicular para subir al Peak y luego volver a bajar. A Bosch le recordaba una versión más elegante y más larga del Angels Flight de Los Ángeles. Al pie del trayecto, a su hija le gustaba visitar un pequeño parque situado junto al palacio de justicia donde podía colgar una bandera de oración tibetana. Muchas veces, las coloridas banderas estaban colgadas en el parque como ropa puesta a secar. Maddie le había dicho a Bosch que colgar una bandera era mejor que encender una vela en una iglesia, porque la bandera estaba al aire libre y el viento transportaba muy lejos las buenas intenciones.

No había tiempo para colgar banderas. Volvieron al Mercedes de Sun y bajaron la montaña hacia Wan Chai. Por el camino, Bosch se dio cuenta de que una ruta de descenso pasaría junto al edificio de apartamentos donde vivían Eleanor y su hija.

Bosch se inclinó hacia delante desde el asiento trasero.

—Eleanor, vamos antes a tu casa.

—¿Por qué?

—He olvidado decirte que trajeras el pasaporte de Madeline. Y el tuyo también.

—¿Y eso?

—Porque esto no terminará cuando la rescatemos. Os quiero a las dos lejos hasta que termine.

—¿Y cuánto tiempo será eso?

Eleanor se había vuelto para mirarlo desde el asiento delantero. Harry vio la acusación en sus ojos. Quería tratar de evitar todo eso y dedicar su plena atención al rescate de su hija.

—No sé cuánto tiempo. Vamos a buscar los pasaportes. Sólo por si luego no hay tiempo.

Eleanor se volvió hacia Sun y le habló bruscamente en chino. Él inmediatamente se echó a un lado de la carretera y se detuvo. No había tráfico que bajara por las montañas hacia ellos; era demasiado temprano. Se volvió completamente en su asiento hacia Bosch.

—Pararemos a buscar los pasaportes —dijo ella con voz inexpresiva—. Pero si hemos de desaparecer, no pienses ni por un momento que vamos a ir contigo.

Bosch asintió. El mero hecho de que se lo planteara era suficiente para él.

—Entonces quizá deberías preparar también un par de bolsas y meterlas en el maletero.

Eleanor se volvió sin responder. Al cabo de un momento, el guardaespaldas la miró y le habló en chino. Ella respondió asintiendo y Sun empezó a bajar otra vez por la montaña. Bosch sabía que Eleanor iba a hacer lo que le había pedido.

Al cabo de quince minutos, Sun se detuvo delante de las torres gemelas comúnmente conocidas por los residentes en Hong Kong como las Chopsticks (debido a que parecían unos palillos). Y Eleanor, que no había dicho nada en esos quince minutos, tendió una rama de olivo al asiento de atrás.

—¿Quieres subir? Puedes hacerte un café mientras preparo las bolsas. Tienes aspecto de necesitarlo.

—El café estaría bien, pero no tenemos…

—Es café instantáneo.

—Está bien.

Sun se quedó en el coche y ellos subieron. Las *Chopsticks* eran en realidad dos torres ovaladas interconectadas que se alzaban setenta y tres pisos desde media ladera de la montaña, encima de Happy Valley. Era el edificio residencial más alto de Hong Kong y como tal destacaba en la ciudad como dos palillos destacan en un bol de arroz. Eleanor y Madeline se habían trasladado a uno de sus apartamentos poco después de llegar de Las Vegas seis años antes.

Bosch se agarró a la barandilla al subir en el ascensor rápido. No le gustaba saber que justo debajo del suelo había un hueco abierto de cuarenta y cuatro plantas.

La puerta se abrió a un pequeño rellano que daba a los cuatro apartamentos de la planta y Eleanor usó una llave para entrar por la primera puerta de la derecha.

—Hay café en el armario de encima del fregadero. No tardaré mucho.

—Bien. ¿Quieres una taza?

—No, gracias. He tomado uno en el aeropuerto.

Entraron en el apartamento y Eleanor se desvió a su dormitorio mientras Bosch encontraba la cocina y se ponía a preparar café. Encontró una taza que decía «La mejor mamá del mundo» en un lado y la usó. Estaba pintada a mano tiempo atrás y las palabras se habían descolorido con cada ciclo del lavaplatos.

Salió de la cocina, sorbiendo el brebaje caliente, y examinó el panorama. El apartamento estaba orientado al oeste y proporcionaba unas vistas imponentes de Hong Kong y su puerto. Bosch sólo había estado en el apartamento unas cuantas veces y nunca se cansaba de aquella vista. En general, cuando iba de visita recogía a su hija en el vestíbulo o en la escuela después de las clases.

Un enorme crucero blanco avanzaba por el puerto hacia mar abierto. Bosch observó un momento y se fijó en el cartel de Canon en lo alto de un edificio de Kowloon. Era un recordatorio de su misión. Se volvió hacia el pasillo que daba a los dormitorios y encontró a Eleanor en la habitación de su hija, llorando mientras metía ropa en una mochila.

—No sé qué llevar —dijo—. No sé cuánto tiempo estaremos fuera ni qué necesitará. De hecho, ni siquiera sé si volveremos a verla.

Sus hombros temblaron cuando dejó de contener las lágrimas. Bosch le puso una mano en el hombro izquierdo, pero ella al instante se zafó. No iba a aceptar su consuelo. Cerró bruscamente la cremallera de la mochila y salió de la habitación con ella. Bosch se quedó solo mirando el dormitorio.

Recuerdos de viajes a Los Ángeles y a otros lugares ocupaban todas las superficies horizontales. Carteles de películas y grupos musicales cubrían las paredes. En un rincón había un estante con varios sombreros, máscaras y collares de cuentas. Numerosos animales de peluche de años anteriores se apilaban contra las almohadas de la cama. Bosch no pudo evitar sentir que en cierto modo estaba invadiendo la intimidad de su hija al estar en esa habitación sin que lo invitaran.

En un pequeño escritorio había un portátil abierto, con la pantalla negra. Bosch se acercó, pulsó la barra espaciadora y al cabo de unos segundos la pantalla cobró vida. El salvapantallas de su hija era una fotografía tomada durante su último viaje a Los Ángeles. Mostraba un grupo de surfistas en fila, flotando en sus tablas y esperando la siguiente ola. Bosch recordó que fueron en coche a Malibú para desayunar en un sitio llamado Marmalade y que después vieron a los surfistas en una playa cercana.

Harry se fijó en una cajita hecha de hueso labrado junto al ratón del ordenador. Le recordó a Bosch el mango del cuchillo que había encontrado en la maleta de Chang. Parecía un objeto en el que se podían guardar cosas importantes, como dinero. Lo abrió y encontró que sólo contenía un pequeño colgante de los tres monos sabios labrados en jade —«no ver, no escuchar, no hablar»— en un cordel rojo. Bosch lo sacó de la caja y lo sostuvo para verlo mejor. No tenía más de cinco centímetros de largo y había un pequeño anillo plateado en un extremo para poder fijarlo a algo.

—¿Estás listo?

Bosch se volvió. Eleanor estaba en el umbral.

—Sí. ¿Qué es esto, un pendiente?

Eleanor se acercó a verlo.

—No, los chicos los cuelgan de los móviles. Los venden en el mercado de jade de Kowloon. Muchos tienen el mismo teléfono y los «personalizan» para que sean diferentes.

Bosch asintió al volver a dejarlo en la caja.

—¿Son caros?

—No, es jade barato. Cuestan más o menos un dólar americano y los chicos los cambian muy a menudo. Vamos.

Bosch echó un último vistazo a los dominios privados de su hija y por el camino cogió una almohada y una manta doblada de la cama. Eleanor miró atrás y vio lo que estaba haciendo.

—Puede que esté cansada y quiera dormir —explicó él.

Salieron del apartamento y en el ascensor Bosch sostuvo la manta y la almohada bajo un brazo y una de las mochilas en el otro. La almohada olía al champú de su hija.

—¿Tienes los pasaportes? —preguntó Bosch.

—Sí —dijo Eleanor.

—¿Puedo preguntarte una cosa?

—¿Qué?

Actuó como si estuviera estudiando el dibujo de los ponis en la manta que sostenía.

—¿Hasta qué punto confías en Sun Yee? No estoy seguro de que tengamos que seguir con él después de que consigamos la pistola.

Eleanor respondió sin dudar.

—Te he dicho que no has de preocuparte por eso. Confío en él plenamente y se queda con nosotros. Se queda conmigo.

Bosch asintió. Eleanor miró al indicador digital que mostraba el paso de las plantas.

—Confío en él completamente —añadió entonces—. Y Maddie también.

—¿Cómo va Maddie a...?

Se detuvo. De repente comprendió lo que ella le estaba diciendo. Sun era el hombre del que le había hablado Madeline. Él y Eleanor estaban juntos.

—¿Ahora lo entiendes? —dijo ella.

—Sí, lo entiendo —dijo—, pero ¿estás segura de que Madeline confía en él?

—Sí, más que segura. Si ella te dijo otra cosa, sólo quería ganarse tu compasión. Es una niña, Harry. Sabe cómo manipular. Sé que mi relación con Sun Yee ha... modificado un poco su vida. Pero él no le ha mostrado otra cosa que amabilidad y respeto. Lo superará. Es decir, cuando la rescatemos.

Sun Yee tenía el coche esperando en la rotonda de parada del edificio. Harry y Eleanor pusieron las mochilas en el maletero, pero Bosch cogió la almohada y la manta y las llevó consigo al asiento de atrás. Sun arrancó y continuaron por Stubbs Road hasta Happy Valley y luego a Wan Chai.

Bosch trató de olvidarse de la conversación del ascensor. No era importante en ese momento, porque no le ayudaría a recuperar a su hija, pero era difícil compartimentar sus sentimientos. Su hija le había dicho en Los Ángeles que Eleanor tenía una relación. Él también había tenido historias desde su divorcio;

aun así, que le golpeara la realidad ahí en Hong Kong era peliagudo. Iba con una mujer a la que todavía amaba en un sentido básico y con la nueva pareja de ésta. Era duro de aceptar.

Bosch iba sentado detrás de Eleanor. Miró por encima del asiento a Sun y estudió la pose estoica del hombre. No era un guardaespaldas a sueldo: en su caso había más cosas en juego. Bosch se dio cuenta de que eso podía convertirlo en un activo. Si su hija podía contar con él y confiar en él, entonces Bosch también. El resto podía dejarse de lado.

Como si sintiera la mirada en su espalda, Sun se volvió y observó a Bosch. Incluso con las gafas negras que le tapaban los ojos, Harry se dio cuenta de que Sun había interpretado la situación y de que ya no había más secretos.

Bosch asintió. No era ninguna clase de aprobación lo que estaba transmitiendo, sino sólo el mensaje silencioso de que comprendía que todos estaban juntos en eso.

26

Wan Chai era la parte de Hong Kong que nunca dormía, el lugar donde cualquier cosa podía ocurrir y cualquier cosa se podía comprar al precio adecuado. Cualquier cosa. Bosch sabía que si quería un visor láser con el arma que iban a recoger, podía adquirirlo. Si deseaba añadir un sicario, probablemente también podría conseguirlo. Y eso por no hablar de las otras cosas, como drogas y mujeres, que estarían disponibles para él en los bares de *striptease* y discotecas que se sucedían a lo largo de Lockhart Road.

Eran las ocho y media cuando circulaban por Lockhart a plena luz del día. Muchos de los clubes estaban todavía activos, con las persianas cerradas para bloquear la entrada de luz pero con el neón encendido, brillando en el aire humeante. La calle estaba húmeda. Los reflejos fragmentados de neón salpicaban el suelo y los parabrisas de los taxis que se alineaban junto a las aceras.

Había gorilas apoyados en postes y putas sentadas en taburetes haciendo señas a peatones y conductores por igual. Hombres con trajes arrugados y el paso lento por una noche de alcohol o drogas caminaban con lentitud por las aceras. En doble fila junto a las colas de taxis rojos, los ocasionales Rolls-Royce o Mercedes al ralentí esperaban que el dinero se agotara en el local y empezara por fin el regreso a casa.

Delante de casi todos los establecimientos había un cubo de cenizas para quemar ofrendas a los espíritus hambrientos. Muchos estaban encendidos. Bosch vio a una mujer con un dragón rojo en la espalda de su bata de seda a las puertas de un club llamado Red Dragon. Estaba echando lo que parecían dólares de Hong Kong auténticos a las llamas que sobresalían de un bidón delante del club. Bosch pensó que estaba cubriendo las apuestas con los espíritus. Jugaba con dinero de verdad.

El olor del fuego y el humo se mezclaban con un aroma subyacente de fritanga que entraba en el coche a pesar de que las ventanas estaban subidas. Luego Bosch notó un intenso tufo que no supo identificar, casi uno de los olores tapadera que había detectado de vez en cuando en la sala de autopsias. Empezó a respirar por la boca. Eleanor bajó la visera para poder verlo en el espejo de maquillaje.

—*Gway lang go* —dijo.

—¿Qué?

—Gelatina de caparazón de tortuga. La preparan por aquí por las mañanas y la venden en las tiendas de medicinas.

—Es fuerte.

—Es una buena forma de expresarlo. Si crees que el olor es fuerte, deberías probarla alguna vez. Se supone que cura cualquier cosa.

—Creo que paso.

Al cabo de otras dos manzanas, los clubes se tornaron más pequeños y más sórdidos por fuera. Las señales de neón eran más chillonas y por lo general iban acompañadas de carteles con fotografías de hermosas mujeres que supuestamente aguardaban en el interior. Sun aparcó en doble fila al lado del taxi que era el primero de la cola antes del cruce. Tres de las esquinas estaban ocupadas por clubes, y la cuarta era una tienda de fideos que ya estaba abierta y abarrotada.

Sun se soltó el cinturón y abrió la puerta. Bosch hizo lo mismo.

—Harry —dijo Eleanor.

Sun se volvió a mirarlo.

—Tú no vienes —le espetó a Bosch.

Harry lo miró.

—¿Estás seguro? Tengo dinero.

—Nada de dinero —dijo Sun—. Espera aquí.

Salió y cerró la puerta. Bosch cerró la suya y se quedó en el coche.

—¿Qué está pasando?

—Sun Yee ha llamado a un amigo por la pistola. No es una transacción que implique dinero.

—Entonces, ¿qué implica?

—Favores.

—¿Sun Yee está en una tríada?

—No. No habría conseguido el trabajo en el casino, y yo no estaría con él.

Bosch no estaba seguro de que el trabajo en el casino quedara fuera de los límites de un hombre de la tríada. En ocasiones, la mejor manera de conocer a tu enemigo es contratarlo.

—¿Estuvo en una tríada?

—No lo sé. Lo dudo. No dejan que la gente abandone así como así.

—Pero va a conseguir el arma de uno de ellos, ¿no?

—Eso tampoco lo sé. Mira, Harry, vamos a conseguir el arma que me has pedido. No pensaba que fueras a hacer todas estas preguntas. ¿La quieres o no?

—Sí.

—Pues estamos haciendo lo necesario para conseguirla. Y Sun Yee está arriesgando su trabajo y su libertad al hacerlo, he de decir. Las leyes de armas son muy severas aquí.

—Entiendo. No más preguntas. Sólo gracias por ayudarme.

En el silencio que siguió, Bosch oyó música ahogada pero rítmica que sonaba en uno de los clubes cerrados, o quizás en los tres. A través del parabrisas vio que Sun se acercaba a tres hombres de traje que se encontraban a las puertas de un club situado justo al otro lado del cruce. Como ocurría con la mayoría de los establecimientos de Wan Chai, el cartel exterior estaba en chino e inglés. El lugar se llamaba Yellow Door. Sun habló brevemente con los hombres y luego se abrió la chaqueta con indiferencia para que pudieran ver que no iba armado. Uno de los hombres hizo un cacheo rápido y competente y autorizó a Sun a entrar por la puerta amarilla.

Esperaron casi diez minutos. Durante ese rato, Eleanor casi no dijo nada. Bosch sabía que tenía miedo por la situación de su hija y que estaba enfadada por sus preguntas, pero necesitaba saber más.

—Eleanor, no te cabrees conmigo, ¿vale? Déjame decirte

sólo esto: por lo que sabemos, tenemos el elemento sorpresa. La gente que tiene a Maddie cree que yo sigo en Los Ángeles, decidiendo si suelto a ese tipo o no. Así que si Sun Yee acude a la tríada aquí para conseguirme un arma, ¿no tendrá que decir adónde va la pistola o para qué puede usarse? ¿El tipo de la pistola no se dará la vuelta y avisará a los tipos de la tríada en Kowloon? No sé, algo así como «mira quién está en la ciudad y, ah, por cierto, viene a por vosotros».

—No, Harry —replicó ella desdeñosa—. No funciona así.

—Entonces, ¿cómo?

—Te lo he dicho. Sun Yee está pidiendo un favor. Punto. No ha de proporcionar información, porque el tipo de la pistola le debe el favor. Así es como funciona, ¿lo entiendes?

Bosch miró la entrada del club. Ni rastro de Sun.

—Sí.

Pasaron otros cinco minutos en silencio en el coche y entonces Bosch vio que Sun salía por la puerta amarilla. Pero en lugar de volver hacia el vehículo, cruzó la calle y se metió en la tienda de fideos. Bosch trató de seguirlo a través del vidrio de la ventana, pero el reflejo del neón exterior era muy fuerte y lo perdió de vista.

—¿Ahora qué? ¿Va a buscar comida? —preguntó Bosch.

—Lo dudo —dijo Eleanor—, probablemente lo han mandado allí.

Bosch asintió. Precauciones. Pasaron otros cinco minutos hasta que Sun salió de la tienda de fideos con un embalaje de espuma de poliestireno asegurado con dos gomas. Lo llevaba plano, como si tratara de que no se movieran los fideos. Volvió al coche y entró. Sin decir una palabra le pasó la caja a Bosch por encima del asiento.

Sosteniendo el paquete, Bosch quitó las gomas y lo abrió en cuanto Sun arrancó el Mercedes. La caja contenía una pistola de tamaño mediano de acero pavonado. No había nada más. Ni un cargador ni munición extra. Sólo la pistola y lo que hubiera en ella.

Bosch dejó la caja en el suelo del coche y cogió la pistola con la mano izquierda. No había marca ni señal en el acero; sólo el número de serie y modelo, pero por la estrella de cinco puntas estampada en la empuñadura Bosch supo que era una pistola Black Star fabricada por el gobierno de Pekín. Las había visto en ocasiones en Los Ángeles. Las fabricaban por centenares de miles para el ejército chino y un número cada vez mayor terminaban robadas y pasaban de contrabando al otro lado del océano. Muchas de ellas obviamente se quedaban en China y llegaban también de contrabando a Hong Kong.

Bosch sostuvo la pistola entre las rodillas y sacó el cargador doble. Había quince balas de nueve milímetros Parabellum. Las sacó con el pulgar y las puso en el soporte de vasos del apoyabrazos. Luego sacó una decimosexta bala de la recámara y la dejó en el soporte con las demás.

Bosch acercó el ojo a la mira para apuntar. Observó la recámara, buscando alguna señal de óxido, y luego examinó el percutor y la uña extractora. Comprobó el mecanismo de la pistola y el gatillo varias veces. El arma parecía funcionar adecuadamente. Acto seguido estudió todas las balas mientras llenaba el cargador, buscando corrosión o cualquier señal de que la munición fuera vieja o sospechosa. No encontró nada.

Volvió a apretar firmemente el cargador en su lugar e introdujo la primera bala en la recámara. Luego volvió a sacar el cargador, metió la última bala y de nuevo montó la pistola. Tenía dieciséis balas, nada más.

—¿Contento? —preguntó entonces Eleanor desde el asiento delantero.

Bosch levantó la mirada del arma y vio que estaban en la rampa de descenso al Cross Harbour Tunnel, que los llevaría directamente a Kowloon.

—Todavía no. No me gusta llevar una pistola que nunca he disparado. Por lo que sé, el percutor podría estar limado y el arma podría dejarme en la estacada cuando la necesite.

—Bueno, en cuanto a eso no hay nada que hacer. Tendrás que fiarte de Sun Yee.

El tráfico del domingo por la mañana era escaso en el túnel de doble sentido. Bosch esperó hasta que pasaron por el punto inferior, en la mitad del túnel, y empezaron a subir la pendiente hacia el lado de Kowloon. Había oído varios petardeos de taxis en el camino. Rápidamente envolvió la manta de su hija en torno a la pistola y su mano izquierda. Colocó la almohada delante del cañón y se volvió a mirar por la luna trasera. No había coches a la vista detrás de ellos, porque los vehículos de atrás no habían alcanzado el punto medio del túnel.

—¿De quién es este coche? —preguntó.

—Pertenece al casino —dijo Eleanor—. Yo lo uso, ¿por qué?

Bosch bajó la ventanilla. Levantó la almohada y apretó el cañón en el acolchado. Disparó dos veces; el doble tiro estándar que se usa para comprobar el mecanismo de una pistola. Las balas rebotaron en las paredes embaldosadas del túnel.

Pese al acolchado en torno a la pistola, los dos disparos resonaron con fuerza en el coche, que se desvió ligeramente cuando Sun miró al asiento de atrás.

—¿Qué coño has hecho? —gritó Eleanor

Bosch soltó la almohada en el suelo y subió la ventanilla. El coche olía a pólvora quemada, pero estaba otra vez en silencio. Desenvolvió la manta y verificó el arma. Había disparado bien y sin encasquillarse. Le quedaban catorce balas y estaba lista.

—Tenía que asegurarme de que funcionaba —dijo—. No llevas una pistola a menos que estés seguro.

—¿Estás loco? Podrían detenernos antes de que tengamos ocasión de hacer nada.

—Si no gritas y Sun Yee se mantiene en su carril, creo que no pasará nada.

Bosch se inclinó hacia delante y se metió el arma en la cinturilla del pantalón, a la altura de los riñones. La notó caliente contra la piel. Vio luz al final del túnel. Pronto estarían en Kowloon.

Era la hora.

27

*E*l túnel los llevó a Tsim Sha Tsui, la sección central de la orilla de Kowloon. Al cabo de unos minutos el Mercedes de Sun giró por Nathan Road, un bulevar ancho, de cuatro carriles, flanqueado de edificios altos hasta donde a Bosch le alcanzaba la vista. La avenida exhibía una atiborrada mezcla de usos comerciales y residenciales. Las primeras dos plantas de cada edificio estaban dedicadas a venta al por menor y restaurantes, mientras que los pisos superiores se consagraban a espacios residenciales y oficinas. La amalgama de pantallas de vídeo y carteles en chino e inglés era un derroche de color y movimiento. Los edificios iban desde construcciones anodinas de mediados del siglo XX a estructuras de cristal y acero fruto de la prosperidad reciente.

A Bosch le resultaba imposible ver la parte superior de los edificios desde el coche. Bajó la ventanilla y se asomó en un intento de encontrar el cartel de Canon, el primer marcador de la foto obtenida del vídeo del rapto de su hija. No logró encontrarlo y volvió a meterse en el coche. Subió la ventanilla.

—Sun Yee, para el coche.

Sun lo miró por el retrovisor.

—¿Parar aquí?

—Sí, aquí. No veo. He de salir.

Sun miró a Eleanor en busca de aprobación y ella asintió.

—Nosotros salimos. Encuentra un sitio para aparcar.

Sun se detuvo y Bosch bajó del coche. Había sacado la foto de la mochila y la tenía preparada. El hombre arrancó, dejando a Eleanor y Bosch en la acera. Era media mañana y las calles y aceras estaban abarrotadas. El aire estaba cargado de humo y del olor del fuego; los espíritus hambrientos andaban cerca. El paisaje de la calle estaba repleto de neón, cristal de espejo y pantallas de plasma gigantes que proyectaban imágenes mudas de movimiento entrecortado.

Bosch consultó la foto y levantó la mirada para examinar la ciudad.

—¿Dónde está el cartel de Canon? —preguntó.

—Harry, estás confundido —dijo Eleanor. Le puso las manos en los hombros e hizo que girara en redondo—. Recuerda que todo está al revés.

Eleanor señaló casi directamente arriba, trazando con el dedo una línea por el lateral del edificio frente al que estaban. Bosch levantó la mirada. El cartel de Canon se hallaba justo encima y en un ángulo que lo hacía ilegible. Estaba mirando al borde inferior de las letras del cartel, que rotaba lentamente.

—Vale, lo entiendo —dijo—. Empezamos allí.

Volvió a estudiar la foto.

—Creo que hemos de alejarnos del puerto al menos una manzana.

—Esperemos a Sun Yee.

—Llámalo y dile adónde vamos.

Bosch empezó a caminar. A Eleanor no le quedó más remedio que seguirlo.

—Muy bien, de acuerdo. —Sacó el teléfono y empezó a llamar.

Mientras caminaba, Bosch mantenía la mirada en lo alto de los edificios, buscando aparatos de aire acondicionado. Cada manzana tenía varias edificaciones. Levantando la mirada al caminar estuvo a punto de chocar varias veces con otros peatones. No parecía haber uniformidad en cuanto a caminar por la derecha; la gente se movía por todos lados y Bosch tuvo que prestar atención para evitar colisiones. En cualquier momento, la persona de delante podía echarse de repente a la izquierda o a la derecha y Bosch casi tropezó con una mujer mayor tumbada en el suelo con las manos juntas en ademán de oración sobre un cesto de monedas. Logró esquivarla y metió la mano en el bolsillo al mismo tiempo.

Eleanor enseguida le puso la mano en el brazo.

—No. Dicen que todo el dinero que recogen se lo llevan las tríadas al final del día.

Bosch no lo cuestionó. Permaneció concentrado en lo que tenía ante sí. Caminaron otras dos manzanas y entonces Bosch captó que otro elemento del puzzle encajaba: al otro lado de la calle había una entrada al Mass Transit Railway; un recinto de cristal conducía a los ascensores del tren subterráneo.

—Espera —dijo Bosch, deteniéndose—. Estamos cerca.

—¿Qué es? —preguntó Eleanor.

—El MTR. Se oye en el vídeo.

En ese preciso instante se elevó un rumor creciente de aire que escapaba al llegar un tren a la estación subterránea. Sonó como una ola. Bosch miró la foto que tenía en la mano y luego los edificios que lo rodeaban.

—Vamos a cruzar.

—¿Por qué no esperamos un minuto a Sun Yee? No puedo decirle dónde encontrarnos si seguimos moviéndonos.

—Cuando crucemos.

Pasaron rápidamente la calle con el semáforo en intermitente para peatones. Bosch se fijó en varias mujeres harapientas que pedían monedas a la entrada del MTR. Había más gente que subía de la estación de la que bajaba. Kowloon estaba cada vez más abarrotado. El aire era denso, cargado de humedad, y Bosch notaba que la camisa se le pegaba a la espalda.

Se dio la vuelta y levantó la mirada. Estaban en una zona más antigua; era casi como haber pasado de primera clase a turista en un avión. Los edificios de esa manzana y en adelante eran más bajos, de alrededor de veinte plantas, y se hallaban en peor estado que los que ocupaban las manzanas más cercanas al puerto. Harry se fijó en muchas ventanas abiertas y en muchos aparatos individuales de aire acondicionado. Sintió que el dique de adrenalina reventaba.

—Vale, es aquí. Está en uno de estos edificios.

Empezó a avanzar por la manzana para alejarse de la multitud y de las conversaciones en voz alta de alrededor de la entrada del MTR. Mantuvo la mirada en los pisos superiores de los edificios que lo rodeaban. Estaba en un desfiladero de hormigón y su hija se hallaba en una de las grietas.

—¡Harry, para! Acabo de decirle a Sun Yee que nos veamos en la entrada del MTR.

—Espéralo tú. Yo estaré aquí.

—No, voy contigo.

A medio camino de la manzana, Bosch se detuvo y consultó la foto otra vez, pero no había una pista final que lo ayudara. Sabía que estaba cerca, pero había llegado a un punto en el que necesitaba ayuda o todo se reduciría a un juego de ensayo y error. Estaba rodeado por miles de habitaciones y ventanas, y empezó a darse cuenta de que la parte final de su búsqueda era imposible. Había viajado más de once mil kilómetros para encontrar a su hija y se sentía igual de impotente que las mujeres harapientas que mendigaban monedas en el suelo.

—Déjame la foto —pidió Eleanor.

Bosch se la pasó.

—No hay nada más —dijo—. Todos estos edificios parecen iguales.

—Ya se verá.

Eleanor se tomó su tiempo y Bosch observó su regresión de dos décadas al tiempo en que era agente del FBI. Entrecerró los ojos y analizó la foto como agente, no como la madre de una niña desaparecida.

—Muy bien —dijo—. Ha de haber algo.

—Pensaba que serían los aparatos de aire acondicionado, pero están en todos los edificios de por aquí.

Eleanor asintió, pero no apartó la mirada de la foto. Justo entonces llegó Sun, con la cara colorada por el agotamiento de tratar de localizar un blanco móvil. Eleanor no le dijo nada, pero movió ligeramente el brazo para compartir la foto con él. Habían alcanzado un punto en la relación en el cual las palabras no eran necesarias.

Bosch se volvió y miró por el corredor de Nathan Road. Tanto si fue un movimiento consciente como si no, Bosch no quería ver lo que él ya no tenía.

—Espera un momento —dijo Eleanor a su espalda—. Hay un patrón aquí.

Bosch se volvió.

—¿Qué quieres decir?

—Podemos hacerlo, Harry. Hay un patrón que nos llevará hasta esa habitación.

Bosch sintió un cosquilleo en la columna. Se acercó a Eleanor para mirar la imagen.

—Enséñamelo —dijo, con urgencia en la voz.

Eleanor señaló la foto y pasó la uña por una línea de aparatos de aire acondicionado reflejados en la ventana.

—No todas las ventanas tienen aparato de aire acondicionado en el edificio que estamos buscando. Algunas, como esta habitación, tienen las ventanas abiertas. Así que hay un patrón. Sólo tenemos una parte, porque no sabemos dónde está la habitación en relación con el edificio.

—Seguramente en el centro. El análisis de audio captó voces ahogadas cortadas por el ascensor. Y es probable que el ascensor esté situado en el centro.

—Está bien. Eso ayuda. Mira, digamos que las ventanas son rayas y los aparatos de aire acondicionado, puntos. En este reflejo vemos un patrón para el piso en el que está Maddie. Empezamos con la habitación en la que está ella: es una raya; y luego tenemos punto, punto, raya, punto, raya.

Tocó con la uña cada elemento que iba enumerando.

—Así que éste es nuestro patrón —añadió—. Mirando desde el suelo, buscaremos de izquierda a derecha.

—Raya, punto, punto, raya, punto, raya —repitió Bosch—. Las ventanas son rayas.

—Exacto —dijo Eleanor—. ¿Deberíamos dividirnos los edificios? Sabemos por el metro que estamos cerca.

Eleanor se volvió y miró las fachadas que recorrían toda la calle. Bosch primero pensó que no iba a confiar ninguno de los edificios a nadie más. No estaría satisfecho hasta que hubiera examinado él mismo todos los edificios. Pero se contuvo. Eleanor había encontrado el patrón y él le haría caso.

—Empecemos —dijo—. ¿Cuál me toca?

Señalando, ella dijo:

—Coge ése, yo cogeré éste, y Sun Yee, tú mira aquél. Si terminas saltas dos y sigues con el tercero, hasta que lo encontremos. Empecemos por arriba. Sabemos por la foto que la habitación está en un piso alto.

Bosch se dio cuenta de que Eleanor tenía razón. Eso haría que la búsqueda fuera más rápida de lo que había previsto. Se apartó y se puso manos a la obra con el edificio que le habían asignado. Empezó por el piso superior y fue bajando, examinando con la mirada planta a planta. Eleanor y Sun se separaron e hicieron lo mismo.

Al cabo de media hora, Bosch estaba a mitad de examinar su tercer edificio cuando Eleanor lo llamó.

—¡Lo tengo!

Bosch fue hacia ella. Tenía la mano levantada y estaba contando los pisos del edificio situado al otro lado de la calle. Sun enseguida se les unió.

—Piso catorce. El patrón empieza un poco a la derecha del centro. Tenías razón en eso, Harry.

Bosch contó los pisos, levantando la mirada junto con sus esperanzas. En cuanto llegó al piso catorce enseguida identificó el patrón: había doce ventanas en total y encajaba en las últimas seis de la derecha.

—Eso es.

—Espera un momento. Es sólo una coincidencia en el patrón. Podría haber otras. Hemos de…

—No voy a esperar. Seguid mirando. Si encuentras otro caso, me llamas.

—No, no vamos a separarnos.

Se fijó en la ventana que debería haber captado el reflejo en el vídeo. Ahora estaba cerrada.

Bajó la mirada a la entrada del edificio. Los primeros dos pisos eran tiendas al por menor y de uso comercial. Una franja de carteles, incluidas dos grandes pantallas digitales, envolvían todo el edificio. Fijado al centro de la fachada se leía el nombre del edificio con letras doradas en inglés y en chino

CHUNGKING MANSIONS

重慶大廈

La entrada principal era tan ancha como la puerta de un garaje de dos plazas. Al otro lado de ésta, Bosch vio un corto tramo de escaleras que llevaba a lo que parecía un bazar abarrotado.

—Esto es Chungking Mansions —dijo Eleanor.

—¿Lo conoces? —preguntó Bosch.

—Nunca había estado, pero todo el mundo lo conoce.

—¿Qué es?

—Es el ojo del huracán, el alojamiento más barato de la ciudad y la primera parada para cualquier inmigrante del tercer o cuarto mundo. Cada dos meses lees que han detenido, disparado o acuchillado a alguien, y ésta es su dirección. Es como una Casablanca posmoderna, todo en un edificio.

—Vamos.

Bosch empezó a cruzar la calle, metiéndose entre el tráfico lento, obligando a los taxis a pararse y hacer sonar sus cláxones.

—Harry, ¿qué estás haciendo? —gritó Eleanor tras él.

Bosch no respondió. Cruzó y empezó a subir las escaleras hacia Chungking Mansions. Fue como entrar en otro planeta.

28

*L*o primero que impactó a Bosch al entrar en la planta baja de Chungking Mansions fue el olor. Aromas intensos de incontables especias y comida frita invadieron sus fosas nasales mientras sus pupilas se acostumbraban a un poco iluminado mercado del tercer mundo que se extendía ante él por pasillos estrechos y laberínticos.

El peculiar centro comercial acababa de abrir, pero ya estaba abarrotado de compradores y clientes. Puestos de metro ochenta de ancho ofrecían cualquier cosa: desde relojes y teléfonos móviles a periódicos en infinidad de idiomas y comidas de todos los sabores. El lugar generaba una sensación nerviosa, descarnada, que hacía que Bosch se volviera cada pocos pasos. Quería saber a quién tenía detrás.

Fue hacia el centro, donde llegó a la zona de ascensores. Había una cola de quince personas esperando dos de ellos, y Bosch se fijó en que uno estaba abierto, oscuro por dentro y claramente fuera de servicio. Había dos guardias de seguridad delante de la fila verificando que todos los que subían disponían de llave de una habitación o iban acompañados de alguien que la tenía. Una pantalla situada encima de la puerta del único ascensor en funcionamiento mostraba el interior abarrotado: la gente iba como sardinas en lata.

Bosch estaba mirando la pantalla y preguntándose cómo iba a subir al piso catorce cuando Eleanor y Sun lo alcanzaron. Eleanor lo agarró con fuerza del brazo.

—Harry, ¡basta de ir de llanero solitario! No vuelvas a salir corriendo así.

Bosch la miró. No era rabia lo que vio en sus ojos: era miedo. Quería estar segura de que no estaría sin él cuando se enfrentara a lo que fuese en el piso catorce.

—Sólo quiero seguir en movimiento —dijo Bosch.

—Entonces muévete con nosotros. ¿Subimos?

—Necesitamos una llave.

—Pues hemos de alquilar una habitación.

—¿Dónde se hace?

—No lo sé.

Eleanor miró a Sun.

—Hemos de subir.

Fue lo único que dijo, pero transmitió el mensaje. Sun Yee asintió y los guio lejos de la zona de ascensores para adentrarse en el laberinto de tiendas. Enseguida llegaron a una fila de mostradores con carteles en numerosos idiomas.

—Aquí se alquila la habitación —dijo Sun—. Pero hay más de un hotel.

—¿En el edificio? —preguntó Bosch—. ¿Más de uno?

—Sí, muchos. Elige ahí.

Hizo un gesto hacia los carteles del mostrador y Bosch se dio cuenta de que había muchos hoteles en el edificio, todos ellos compitiendo por los viajeros de bajo presupuesto. Algunos, por el idioma de sus carteles, captaban a viajeros de países específicos.

—Pregunta cuál tiene el piso catorce —dijo.

—No habrá piso catorce.

Bosch se dio cuenta de que tenía razón.

—Entonces el quince. ¿Cuál tiene el piso quince?

Sun avanzó por la fila, preguntando por la planta quince hasta que se detuvo en el tercer mostrador e hizo una seña a Eleanor y Bosch.

—Aquí.

Bosch valoró al hombre de detrás del mostrador. Parecía que llevaba allí cuarenta años. Su cuerpo, que recordaba una campana, semejaba adoptar la forma del taburete en el que se sentaba. Estaba fumando un cigarrillo enganchado a una boquilla de hueso labrado. A Bosch no le gustaba que le echaran humo a los ojos.

—¿Habla inglés? —preguntó Bosch.

—Sí, tengo inglés —dijo el hombre con expresión cansada.

—Bien. Queremos una habitación en el piso cat... quince.

—¿Todos? ¿Una habitación?

—Sí, una habitación.

—No, no pueden una. Sólo dos personas.

Bosch se dio cuenta de que se refería a que la capacidad máxima de cada habitación era de dos personas.

—Entonces, deme dos habitaciones en la quince.

—Bien.

El hombre le pasó una tablilla. Había un boli enganchado con una cuerda y bajo el clip una pequeña pila de formularios de registro. Bosch garabateó rápidamente su nombre y dirección y le devolvió la tablilla.

—Identificación, pasaporte —dijo el hombre.

Bosch sacó el pasaporte. El hombre lo examinó, anotó el número en un trozo de papel y se lo devolvió.

—¿Cuánto? —preguntó Bosch.

—¿Cuánto van a estar?

—Diez minutos.

El hombre paseó la mirada por los tres al tiempo que consideraba el posible significado de la respuesta de Bosch.

—Vamos —dijo Bosch con impaciencia—. ¿Cuánto?

Metió la mano en el bolsillo para sacar el dinero.

—Doscientos americanos.

—No tengo americanos. Tengo dólares de Hong Kong.

—Dos habitaciones, mil quinientos.

Sun se adelantó y puso la mano sobre el dinero de Bosch.

—No. Demasiado.

Empezó a hablar con rapidez y con voz autoritaria al hombre, para impedirle que se aprovechara de Bosch. Pero a Harry no le importaba. Le importaba el impulso, no el dinero. Sacó quince billetes de cien del fajo y los echó sobre el escritorio.

—Llaves —exigió.

El hombre se liberó de Sun y se volvió hacia la doble fila de casilleros que tenía detrás. Mientras el tipo sacaba dos llaves, Bosch miró a Sun y se encogió de hombros.

Sin embargo, cuando el tipo del mostrador se volvió y Bosch estiró la mano, retiró las llaves.

—Depósito de llaves. Mil.

Bosch se dio cuenta de que no debería haber mostrado el fajo de billetes. Volvió a sacarlo con rapidez, esta vez manteniéndolo bajo el mostrador y sacando dos billetes más. Cuando el hombre finalmente le ofreció las llaves, Harry se las quitó de las manos y se dirigió de nuevo al ascensor.

Las llaves de la habitación, de latón viejo, estaban unidas mediante una cadena a un plástico rojo en forma de diamante con símbolos chinos y números de habitación. Les habían dado la 1503 y la 1504. De camino a la zona de ascensores, Bosch le dio una de las llaves a Sun.

—¿Vas con él o conmigo? —le preguntó a Eleanor.

La cola del ascensor se había hecho más larga. Había más de treinta personas y la pantalla de vídeo de encima mostraba que los vigilantes de seguridad metían a ocho o diez cada vez, según el volumen de los viajeros. Bosch pasó los quince minutos más largos de su vida esperando el ascensor. Eleanor trató de calmar su creciente impaciencia y ansiedad trabando conversación.

—Cuando lleguemos arriba, ¿cuál es el plan?

Bosch negó con la cabeza.

—No hay plan. Sobre la marcha.

—¿Qué vamos a hacer, ir llamando a las puertas?

Bosch se limitó a negar con la cabeza y sostuvo otra vez la foto del reflejo.

—No, sabremos qué habitación es. Hay una ventana en ella, una por cuarto, y sabemos por esto que la nuestra es la séptima del lado que da a Nathan Road. Cuando lleguemos allí, nos metemos a saco en la séptima habitación.

—¿A saco?

—No voy a llamar, Eleanor.

La fila avanzó y finalmente llegó su turno. El vigilante de seguridad miró la llave de Bosch e hizo pasar a Eleanor y a él hacia la puerta del ascensor, pero a continuación extendió el brazo y detuvo a Sun. El ascensor estaba al máximo.

—Harry, espera —dijo Eleanor—. Cojamos el siguiente.

Bosch se metió en el ascensor y se volvió. Miró a Eleanor y luego a Sun.

—Esperad si queréis, yo no pienso hacerlo.

Eleanor vaciló un momento y entró en el ascensor al lado de Bosch. Le dijo algo en chino a Sun cuando la puerta ya se cerraba.

Bosch miró el indicador digital de pisos.

—¿Qué le has dicho?

—Que lo esperaremos en la planta quince.

Bosch no respondió; no le importaba. Trató de calmarse y de respirar más despacio. Se estaba preparando para lo que podría encontrarse en la decimoquinta.

El ascensor subía despacio. Apestaba a olor corporal y a pescado, y Bosch respiró por la boca para tratar de evitarlo. Se dio cuenta de que él también contribuía al problema. La última vez que se había duchado había sido el viernes por la mañana en Los Ángeles; tuvo la sensación de que había sido en otra vida.

El ascenso fue más insoportable que la espera abajo. Por fin, en la quinta parada, la puerta se abrió en la quince. Para entonces los únicos pasajeros que quedaban eran Bosch, Eleanor y los dos hombres que habían pulsado el dieciséis. Harry los miró y luego pasó el dedo por la fila de botones por debajo del quince. Significaba que el ascensor pararía muchas veces al bajar. Salió el primero, con la mano izquierda detrás de la cadera y listo para sacar la pistola en el momento en que fuera necesario. Eleanor salió tras él.

—Supongo que no vamos a esperar a Sun Yee —dijo.

—Yo no —contestó Bosch.

—Debería estar aquí.

Bosch se volvió hacia ella.

—No.

Ella levantó las manos en ademán de rendición y retrocedió. No era el momento de eso; ella lo sabía. Bosch se volvió y trató de situarse. La zona de ascensores se hallaba en el centro de una planta diseñada en forma de H. Fue hacia el pasillo de la derecha porque sabía que ése era el lado del edificio que daba a Nathan Road.

Inmediatamente empezó a contar puertas y le salieron doce en el lado delantero. Se acercó a la séptima puerta, habitación 1514. Sintió que su corazón subía una marcha y notó una descarga de adrenalina. Eso era. Para eso había ido allí.

Se inclinó hacia delante y pegó la oreja a la rendija de la puerta. Escuchó con atención, pero no captó ruidos procedentes del interior de la habitación.

—¿Oyes algo? —susurró Eleanor.

Bosch negó con la cabeza. Puso la mano en el pomo y trató de girarlo. No esperaba que la puerta estuviera abierta, pero quería sentir el material y lo sólido que podía ser.

El pomo era viejo y estaba un poco suelto. Bosch tenía que decidir si derribar la puerta y usar el elemento de completa sorpresa, o abrir con ganzúas y posiblemente hacer un ruido que alertaría a quien fuera que estuviera al otro lado.

Se apoyó en una rodilla y examinó con atención el pomo. Sería sencillo, pero podría haber un pestillo o un cierre de seguridad de cadena dentro. Se le ocurrió una idea y metió la mano en el bolsillo.

—Ve a nuestra habitación —susurró—. Averigua si hay un pestillo o una cadena de seguridad.

Le pasó la llave de la habitación 1504.

—¿Ahora? —susurró Eleanor.

—Sí, ahora —respondió Bosch en otro susurro—. Quiero saber qué hay ahí dentro.

Eleanor cogió la llave y se apresuró por el pasillo. Bosch sacó la cartera de la documentación. Antes de pasar por el control de seguridad del aeropuerto había puesto sus dos mejores ganzúas detrás de la placa. Sabía que las detectarían en los rayos X, pero las dos pequeñas tiras metálicas probablemente se confundirían con parte de la propia placa. Su plan había dado resultado. Así pues, sacó las ganzúas y las maniobró en silencio en la cerradura.

Tardó menos de un minuto en abrirla. Sostuvo el pomo sin empujar la puerta hasta que Eleanor llegó corriendo por el pasillo escasamente iluminado.

—Hay cadena de seguridad —susurró.

Bosch asintió y se levantó, todavía sosteniendo el pomo con la mano derecha. Sabía que podía romper la cadena con un buen golpe de hombro.

—¿Lista? —susurró.

Ella asintió. Bosch metió la mano bajo la chaqueta y sacó la pistola. Quitó el seguro y miró a Eleanor. Al unísono, marcaron las palabras uno, dos, tres, y él abrió la puerta.

La cadena de seguridad no estaba puesta. La puerta se abrió de golpe y Bosch se metió rápidamente en la habitación. Eleanor entró detrás de él.

Estaba vacía.

29

*B*osch cruzó la habitación para llegar al pequeño cuarto de baño. Corrió la cortina de plástico sucia de una pequeña ducha embaldosada, pero estaba vacía. Volvió al dormitorio y miró a Eleanor. Dijo las palabras que más temía.

—No está.

—¿Estás seguro de que es esta habitación? —preguntó ella.

Bosch lo estaba. Ya había mirado el patrón de rendijas y agujeros en la pared de encima de la cama. Sacó la foto doblada y se la pasó a ella.

—Es ésta.

Volvió a guardarse la pistola bajo la americana y en la cintura del pantalón. Trató de contener la desgarradora sensación de futilidad y temor que lo envolvía. Pero no sabía adónde ir desde ahí.

Eleanor dejó la foto en la cama.

—Ha de haber alguna señal de que ha estado aquí. Algo.

—Vamos. Hablaremos con el tipo de abajo. Averiguaremos quién la alquiló el viernes.

—No, espera. Vamos a mirar antes.

Se agachó y echó un vistazo debajo de la cama.

—Eleanor, no está ahí. Se la han llevado y hemos de seguir en marcha. Llama a Sun y dile que no suba. Que vaya a buscar el coche.

—No, no puede ser.

Eleanor se quedó arrodillada junto a la cama, con los codos apoyados en el colchón, de forma parecida a un niño que reza antes de irse a dormir.

—No puede haberse ido. Hemos…

Bosch rodeó el lecho y se inclinó detrás de Eleanor. Puso los brazos en torno a ella y tiró para levantarla.

—Vamos, Eleanor, hemos de irnos. La encontraremos, ya te lo he dicho. Pero ahora no podemos pararnos, hemos de ser fuertes y seguir en marcha.

La empujó hacia la puerta, pero ella se soltó y se dirigió hacia el cuarto de baño. Tenía que ver por sí misma que estaba vacío.

—Eleanor, por favor.

Desapareció en el cuarto de baño y Bosch oyó que corría la cortina, pero no volvió.

—¡Harry!

Bosch cruzó rápidamente la habitación y entró. Eleanor estaba inclinada sobre el lado del lavabo y levantando la papelera. Se la llevó a Harry. En el fondo de la papelera había un pequeño trozo de papel higiénico con sangre.

Eleanor lo cogió con dos dedos y se lo mostró. La sangre había dejado una marca más pequeña que una moneda. El tamaño de la mancha y el papel sugerían que lo habían sostenido contra un pequeño corte o herida para cortar la hemorragia. Eleanor se inclinó hacia Bosch y Harry comprendió que estaba suponiendo que estaban mirando sangre de su hija.

—No sabemos qué es eso, Eleanor.

Ella no hizo caso de su consejo. Su lenguaje corporal mostraba que estaba a punto de venirse abajo.

—La han drogado —dijo—. Le han clavado una aguja en el brazo.

—Todavía no lo sabemos. Bajemos a hablar con ese tipo.

Ella no se movió. Miró la sangre y el papel como si fuera una flor roja y blanca.

—¿Tienes algo para guardar esto?

Bosch siempre llevaba una pequeña cantidad de bolsas para pruebas en los bolsillos de la chaqueta. Sacó una y Eleanor guardó allí el papel. Bosch cerró la bolsa y se la puso en el bolsillo.

—Vale, vamos.

Finalmente salieron de la habitación. Bosch tenía un brazo en torno a la espalda de Eleanor y estaba mirándola al enfilar el pasillo. Casi esperaba que se soltara y volviera a la habitación, pero entonces vio un brillo de reconocimiento en sus ojos al fijarse en el corredor.

—¿Harry?

Bosch se volvió esperando ver a Sun. Pero no era él.

Dos hombres se acercaban desde el extremo del pasillo. Caminaban uno al lado de otro con expresión decidida. Bosch se dio cuenta de que eran los dos tipos que los habían acompañado en el ascensor, los que iban al dieciséis.

En el momento en que los hombres vieron a Harry y Eleanor saliendo al pasillo metieron las manos dentro de las chaquetas. Bosch vio que uno de los hombres cerraba el puño y supo de manera instintiva que iba a sacar una pistola.

Bosch subió el brazo derecho al centro de la espalda de Eleanor y la empujó por el pasillo hacia la zona de ascensores. Al mismo tiempo, se llevó la mano izquierda a la espalda y cogió la pistola. Uno de los hombres gritó algo en una lengua que Bosch no comprendió y levantó su arma.

Harry sacó su propia pistola y abrió fuego al mismo tiempo que uno de los hombres. Disparó repetidamente, al menos diez tiros, y continuó después de verlos caer a ambos.

Sin dejar de apuntarles, avanzó hacia ellos. Uno estaba tendido sobre las piernas del otro. Uno estaba muerto, sus ojos miraban inexpresivos al techo; el otro aún estaba vivo y respiraba con dificultad al mismo tiempo que trataba de sacar la pistola del cinturón. Bosch bajó la mirada y vio que se le había enganchado el percutor en la cinturilla de los pantalones. Se agachó y obligó al tipo a soltar el arma. El hombre dejó caer la mano al suelo. Bosch empujó la pistola, que se deslizó por la moqueta, lejos de su alcance.

Había dos heridas en la parte superior del pecho del hombre. Bosch había buscado masa corporal y había apuntado bien. El tipo estaba desangrándose deprisa.

—¿Dónde está? —dijo Bosch—. ¿Dónde está?

El hombre emitió un gruñido y un hilo de sangre de su boca hasta deslizarse por la mejilla. Bosch sabía que estaría muerto al cabo de un momento.

Oyó que se abría una puerta en el pasillo, pero volvió a

cerrarse rápidamente. Miró, pero no vio a nadie. En un lugar
como ése, la mayoría de la gente no querría implicarse. Aun
así, sabía que la policía no tardaría en irrumpir en el hotel tras
la noticia de un tiroteo.

Volvió al hombre agonizante.

—¿Dónde está? —repitió—. ¿Dónde está mi…?

Vio que el hombre estaba muerto.

—¡Mierda!

Bosch se levantó y se volvió hacia Eleanor.

—Tienen que haber…

Su ex mujer estaba en el suelo. Bosch corrió hacia ella y se
dejó caer a su lado.

—¡Eleanor!

Era demasiado tarde. Tenía los ojos abiertos y tan inexpresivos como los del hombre del pasillo.

—No, no, por favor, no. ¡Eleanor!

No vio ninguna herida, pero no respiraba y tenía la mirada
fija. La sacudió por los hombros sin obtener respuesta. Le puso
una mano en la nuca y le abrió la boca con la otra. Se inclinó
hacia delante para insuflarle aire en los pulmones. Pero entonces notó la herida. Apartó la mano del cabello de Eleanor y vio
que la tenía cubierta de sangre. Le volvió la cabeza y descubrió
la herida en la línea del nacimiento del pelo, detrás de la oreja
izquierda. Se dio cuenta de que probablemente le habían disparado cuando la había empujado hacia los ascensores. Él mismo
la había empujado hacia el disparo.

—¡Eleanor! —dijo en voz baja.

Bosch se inclinó hacia delante y puso la cara sobre el pecho
de Eleanor, entre sus senos. Olió su fragancia familiar. Captó
un fuerte y espantoso gemido y se dio cuenta de que procedía
de él mismo.

Durante treinta segundos no se movió. Entonces oyó que
se abría la puerta del ascensor y finalmente se levantó.

Sun salió del ascensor. Asimiló la escena y enseguida se
centró en Eleanor en el suelo.

—¡Eleanor!

Corrió a su lado. Bosch se dio cuenta de que era la primera
vez que le oía decir su nombre. Había pronunciado «Ilianor».

—Ha muerto —dijo Bosch—, lo siento.

—¿Quién lo ha hecho?

Bosch empezó a levantarse. Habló en tono inexpresivo.

—Allí. Dos hombres nos dispararon.

Sun miró al pasillo y vio a los dos tipos en el suelo. Bosch reparó en su expresión de confusión y horror. Se volvió otra vez hacia Eleanor.

—¡No!

Bosch volvió a salir al pasillo y cogió la pistola que le había arrebatado al hombre. Sin examinarla, se guardó el arma en su propio pantalón y volvió. Sun estaba arrodillado al lado del cuerpo de Eleanor. Le sostenía la mano.

—Sun Yee, lo siento. Nos han pillado por sorpresa. —Esperó un momento. Sun no dijo nada ni se movió—. He de hacer una última cosa y luego hemos de irnos. Estoy seguro de que la policía está en camino.

Puso la mano en el hombro de Sun y tiró de él. Bosch se arrodilló al lado de Eleanor y le levantó el brazo derecho. Cerró la mano del cadáver en torno a la pistola que le había conseguido Sun. Disparó hacia la pared de al lado del ascensor. Luego, con cuidado, volvió a poner el brazo de Eleanor en el suelo, con la mano sosteniendo aún la pistola.

—¿Qué estás haciendo? —preguntó Sun.

—Residuo de pólvora. ¿La pistola está limpia o puede llevar al que te la dio? —Sun no respondió—. Sun Yee, ¿la pistola está limpia?

—Sí.

—Entonces vámonos. Hemos de ir por la escalera. Ya no hay nada que podamos hacer por Eleanor.

Sun hizo una pequeña reverencia con la cabeza y se levantó despacio.

—Ellos vinieron de la escalera —dijo Bosch, refiriéndose a los pistoleros—. Iremos por ahí.

Recorrieron el pasillo, pero Sun se detuvo de repente a examinar a los dos hombres del suelo.

—Vamos —le instó Bosch—. Hemos de irnos.

Sun lo siguió por fin. Llegaron a la puerta de la escalera y empezaron a bajar.

—No son de la tríada —dijo Sun.

Bosch iba dos pasos por delante. Se detuvo y se volvió a mirarlo.

—¿Qué? ¿Cómo lo sabes?

—No son chinos. Si no son chinos, no son de la tríada.

—¿Entonces qué son?

—Indonesios, vietnamitas, creo que vietnamitas. Chinos no.

Bosch continuó bajando y aumentó el ritmo. Les quedaban once tramos de escaleras. Mientras bajaba pensó en este elemento de información de Sun y no vio cómo podía encajar con lo que ya sabía.

Sun se quedó atrás. Y no era de extrañar, pensó Bosch. Al salir de aquel ascensor su vida había cambiado de manera irrevocable. Eso retrasaría a cualquiera.

Harry no tardó en sacarle un piso de ventaja. Cuando llegó abajo, abrió la puerta de salida un poco para situarse. Vio que la puerta daba a un callejón peatonal que discurría entre Chungking Mansions y el edificio de al lado. Oyó ruido de tráfico y sirenas que se aproximaban, y supo que la salida estaba muy cerca de Nathan Road.

La puerta se cerró de repente. Bosch se volvió y vio a Sun con una mano en la puerta. Señaló airadamente a Harry con la otra.

—¡Tú! ¡Tú la has matado!

—Lo sé, lo sé, Sun Yee. Todo ha sido culpa mía. Mi caso puso en marcha...

—No, ¡no son de la tríada! Te lo he dicho.

Bosch lo miró un momento, sin comprender.

—Vale, no son de la tríada. Pero...

—Enseñaste el dinero y ellos robaron.

Bosch lo comprendió. Estaba diciendo que los dos hombres que yacían muertos en la planta quince con Eleanor eran simples ladrones que iban tras el dinero de Bosch. Pero algo no encajaba, no funcionaba. Harry negó con la cabeza.

—Iban delante de nosotros en el ascensor. No vieron mi dinero.

—Él se lo dijo.

Bosch lo consideró y sus pensamientos volvieron al hombre del taburete. Ya antes quería hacerle una visita a éste. El escenario que Sun había desplegado convertía esa necesidad en algo más acuciante.

—Sun Yee, hemos de salir de aquí. La policía va a cerrar todas las entradas en cuanto llegue y vea lo que hay.

Sun sacó la mano de la puerta y Bosch la abrió otra vez. No había peligro. Salieron al callejón. A siete metros a su izquierda el callejón desembocaba en Nathan Road.

—¿Dónde está el coche?

Sun señaló hacia el lado contrario del callejón.

—Pagué a un hombre para que lo vigilara.

—Vale, ve y tráelo. Voy a volver a entrar, pero estaré fuera en cinco minutos.

—¿Qué vas a hacer?

—No quieras saberlo.

30

*B*osch salió del callejón a Nathan Road y, de inmediato, vio una multitud de mirones reunidos para observar la respuesta de la policía a lo ocurrido en el interior de Chungking Mansions. Iban llegando vehículos de policía y bomberos que al detenerse provocaban bocinazos entre el tráfico. Aún no se había acordonado la zona, probablemente porque los agentes recién llegados estaban demasiado ocupados tratando de llegar a la decimoquinta planta para averiguar lo que había ocurrido. Harry logró unirse al final de la cola del personal médico que subía una camilla por la escalera hacia la planta baja del edificio.

La conmoción y confusión habían congregado una multitud de vendedores y clientes en torno a los ascensores. Alguien estaba gritando órdenes en chino, pero nadie daba la impresión de reaccionar. Bosch se abrió paso hasta el pasillo de atrás, donde se hallaban las recepciones de los hoteles, y se dio cuenta de que la distracción había jugado a su favor. El pasillo estaba completamente vacío.

Cuando llegó al mostrador donde había pedido dos habitaciones, vio que habían bajado la persiana hasta la mitad, lo cual indicaba que estaba cerrado. Sin embargo, el hombre del taburete seguía allí de espaldas, metiendo papeles en una maleta. Parecía que se preparaba para marcharse.

Sin perder impulso, Bosch dio un salto y pasó entre el mostrador y la persiana. Chocó contra el hombre del taburete y lo derribó. De inmediato se colocó encima de él y le golpeó dos veces en la cara con el puño. La cabeza del hombre pegó en el suelo de hormigón y absorbió el impacto completo de los puñetazos.

—¡No, por favor! —logró balbucir entre golpes.

Bosch miró rápidamente por encima del mostrador para asegurarse de que aún estaba a salvo. Sacó la pistola que llevaba a la espalda y apoyó el cañón en la papada del hombre.

—¡La han matado por tu culpa, hijo de puta! Voy a matarte.

—¡No, por favor! Señor, ¡por favor!

—Tú los avisaste, ¿no? Les dijiste que tenía dinero.

—No.

—No me mientas, joder, o te mato ahora mismo. ¡Tú les avisaste!

El hombre levantó la cabeza del suelo.

—Vale, escuche, escuche, por favor. Dije no daño a nadie. ¿Entiende? Dije no...

Bosch apartó la pistola y le golpeó con ella en la nariz con fuerza. La cabeza del hombre dio contra el suelo. Bosch le encañonó el cuello.

—No me importa lo que digas. La han matado, hijo de puta. ¿Lo entiendes?

El hombre estaba consternado y sangrando; sus ojos parpadeaban al perder y recuperar la conciencia. Con la mano derecha, Bosch le abofeteó en la mejilla.

—No te duermas. Quiero que te des cuenta.

—Por favor, no... Lo siento mucho, señor. Por favor, no...

—Está bien, esto es lo que vas a hacer: si quieres vivir, dime quién ocupó la habitación 1514 el viernes. 1514. Dímelo ahora mismo.

—Vale, yo digo. Yo enseño.

—Vamos, enséñamelo.

Bosch se levantó. El hombre chorreaba sangre por la boca y la nariz y a Bosch le sangraban los nudillos de la mano izquierda. Se estiró rápidamente y bajó del todo la persiana de seguridad del mostrador.

—Enséñamelo. Ahora.

—Vale, está aquí.

Señaló el maletín que había estado llenando. Metió la mano y Bosch levantó la pistola para apuntarle a la cabeza.

—Despacio.

El hombre sacó una pila de formularios de registro. Bosch

vio el suyo encima. Se estiró, lo cogió de la pila y lo arrugó en el bolsillo del abrigo. No dejó de apuntar al hombre en ningún momento.

—El viernes, habitación 1514. Encuéntralo.

El hombre puso la pila de formularios en la parte de atrás del mostrador y empezó a repasarlos. Bosch sabía que estaba tardando demasiado. La policía llegaría en cualquier momento a las recepciones de hotel y los encontraría. Había pasado al menos un cuarto de hora desde los disparos en la planta quince. Vio un estante debajo del mostrador delantero y puso la pistola allí. Si la policía lo pillaba con ella, iría a prisión seguro.

Al dejar la pistola del ladrón recordó que había abandonado a su ex mujer y madre de su hija, muerta y sola, en el suelo en la planta quince. Se sintió como si le estuvieran clavando una lanza en el pecho. Cerró los ojos un momento para tratar de apartar la idea y la visión.

—Aquí está.

Bosch abrió los ojos. El hombre se estaba volviendo hacia él desde el mostrador de atrás. Harry oyó un claro chasquido metálico, vio que el brazo derecho del hombre empezaba a girar de abajo arriba y supo que empuñaba un cuchillo antes de verlo. En una decisión tomada en una fracción de segundo, eligió bloquearlo en lugar de esquivar el ataque. Se lanzó hacia el agresor, levantando el antebrazo izquierdo para protegerse y asestándole un puñetazo en el cuello con la derecha.

La navaja rasgó la manga de la chaqueta de Bosch, que sintió que la hoja le cortaba en la cara interna del antebrazo. Pero ése fue el único daño que recibió. El puñetazo en el cuello hizo caer al hombre hacia atrás junto con el taburete. Bosch se echó otra vez encima de él, agarrando la mano que empuñaba el arma blanca por la muñeca y golpeándosela repetidamente contra el suelo hasta que la navaja repiqueteó en el hormigón.

Se levantó sin dejar de sujetar al hombre por el cuello. Notó que le resbalaba sangre de la herida por el brazo y volvió a pensar en Eleanor, que yacía muerta en la planta quince. Le habían arrebatado la vida antes de que pudiera decir ni una palabra; antes de que pudiera ver a su hija a salvo otra vez.

Bosch levantó el puño y golpeó con fuerza al tipo en las

costillas. Lo hizo una y otra vez, pegando en cuerpo y rostro, hasta que estuvo convencido de que las costillas y la mandíbula del hombre estaban rotas y éste había perdido la conciencia.

Bosch estaba enloquecido. Cogió la navaja, la cerró y se la guardó en el bolsillo. Se apartó y recogió los formularios caídos. Enseguida se levantó, volvió a guardarlo todo en el maletín del tipo del hotel y lo cerró. Se inclinó sobre el mostrador para mirar por debajo de la persiana de seguridad. El pasillo todavía estaba despejado, aunque oyó anuncios procedentes de un megáfono que llegaban desde el lado del ascensor. Sabía que el procedimiento policial consistiría en cerrar el edificio y controlar los accesos.

Levantó la persiana medio metro, cogió la pistola del estante y se la metió en la parte de atrás del cinturón. Saltó por encima del mostrador con el maletín. Tras comprobar que no había dejado manchas de sangre, bajó la persiana y salió.

Al tiempo que se alejaba, Bosch levantó el brazo para examinarse la herida a través del corte en la chaqueta. Parecía superficial, pero sangraba mucho. Se enrolló la manga alrededor para que absorbiera la sangre. Miró el suelo detrás de él para asegurarse de que no estaba goteando.

En la zona de ascensores, la policía estaba haciendo salir a todo el mundo a la calle. Allí, en una zona acordonada, los posibles testigos serían interrogados sobre lo que podían haber visto u oído. Bosch sabía que no podía pasar por ese proceso. Dio un giro de ciento ochenta grados y enfiló el pasillo hacia el otro lado del edificio. Llegó a un cruce de pasillos y atisbó a su izquierda a dos hombres que se apresuraban en dirección opuesta a la actividad policial.

Bosch los siguió, dándose cuenta de que no era el único del edificio que no quería ser interrogado por la policía.

Los dos hombres desaparecieron en un estrecho pasaje entre dos de las tiendas ahora cerradas. Bosch los siguió. El pasaje conducía a una escalera que descendía al sótano, donde había filas de jaulas de almacenaje para los comerciantes, que tenían un espacio de venta muy reducido arriba. Bosch siguió a los hombres por un pasillo y luego giró a la derecha. Vio que se dirigían a un símbolo chino rojo brillante sobre una puerta y supo que tenía que ser una salida. Los hombres pasaron por ella y sonó una alarma. Cerraron de un portazo a su espalda.

Bosch corrió hacia la puerta y pasó. Se encontró en el mismo callejón peatonal en el que había estado antes. Rápidamente salió a Nathan Road y buscó el Mercedes de Sun.

Unos faros destellaron desde media manzana de distancia y Bosch vio que el coche lo esperaba delante del nudo de vehículos policiales detenidos caóticamente delante de la entrada de Chungking Mansions. Sun arrancó y se dirigió lentamente hacia él. Harry al principio fue hacia la parte de atrás del coche, pero se dio cuenta de que Eleanor ya no estaba con ellos. Entró delante.

—Has tardado mucho —dijo Sun.

—Sí, salgamos de aquí.

Sun miró el maletín y los nudillos ensangrentados de Bosch agarrados al asa. No dijo nada. Aceleró y se alejó de Chungking Mansions. Bosch se volvió en su asiento para mirar atrás. Su mirada recorrió por el edificio hasta llegar al piso donde habían dejado a Eleanor. De alguna manera, Bosch siempre había pensado que envejecerían juntos. Su divorcio no importaba; tampoco los otros amantes; siempre habían mantenido una relación intermitente, pero eso tampoco importaba. En el fondo, nunca había dejado de pensar que la separación era temporal. A largo plazo estarían juntos. Por supuesto, tenían a Madeline y eso siempre iba a ser su vínculo. Pero Bosch creyó que habría más.

Ahora todo eso había terminado por culpa de las decisiones que él había tomado. No importaba si se trataba del caso o de su momentáneo lapsus al mostrar el dinero: todos los caminos llevaban a él y no estaba seguro de cómo iba a vivir con eso.

Se inclinó hacia delante y puso la cabeza entre las manos.

—Sun Yee, lo siento… Yo también la quería.

Sun no respondió durante un buen rato. Cuando habló sacó a Bosch de la espiral descendente y volvió a concentrarlo.

—Ahora hemos de encontrar a tu hija. Lo haremos por Eleanor.

Bosch se enderezó y asintió. Se inclinó hacia delante y puso el maletín en su regazo.

—Cuando puedas has de mirar esto.

Sun dio diversos giros y se alejó varias manzanas de Chung-king Mansions antes de detenerse junto al bordillo. Se encontraban enfrente de un mercado destartalado que estaba repleto de occidentales.

—¿Dónde estamos? —preguntó Bosch.

—En el mercado del jade. Es muy famoso entre los occidentales. Aquí no se fijarán en ti.

Bosch abrió el maletín y le pasó a Sun la pila desordenada de formularios de registro del hotel. Había al menos cincuenta. La mayoría estaban cumplimentados en chino y eran ilegibles para Bosch.

—¿Qué he de buscar? —preguntó Sun.

—Fecha y número de habitación. El viernes fue 11. Busca eso y la habitación 1514. Ha de estar en la pila.

Sun empezó a leer. Bosch lo observó un momento y luego miró por la ventanilla al mercado del jade. Por los puntos de entrada abiertos vio filas y más filas de puestos: hombres y mujeres mayores que vendían sus objetos bajo un endeble techo de conglomerado y lona. Estaba repleto de clientes que iban y venían.

Bosch pensó en el colgante de monos de jade que había encontrado en la habitación de su hija. Ella había estado ahí. Se preguntó si se había alejado tanto sola o con amigos, quizá con He y Quick.

Una mujer mayor estaba vendiendo barritas de incienso ante una de las entradas y tenía un cubo con fuego. A su lado había una mesa plegable con filas de objetos de papel maché para quemar. Bosch vio una fila de tigres y se preguntó para qué necesitaría un tigre un antepasado muerto.

—Aquí —dijo Sun.

Levantó un formulario de registro para que Bosch lo leyera.

—¿Qué dice?

—Tuen Mun. Vamos allá.

A Bosch le sonó que había dicho «Tin Moon».

—¿Qué es Tin Moon?

—Tuen Mun. Está en los Nuevos Territorios. Ese hombre vive allí.

—¿Cómo se llama?

—Peng Qingcai.

«Qingcai», pensó Bosch. Un salto fácil para usar un nombre americanizado sería Quick. Quizá Peng Qingcai era el hermano mayor de He, el chico con el que Madeline había salido del centro comercial el viernes.

—¿El registro dice su edad o fecha de nacimiento?

—No, no hay edad.

Era poco probable. Bosch no había puesto su fecha de nacimiento para alquilar las habitaciones y el hombre del mostrador sólo había anotado su número de pasaporte, ningún detalle más de la identidad.

—¿La dirección está aquí?

—Sí.

—¿Podemos ir?

—Sí, conozco el sitio.

—Bueno, pues vamos. ¿Cuánto tardaremos?

—En coche mucho rato. Hemos de ir al norte y luego al oeste. Tardaremos una hora o más. En tren sería más rápido.

El factor tiempo era fundamental, pero Bosch sabía que el coche les daba autonomía.

—No —dijo—. Cuando la encontremos necesitaremos el vehículo.

Sun asintió en señal de acuerdo y arrancó el Mercedes. Una vez en camino, Bosch se quitó la chaqueta y se levantó la manga de la camisa para ver mejor la herida del brazo. Era un corte de cinco centímetros en la parte superior de la cara interna de su antebrazo. Por fin la sangre empezaba a coagularse y a formar una costra.

Sun echó un rápido vistazo a la herida y luego a la calle.

—¿Quién te ha hecho eso?

—El hombre de detrás del mostrador.

Sun asintió.

—Nos tendió una trampa, Sun Yee. Vio mi dinero y nos tendió una trampa. He sido un estúpido.

—Fue un error.

Sin lugar a dudas, se había echado atrás de su acusación en la escalera. Sin embargo Bosch no iba a cambiar su propia valoración. Había causado que mataran a Eleanor.

—Sí, pero no he sido yo el que ha pagado por ese error —dijo.

Bosch sacó la navaja del bolsillo de la chaqueta y se estiró para coger la manta del asiento de atrás. Cortó una tira larga y se la envolvió en torno al brazo, metiendo el extremo por debajo. Se aseguró de que no apretara demasiado pero impidiera que la sangre siguiera manando.

Volvió a bajarse la manga, empapada de sangre entre el codo y el puño, y se puso la chaqueta. Por suerte era negra y las manchas casi no se veían.

A medida que avanzaban hacia el norte por Kowloon, los problemas de las zonas urbanas deprimidas y la aglomeración crecían exponencialmente. Era como cualquier gran ciudad, pensó Bosch. Cuanto más te alejabas del dinero, más descarnado y desesperado parecía todo.

—Háblame de Tuen Mun —dijo.

—Muy poblado —dijo Sun—. Sólo chinos. Peligroso.

—¿Tríada peligrosa?

—Sí, no es un buen lugar para que esté tu hija.

Bosch no pensaba que lo fuera. Pero vio una cosa positiva en ello: mover y esconder a una niña blanca podría ser difícil de hacer sin ser visto. Si Madeline estaba retenida en Tuen Mun, la encontraría. La encontrarían.

31

*E*n los últimos cinco años, la única contribución económica de Harry Bosch a la manutención de su hija había sido pagarle los viajes a Los Ángeles, darle dinero para sus gastos de vez en cuando y extender un cheque anual de doce mil dólares para costear la mitad de su educación en la exclusiva Happy Valley Academy. Esta última contribución no era resultado de ninguna exigencia de su ex mujer. Eleanor Wish se ganaba muy bien la vida y nunca le había pedido a Bosch ni un dólar en concepto de manutención infantil, ni directamente ni de manera indirecta a través de canales legales. Era Bosch el que necesitaba y exigía contribuir de algún modo. Ayudar a pagarle la educación le permitía sentir, acertada o equivocadamente, que desempeñaba un papel importante en la formación de su hija.

En consecuencia, fue teniendo una implicación cada vez mayor en sus estudios. Ya fuera en persona durante sus visitas a Hong Kong o cada domingo por la mañana temprano —para él— en sus llamadas semanales internacionales, Bosch había adoptado la costumbre de hablar con Madeline de sus deberes escolares y hacerle preguntas sobre lo que estaba estudiando.

De todo ello se derivaba un conocimiento tangencial, de libro de texto, de la historia de Hong Kong. Gracias a eso sabía que el lugar al que se dirigían, los Nuevos Territorios, no era en realidad una posesión nueva de Hong Kong. La vasta zona geográfica que rodeaba la península de Kowloon había sido añadida por arrendamiento a Hong Kong hacía más de un siglo como colchón contra una posible invasión exterior de la colonia británica. Cuando venció el periodo de arrendamiento y los británicos transfirieron la soberanía de todo Hong Kong a la República Popular China en 1997, los Nuevos Territorios siguieron formando parte de la Región Administrativa Especial, que permitía a Hong Kong continuar funcionando como uno de los centros del capitalismo y la cultura mundiales, como un lugar único en todo el planeta donde Oriente se encontraba con Occidente.

Los Nuevos Territorios estaban formados básicamente por una gran extensión rural, pero existían también centros de población construidos por el Gobierno que estaban densamente habitados por los ciudadanos más pobres y menos educados de la Región Administrativa Especial. La tasa de delincuencia era más elevada; el dinero, más escaso, y el poder de atracción de las tríadas, innegable. Tuen Mun era uno de esos lugares.

—Había muchos piratas aquí cuando yo crecí —dijo Sun.

Fue la primera vez que él o Bosch hablaban tras más de veinte minutos de circular sumidos en pensamientos privados. Estaban entrando en la ciudad por la autovía. Bosch veía fila tras fila de edificios altos, tan monolíticos y uniformemente anodinos que los identificó como pisos construidos por el Estado. Estaban rodeados de colinas pobladas de casas más pequeñas en barrios más antiguos. No era una zona flamante, sino fea y deprimente: un pueblo de pescadores convertido en un enorme y masificado complejo de viviendas verticales.

—¿Qué quieres decir con eso? ¿Eres de Tuen Mun?

—Crecí aquí, sí. Hasta que cumplí veintidós años.

—¿Estuviste en una tríada, Sun Yee?

Sun no respondió. Hizo como si estuviera demasiado ocupado poniendo el intermitente y haciendo importantes comprobaciones en los espejos al salir de la autovía.

—No me importa, ¿sabes? —dijo Bosch—. Sólo me importa una cosa.

Sun asintió.

—La encontraremos.

—Ya lo sé.

Habían cruzado un río y entrado en un desfiladero creado por las fachadas de edificios de cuarenta pisos que se alineaban a ambos lados de la calle.

—¿Y los piratas? —preguntó Bosch—. ¿Quiénes eran?

—Contrabandistas. Subían por el río desde el mar del Sur de China. Lo controlaban.

Bosch se preguntó si Sun estaba tratando de decirle algo al mencionar eso.

—¿Con qué traficaban?

—Con todo. Entraban pistolas, drogas, personas.

—¿Y qué sacaban?

Sun asintió como si Bosch hubiera contestado una pregunta en lugar de formularla.

—¿De qué hacen contrabando ahora?

Pasaron varios segundos antes de que Sun respondiera.

—Electrónica, DVD americanos, niños a veces. Niñas y niños.

—¿Adónde van?

—Eso depende.

—¿De qué?

—De para qué los quieran. A veces es por sexo. Otras, por órganos. Muchos continentales compran niños porque no tienen hijos.

Bosch pensó en el trozo de papel higiénico con la mancha de sangre. Eleanor había saltado a la conclusión de que le habían inyectado algo a Madeline, de que la habían drogado para controlarla mejor. En ese momento se dio cuenta de que tal vez no se había tratado de una inyección sino de una extracción. Comprendió que comprobar la compatibilidad del tipo sanguíneo requeriría extraer sangre de una vena con una jeringuilla. El trozo de papel podría haber sido una compresa aplicada después de desclavar la aguja.

—Ella sería muy valiosa, ¿no?

—Sí.

Bosch cerró los ojos. Todo cambió. El secuestro de su hija podría no reducirse a mantenerla retenida hasta que Bosch soltara a Chang en Los Ángeles. Podrían estar preparándola para trasladarla o venderla en un submundo oscuro del cual nunca regresaría. Trató de no pensar en las posibilidades. Miró por la ventanilla lateral.

—Tenemos tiempo —dijo, sabiendo muy bien que estaba hablando consigo mismo y no con Sun—. Todavía no ha ocurrido nada. No harán nada hasta que tengan noticias de Los

Ángeles. Aunque el plan sea no devolverla nunca, no harán nada todavía.

Bosch se volvió para mirar a Sun y él asintió en señal de acuerdo.

—La encontraremos —dijo.

Bosch buscó a su espalda y sacó la pistola que había arrebatado a uno de los hombres a los que había matado en Chungking Mansions. La estudió por primera vez e inmediatamente reconoció el arma.

—Creo que tenías razón en que esos tipos eran vietnamitas —afirmó.

Sun miró el arma y luego de nuevo la carretera.

—Por favor, no dispares en el coche —dijo.

A pesar de lo que había ocurrido, Bosch sonrió.

—No lo haré. No hace falta. Ya sé cómo usarla y dudo que el tipo llevara una pistola que no funcionaba.

Bosch sostuvo el arma con la izquierda y miró al suelo. Luego la levantó y la estudió de nuevo. Era un Colt 45 de fabricación estadounidense, modelo 1911A1. Había llevado exactamente esa arma en Vietnam casi cuarenta años antes, cuando su trabajo era meterse en los túneles para encontrar y matar al enemigo.

Bosch sacó el cargador y la bala extra de la recámara. Tenía el máximo de ocho balas. Comprobó el mecanismo varias veces y empezó a recargar la pistola, pero se detuvo cuando se fijó en algo rascado en el lateral del cargador. Se lo acercó para tratar de leerlo.

Había iniciales y números grabados en el lateral de acero negro del cargador, pero el tiempo y el uso —la carga y recarga del arma— casi lo había borrado todo. Colocándola en ángulo para tener mejor luz, Bosch leyó «JFE Sp4, 27th».

De repente, Bosch recordó el cuidado y la protección que todas las ratas de los túneles dedicaban a sus armas y munición. Cuando un soldado se metía en un túnel negro sin nada más que su 45, una linterna y cuatro cargadores de munición extra, comprobaba todo dos veces y luego volvía a comprobarlo. Trescientos metros en el interior de un túnel no era el lugar donde nadie quisiera encontrarse con un arma encasquillada, munición húmeda o pilas gastadas. Bosch y sus compañeros marcaban y atesoraban sus cargadores tal como los soldados de superficie guardaban sus cigarrillos y revistas *Playboy*.

Examinó de cerca el grabado. Fuera quien fuese JFE, había sido especialista de cuarta clase en la 27.ª División de Infantería. Eso significaba que podía haber sido una rata de los túneles. Bosch se preguntó si la pistola que empuñaba había quedado en un túnel, en algún lugar del Triángulo de Hierro, y si la habían arrebatado de la mano fría, muerta, de JFE.

—Ya estamos —dijo Sun.

Bosch levantó la mirada. Sun se había detenido en medio de la calle. No había tráfico tras ellos. Señaló a través del parabrisas una torre de apartamentos tan alta que Bosch tuvo que agacharse bajo la visera para ver el tejado. Tras los pasillos descubiertos que recorrían la fachada en cada una de las plantas se veían puertas de entrada y ventanas de unas trescientas viviendas diferentes. En casi todas las plantas había ropa colgada de las barandillas del pasillo a intervalos diferentes, lo cual convertía la fachada del edificio en un mosaico colorido que lo diferenciaba de los inmuebles idénticos que tenía a cada lado. Un cartel en varios idiomas sobre una entrada tipo túnel situada en el centro anunciaba, por incongruente que pareciera, que el complejo se llamaba Miami Beach Garden States.

—La dirección corresponde al sexto piso —dijo Sun después de comprobarlo en el formulario de registro de Chungking Mansions.

—Aparca y subiremos.

Sun asintió y pasó por delante del edificio. En el cruce siguiente hizo un giro de ciento ochenta grados y enseguida aparcó delante de un parque infantil rodeado por una valla de tres metros y lleno de niños acompañados por sus madres. Bosch supo que había aparcado allí porque era menos probable que le robaran o destrozaran el coche.

Salieron y caminaron junto a la valla hasta que doblaron a la izquierda, hacia la entrada al edificio.

El túnel estaba flanqueado de buzones, la mayoría de los cuales tenían las cerraduras rotas y pequeñas firmas de grafiteros. El pasaje conducía a una zona de ascensores donde había dos mujeres esperando con niños pequeños de la mano. No prestaron atención a Sun ni a Bosch. Había un vigilante de seguridad sentado detrás de un pequeño mostrador, pero no levantó la mirada de su periódico.

Bosch y Sun siguieron a las mujeres al ascensor. Una de ellas insertó una llave en la parte inferior de la placa de control y a continuación pulsó dos botones. Antes de que sacara la llave, Sun estiró el brazo y pulsó el botón 6.

La primera parada fue en la sexta planta. Sun y Bosch recorrieron el pasillo hasta la tercera puerta del lado izquierdo del edificio. Harry se fijó en un pequeño altar apoyado contra la barandilla, enfrente de la puerta del siguiente apartamento. La lata de cenizas todavía humeaba tras un sacrificio a los espíritus hambrientos. El olor a plástico quemado flotaba en el aire.

Bosch tomó posición a la derecha de la puerta donde se había detenido Sun. Echó el brazo atrás bajo su abrigo y agarró la pistola, pero no la sacó. Notó que la herida volvía a abrirse con el movimiento. Iba a sangrar otra vez.

Sun lo miró y Bosch le hizo señal de que estaba listo. Llamó a la puerta y esperaron.

Nadie fue a abrir.

Sun llamó otra vez, con más fuerza.

Esperaron de nuevo. Bosch miró al otro lado del parque infantil y vio que de momento nadie había tocado el Mercedes.

Seguía sin haber respuesta.

Sun finalmente se apartó de la puerta.

—¿Qué quieres hacer?

Bosch miró el cubo humeante que estaba a diez metros.

—Hay alguien en la casa de al lado. Vamos a preguntar si han visto a este tipo por aquí.

Sun se puso delante y llamó a la puerta de al lado. Esta vez abrieron y una mujer pequeña de unos sesenta años se asomó. Sun asintió y sonrió al hablar con ella en chino. Enseguida la mujer se relajó y abrió un poco más la puerta. Sun no dejó de hablar y poco después la señora abrió del todo y se hizo a un lado para dejarles pasar.

Cuando Bosch franqueó el umbral, Sun le susurró:

—Quinientos dólares de Hong Kong. Se los he prometido.

—No hay problema.

Era un pequeño apartamento de dos habitaciones. La primera estancia servía de cocina, comedor y sala de estar; estaba escasamente amueblada y olía a aceite caliente. Bosch separó cinco billetes de cien dólares sin sacar el fajo del bolsillo. Puso el dinero bajo un plato de sal que había sobre la mesa de la cocina, sacó una silla y se sentó.

Sun permaneció de pie y lo mismo hizo la mujer. Continuó su conversación en chino, señalando un instante a Bosch. Éste asintió y sonrió, actuando como si supiera lo que se estaba diciendo.

Pasaron tres minutos hasta que Sun interrumpió sus preguntas para hacerle un resumen a Bosch.

—Ella es Fengyi Mai. Vive aquí sola. Dice que no ha visto a Peng Qingcai desde ayer por la mañana. Vive en la casa de al lado con su madre y su hermana pequeña, a las que tampoco ha visto. Pero los oyó ayer por la tarde a través de la pared.

—¿Qué edad tiene Peng Qingcai?

Sun comunicó la pregunta y luego tradujo la respuesta.

—Cree que tiene dieciocho años. Ya no va a la escuela.

—¿Cómo se llama su hermana?

Tras la correspondiente pregunta y respuesta en chino, Sun informó de que el nombre de su hermana era He, aunque no lo pronunció como lo había hecho su hija.

Bosch pensó en todo ello unos momentos antes de plantear la siguiente pregunta.

—¿Está segura de que fue ayer cuando lo vio? ¿El sábado por la mañana? ¿Qué estaba haciendo?

Mientras Bosch esperaba la traducción, observó con atención a la mujer. Había mantenido buen contacto visual con Sun durante las primeras preguntas, pero empezó a apartar la mirada al responder las últimas.

—Está segura —dijo Sun—. Oyó un ruido en el pasillo ayer por la mañana y cuando abrió, Peng estaba allí, quemando una ofrenda. Estaba usando su altar.

Bosch asintió, pero estaba seguro de que la mujer mentía o había omitido algo.

—¿Qué quemó?

Sun se lo preguntó a la mujer. Ella bajó la mirada todo el tiempo al responder.

—Dice que quemó dinero de papel.

Bosch se levantó, abrió la puerta y volcó el bidón de ceniza en el pasillo. Era más pequeño que un cubo de agua convencional. Un humo negro de ceniza se extendió por el pasillo. Fengyi Mai obviamente había quemado una ofrenda en la última hora. Bosch cogió una barrita de incienso del altar y la usó para atizar los escombros calientes. Había unos pocos trozos de cartón sin quemar, pero casi todo era ceniza. Bosch removió un poco más y enseguida encontró un trozo de plástico fundido, carbonizado y deformado. Trató de cogerlo, pero estaba demasiado caliente.

Volvió a entrar en el apartamento.

—Pregúntale cuándo usó por última vez el altar y qué ha quemado.

Sun tradujo la respuesta.

—Lo ha usado esta mañana. También ha quemado dinero de papel.

Bosch aún estaba de pie.

—Pregúntale por qué está mintiendo. —Sun vaciló—. Pregúntale.

Sun obedeció y la mujer negó que estuviera mintiendo. Bosch asintió al recibir la respuesta y se acercó a la mesa. Levantó el plato de sal que sujetaba los cinco billetes y se los guardó en el bolsillo.

—Dile que no pagamos nada por mentiras, pero que pagaré dos mil por la verdad.

La mujer protestó después de escuchar la traducción de Sun, pero entonces la actitud de éste cambió. Le gritó enfadado y la mujer claramente se asustó. Juntó las manos como para pedir perdón y se encaminó a otra habitación.

—¿Qué le has dicho? —preguntó Bosch.

—Le he dicho que ha de decir la verdad o que perderá su apartamento.

Bosch levantó las cejas. Sun ciertamente había subido un peldaño.

—Cree que soy policía y que tú eres mi supervisor —añadió.

—¿De dónde ha sacado esa idea? —preguntó Bosch.

Antes de que Sun pudiera responder, la mujer volvió con una pequeña caja de cartón. Fue directamente a Bosch y se la pasó, luego hizo una reverencia al apartarse. Harry la abrió y encontró los restos de un teléfono móvil fundido y quemado.

Mientras la mujer le daba una explicación a Sun, Bosch sacó su móvil y lo comparó con el teléfono quemado. A pesar del daño, estaba claro que el teléfono que la mujer había sacado de las cenizas era igual al suyo.

—Dice que Peng lo estaba quemando —tradujo Sun—. Olía muy mal y ella pensó que no les gustaría a los antepasados, así que lo sacó.

—Es de mi hija.

—¿Estás seguro?

—Yo se lo compré. Estoy seguro.

Bosch abrió su propio móvil y fue a las fotos archivadas. Pasó las fotos de su hija hasta que encontró una en la que aparecía en uniforme escolar.

—Enséñasela. Pregúntale si la ha visto con Peng.

Sun le mostró la foto a la mujer y planteó la pregunta. La anciana negó con la cabeza al responder, juntando las manos en ademán de oración para subrayar que ahora estaba diciendo la verdad. Bosch no necesitaba traducción. Se levantó y sacó el dinero. Puso dos mil dólares de Hong Kong en la mesa, menos de trescientos americanos, y se dirigió a la puerta.

—¡Vamos! —dijo.

$\mathcal{V}$olvieron a llamar a la puerta de Peng sin obtener respuesta. Bosch se arrodilló para desatarse y volverse a atar el zapato, al tiempo que aprovechaba para estudiar el pomo.

—¿Qué hacemos? —preguntó Sun después de que Bosch se levantara de nuevo.

—Tengo ganzúas. Puedo abrir la puerta.

Bosch vio de inmediato que la reticencia nublaba el rostro de Sun, incluso con las gafas de sol.

—Mi hija podría estar ahí. Y si no está, podría haber algo que nos diga dónde se encuentra. Tú quédate detrás de mí y bloquea la vista a cualquiera. Tardaré menos de un minuto en abrir.

Sun miró la pared de edificios idénticos que los rodeaban como gigantes.

—Primero vigilamos —dijo.

—¿Vigilar? —preguntó Bosch—. ¿Vigilar qué?

—La puerta. Peng podría volver. Podría conducirnos a Madeline.

Bosch miró el reloj. Era la una y media.

—No creo que tengamos tiempo. No podemos quedarnos estáticos.

—¿Qué es estáticos?

—No podemos pararnos, tío. Hemos de seguir si queremos encontrarla.

Sun se volvió y miró directamente a Bosch.

—Una hora. Vigilamos. Si volvemos a abrir la puerta, no sacas la pistola.

Bosch asintió. Comprendió.

Que los pillaran en un allanamiento era una cosa; que los

pillaran en un allanamiento y armados con una pistola era diez años de otra.

—Vale, una hora.

Bajaron en el ascensor y salieron por el túnel. Por el camino, Bosch dio un golpecito en el brazo de Sun y le preguntó cuál de los buzones correspondía al apartamento de Peng. Sun encontró el buzón y vieron que habían reventado la cerradura hacía tiempo. Harry miró por el túnel al vigilante de seguridad, que leía el periódico. Abrió el buzón y vio dos cartas.

—Parece que nadie ha recogido el correo del sábado —dijo Bosch—. Creo que Peng y su familia se han marchado.

Volvieron al coche y Sun dijo que quería moverlo a un lugar menos llamativo. Condujo por la calle, dio la vuelta y aparcó junto a un muro de contención que rodeaba los cubos de basura del edificio contiguo al de enfrente. Aún contaban con una buena visión del pasillo de la sexta planta y la puerta del apartamento de Peng.

—Creo que estamos perdiendo el tiempo —dijo Bosch—. No van a volver.

—Una hora, Harry. Por favor.

Bosch se fijó en que era la primera vez que Sun lo llamaba por su nombre. Eso no lo aplacó.

—Eso sólo servirá para darles otra hora de ventaja, nada más. —Bosch sacó la caja del bolsillo de la chaqueta. La abrió y miró el teléfono— .Tú vigila, yo voy a trabajar en esto.

Los bordes de plástico del teléfono se habían fundido y Bosch no lograba abrirlo. Por fin lo partió en dos al aplicar demasiada presión. La pantalla de LCD estaba rota y parcialmente fundida. Bosch dejó esa parte a un lado y se concentró en la otra mitad. Las junturas del compartimento de la batería también se habían fundido. Abrió la puerta del coche y golpeó varias veces el teléfono contra el bordillo, cada vez más fuerte, hasta que los impactos rompieron las junturas y cayó la tapa del compartimento.

Volvió a cerrar la puerta del coche. La batería del teléfono parecía intacta, pero una vez más el plástico deformado dificultaba su extracción. Esta vez sacó la cartera de la documentación y cogió una de sus ganzúas. La usó para extraer la batería. Debajo estaba el lugar para la tarjeta de memoria del teléfono. Vacío.

¡Mierda!

Bosch echó el teléfono a sus pies. Otro callejón sin salida.

Miró el reloj. Sólo habían pasado veinte minutos desde que había accedido a darle una hora a Sun. Pero Bosch no podía quedarse quieto. Su instinto le decía que tenía que entrar en ese apartamento. Su hija podía estar allí.

—Lo siento, Sun Yee —dijo—. Tú puedes esperar aquí, pero yo no. Voy a entrar.

Se inclinó hacia delante y sacó la pistola del cinturón. Quería dejarla fuera del Mercedes por si los pillaban en el interior del apartamento y la policía los relacionaba con el coche. Envolvió el arma en la manta de su hija, abrió la puerta y salió. Pasó por un hueco en el muro de contención y dejó el fardo encima de uno de los cubos de basura repletos. Podría recuperarlo fácilmente al volver.

Al volver encontró a Sun esperándolo fuera del coche.

—Vale —dijo Sun—. Vamos.

Se encaminaron de nuevo hacia el edificio de Peng.

—Deja que te pregunte algo, Sun Yee. ¿Te quitas las gafas alguna vez?

La respuesta de Sun llegó sin explicación.

—No.

El vigilante de seguridad del vestíbulo tampoco levantó la mirada esa vez; el edificio era lo bastante grande para que siempre hubiera alguien con llave esperando un ascensor. Al cabo de cinco minutos volvían a estar delante de la puerta de Peng. Mientras Sun se quedaba en la barandilla como vigilante y para bloquear la visión, Bosch se arrodilló y se ocupó de la cerradura. Tardó más de lo esperado, casi cuatro minutos, pero la abrió.

—Listo —dijo.

Sun se apartó de la barandilla y siguió a Bosch al apartamento. Antes de cerrar siquiera la puerta, Harry supo que encontraría muerte en el apartamento. No había un olor abrumador, ni sangre en las paredes ni indicio físico alguno en la primera habitación, pero después de asistir a más de quinientas escenas de crimen a lo largo de sus años de policía había desarrollado lo que consideraba un sexto sentido para la sangre. Su teoría carecía de base científica, pero Bosch creía que la sangre salpicada cambiaba la composición del aire en un entorno cerrado. Y en ese momento sintió tal cambio. El hecho de que pudiera ser sangre de su propia hija hizo que ese reconocimiento fuera atroz.

Levantó la mano para impedir que Sun se adentrara más en el apartamento.

—¿Has notado eso, Sun Yee?

—No. ¿El qué?

—Hay alguien muerto. No toques nada, y sigue mis pasos si puedes.

La distribución era la misma que la del apartamento de al lado: una vivienda de dos habitaciones, ésta compartida por una madre con dos hijos adolescentes. No había señal de ninguna alteración o daño en la primera estancia. Vio un sofá con una almohada y unas sábanas tiradas de cualquier manera encima, y Bosch supuso que el chico dormía en el sofá mientras que madre e hija ocupaban el dormitorio.

Bosch cruzó la sala hacia la habitación. La cortina estaba corrida y el cuarto se encontraba a oscuras. Bosch le dio al interruptor con el codo y se encendió la luz del techo, sobre la cama. Estaba deshecha y vacía. No había signos de lucha, altercado o muerte. Bosch miró a su derecha: había dos puertas más. Suponía que una conducía a un armario y la otra al dormitorio.

Siempre llevaba guantes de látex en el bolsillo de la chaqueta. Sacó un par y se puso uno en la mano izquierda. Abrió la puerta de la derecha primero; era un armario que estaba repleto de ropa en los colgadores y apilada en el suelo. El altillo también estaba lleno de cajas con caracteres chinos. Bosch retrocedió y pasó a la segunda puerta. Abrió sin vacilar.

El pequeño cuarto de baño estaba inundado de sangre seca. Había salpicado sobre el lavabo, en el inodoro y en el suelo de baldosas. Había manchas y goterones resecos en la pared de atrás y en la cortina de ducha de color blanco sucio y con estampado de flores.

Era imposible entrar en la estancia sin pisar la sangre, pero Bosch no se preocupó por eso. Tenía que llegar a la cortina de la ducha. Tenía que saberlo.

Cruzó rápidamente el cuarto de baño y tiró de la cortina de plástico.

La ducha era pequeña según los criterios americanos, no mucho mayor que las viejas cabinas de teléfono que había fuera del Du-Par's del Farmers Market de Los Ángeles. Aun así, alguien había logrado apilar tres cadáveres, uno encima de otro.

Bosch contuvo el aliento al inclinarse para tratar de identificar a las víctimas. Estaban completamente vestidas. El chico, que era el mayor, estaba encima. Se hallaba boca abajo sobre una mujer de unos cuarenta años, su madre, que estaba sentada contra una pared. La posición sugería algún tipo de fantasía edípica que probablemente no formaba parte de la intención del asesino. A ambos les habían cortado salvajemente la garganta de oreja a oreja.

Detrás y parcialmente debajo de la madre, como escondiéndose, Bosch vio el cuerpo de una chica joven. El cabello negro le cubría la cara.

—Ah, Dios —dijo Bosch en voz alta—. ¡Sun Yee!

Sun se acercó enseguida y Bosch oyó que cogía aire a su espalda. Harry empezó a ponerse el segundo guante.

—Hay una chica abajo y no sé si es Maddie —dijo—. Póntelos.

Sacó otro par de guantes del bolsillo y se los pasó a Sun, que enseguida se los puso. Juntos sacaron el cadáver del chico de la ducha y lo dejaron en el suelo, al lado del lavabo. Bosch movió entonces suavemente el cuerpo de la madre hasta que pudo ver la cara de la chica. A ella también le habían cortado la garganta. Tenía los ojos abiertos y una expresión de pánico ante la muerte. A Bosch le partió el corazón ver esa expresión, pero no era el rostro de su hija.

—No es ella —dijo—. Ha de ser su amiga, He.

Harry dio la espalda a aquella carnicería y pasó junto a Sun para ir al dormitorio. Se sentó en la cama. Oyó un sonido procedente del cuarto de baño y supuso que Sun estaba poniendo los cuerpos en el sitio donde los habían encontrado.

Bosch soltó ruidosamente el aire y se inclinó hacia delante, con los brazos cruzados sobre el pecho. Estaba pensando en los ojos aterrorizados de la niña. Casi se cayó de la cama.

—¿Qué ha pasado aquí? —preguntó en un susurro.

Sun salió del cuarto de baño y adoptó una postura de guardaespaldas. No dijo nada. Harry se fijó en que había sangre en sus manos enguantadas. Se levantó y miró en torno a la habitación como si ésta pudiera contener alguna explicación de la escena del cuarto de baño.

—¿Puede que otra tríada se la haya llevado y luego haya matado a todos para cubrir las pistas?

Sun negó con la cabeza.

—Eso habría empezado una guerra. Pero el chico no es de la tríada.

—¿Qué? ¿Cómo lo sabes?

—Sólo hay una tríada en Tuen Mun: el Triángulo Dorado. He mirado y no tiene la marca.

—¿Qué marca?

Sun vaciló un momento. Se volvió hacia la puerta del cuarto de baño, pero enseguida cambió de opinión. Se quitó uno de los guantes y se bajó el labio inferior. En la piel interna había un tatuaje desdibujado con dos caracteres chinos. Bosch supuso que significaba Triángulo Dorado.

—¿Así que estás en la tríada?

Sun se soltó el labio y negó con la cabeza.

—Ya no. Hace más de veinte años.

—Pensaba que no era posible dejar una tríada. Que si lo haces, es dentro de una caja.

—Hice un sacrificio y el consejo me permitió irme. También tuve que marcharme de Tuen Mun. Fue entonces cuando fui a Macao.

—¿Qué clase de sacrificio?

Sun parecía aún más reticente que al mostrarle el tatuaje a Bosch. Sin embargo, volvió a llevarse la mano a la cara, esta vez para quitarse las gafas de sol. Por un momento, Bosch no se fijó en nada fuera de lugar, pero entonces reparó en que el ojo izquierdo de Sun era una prótesis. Tenía un ojo de cristal, y una cicatriz apenas visible se curvaba desde la comisura externa.

—¿Tuviste que dar un puto ojo para salir de la tríada?

—No lamento mi decisión.

Volvió a ponerse las gafas de sol.

Entre las revelaciones de Sun y la escena horrorosa del baño, Bosch empezaba a sentir que se hallaba en alguna clase de pintura medieval. Se recordó que su hija no se encontraba en el cuarto de baño, que aún estaba viva en alguna parte.

—Vale —dijo—. No sé qué ha ocurrido aquí ni por qué, pero hemos de seguir sobre la pista. Ha de haber algo en este apartamento que nos diga dónde está Maddie. Hemos de encontrarla y nos estamos quedando sin tiempo.

Bosch metió la mano en el bolsillo, pero estaba vacío.

—No me quedan guantes, así que ten cuidado con lo que tocas. Probablemente tenemos sangre en los zapatos, no tiene sentido transferirla por toda la casa.

Bosch se quitó los zapatos y limpió la sangre en el fregadero de la cocina. Sun hizo lo mismo. Ambos hombres registraron entonces el apartamento, empezando por el dormitorio y avanzando hacia la puerta de la calle. No encontraron nada útil hasta que llegaron a la pequeña cocina y Bosch reparó en que, como en el piso de al lado, había un plato de sal en la mesa. La pila de sal era más alta en ese plato y Bosch vio una marca de dedos dejada por la persona que la había formado. Rebuscó en ella y encontró un cuadradito de plástico negro sepultado en sal. Bosch reconoció de inmediato que era la tarjeta de memoria del teléfono.

—Tengo algo.

Sun se volvió desde el cajón de la cocina que había estado registrando. Bosch sacó la tarjeta de memoria: estaba seguro de que era la que faltaba en el móvil de su hija.

—Estaba en la sal. Quizá la escondió cuando ellos llegaron.

Bosch miró la pequeña tarjeta de plástico. Había una razón por la cual Peng Qingcai la había sacado antes de quemar el teléfono de su hija, por la cual había tratado de esconderla. Bosch quería trabajar en esas razones inmediatamente, pero decidió que para él y Sun prolongar la estancia en un apartamento con tres cadáveres en la ducha no era un movimiento inteligente.

—Salgamos de aquí —dijo.

Bosch se acercó a la ventana que había junto a la puerta y miró a la calle a través de la cortina antes de dar la señal de li-

bre. Sun abrió y salieron enseguida. Bosch cerró antes de quitarse los guantes. Miró detrás de él al salir y vio que la anciana
del piso de al lado estaba en el pasillo, arrodillada delante de su
altar y quemando otro sacrificio a los antepasados. Bosch la
valoró de nuevo al ver que estaba usando una vela para quemar
uno de los billetes auténticos de cien dólares que él le había dado.

Se volvió y corrió por el pasillo en dirección contraria. Sabía
que estaba en un mundo que escapaba a su comprensión. Sólo
tenía que comprender que su misión era encontrar a su hija. El
resto no importaba.

33

*B*osch recuperó la pistola pero dejó allí la manta. En cuanto estuvo en el coche, sacó su teléfono. Era idéntico al de su hija, pues los había comprado los dos juntos en un paquete de oferta. Abrió el compartimento trasero, sacó la batería y la tarjeta de memoria y metió en su lugar la del teléfono de su hija. Volvió a colocar la batería, cerró el compartimento y enseguida encendió el teléfono.

Mientras esperaban a que arrancara el software del aparato, Sun puso en marcha el coche y se alejó del edificio donde habían masacrado a la familia.

—¿Adónde vamos? —preguntó Bosch.

—Al río. Hay un parque. Vamos allí hasta que sepamos qué hacer.

En otras palabras, todavía no había plan. La tarjeta de memoria era el plan.

—Esa historia de los piratas de cuando eras chaval era la tríada, ¿no? —Al cabo de un momento, Sun asintió una vez—. ¿Eso es lo que hacías, entrar y sacar gente?

—No, mi trabajo era diferente.

No dijo nada más, y Bosch decidió no insistir. El teléfono estaba listo. Harry fue rápidamente al registro de llamadas, pero no había ninguna. El historial estaba en blanco.

—No hay nada. No hay registro de ninguna llamada.

Fue al archivo de correo electrónico y vio que también estaba vacío.

—No han transferido nada con la tarjeta —dijo con la agitación creciendo en su voz.

—Eso es normal —dijo Sun con calma—. Sólo los archivos

permanentes van a la tarjeta de memoria. Mira si hay vídeos o fotos.

Usando el ratón de bola central del teclado del teléfono, Bosch seleccionó el icono de vídeo. La carpeta estaba vacía.

—No hay vídeos —dijo.

Bosch empezó a comprender que tal vez Peng había sacado la tarjeta del teléfono de Madeline porque creía que contenía un registro de todos los usos del teléfono, pero no era así. La última y mejor pista parecía un chasco.

Seleccionó el icono de imágenes y encontró una lista de archivos JPEG almacenados.

—Hay fotos.

Empezó a abrirlas una por una, pero las únicas que parecían recientes eran las de los pulmones de John Li y los tatuajes de sus tobillos que le había enviado Bosch. El resto eran fotos de amigos de Madeline y de excursiones escolares. No eran especialmente antiguas, pero no parecían guardar ninguna relación con su rapto. Encontró imágenes de su visita al mercado de jade de Kowloon. Había fotografiado pequeñas esculturas de jade de parejas en posiciones del Kama Sutra. Bosch las descartó como una curiosidad adolescente; seguro que habrían provocado risitas nerviosas entre las chicas de la escuela.

—Nada —le dijo a Sun.

Siguió intentándolo, moviéndose por la pantalla y seleccionando un icono tras otro con la esperanza de encontrar un mensaje oculto. Finalmente, descubrió que la agenda de direcciones de Madeline estaba también en la tarjeta y se había transferido a su teléfono.

—Tiene los contactos aquí.

Abrió el archivo y vio la lista de contactos. No conocía a todos sus amigos y muchos de ellos estaban simplemente listados por sus apodos. Hizo clic en el que ponía «Papá» y vio su propio número de móvil y de casa, pero nada más, nada que no debiera estar allí.

Volvió a la lista y continuó hasta que por fin encontró lo que pensaba que estaba buscando cuando llegó a la letra T. Había un contacto, «Tuen Mun», que sólo contenía un número de teléfono.

Sun había aparcado en un largo y estrecho parque que discurría junto al río y bajo uno de los puentes. Bosch le pasó el teléfono.

—He encontrado un número. Pone Tuen Mun. Es el único que no está asignado a un nombre de persona.

—¿Por qué tendría este número?

Bosch pensó un momento, tratando de comprenderlo.

—No lo sé —dijo.

Sun cogió el teléfono y estudió la pantalla.

—Es un número de móvil.

—¿Cómo lo sabes?

—Empieza por nueve. Es una designación de móvil en Hong Kong.

—Vale, ¿qué hacemos con esto? Está listado Tuen Mun. Podría pertenecer al tipo que tiene a mi hija.

Sun miró al río a través del parabrisas, tratando de encontrar una respuesta y un plan.

—Podríamos enviarle un mensaje de texto —dijo—. Puede que responda.

Bosch asintió.

—Sí, que sirva de carnada. Quizá conseguimos una ubicación.

—¿Qué es «carnada»?

—Un cebo. Fingimos que lo conocemos, establecemos una cita y él nos da su ubicación.

Sun sopesó la posibilidad mientras continuaba observando el río. Una barcaza avanzaba lentamente en dirección sur hacia el mar. Bosch empezó a pensar en un plan alternativo. David Chu, en Los Ángeles, dispondría de fuentes capaces de encontrar un nombre y dirección relacionado con un número de móvil de Hong Kong.

—Podría reconocer el número y saber que es un cebo —dijo por fin Sun—. Deberíamos usar mi móvil.

—¿Estás seguro? —preguntó Bosch.

—Sí, creo que el mensaje debería enviarse en chino tradicional. Será más fácil que pique.

Bosch asintió otra vez.

—Sí. Buena idea.

Sun sacó su teléfono y preguntó el número que había encontrado Bosch. Abrió un mensaje de texto pero dudó.

—¿Qué le digo?

—Bueno, hemos de dar sensación de urgencia. Que parezca que ha de responder y hemos de encontrarnos.

Discutieron sobre ello unos minutos y al fin convinieron un texto que era simple y directo. Sun lo tradujo y lo envió. El mensaje escrito en chino decía: «Tenemos un problema con la chica. ¿Dónde nos vemos?».

—Vale, esperemos —dijo Bosch.

Había decidido no recurrir a Chu a menos que fuera necesario.

Bosch miró el reloj. Eran las dos de la tarde. Llevaba nueve horas en Hong Kong y no estaba más cerca de su hija que cuando estaba diez mil metros por encima del Pacífico. En ese tiempo había perdido para siempre a Eleanor y ahora estaba jugando un juego de espera que permitía que las ideas de culpa y pérdida entraran en su imaginación sin que nada pudiera desviarlas. Miró el teléfono que Sun tenía en la mano, esperando una respuesta rápida al mensaje.

No la recibió.

Pasaron minutos de silencio, tan despacio como los barcos en el río. Bosch trató de concentrarse en Peng Qingcai y en cómo había ocurrido el secuestro de su hija. Había cosas que no tenían sentido para él sin contar con toda la información, pero aun así podía compilar una cronología y una cadena de acontecimientos. Y al hacerlo, supo que todo remitía a sus propias acciones.

—Todo vuelve a mí, Sun Yee. Cometí el error que permitió que todo esto ocurriera.

—Harry, no hay razón para…

—No, espera. Escúchame. Has de saber todo esto porque podrías ver algo que yo no veo.

Sun no dijo nada y Bosch continuó.

—Todo empieza conmigo. Estaba trabajando en un caso con un sospechoso de la tríada en Los Ángeles y no conseguía respuestas, así que le pedí a mi hija que me tradujera unos caracteres chinos en un tatuaje. Le envié una foto. Le dije que era un caso de la tríada y que no podía enseñarle el tatuaje ni hablar de eso con nadie. Pero ése fue mi error. Decirle eso a una niña de trece años es como anunciarlo al mundo, a su mundo. Estaba empezando a salir con Peng y su hermana, que eran de los bajos fondos. Probablemente quiso impresionarlos. Les habló del tatuaje y del caso y eso puso todo en marcha.

Miró a Sun, pero no supo interpretar su expresión.

—¿Bajos fondos? —preguntó.

—No importa, es sólo una expresión. No eran de Happy Valley, eso es lo que significa. Y como has dicho, Peng no estaba en ninguna tríada de Tuen Mun, pero quizá conocía gente, quizá quería entrar. Pasaba mucho tiempo en el otro lado del puerto, en Happy Valley. A lo mejor conocía a alguien y pensaba que éste podía ser su billete de entrada. Le dijo a quien fuese lo que había oído. Lo relacionaron con Los Ángeles y le dijeron a alguien que cogiera a la chica y me enviara el mensaje; el vídeo. —Bosch se detuvo un momento mientras las ideas de la situación de su hija lo distraían otra vez—. Pero a partir de ahí ocurrió algo. Algo cambió. Peng la llevó a Tuen Mun. Quizá la ofreció a la tríada aquí y ellos se la llevaron. Pero no aceptaron a Peng, sino que lo mataron a él y a su familia.

Sun negó con la cabeza ligeramente y al fin habló. Había algo en el relato de Bosch que no encajaba.

—Pero ¿por qué iban a matar a toda su familia?

—Fíjate en la cronología, Sun Yee. La señora de al lado oyó voces a través de la pared a última hora de la tarde, ¿verdad?

—Sí.

—Para entonces yo estaba en un avión. Estaba viniendo y de alguna manera lo sabían. No podían arriesgarse a que yo encontrara a Peng, ni a su hermana y su madre, así que eliminaron la amenaza y la cortaron de raíz. De no haber sido por la tarjeta de memoria que escondió Peng, ¿dónde estaríamos? En un callejón sin salida.

Sun se concentró incisivamente en algo que Bosch había dejado al margen.

—¿Cómo sabían que venías?

Bosch negó con la cabeza.

—Buena pregunta. Desde el principio ha habido una filtración en la investigación. Yo pensaba que les llevaba al menos un día de ventaja.

—¿En Los Ángeles?

—Sí, en Los Ángeles. Alguien avisó al sospechoso de que íbamos tras él, y eso hizo que tratara de huir. Por eso tuvimos que detenerlo antes de que estuviéramos listos, y por eso cogieron a Maddie.

—¿No sabes quién?

—No estoy seguro. Pero cuando vuelva lo descubriré. Y me ocuparé de ello.

Sun interpretó en la respuesta de Bosch más de lo que éste pretendía decir.

—¿Aunque Maddie esté a salvo? —preguntó.

Antes de que Bosch pudiera responder, el teléfono vibró en la mano de Sun. Había recibido un SMS. Bosch se inclinó para ver por encima de Sun cuando éste leía. El mensaje, en chino, era corto.

—¿Qué dice?

—Número equivocado.

—¿Nada más?

—No ha mordido la carnada.

—¡Mierda!

—¿Y ahora qué?

—Mándale otro mensaje. Dile que nos encontramos o vamos a la policía.

—Demasiado peligroso. Podría decidir deshacerse de ella.

—No, si tiene un comprador preparado. Has dicho que era valiosa. Por sexo o por órganos, es valiosa; no se desharán de ella. Podría acelerar el trato y ése es el riesgo que corremos, pero no se deshará de ella.

—Ni siquiera sabemos si es la persona que buscamos. Sólo es un teléfono en la lista de números de tu hija.

Bosch negó con la cabeza. Sabía que Sun tenía razón. Mandar mensajes a ciegas era demasiado arriesgado. Sus ideas volvieron a Chu. El detective de la UBA podría ser la filtración en la investigación que había provocado el secuestro de su hija. ¿Se arriesgaría a llamarlo ahora?

—Sun Yee, ¿conoces a alguien en seguridad del casino que pueda investigar un número y darnos un nombre y una dirección?

Sun consideró la pregunta un buen rato antes de negar con la cabeza.

—No, imposible. Habrá una investigación por Eleanor...

Bosch comprendió. Sun tenía que hacer cuanto pudiera para limitar las consecuencias para su empresa y el casino. Eso inclinaba la balanza hacia el lado de Chu.

—Vale. Creo que yo conozco a alguien.

Bosch cogió el teléfono para abrir su lista de contactos, pero entonces recordó que la tarjeta SIM de su hija todavía estaba en su lugar. Empezó con el proceso de cambiar de nuevo su tarjeta y volver a poner su configuración y contactos.

—¿A quién vas a llamar? —preguntó Sun.

—A un tipo con el que estoy trabajando. Está en la Unidad de Bandas Asiáticas y tiene contactos aquí.

—¿Es el hombre que crees que puede ser el topo?

Bosch asintió. Buena pregunta.

—No puedo descartarlo. Pero podría ser cualquiera de su unidad o de otro departamento de policía. En este momento, no veo que tengamos elección.

Cuando reinició el teléfono, fue a su lista de contactos y encontró el número de móvil de Chu. Hizo la llamada y miró el reloj. Era casi medianoche del sábado en Los Ángeles.

Chu respondió al primer tono.

—Detective Chu.

—David, soy Bosch. Perdone que le llame tan tarde.

—No es tarde. Aún estoy trabajando.

Bosch estaba sorprendido.

—¿En el caso Li? ¿Qué ocurre?

—Sí, he pasado buena parte de la tarde con Robert Li. Estoy tratando de convencerle de que coopere en una acusación por extorsión.

—¿Va a hacerlo?

Hubo una pausa antes de que Chu respondiera.

—De momento, no. Pero tengo hasta el lunes por la mañana para trabajar con él. Usted está aún en Hong Kong, ¿no? ¿Ha encontrado a su hija?

La voz de Chu adoptó un tono urgente al preguntar por Madeline.

—Todavía no. Pero tengo una pista sobre ella y necesito ayuda. ¿Puede localizar un número de teléfono de Hong Kong para mí?

Otra pausa.

—Harry, la policía de allí tiene mucha más capacidad que yo.

—Lo sé, pero no estoy trabajando con la policía en esto.

—No. —No era una pregunta.

—No puedo exponerme al riesgo potencial de una filtración. Estoy cerca. La he buscado todo el día y sólo he conseguido este número. Creo que pertenece al hombre que la tiene. ¿Puede ayudarme?

Chu no respondió durante un buen rato.

—Si le ayudo, mi fuente en esto estará en la policía de Hong Kong. Lo sabe, ¿no?

—Pero no ha de decirle la razón por la que necesita la información ni a quién se la va a dar.

—Pero si las cosas estallan allí me salpicará a mí.

Bosch empezaba a perder la paciencia, pero trató de evitar que se percibiera en su tono cuando expresó crudamente la pesadilla que sabía que se estaba desarrollando.

—Mire, no hay mucho tiempo. Nuestra información es que van a venderla, casi seguro que hoy mismo; quizás ahora mismo. Necesito esta información, Dave. ¿Puede dármela o no?

Esta vez no hubo duda.

—Deme el número.

34

Chu dijo que necesitaría al menos una hora para verificar el número de teléfono a través de sus contactos en la policía de Hong Kong. Bosch no soportaba la idea de renunciar a tanto tiempo cuando cada minuto que pasaba su hija podía cambiar de manos, pero no tenía elección. Creía que Chu había comprendido la urgencia de la situación. Cerró el teléfono después de pedirle que no compartiera su petición con nadie dentro del departamento.

—¿Aún cree que hay una filtración, Harry?

—Sé que la hay, pero no es el momento de hablar de ello.

—¿Y yo? ¿Confía en mí?

—Le he llamado, ¿no?

—No creo que confíe en nadie. Me ha llamado porque no hay nadie más.

—¿Sabe qué? Consiga el número y llámeme.

—Claro, Harry, lo que usted diga.

Bosch cerró el teléfono y miró a Sun.

—Dice que podría tardar hasta una hora.

Sun permaneció impasible. Giró la llave y puso en marcha el coche.

—Deberías comer algo mientras esperamos.

Bosch negó con la cabeza.

—No, no puedo comer. No sin saber donde está Maddie. Con lo que ha ocurrido… El estómago… No puedo comer nada.

Sun volvió a apagar el motor. Había decidido que esperarían allí la llamada de Chu.

Los minutos pasaban muy despacio y Bosch sentía que eran muy caros. Repasó sus movimientos desde el momento en que se había agachado detrás del mostrador de Fortune Liquors a examinar el cuerpo de John Li. Se dio cuenta de que su implacable persecución del asesino había puesto a otras personas en peligro: a su hija, a su ex mujer, a una familia completa en el lejano Tuen Mun. La carga de la culpa que ahora tendría que soportar sería la más pesada de su vida y no estaba seguro de que fuera a poder con ella.

Por primera vez puso un condicional en la ecuación de su vida. Si conseguía liberar a su hija, podría encontrar una forma de redimirse. Si no volvía a verla, no habría redención.

Todo terminaría.

Darse cuenta de eso lo hizo estremecer físicamente. Se volvió y abrió la puerta del coche.

—Voy a dar un paseo.

Salió y cerró la puerta antes de que Sun pudiera hacerle ninguna pregunta. Empezó a pasear por el sendero que bordeaba el río. Iba con la cabeza baja, sumido en pensamientos oscuros, y no se fijaba en la gente con la que se cruzaba en el camino ni en los barcos que pasaban a su lado.

Finalmente, Bosch se dio cuenta de que no se estaba ayudando a sí mismo ni a su hija obsesionándose con cosas que no podía controlar. Trató de desembarazarse de la oscura mortaja que le estaba cubriendo centrándose en algo útil. La pregunta sobre la tarjeta de memoria de su hija todavía continuaba abierta y le inquietaba. ¿Por qué había guardado Madeline el número de móvil «Tuen Mun» en su teléfono?

Después de darle vueltas a la pregunta vio por fin una respuesta que se le había pasado antes: Madeline había sido secuestrada. Por consiguiente, le habrían quitado el teléfono. Así pues, era probable que su raptor, no Madeline, hubiera almacenado el número en su móvil. Esta conclusión condujo a una cascada de posibilidades: Peng cogió el vídeo y se lo envió a Bosch. Estaba en posesión del teléfono; podría haber estado usándolo en lugar del suyo para completar el rapto y llevar a cabo el trueque de Madeline por lo que pensara obtener a cambio.

Probablemente fue él quien guardó el número en la tarjeta, bien porque lo estaba usando mucho en las negociaciones, bien porque simplemente quería dejar un rastro si ocurría algo. Por eso lo había escondido en la sal, para que alguien lo encontrara.

Bosch se volvió para llevar esta nueva conclusión a Sun. Estaba a cien metros y vio al hombre de pie fuera del coche, haciéndole señas con excitación para que volviera. Bosch miró el teléfono que tenía en la mano y comprobó la pantalla. No había perdido ninguna llamada y no había forma de que la excitación de Sun estuviera relacionada con su contacto con Chu. Empezó a correr hacia él. Sun volvió a meterse en el coche y cerró la puerta. Harry enseguida se colocó a su lado.

—¿Qué?

—Otro mensaje. Un SMS.

Sun levantó su teléfono para enseñarle el mensaje a Bosch, aunque estaba en chino.

—¿Qué dice?

—Dice: «¿Qué problema? ¿Quién es?».

Bosch asintió. Aún había mucha negación en el mensaje; el remitente todavía simulaba ignorancia. No sabía de qué se trataba, pero había enviado ese texto motu proprio, y eso le decía a Bosch que se estaban acercando a algo.

—¿Cómo respondemos? —preguntó Sun.

Bosch no contestó. Estaba pensando.

El teléfono de Sun empezó a vibrar. Miró la pantalla.

—Es una llamada. Es él. El número.

—No respondas —dijo enseguida Bosch—. Podríamos estropearlo. Ya llamaremos después. Espera a ver si deja un mensaje en el buzón de voz.

El teléfono dejó de vibrar y aguardaron. Bosch trató de pensar en el siguiente paso que dar en ese juego delicado y mortal. Al cabo de un momento, Sun negó con la cabeza.

—No hay mensaje. Ya deberían haberme alertado.

—¿Qué dice tu mensaje del buzón de voz? ¿Sale tu nombre?

—No, no hay nombre. Uso el robot.

Eso estaba bien. Algo genérico. El que llamaba probablemente esperaba encontrar un nombre, una voz o algún tipo de información.

—Vale, vuelve a enviarle un SMS. Dile que no hablas por móvil ni por mensajes porque no es seguro. Quieres verlo en persona.

—¿Nada más? Pregunta cuál es el problema y no respondo.

—No, todavía no. Vamos a alargarlo. Cuanto más tiempo lo prolonguemos, más tiempo le damos a Maddie. ¿Te das cuenta?

Sun asintió una vez.

—Sí, ya veo.

Tecleó el mensaje que Bosch le había sugerido y lo envió.

—Ahora esperemos otra vez —dijo.

Bosch no necesitaba que se lo recordaran, pero algo le decía que la espera no sería larga. La carnada estaba funcionando y tenían a alguien a punto de morder el anzuelo. Apenas había alcanzado esta conclusión cuando llegó otro mensaje de texto al teléfono de Sun.

—Quiere que nos veamos —dijo Sun, mirando la pantalla—. A las cinco en punto en el Geo.

—¿Qué es?

—Un restaurante en la Costa de Oro. Muy famoso. Estará abarrotado un domingo por la tarde.

—¿Está muy lejos la Costa de Oro?

—A casi una hora de coche desde aquí.

Bosch tenía que considerar si la persona con la que trataban los estaba engañando enviándolos a tanta distancia. Miró el reloj. Había pasado casi una hora desde que había hablado con Chu. Antes de decidirse por la reunión en la Costa de Oro tenía que llamarlo de nuevo para ver qué había descubierto. Lo hizo mientras Sun ponía en marcha el coche y salía del parque.

—Detective Chu.

—Soy Bosch. Ha pasado una hora.

—Todavía no, pero aún estoy esperando. He hecho una llamada y no he tenido respuesta.

—¿Ha hablado con alguien?

—No, he dejado un mensaje a mi contacto. Supongo que es tan tarde que...

—¡No es tarde, Chu! Es tarde allí, pero aquí no. ¿Ha hecho la llamada o no?

—Harry, por favor, he hecho la llamada. Me he confundido. Es tarde aquí, es domingo allí. Quizá porque es domingo no esté tan cerca del teléfono como normalmente. Pero he hecho la llamada y me pondré en contacto en cuanto tenga algo.

—Entonces podría ser demasiado tarde.

Bosch cerró el teléfono. Lamentaba haber confiado en Chu.

—Nada —le dijo a Sun.

Llegaron a la Costa de Oro en cuarenta y cinco minutos. Era un centro turístico situado en el lado occidental de los Nuevos Territorios que ofrecía servicios a los viajeros del continente, así como a los de Hong Kong y el resto del mundo. Un alto y brillante hotel se alzaba sobre la bahía de Castle Peak y restaurantes al aire libre llenaban el paseo que bordeaba el muelle.

El Geo era una elección inteligente por parte de la persona que había enviado el SMS; estaba encajonado entre dos restaurantes similares al aire libre y los tres estaban muy llenos. Una exposición de artesanía en el paseo doblaba el número de personas en el área y los sitios desde el cual un observador podía esconderse. Eso haría que identificar a alguien que no quería ser identificado resultara en extremo difícil.

Los dos hombres sincronizaron los relojes. Según el plan que Bosch y Sun habían urdido por el camino, Harry bajó del coche al llegar a la Costa de Oro y Sun siguió conduciendo. Al pasar por el hotel, Bosch se detuvo en la tienda de regalos y compró gafas, una gorra estilo béisbol con el emblema dorado del hotel, un mapa y una cámara desechable.

A las cinco menos diez, Bosch había llegado a la entrada de un restaurante llamado Yellow Flower, que estaba al lado del Geo y proporcionaba una visión completa de las mesas de éste. El plan era simple: querían identificar al propietario del número de teléfono que había encontrado en la lista de contactos de su hija y seguirlo cuando saliera del Geo.

El Yellow Flower, el Geo y un tercer restaurante situado enfrente, el Big Sur, tenían mesas al aire libre bajo toldos blancos y estaban repletos. La brisa marina mantenía a los clientes frescos y los toldos levantados. Mientras esperaba a que le dieran mesa, Bosch miró el reloj y examinó los restaurantes atestados.

Había varios grupos grandes de familias que se reunían para disfrutar juntos de una comida de domingo. Bosch enseguida descartó esas mesas en su búsqueda del contacto del móvil, porque no esperaba que su hombre formara parte de un grupo grande. Aun así, no tardó en darse cuenta de lo complicado que sería localizarlo. Sólo porque la supuesta reunión se hubiera establecido en el Geo no significaba que la persona a la que estaban buscando estuviera en el restaurante. Podía estar en cualquiera de los tres locales, haciendo exactamente lo mismo que Bosch: tratando de identificar al otro sin ser visto.

No le quedaba otra alternativa que continuar con el plan. Levantó un dedo a una de las camareras y lo condujeron a una mesa en un rincón desde el que se veían los tres restaurantes pero sin vistas al mar. Era una mesa mala que daban a los que iban solos; justo lo que había esperado.

Miró su reloj otra vez y extendió el plano en la mesa. Reforzó la idea del turista con la cámara y se quitó la gorra. Era de fabricación barata y encajaba mal, así que se alegró de prescindir de ella.

Hizo otro examen de los restaurantes antes de las cinco en punto, pero no vio candidatos probables para el contacto. Nadie como él, sentado solo o con otros hombres misteriosos, que llevara gafas de sol o cualquier otro tipo de disfraz. Empezó a pensar que el señuelo no había funcionado; el contacto los había calado y los había engañado a ellos.

Miró su reloj justo cuando las manecillas se acercaban a las cinco en punto. El primer mensaje de texto de Sun se enviaría en ese momento.

Bosch miró por los restaurantes, esperando ver un movimiento rápido, alguien mirando un mensaje de texto en su teléfono. Había demasiada gente. Iban pasando los segundos y no veía nada.

—Hola, señor. ¿Viene solo?

Una camarera se había acercado a su mesa. Bosch no le hizo caso y siguió paseando la mirada de persona en persona por las mesas del Geo.

—¿Señor?

Bosch respondió sin mirarla.

—¿Puede traerme una taza de café por ahora? Solo.

—Muy bien, señor.

Sintió que su presencia se alejaba. Bosch dedicó otro minuto a escrutar la multitud. Expandió la búsqueda para incluir el

Yellow Flower y el Big Sur. Vio a una mujer hablando por móvil, pero a nadie más que usara el teléfono.

El móvil de Bosch sonó en su bolsillo. Lo sacó y respondió, sabiendo que sería Sun.

—Ha respondido al primer SMS. Dice: «Estoy esperando». Nada más.

El plan era que Sun enviara un mensaje de texto justo a las cinco diciendo que estaba en un atasco y llegaría tarde. Hizo eso y le contestaron.

—No he visto a nadie —dijo Bosch—. Este sitio es demasiado grande. Ha elegido bien.

—Sí.

—¿Dónde estás?

—En la barra de atrás del Big Sur. No he visto a nadie.

—Vale, ¿preparado para el siguiente?

—Listo.

—Lo intentaremos otra vez.

Bosch cerró el teléfono cuando una camarera le trajo su café.

—¿Ya sabe qué va a pedir?

—No, todavía no. He de mirar el menú.

La camarera se alejó. Bosch dio un rápido sorbo al café caliente y abrió la carta. Estudió las listas mientras mantenía la mano derecha sobre la mesa para ver su reloj. A las cinco y cinco, Sun enviaría el siguiente mensaje.

La camarera volvió y le preguntó una vez más a Bosch qué iba a tomar. La insinuación era clara: pida o lárguese. Necesitaban la mesa.

—¿Tienen *gway lang go*?

—Eso es gelatina de caparazón de tortuga.

Lo dijo en un tono que sugería que había cometido un error.

—Lo sé. Cura cualquier mal. ¿Tienen?

—En el menú no.

—Vale, entonces tráigame unos fideos.

—¿Qué fideos? —Señaló el menú.

No había imágenes en la carta, así que Bosch estaba perdido.

—Da igual. Tráigame arroz frito con langostinos.

—¿Nada más?

—Nada más.

Le devolvió el menú a la camarera para que se marchara.

La muchacha se alejó y él miró otra vez la hora antes de reanudar su vigilancia de los restaurantes. El siguiente mensaje se estaba enviando. Examinó con rapidez de mesa en mesa, otra vez sin encontrar a nadie. La mujer en la que se había fijado antes contestó otra llamada y habló brevemente con alguien. Estaba sentada a una mesa con un niño pequeño que parecía aburrido en su traje de domingo.

El teléfono de Bosch vibró en la mesa.

—Otra respuesta —dijo Sun—: «Si no llegas en cinco minutos, no hay reunión».

—¿Y no has visto a nadie?

—Nada.

—¿Has enviado el próximo?

—Lo haré a las cinco y diez.

—Vale.

Bosch cerró el teléfono y lo dejó en la mesa. Habían diseñado el tercer mensaje para descubrir definitivamente al contacto. Diría que Sun iba a cancelar la reunión porque había visto que lo seguían y creía que era la policía. Eso instaría al contacto desconocido a salir inmediatamente del Geo.

La camarera llegó con un cuenco de arroz. Bosch se fijó en los grandes ojos blancos del langostino y apartó el cuenco.

Su teléfono vibró. Miró el reloj antes de responder.

—¿Ya lo has enviado? —preguntó Bosch.

Al principio no hubo respuesta.

—¿Sun Yee?

—Harry, soy Chu.

Bosch consultó el reloj otra vez. Había llegado la hora del siguiente mensaje.

—Ahora le llamo.

Cerró el teléfono y una vez más miró en las mesas de los tres restaurantes, esperando que el contacto apareciera como una aguja en un pajar. Alguien leyendo un SMS, o quizás escribiendo una respuesta.

Nada. No vio a nadie sacando un móvil y mirando la pantalla. Había mucha gente que controlar al mismo tiempo y empezó a sentir en el pecho la futilidad del plan. Se fijó en la mesa donde la mujer y el chico habían estado sentados y vio que ya no se encontraban allí. Barrió con la mirada el restaurante y los vio marchándose. La mujer iba deprisa, arrastrando al niño de la mano. En la otra mano llevaba el teléfono móvil.

Bosch abrió su teléfono y llamó a Sun. Éste respondió de inmediato.

—La mujer y el niño. Van hacia ti. Creo que puede ser ella.

—¿Ella ha recibido el SMS?

—No, creo que la han mandado para hacer el contacto. Los mensajes los han recibido en otro sitio. Hemos de seguirla. ¿Dónde está el coche?

—Delante.

Bosch se levantó, dejó tres billetes de cien dólares en la mesa y se dirigió a la salida.

35

*S*un ya estaba esperando en el coche delante del Yellow Flower.
Cuando Bosch estaba abriendo la puerta, oyó una voz que lo
llamaba desde atrás.

—¡Señor! ¡Señor!

Se volvió y vio que la camarera iba tras él con la gorra y el
plano en la mano. También llevaba el cambio de la cuenta.

—Ha olvidado esto, señor.

Bosch cogió gorra y mapa y le dio las gracias. Le devolvió
el cambio.

—Quédeselo —dijo.

—¿No le ha gustado el arroz con langostinos? —preguntó
la empleada.

—Exacto.

Bosch se metió en el coche, esperando que el momentáneo
retraso no les costara perder a la mujer y el chico. Sun arrancó
inmediatamente y se metió entre el tráfico. Señaló por el parabrisas.

—Van en el Mercedes blanco —dijo.

El vehículo estaba una manzana y media por delante, avanzando entre el tráfico ligero.

—¿Conduce ella? —preguntó Bosch.

—No, ella y el niño han subido a un coche que los esperaba.
Conducía un hombre.

—Vale, ¿los tienes? He de hacer una llamada.

—Los tengo.

Mientras Sun iba siguiendo al Mercedes blanco, Bosch llamó a Chu.

—Soy Bosch.

—Hola, tengo información del Departamento de Policía de Hong Kong. Pero me han hecho muchas preguntas, Harry.

—La información primero.

Bosch sacó libreta y Boli.

—Vale, el número de teléfono que me ha dado está registrado a nombre de una empresa: Northstar Seafood and Shipping. Está en Tuen Mun, en los Nue…

—Lo sé. ¿Tiene la dirección exacta?

Chu le dio una dirección en Hoi Wah Road y Bosch la repitió en voz alta. Sun asintió con la cabeza. Sabía dónde estaba.

—Vale. ¿Algo más? —preguntó Bosch.

—Sí. Northstar está bajo sospecha, Harry.

—¿Qué significa eso? ¿Sospecha de qué?

—No he podido conseguir nada específico. Sólo de envíos y comercio ilegal.

—¿Como tráfico de personas?

—Podría ser. Ya le digo que no he podido conseguir información específica, sólo preguntas de por qué buscaba el número.

—¿Qué les ha dicho?

—Que era una búsqueda a ciegas. Que encontramos el número en un trozo de papel de una investigación por homicidio; dije que no conocía la relación.

—Está bien. ¿Hay algún nombre vinculado a este número telefónico?

—Directamente con el número no, pero el dueño de Northstar Seafood and Shipping es Dennis Ho. Tiene cuarenta y cinco años y es lo máximo que he podido averiguar sin que pareciera que estaba trabajando en algo concreto. Le sirve de ayuda?

—Sí. Gracias.

Bosch colgó y enseguida puso al día a Sun de lo que acababan de decirle.

—¿Has oído hablar de Dennis Ho? —preguntó.

Sun negó con la cabeza.

—Nunca.

Bosch sabía que tenían que tomar una decisión fundamental.

—No sabemos si esta mujer tiene algo que ver con esto —dijo Bosch, señalando el Mercedes blanco de delante—. Podríamos estar acelerando en falso. Yo digo que dejemos esto y vayamos directamente a Northstar.

—Aún no hemos de decidir.

—¿Por qué no? No quiero perder tiempo en esto.

Sun señaló hacia el Mercedes blanco, unos doscientos metros más adelante.

—Ya estamos yendo en dirección a los muelles. Puede que vayan allí.

Bosch asintió. Los dos ángulos de la investigación seguían en juego.

—¿Cómo vas de gasolina? —preguntó Bosch.

—Es diésel —replicó Sun—. Vamos bien.

Durante la siguiente media hora circularon en paralelo a la costa por Castle Peak Road, manteniéndose a una distancia prudencial del Mercedes pero sin perderlo de vista en ningún momento. Circularon sin hablar entre ellos. Habían llegado a un punto en que sabían que había poco tiempo y que no había nada que decir. El Mercedes o Northstar los conducirían a Maddie Bosch; de lo contrario probablemente no volverían a verla.

Cuando aparecieron ante ellos los altos edificios de Central Tuen Mun, Bosch vio el intermitente de giro en el Mercedes. El coche iba a girar a la izquierda, alejándose de la orilla.

—Van a girar —advirtió.

—Es un problema —dijo Sun—. Los muelles de carga están delante. Van a girar hacia barrios residenciales.

Los dos permanecieron un momento en silencio, esperando que se materializara un plan o quizá que el conductor del Mercedes se diera cuenta de que necesitaban ir recto y corrigiera el rumbo del coche.

No ocurrió ninguna de las dos cosas.

—¿Por dónde? —preguntó finalmente Sun.

Bosch sintió un desgarro interior. De su decisión podía depender la vida de su hija. Sabía que él y Sun no podían separarse para que uno siguiera el coche y el otro se dirigiera al puerto. Bosch estaba en un mundo que desconocía y sería inútil ir solo. Necesitaba a Sun. Llegó a la misma conclusión a la que había llegado después de la llamada de Chu.

—Déjalo marchar —dijo—. Vamos a Northstar.

Sun continuó recto y pasaron al Mercedes blanco cuando éste giraba a la izquierda por una calle llamada Tsing Ha Lane. Bosch miró por la ventanilla al coche cuando éste frenaba. El hombre que conducía lo miró, pero sólo un segundo.

—Mierda —dijo Bosch.

—¿Qué? —preguntó Sun.

—Me ha mirado. El conductor. Creo que sabía que los estábamos siguiendo. Me parece que teníamos razón: tiene que ver con esto.

—Entonces está bien.

—¿Qué? ¿De qué estás hablando?

—Si sabían que los estábamos siguiendo, que se alejen del puerto podría ser un intento de despistarnos de Northstar.

—Sí. Ojalá tengas razón.

Enseguida entraron en una zona industrial portuaria donde se sucedían almacenes maltrechos y plantas envasadoras en los muelles y embarcaderos. Había barcazas y barcos mercantes de tamaño medio atracados a ambos lados, en ocasiones en columnas de dos y tres. Todo parecía abandonado hasta el día siguiente: no se trabajaba en domingo.

Bosch vio varios barcos de pesca amarrados en el muelle, todos protegidos tras un amparo para tifones creado por un largo embarcadero de hormigón que formaba el perímetro externo del puerto.

El tráfico menguó y Bosch empezó a preocuparse de que el Mercedes negro brillante del casino llamara la atención al acercarse a Northstar. Sun debía de estar pensando lo mismo. Se metió en el aparcamiento de una tienda de comida cerrada y paró el coche.

—Estamos muy cerca —dijo—. Creo que podemos dejar el coche aquí.

—Estoy de acuerdo —afirmó Bosch.

Salieron y recorrieron el resto del camino, manteniéndose pegados a las fachadas de los almacenes y buscando en todas direcciones a alguien que estuviera vigilando. Sun iba delante y Bosch justo detrás de él.

Northstar Seafood and Shipping estaba situado en el embarcadero 7. Se trataba de un gran almacén verde con el cartel en chino y en inglés en un lateral situado frente al mar y a un muelle que se adentraba en la bahía. Había cuatro barcos de pesca de veinte metros de eslora con cascos negros y casetas de navegación verdes amarrados a ambos lados del muelle. Al final del muelle había un barco más grande con una enorme grúa que apuntaba al cielo.

Desde su punto de vista en la esquina de un almacén en el muelle 6, Bosch no atisbó actividad. Las puertas del muelle de carga del almacén de Northstar estaban bajadas del todo y los muelles y barcos parecían estar fuera de servicio durante el fin de semana. Bosch empezaba a pensar que había cometido un terrible error al no seguir al Mercedes blanco. Entonces Sun le tocó en el hombro y señaló a lo largo del muelle el barco grúa del fondo.

Sun apuntaba alto y Bosch siguió la dirección con la mirada hasta la grúa. El brazo de acero se extendía desde una plataforma situada en lo alto de un sistema de raíles casi cinco metros por encima de la cubierta del barco. La grúa podía desplazarse a lo largo del buque en función de la bodega que fuera a cargarse, y el barco estaba obviamente diseñado para salir al mar y descargar las capturas de pequeños pesqueros para que éstos pudieran continuar faenando. La grúa se controlaba desde una pequeña cabina situada en la plataforma superior que protegía al operador del viento y los elementos.

Eran las ventanas tintadas de la cabina lo que estaba señalando Sun. Con el sol justo detrás del barco, Bosch distinguió la silueta de un hombre en la cabina.

Bosch volvió a ocultarse detrás de la esquina del almacén.

—Bingo —dijo, con voz ya tensa por la repentina descarga de adrenalina—. ¿Crees que nos ha visto?

—No —dijo Sun—. No he visto reacción.

Bosch asintió y pensó en su situación. Ya estaba del todo convencido de que su hija se encontraba en algún lugar de ese barco. Sin embargo, llegar hasta allí sin que el vigilante los localizara parecía imposible. Podían esperar a que bajara a comer, al lavabo o a un cambio de guardia, pero no había forma de saber cuándo ocurriría eso, si es que ocurría. Esperar desafiaba la urgencia que estaba creciendo en el pecho de Bosch.

Miró su reloj. Eran casi las seis. Faltaban al menos dos horas para que oscureciera del todo. Una opción era esperar y actuar entonces, pero dos horas podían ser demasiado. Los mensajes de texto habían puesto a los secuestradores de su hija sobre aviso; podían estar a punto de hacer cualquier movimiento con ella.

Como para reforzar esta posibilidad, la profunda vibración de un motor de barco sonó de repente en el muelle. Bosch miró a hurtadillas desde la esquina y vio que salía humo de la popa del buque grúa. Detectó movimiento detrás de la ventana de la caseta de navegación. Se agazapó.

—Quizá nos han descubierto —informó—. Han puesto en marcha el barco.

—¿A cuántos has visto? —preguntó Sun.

—Al menos uno dentro de la caseta de navegación y otro arriba en la grúa. Hemos de hacer algo. Ahora.

Para acentuar la necesidad de moverse, Bosch se llevó la mano a la espalda y sacó la pistola. Estuvo tentado de rodear la esquina y salir disparando por el muelle. Tenía una 45 cargada del todo y le gustaban sus opciones; se había visto en peores circunstancias en los túneles. Ocho balas, ocho dragones. Y luego él. Bosch sería el noveno dragón, como una bala imparable.

—¿Cuál es el plan? —preguntó Sun.

—No hay plan. Entro y la rescato. Si no lo consigo, me aseguraré de que no quede nadie. Luego tú entras, la sacas y la metes en un avión; tienes su pasaporte en el maletero. Ése es el plan.

Sun negó con la cabeza.

—Espera. Estarán armados. Este plan no es bueno.

—¿Tienes una idea mejor? No podemos esperar a que oscurezca. El barco está a punto de zarpar.

Bosch se acercó a la esquina y miró de nuevo. Nada había cambiado. El vigilante aún seguía en lo alto de la cabina y había alguien en la caseta de navegación. El barco rugía en punto muerto, pero seguía amarrado al extremo del muelle. Era casi como si esperaran algo, o a alguien.

Bosch volvió a agazaparse y se calmó. Consideró todo lo que tenía a su alrededor y qué podía usar. Quizás había otra opción que no fuese una carrera suicida. Miró a Sun.

—Necesitamos una barca.

—¿Una barca?

—Una barca pequeña. No podemos ir por el muelle sin ser vistos, lo estarán vigilando. Pero con una barca pequeña podemos crear en el otro lado una distracción suficiente para que alguien cruce el muelle.

Sun pasó al lado de Bosch y miró desde la esquina. Examinó el extremo del muelle y volvió a esconderse.

—Sí, una barca podría funcionar. ¿Quieres que yo la lleve?

—Sí, yo tengo la pistola y voy a cruzar el muelle para rescatar a mi hija.

Sun asintió. Metió la mano en el bolsillo y sacó las llaves del coche.

—Coge las llaves. Cuando tengas a tu hija, vete. No te preocupes por mí.

Bosch negó con la cabeza y sacó su móvil.

—Iremos a un lugar cercano pero seguro y te llamaré. Te esperaremos.

Sun asintió.

—Buena suerte, Harry.

Bosch se volvió para irse.

—Lo mismo te digo.

Después de que Sun se fuese, Bosch mantuvo la espalda pegada a la pared delantera del almacén y se preparó para esperar. No tenía ni idea de cómo iba Sun a manejar una barca, pero confiaba en que de alguna manera cumpliera con su parte y creara la distracción que permitiera a Bosch hacer su movimiento.

También pensó en llamar finalmente a la policía de Hong Kong ahora que había localizado a su hija, pero también descartó rápidamente esa idea. Un enjambre de policía en torno al muelle no era garantía de la seguridad para Maddie. Se ciñó al plan.

Se estaba volviendo para mirar en torno a la esquina del almacén y hacer otro rápido control de las actividades en el barco de Northstar cuando vio un coche que se aproximaba desde el sur. Se fijó en la familiar calandra de un Mercedes. Blanco.

Bosch se deslizó por la pared para hacerse menos visible. Unas redes que habían puesto a secar y que colgaban de los aparejos de dos barcos entre él y el coche que se acercaba también le proporcionaron camuflaje. Observó que el vehículo frenaba y giraba en el embarcadero número 7 para seguidamente enfilar el muelle hacia el barco grúa. Era el coche al que habían seguido desde la Costa de Oro. Atisbó al conductor y lo identificó como el mismo hombre que le había devuelto la mirada antes.

Bosch hizo unos rápidos cálculos y concluyó que el tipo tras el volante era el mismo cuyo número de teléfono había puesto Peng en la lista de contactos del teléfono de su hija. Había enviado a una mujer y un niño —probablemente su mujer y su hijo— al Geo con objeto de identificar a la persona que le había mandado los mensajes de texto. Asustado por el último mensaje de Sun, los había llevado a casa o a algún lugar seguro, los había dejado allí y se había dirigido al muelle 7, donde retenían a la hija de Bosch.

Era mucho suponer, considerando los pocos hechos conocidos, pero Bosch creía que estaba bien encaminado y que estaba a punto de ocurrir algo que no formaba parte del plan original del hombre del Mercedes. Se estaba desviando. Iba a apresurar las cosas, a mover la mercancía o a hacer algo peor: desembarazarse de ella.

El Mercedes se detuvo delante del barco grúa. El conductor bajó de un salto y caminó deprisa por la pasarela para subir al barco. Le gritó algo al hombre que estaba en lo alto de la cabina, pero no perdió el paso al dirigirse rápidamente a la caseta de navegación.

Por un momento no hubo más movimiento. Entonces Bosch vio que el hombre salía de la cabina de la grúa y empezaba a bajar a la plataforma. Después de llegar a cubierta, siguió al tipo del Mercedes a la caseta de navegación.

Bosch sabía que acababan de cometer un error estratégico que le proporcionaba una ventaja momentánea. Era su oportunidad de recorrer el muelle sin ser visto. Sacó su teléfono otra vez y llamó a Sun. Saltó el contestador.

—Sun, ¿dónde estás? El hombre del Mercedes está aquí y

han dejado el barco sin vigilancia. Olvídate de la distracción, vuelve aquí y prepárate para conducir. Voy a entrar.

Bosch se guardó el teléfono en el bolsillo y se levantó. Miró el barco grúa una última vez y salió al descubierto desde el embarcadero, echando a correr hacia el final del muelle. Sostenía la pistola agarrada con las dos manos, listo para disparar.

36

Algunas pilas de cajones de embalaje vacíos proporcionaron a Bosch cobertura parcial en el muelle, pero los últimos veinte metros hasta la pasarela del barco grúa estuvo al descubierto. Echó a correr y enseguida cubrió la distancia, agachándose en el último momento detrás del Mercedes que habían dejado con el motor al ralentí junto a la pasarela. Bosch se fijó en el característico sonido y olor del motor diésel. Miró desde detrás del maletero y no vio reacción a su aproximación al barco. Salió al descubierto, corrió deprisa y en silencio por la pasarela, y eligió su camino entre escotillas de casi dos metros en la cubierta. Finalmente redujo el ritmo al llegar a la caseta de navegación. Se apoyó contra la pared de al lado de la puerta.

Harry respiró más despacio y aguzó el oído. No oyó nada por encima de la pulsación de los motores salvo el viento que soplaba a través de las jarcias de los barcos del muelle. Se volvió para mirar por una ventanita cuadrada en la puerta; no vio a nadie dentro. Giró el pomo, abrió en silencio y entró.

La sala era el centro de operaciones del barco. Detrás del timón, Bosch vio diales brillantes, pantallas de doble radar, dos motores y la brújula giroscópica. Había una mesa de navegación apoyada en la pared del fondo de la sala, junto a unas literas empotradas con cortinas que podían correrse para mayor intimidad.

En el suelo del lado de babor de proa había una escotilla abierta con una escalera que conducía al casco. Bosch se acercó y se agachó junto a la abertura. Oyó voces abajo, pero hablaban en chino. Trató de discernir las voces y contar cuántos hombres había, pero el efecto eco del casco lo hacía imposible. Sabía que como mínimo había tres hombres. No oyó la voz de su hija, pero sabía que también estaba allí.

Bosch se acercó al centro de control del barco. Había varios diales diferentes, pero todos marcados en chino. Finalmente, se concentró en dos interruptores situados uno al lado del otro bajo sendos botones rojos iluminados. Apagó un interruptor e inmediatamente oyó que el zumbido de los motores se reducía a la mitad. Había parado uno de ellos.

Esperó cinco segundos y apagó el otro interruptor; el segundo motor se detuvo. Fue al rincón de atrás de la sala y se agazapó en la litera de abajo. Cerró la cortina hasta la mitad y esperó. Sabía que estaría en un punto ciego para cualquiera que subiera por la escalera desde el casco. Volvió a guardar la pistola en el cinturón y sacó la navaja del bolsillo del abrigo. Abrió en silencio el arma blanca.

Enseguida oyó pasos que corrían abajo y supo que los hombres estaban reunidos en la sección de proa del casco. Contó sólo un conjunto de pasos que se acercaban. Eso lo facilitaría.

Un hombre empezó a asomar por la escotilla, de espaldas a las literas y con los ojos en el centro de control. Sin mirar alrededor se dirigió rápidamente allí y buscó una razón para que el doble motor se hubiera detenido. Bosch salió sigilosamente de la litera y se movió hacia él. En cuanto el segundo motor cobró vida, apretó la punta de la navaja contra la espalda del hombre.

Agarrándolo por la parte de atrás del cuello de la camisa, Bosch lo apartó del centro de control y le susurró al oído:

—¿Dónde está la niña?

El hombre dijo algo en chino.

—Dime dónde está la niña.

El hombre negó con la cabeza.

—¿Cuántos hombres hay abajo?

El tipo no dijo nada; Bosch lo sacó a empujones hasta la cubierta y lo inclinó sobre la borda. El agua estaba a tres metros y medio.

—¿Sabes nadar, capullo? ¿Dónde está la niña?

—No... hablo —logró decir el hombre—. No hablo.

Manteniendo al hombre sobre la barandilla, Bosch miró a

su alrededor buscando a Sun —su traductor—, pero no lo vio. ¿Dónde demonios estaba?

La distracción momentánea permitió actuar a su rival. Dio un codazo hacia atrás que impactó en las costillas de Bosch y lo hizo caer sobre el lateral de la caseta de navegación. El hombre giró sobre sí mismo y levantó las manos para atacar. Bosch se preparó para cubrirse, pero fue el pie del tipo el que golpeó primero, asestándole una patada en la muñeca y haciendo saltar el cuchillo por el aire.

El hombre no se molestó en seguir la trayectoria del arma. Rápidamente se lanzó sobre Bosch con ambos puños, golpeándole con breves y potentes impactos en el diafragma. Bosch sintió que se quedaba sin aire justo cuando recibió otra patada por debajo de la barbilla.

Bosch cayó. Trató de sobreponerse al golpe, pero empezó a perder la visión periférica. Su agresor se alejó con calma y Bosch oyó el raspado de la navaja en la cubierta cuando la recogió. Pugnando por no perder la conciencia, se echó la mano a la espalda para coger la pistola.

El agresor habló en claro inglés al tiempo que se acercaba.

—¿Sabes nadar, capullo?

Bosch sacó la pistola de detrás de la espalda y disparó dos veces. La primera bala sólo rozó el hombro del tipo, pero la segunda le dio en el centro izquierdo del pecho. Cayó con expresión de sorpresa en la cara.

Harry lentamente se levantó sobre manos y rodillas. Vio un reguero de sangre y saliva que le goteaba desde la boca a la cubierta. Empezó a ponerse en pie, apoyándose en la pared de la caseta de navegación. Sabía que tenía que actuar deprisa. El resto de los hombres del barco tenían que haber oído las detonaciones.

Justo al ponerse en pie, surgió una ráfaga de disparos procedentes de la zona de proa. Las balas silbaron sobre la cabeza de Bosch y rebotaron en la pared de acero de la caseta de navegación. Bosch se escondió detrás de ésta. Se levantó y encontró una línea de visión a través de las ventanas de la estructura: un hombre avanzaba de proa a popa con pistolas en ambas manos. Detrás de él estaba la escotilla abierta a través de la cual había salido de la bodega de proa.

Bosch sabía que le quedaban seis balas y tenía que asumir que el pistolero que se acercaba había empezado con cargadores llenos. En cuestión de munición, Harry se hallaba en inferioridad numérica. Necesitaba continuar la ofensiva y acabar con el pistolero de manera rápida y eficiente.

Miró a su alrededor en busca de una idea y vio una fila de paragolpes de goma fijados a lo largo de la borda de popa. Se guardó la pistola en el cinturón y sacó uno de los paragolpes de su soporte. Retrocedió hacia la ventana de atrás de la caseta y miró otra vez a través de la estructura. El pistolero había elegido el lado de babor de la caseta y estaba preparándose para avanzar hacia la popa. Bosch retrocedió, levantó con las dos manos el paragolpes de un metro de largo por encima de su cabeza y lo lanzó por encima de la caseta. Mientras aún estaba en el aire echó a correr por el lado de estribor y sacó la pistola.

Llegó a la parte delantera de la caseta de navegación justo cuando el pistolero se estaba agachando para esquivar el paragolpes que volaba. Bosch abrió fuego, que impactó repetidamente en el hombre hasta que cayó en la cubierta sin haber disparado ni un solo tiro.

Bosch se acercó y se aseguró de que el hombre estaba muerto. Lanzó su 45 vacía por la borda y recogió las armas del muerto: otras dos Black Star semiautomáticas. Retrocedió de nuevo a la caseta de navegación.

La sala aún estaba vacía. Bosch sabía que al menos quedaba un hombre más en la bodega, con su hija. Vació los cargadores de las dos pistolas y contó once balas en total.

Se guardó las armas en el cinturón y bajó la escalera como un bombero, cerrando las piernas en torno a las barras verticales y deslizándose hasta el casco. Al final se dejó caer y rodó, sacando sus armas y esperando que le dispararan, pero no llegaron más balas en su dirección.

Las pupilas de Bosch se acostumbraron a la escasa luz y vio que se encontraba en un camarote vacío que se abría a un pasillo central que recorría todo el casco. La única luz llegaba desde la escotilla de arriba e iluminaba hasta la proa. Entre Harry y ese punto había seis compartimentos —tres en cada lado— que recorrían toda la longitud del pasillo. La última puerta de la izquierda estaba abierta del todo. Bosch se levantó y se metió una de las pistolas en el cinturón para tener una mano libre. Empezó a moverse, con la pistola que le quedaba levantada y lista para disparar.

Cada puerta tenía un sistema de cierre de cuatro puntos para almacenar la pesca. Gracias a las flechas dibujadas en el acero oxidado, Bosch supo hacia qué lado girar cada tirador para abrir el compartimento. Se movió por el pasillo, comprobando los compartimentos uno por uno. Todos estaban vacíos y era evidente que no se habían usado recientemente para guardar pescado. En el suelo de cada una de las cámaras, de paredes de acero y sin ventanas, había una capa de restos de cereales, cajas de comida y bidones de agua de cuatro litros vacíos. Había jaulas de madera rebosantes de más basura. Unas redes de pesca, reutilizadas como hamacas, colgaban de ganchos fijados a las paredes. Los compartimentos desprendían un olor pútrido que no tenía nada que ver con el pescado que el buque había transportado en otros tiempos: ese barco llevaba cargamento humano.

Lo que más inquietó a Bosch fueron las cajas de cereales. Todas eran de la misma marca, y en la parte delantera del paquete había un oso panda de dibujos animados sonriendo en el borde de un cuenco que contenía un tesoro de arroz hinchado con azúcar. Eran cereales para niños.

La última parada en el pasillo fue en el compartimento abierto. Bosch se agachó y entró con agilidad. También estaba vacío.

Pero era diferente. No había basura ahí. Una lámpara colgaba de un cable fijado a un gancho en el techo. Había un cajón de embalaje boca abajo con pilas de cajas de cereales sin abrir, paquetes de fideos y bidones de agua de cuatro litros. Bosch buscó cualquier indicación de que su hija hubiera estado retenida en la sala, pero no había rastro de ella.

Oyó un fuerte chirrido de bisagras a su espalda y se volvió justo cuando la puerta se cerraba de golpe. Vio el mecanismo superior de la derecha volviendo a la posición cerrada e inmediatamente advirtió que habían sacado las manijas internas. Lo estaban encerrando. Sacó la segunda pistola y apuntó ambas armas al mecanismo de cierre, esperando que girara el siguiente cerrojo.

Era el inferior derecho. En el momento en que el cerrojo empezó a girar, Bosch apuntó y disparó repetidamente a la puerta con ambas pistolas. Las balas agujerearon el metal debilitado por años de óxido. Oyó que alguien gritaba como si estuviera sorprendido o herido. Luego oyó un sonido que retumbó en el pasillo cuando un cuerpo golpeó el suelo.

Bosch se acercó a la puerta y trató de girar con la mano el tornillo correspondiente al cerrojo superior derecho. Era demasiado pequeño para hacer fuerza con los dedos. En su desesperación, retrocedió un paso y golpeó con el hombro en la puerta, con la esperanza de reventar el cerrojo. Pero no se movió y por la sensación del impacto en su hombro supo que la puerta no iba a ceder.

Estaba encerrado.

Volvió a acercarse a la puerta e inclinó la cabeza para escuchar. Ya sólo se oía el sonido de los motores. Golpeó con la base de una de las pistolas ruidosamente en el cierre de metal.

—¡Maddie! —gritó—. ¡Maddie, ¿estás ahí?!

No hubo respuesta. Golpeó de nuevo en el cierre, esta vez aún más fuerte.

—Hazme una señal, niña. Si estás ahí, ¡haz algún ruido!

Tampoco hubo respuesta. Bosch sacó el teléfono y lo abrió para llamar a Sun, pero vio que no tenía señal. Trató de llamar de todos modos, pero no hubo respuesta. Estaba en una habitación revestida de metal y su teléfono móvil era inútil.

Bosch se volvió y golpeó una vez más la puerta. Gritó el nombre de su hija.

No hubo respuesta. Apoyó su frente sudorosa contra la puerta oxidada, derrotado. Estaba encerrado en una caja metálica y frustrado al darse cuenta de que su hija ni siquiera estaba en el barco. Había fallado y había conseguido lo que merecía, lo que se había ganado.

Sintió un dolor físico en el pecho que equivalía al que sentía en la mente. Agudo, profundo e implacable. Empezó a respirar pesadamente y apoyó la espalda en la puerta. Se abrió otro botón de la camisa y se deslizó por el metal oxidado hasta que quedó sentado en el suelo con las rodillas levantadas. Se dio cuenta de que estaba en un lugar tan claustrofóbico como los túneles que habitó una vez. La batería que alimentaba la lámpara del techo estaba agotándose y pronto quedaría sumido en la oscuridad. La derrota y la desesperación lo superaron. Le había fallado a su hija y se había fallado a sí mismo.

37

*B*osch de repente levantó la mirada de su contemplación del fracaso. Había oído algo. Por encima del rumor de los motores, captó un estrépito. No procedía de arriba, sino del casco.

Se levantó de un salto y se volvió hacia la puerta. Oyó otro golpe y supo que alguien estaba comprobando los compartimentos igual que él lo había hecho.

Golpeó en la puerta con la base de ambas pistolas. Gritó por encima del eco metálico de acero sobre acero.

—¿Sun Yee? ¡Eh! ¡Aquí abajo! ¿Hay alguien? ¡Aquí abajo!

No hubo respuesta, pero enseguida giró el cerrojo de arriba a la derecha. Estaban abriendo la puerta. Bosch retrocedió, se limpió la cara con las mangas y esperó. A continuación se abrió el cierre inferior izquierdo y acto seguido la puerta empezó a abrirse lentamente. Bosch levantó las pistolas sin estar seguro de cuántas balas le quedaban.

Bajo la tenue luz del pasillo vio el rostro de Sun. Bosch avanzó y abrió la puerta por completo.

—¿Dónde coño te habías metido?

—Estaba buscando una barca y…

—Te he llamado. Te dije que volvieras.

Una vez en el pasillo, Bosch vio que el hombre del Mercedes yacía boca abajo en el suelo, a un metro de la puerta. Se acercó rápidamente a él, esperando encontrarlo todavía con vida. Le dio la vuelta, haciéndolo girar sobre su propia sangre.

Estaba muerto.

—Harry, ¿dónde está Madeline? —preguntó Sun.

—No lo sé. ¡Todos están muertos y no lo sé!

A menos…

Empezó a formarse un plan final en el cerebro de Bosch. Una última oportunidad. El Mercedes blanco, brillante y nuevo. El coche tendría todos los extras, incluido un sistema de navegación GPS, y la primera dirección almacenada en él sería la de la casa del hombre del Mercedes.

Irían allí. Irían a la casa del hombre del Mercedes y Bosch haría lo que fuera necesario para encontrar a su hija. Si tenía que poner una pistola en la cabeza del niño aburrido que había visto en el Geo lo haría. Y la mujer se lo diría. Le devolvería a su hija.

Harry estudió el cadáver que tenía delante. Presumió que estaba mirando a Dennis Ho, el hombre que estaba detrás de Northstar. Palpó los bolsillos del muerto, buscando las llaves del coche, pero no encontró nada, y tan deprisa como se había formado su plan Bosch empezó a sentirlo desaparecer. ¿Dónde estaban las llaves? Necesitaba que el ordenador le dijera adónde ir y cómo encontrar su camino.

—Harry, ¿qué haces?

—¡Sus llaves! Necesitamos sus llaves o…

Se detuvo de repente. Se dio cuenta de que se le había pasado algo por alto. Cuando había corrido por el muelle y se había agachado para ponerse a cubierto tras el Mercedes blanco, había oído y olido el motor diésel del coche. El vehículo había quedado en marcha.

En ese momento significaba poco para Bosch, porque estaba seguro de que su hija se encontraba en el barco grúa, pero ahora sabía que no era así.

Bosch se levantó y echó a correr por el pasillo hacia la escalera, con su mente a mil. Oyó que Sun lo seguía.

Sólo había una razón por la cual Dennis Ho había dejado el coche en marcha: pretendía volver. No con la niña, porque ella no estaba en el barco, sino después de meterla en el compartimento de almacenaje del casco una vez que estuviera preparado y fuera seguro trasladarla allí.

Bosch salió corriendo de la caseta de navegación y cruzó al muelle a través de la pasarela. Corrió hasta el Mercedes blanco y abrió la puerta del conductor. Miró en el asiento de atrás y vio que estaba vacío. Estudió el salpicadero, buscando el botón que abría el maletero.

Al no encontrar nada, apagó el motor y cogió las llaves. Fue a la parte de atrás del coche y apretó el botón del maletero en la llave de contacto.

El maletero se abrió de manera automática. Bosch se acercó y allí, tendida en una manta, estaba su hija, amordazada y con los ojos vendados. Tenía los brazos unidos al cuerpo con varias capas de cinta aislante. Los tobillos también estaban unidos entre sí con cinta. Bosch gritó al verla.

—¡Maddie!

Casi saltó al maletero con ella al sacarle la venda de los ojos y ocuparse de la mordaza.

—¡Soy yo, pequeña! ¡Papá!

Madeline abrió los ojos y empezó a pestañear.

—Ahora estás a salvo, Maddie. ¡Estás a salvo!

Cuando soltó la mordaza, la chica dejó escapar un grito que desgarró el corazón de su padre y que no olvidaría nunca. Era al mismo tiempo una forma de superar el miedo, un grito de ayuda y un sonido de alivio e incluso alegría.

—¡Papá!

Empezó a llorar cuando Bosch metió los brazos para sacarla del maletero. Sun de repente estaba allí, ayudando.

—Ahora no va a pasar nada —dijo Bosch—. Todo irá bien.

Entre los dos levantaron a la niña y Bosch empezó a cortar la cinta con los dientes de la llave. Se fijó en que Madeline aún llevaba el uniforme de la escuela. En el momento en que sus brazos y manos quedaron libres, se echó al cuello de Bosch y lo abrazó con toda su alma.

—Sabía que vendrías —dijo entre sollozos.

Bosch no sabía si había oído alguna vez palabras que significaran más para él. La abrazó con la misma fuerza que ella. Bajó la cara para susurrarle al oído.

—Maddie.

—¿Qué, papá?

—¿Estás herida, Maddie? Me refiero a herida físicamente. Si te han hecho daño hemos de llevarte a…

—No, no me han hecho daño.

Se apartó de ella y puso las manos en los hombros de su hija para estudiar sus ojos.

MICHAEL CONNELLY

—¿Estás segura? Puedes decírmelo.

—Estoy segura, papá. Estoy bien.

—Vale. Entonces, hemos de irnos.

Se volvió hacia Sun.

—¿Puedes llevarnos al aeropuerto?

—Por supuesto.

—Vamos.

Bosch puso el brazo en torno a su hija y empezaron a seguir a Sun por el muelle. Maddie se agarró a él todo el camino y hasta que se acercaron al coche no pareció darse cuenta del significado de la presencia de Sun. Entonces le hizo a Harry la pregunta que él había estado temiendo.

—¿Papá?

—¿Qué, Maddie?

—¿Dónde está mamá?

38

Bosch no respondió la pregunta directamente. Sólo le dijo a su hija que su madre no podía estar con ellos en ese momento, pero que había preparado una bolsa para ella y que necesitaban llegar al aeropuerto para salir de Hong Kong. Sun no dijo nada y aceleró el paso, sacándoles ventaja y desapareciendo de la discusión.

La explicación le ofrecía a Harry tiempo para considerar cómo y cuándo daría la respuesta que alteraría el resto de la vida de su hija. Cuando llegaron al Mercedes negro, la puso en el asiento de atrás antes de ir al maletero a coger la mochila. No quería que viera la bolsa que Eleanor había preparado para sí misma. Miró en los bolsillos de la bolsa de Eleanor y encontró el pasaporte de la niña. Se lo guardó en el bolsillo.

Se metió en el asiento delantero y le pasó la mochila a su hija. Le dijo que se cambiara el uniforme del colegio, miró el reloj y le hizo una señal a Sun.

—Vamos. Hemos de coger un avión.

Sun empezó a conducir, saliendo de la zona de costa deprisa, pero no a una velocidad que pudiera atraer la atención.

—¿Puedes dejarnos en algún ferry o tren que nos lleve directo? —preguntó Bosch.

—No, han cerrado la ruta del ferry y tendrías que cambiar de trenes. Será mejor que te lleve. Quiero hacerlo.

—Vale, Sun Yee.

Circularon en silencio durante unos minutos. Bosch quería darse la vuelta y hablar con su hija, mirarla a los ojos para asegurarse de que estaba bien.

—Maddie, ¿te has cambiado? —No respondió—. ¿Maddie?

Bosch se volvió y la miró. Se había cambiado de ropa. Estaba apoyada en la puerta de detrás de Sun, mirando por la ventanilla y abrazando la almohada contra el pecho. Había lágrimas en sus mejillas. Al parecer no se había fijado en el agujero de bala de la almohada.

—Maddie, ¿estás bien?

Sin responder ni apartar la mirada de la ventana, su hija dijo:

—Está muerta, ¿no?

—¿Qué?

Bosch sabía exactamente de qué y de quién estaba hablando, pero trató de extender el tiempo, de aplazar lo más posible lo inevitable.

—No soy tonta, ¿sabes? Tú estás aquí y Sun Yee también. Ella debería estar con vosotros. Tendría que estar aquí, pero le ha ocurrido algo.

Bosch sintió que un puño invisible le impactaba justo en el pecho. Madeline todavía estaba abrazada a la almohada que tenía delante de ella y miraba por la ventana con los ojos anegados en lágrimas.

—Maddie, lo siento. Quería decírtelo, pero no era el momento adecuado.

—¿Cuándo es el momento adecuado?

Bosch asintió.

—Tienes razón. Nunca.

Estiró el brazo y le puso la mano en la rodilla, pero ella inmediatamente lo apartó. Fue la primera señal de la culpa que siempre tendría que llevar.

—Lo siento. No sé qué decir. Cuando aterricé esta mañana tu madre estaba esperándome en el aeropuerto con Sun Yee. Sólo quería una cosa, Maddie: llevarte a casa a salvo. No le importaba nada más, ni su propia vida.

—¿Qué le pasó?

Bosch vaciló, pero no había otra forma de responder salvo con la verdad.

—Le disparon. Alguien me estaba disparando y le dieron a ella. No creo que se enterara siquiera.

Madeline se tapó los ojos.

—Es todo culpa mía.

Bosch negó con la cabeza, aunque ella ni siquiera le estaba mirando.

—Maddie, no. Escúchame: no lo digas nunca. Ni siquiera lo pienses. No es culpa tuya, sino mía. Todo es culpa mía.

Maddie no respondió. Se abrazó con más fuerza a la almohada y mantuvo los ojos en el arcén, que pasaba en un destello.

Al cabo de una hora estaban en la zona de parada del aeropuerto. Bosch ayudó a su hija a bajar del Mercedes y luego se volvió hacia Sun. Apenas habían hablado en el coche, pero había llegado el momento de decir adiós y Bosch sabía que no habría rescatado a su hija sin la ayuda de Sun.

—Sun Yee, gracias por salvar a mi hija.

—Tú la has salvado. Nada podía detenerte, Harry Bosch.

—¿Qué harás? La policía acudirá a ti por Eleanor, y quizá por todo lo demás.

—Me ocuparé de estas cosas y no te mencionaré, te lo prometo. No importa lo que ocurra, no te mencionaré ni a ti ni a tu hija.

Bosch asintió.

—Buena suerte —dijo.

—Buena suerte a ti también.

Bosch le estrechó la mano y retrocedió. Después de otra pausa incómoda, Madeline dio un paso adelante y abrazó a Sun. Bosch vio la expresión en la cara de Sun a pesar de las gafas de sol. No importaban sus diferencias, Bosch sabía que Sun había encontrado alguna clase de resolución en el rescate de Madeline. Quizás eso le permitiría encontrar consuelo en sí mismo.

—Lo siento —dijo Madeline.

Sun retrocedió y deshizo el abrazo.

—Ahora vete —dijo—. Que seas feliz.

Lo dejaron allí y se dirigieron a la terminal principal a través de las puertas de cristal.

Bosch y su hija encontraron la ventanilla de primera clase de Cathay Pacific y Harry compró dos billetes para el vuelo de las 23.40 a Los Ángeles. Consiguió que le devolvieran el importe de su vuelo previsto para la mañana siguiente, pero aun así tuvo que usar dos tarjetas de crédito para cubrir el coste total. No le importó. Sabía que a los pasajeros de primera clase les daban un trato especial que les permitía pasar más deprisa por los controles de seguridad y eran los primeros en subir a los aviones. Era menos probable que el personal y el servicio de seguridad del aeropuerto y la compañía aérea se preocuparan con viajeros de dicha clase, aunque éstos fueran un hombre despeinado con sangre en la chaqueta y una niña de trece años que parecía incapaz de contener las lágrimas.

Bosch también comprendía que su hija había quedado traumatizada por las últimas sesenta horas de su vida y, aunque no tenía idea de cómo cuidar de ella en ese sentido, pensó que cualquier comodidad añadida no le haría daño.

Al fijarse en el aspecto desaliñado de Bosch, la mujer que estaba detrás del mostrador le mencionó que el vestíbulo de espera de primera clase contaba con duchas para los viajeros. Bosch le dio las gracias por el consejo, cogió las tarjetas de embarque y luego siguieron a una azafata de primera clase hasta el control de seguridad. Como esperaba, pasaron el control en un santiamén gracias al poder de su nuevo estatus.

Tenían casi tres horas de tiempo y, aunque la mencionada ducha era tentadora, Bosch decidió que la comida era una necesidad más apremiante. No recordaba cuándo había comido por última vez y suponía que su hija habría estado igualmente privada de alimento.

—¿Tienes hambre, Mads?

—No.

—¿Te han dado de comer?

—No, pero no puedo comer.

—¿Cuándo fue la última vez que tomaste algo?

Tuvo que pensar.

—Me compré un trozo de pizza en el centro comercial el viernes. Antes de…

—Vale, vamos a tomar algo pues.

Subieron en la escalera mecánica hasta una zona donde había diversos restaurantes con vistas al paraíso del *duty free*. Bosch eligió uno con asientos situados en el centro del vestíbulo que ofrecía una buena perspectiva de la zona de compras.

Su hija pidió barritas de pollo y Bosch un bistec con patatas fritas.

—Nunca deberías pedir un bistec en un aeropuerto —dijo Madeline.

—¿Por qué?

—No será de buena calidad.

Bosch asintió. Era la primera vez que decía algo de más de una o dos palabras desde que se habían despedido de Sun. Harry había observado cómo su hija se derrumbaba al desaparecer la descarga de miedo provocada por su liberación y empezar a asimilar la realidad de lo que le había pasado a ella y a su madre. Bosch temió que hubiera sufrido algún tipo de *shock*; su extraña observación sobre la calidad del bistec en un aeropuerto parecía indicar que se hallaba en estado disociado.

—Bueno, supongo que ya lo descubriré.

Entonces Maddie cambió de tema.

—¿Voy a vivir en Los Ángeles contigo?

—Eso creo.

Estudió la cara de Maddie en busca de una reacción. Permaneció impasible: mirada inexpresiva sobre mejillas manchadas con lágrimas secas y tristeza.

—Quiero que vivas conmigo —dijo Bosch—. Y la última vez que fuiste a Los Ángeles dijiste que querías quedarte.

—Pero no así.

—Lo sé.

—¿Alguna vez volveré a recoger mis cosas y a despedirme de mis amigos?

Bosch pensó un momento antes de responder.

—No creo —dijo al fin—. Puede que consiga que te manden las cosas, pero supongo que vas a tener que enviar mensajes de correo a tus amigos, o llamarlos.

—Al menos podré decirles adiós.

Bosch asintió y se quedó en silencio, notando la referencia obvia a su madre. Enseguida volvió a hablar, con la mente como un globo arrastrado por el viento, cayendo aquí o allá en función de corrientes impredecibles.

—¿Nos… nos busca la policía?

Bosch miró a su alrededor para ver si alguien sentado cerca

había oído la pregunta, luego se inclinó hacia delante para responder.

—No lo sé —dijo en voz baja—. Puede ser, puede que me busquen. Pero no quiero averiguarlo aquí. Prefiero tratar todo eso desde Los Ángeles.

Después de una pausa ella hizo otra pregunta y ésta pilló a Bosch desprevenido.

—Papá, ¿has matado a esos hombres que me tenían? He oído muchos disparos.

Bosch pensó en cómo debería responder —como policía, como padre—, pero no tardó mucho.

—Digamos que tuvieron su merecido. Y que todo lo que ocurrió fue consecuencia de sus propias acciones. ¿Vale?

—Vale.

Cuando llegó la comida pararon de hablar y comieron con voracidad. Bosch había elegido el restaurante, la mesa y su silla para poder tener una buena perspectiva de la zona de tiendas y la puerta de seguridad de detrás. Mientras comía, mantuvo una posición vigilante ante cualquier actividad inusual que implicara al equipo de seguridad del aeropuerto. Cualquier movimiento de personal múltiple o actividad de búsqueda le causaría preocupación. No tenía ni idea de si estaba en algún radar policial, pero había trazado una senda de muerte por Hong Kong y tenía que permanecer alerta por si conducía a él.

—¿Vas a terminarte las patatas fritas? —preguntó Maddie.

Bosch giró su plato para que su hija pudiera llegar a las patatas.

—Coge.

Al estirarse sobre la mesa se le subió la manga y Bosch vio el apósito en la parte interior del codo de su hija. Pensó en el papel higiénico manchado de sangre que Eleanor había encontrado en la papelera de la habitación de Chungking Mansions.

Bosch señaló su brazo.

—Maddie, ¿por qué tienes eso? ¿Te han sacado sangre?

Ella puso su otra mano encima de la herida como para evitar cualquier consideración sobre ello.

—¿Hemos de hablar de esto ahora?

—¿Puedes decirme sólo una cosa?

—Sí, Quick me sacó sangre.

—Iba a hacerte otra pregunta: ¿dónde estabas antes de que te metieran en el maletero y te llevaran al barco?

—No lo sé, en una especie de hospital, como la consulta de un médico. Estuve encerrada en una habitación todo el tiempo. Por favor, papá, no quiero hablar de eso. Ahora no.

—Vale, cariño, hablaremos cuando tú quieras.

Después de comer se dirigieron a la zona comercial. Bosch compró un conjunto completo de ropa nueva en una tienda de hombre y un par de zapatillas de deporte y muñequeras en una tienda de deportes. Maddie declinó la oferta de ropa nueva y dijo que se quedaría con lo que había en su mochila.

Su siguiente parada fue en otra tienda, donde Maddie eligió un oso panda de peluche que decía que quería usar como almohada y un libro titulado *El ladrón del rayo*.

Se dirigieron al vestíbulo de primera clase de la aerolínea y se apuntaron para usar las duchas. A pesar de un largo día de sangre, sudor y barro, Bosch se duchó deprisa porque no quería estar separado de su hija mucho rato. Antes de vestirse se miró la herida del brazo; estaba coagulada y empezando a cicatrizar. Se puso las muñequeras que acababa de comprar a modo de doble vendaje sobre la herida.

Una vez que se vistió, levantó la tapa de la papelera que había al lado del lavamanos, hizo un fardo con su ropa vieja y los zapatos y los enterró debajo de toallas de papel y otra basura. No quería que nadie encontrara sus pertenencias y las recuperara, sobre todo los zapatos con los que había pisado las baldosas ensangrentadas en Tuen Mun.

Sintiéndose un poco refrescado y listo para el largo vuelo que les esperaba, miró a su alrededor en busca de su hija. No la vio en el vestíbulo y volvió a esperarla cerca de la entrada a las duchas de mujeres. Al cabo de quince minutos sin ver a Madeline empezó a preocuparse. Esperó otros cinco minutos y fue al despacho de recepción para pedirle a la mujer de detrás del mostrador que mandara una empleada a las duchas para ver si estaba su hija.

La mujer dijo que lo haría ella misma. Bosch la siguió y luego esperó cuando la mujer entró en la sala de duchas. Mientras la puerta estuvo abierta oyó agua que corría. Luego oyó voces y enseguida salió otra vez la mujer.

—Todavía está en la ducha y asegura que no le pasa nada. Me ha dicho que iba a estar un poco más.

—Vale, gracias.

La empleada volvió a su puesto y Bosch miró el reloj. El embarque de su vuelo no empezaría hasta dentro de al menos una hora. Había tiempo. Volvió al vestíbulo y se sentó en la silla más cercana al pasillo que llevaba a las duchas. Mantuvo la vigilancia todo el tiempo.

No podía imaginar cuáles eran los pensamientos de Madeline. Sabía que necesitaba ayuda y que él no estaba preparado para proporcionársela. Su idea principal era sencilla: volver con ella a Los Ángeles y allí ya vería. Ya tenía en mente a quién iba a llamar para que se ocupara de Maddie una vez allí.

Justo cuando se anunció el embarque de su vuelo en el vestíbulo, Madeline apareció en el pasillo con el pelo negro mojado y peinado hacia atrás. Llevaba la misma ropa que se había puesto en el coche, pero había añadido una sudadera con capucha. Por alguna razón tenía frío.

—¿Estás bien? —preguntó Bosch.

La muchacha no respondió, se limitó a detenerse delante de Bosch con la cabeza baja.

—Lo sé, es una pregunta estúpida —dijo Harry—. Pero ¿estás preparada para volar? Acaban de llamar para nuestro vuelo. Hemos de irnos.

—Estoy lista. Sólo quería una buena ducha caliente.

—Entiendo.

Salieron del vestíbulo y se encaminaron a la puerta. Al acercarse, Bosch vio que no había más seguridad de la habitual. Les cogieron los billetes, comprobaron sus pasaportes y les permitieron embarcar.

El avión era un modelo grande de dos pisos con la cabina del piloto en el nivel superior y la de primera clase justo debajo del morro de la aeronave. Un auxiliar de vuelo les informó de que eran los únicos viajeros de primera clase y que podían elegir sus asientos. Ocuparon los dos de la fila delantera y sintieron que tenían el avión para ellos solos. Bosch no pensaba apartar los ojos de su hija hasta que estuvieran en Los Ángeles.

Cuando el avión se llenó, el piloto se puso al altavoz y anunció que pasarían trece horas en el aire. Duraba menos que el vuelo de ida porque los vientos les eran favorables. No obstante, estarían viajando contra los husos horarios. Aterrizarían en Los Ángeles a las 21.30 del domingo, dos horas antes de que despegaran de Hong Kong.

Bosch hizo los cálculos y se dio cuenta de que el día sumaría treinta y nueve horas antes de que terminara. El día más largo de su vida.

Finalmente, el gran avión recibió autorización para despegar a tiempo. Rodó por la pista, ganó velocidad y ascendió ruidosamente al cielo oscuro. Bosch respiró con un poco más de facilidad al mirar por la ventanilla y ver las luces de Hong Kong desapareciendo bajo las nubes. Esperaba no volver nunca más.

Su hija se estiró sobre el espacio entre sus asientos y le agarró la mano. Bosch la miró a los ojos. Estaba llorando otra vez. Le apretó la mano y asintió.

—Todo irá bien, Maddie.

Ella le devolvió la señal de asentimiento y se contuvo.

Después de que el avión se equilibrase, el auxiliar de vuelo fue a ofrecerles comida y bebida, pero Bosch y su hija no querían nada. Madeline vio una película de vampiros adolescentes y luego puso el asiento en posición horizontal —uno de los lujos de la primera clase— y se acostó.

Enseguida estuvo profundamente dormida y Bosch visualizó que se estaba desarrollando alguna clase de proceso de sanación interno. Los ejércitos del sueño cargaban en el cerebro de su hija y atacaban los malos recuerdos.

Se inclinó y besó suavemente a Maddie en la mejilla. Mientras segundos, minutos y horas avanzaban hacia atrás, Bosch observó durmiendo a su hija y deseó lo imposible: que el tiempo retrocediera lo suficiente para que empezara todo el día entero. Ésa era la fantasía; la realidad era que su vida estaba casi tan significativamente alterada como la de su hija. Ahora Maddie estaba con él, y Bosch sabía que no importaba lo que hubiera hecho o causado hasta este punto de su vida: su hija sería su billete a la redención.

Si podía protegerla y servirla, tendría la oportunidad de resarcirse. De todo.

Tenía intención de mantener la vigilancia sobre ella toda la noche, pero el agotamiento lo venció al fin y cerró los ojos. Enseguida soñó con un sitio al lado del río. Había una mesa fuera con un mantel blanco agitado por el viento. Estaba sentado a un lado de la mesa y Eleanor y Madeline le sonreían desde el otro. Era el sueño de un lugar que nunca había existido y que nunca existiría.

... ...
... ...
... ...
... ...
... ...

TERCERA PARTE

Proteger y servir

39

*E*l último obstáculo era el control de aduanas e inmigración en Los Ángeles. El agente de la cabina revisó sus pasaportes y ya estaba listo para estampar rutinariamente el sello cuando algo del ordenador captó su atención. Bosch contuvo el aliento.

—Señor Bosch, ¿ha estado en Hong Kong menos de un día?

—Exacto. Ni siquiera he tenido que facturar la maleta. Sólo he ido a recoger a mi hija.

El agente asintió como si comprendiera y lo hubiera visto antes. Estampó el sello en los pasaportes. Miró a Madeline y dijo:

—Bienvenida a Los Ángeles, señorita.

—Gracias.

Era casi medianoche cuando llegaron a la casa de Woodrow Wilson Drive. Bosch llevó la mochila a la habitación de invitados y su hija lo siguió. Conocía la habitación porque la había usado en varias visitas.

—Ahora que vas a vivir aquí, podemos arreglar el cuarto como más te guste —dijo Bosch—. Sé que tenías muchos pósters y cosas en Hong Kong. Puedes hacer lo que quieras aquí.

Había dos cajas de cartón apiladas en el rincón que contenían expedientes de viejos casos que Bosch había copiado.

—Sacaré esto de aquí.

Las fue llevando de una en una a su habitación. Continuó hablando con ella mientras iba pasillo arriba, pasillo abajo.

—Sé que no tienes cuarto de baño privado, pero el de invitados del pasillo es para ti. No tengo muchos invitados de todos modos.

Después de trasladar las cajas, Bosch se sentó en la cama y

miró a su hija, que aún estaba de pie en medio del dormitorio. La expresión de su rostro conmocionó a Bosch. Se dio cuenta de que Maddie estaba recibiendo el impacto de la realidad de la situación. No importaba que hubiera expresado repetidamente su deseo de vivir en Los Ángeles; ahora iba a estar allí de un modo permanente y asimilarlo era una tarea de enormes proporciones.

—Maddie, quiero decirte algo —dijo—: Estoy acostumbrado a ser tu padre cuatro semanas al año. Eso fue fácil, pero esto va a ser difícil. Voy a cometer errores y necesitaré que seas paciente conmigo mientras aprendo. Pero prometo hacerlo lo mejor que pueda.

—Vale.

—Bueno, ¿qué necesitas? ¿Tienes hambre? ¿Estás cansada? ¿Qué?

—No, estoy bien. Supongo que no debería haber dormido tanto en el avión.

—No importa. Lo necesitabas. Y dormir siempre es bueno. Cura.

Maddie asintió y contempló el dormitorio con extrañeza. Era una habitación de invitados básica: una cama, una cómoda y una mesa con una lámpara.

—Mañana iremos a buscar una tele para ponerla aquí. Una de esas pantallas planas. Y también un ordenador y un escritorio. Hemos de ir a comprar muchas cosas.

—Creo que necesito un teléfono móvil nuevo. Quick cogió el mío.

—Sí, también compraremos un móvil nuevo. Tengo tu tarjeta de memoria del último, así que no has perdido tus contactos.

Su hija lo miró y Bosch se dio cuenta de que había cometido un error.

—¿Tienes la tarjeta? ¿Te la dio Quick? ¿Estaba su hermana allí?

Bosch levantó las manos en un gesto de calma y negó con la cabeza.

—No vi a Quick ni a su hermana. Encontré tu teléfono, pero estaba roto. Lo único que conseguí fue la tarjeta de memoria.

—Ella trató de salvarme. Descubrió que Quick iba a venderme y trató de impedirlo. Pero la sacó del coche de una patada.

Bosch esperó que dijera más, pero eso fue todo. Quería plantearle a Maddie más preguntas sobre el hermano y la hermana; nada era más fuerte que su rol de policía, salvo su rol de padre. No era el momento adecuado. Tenía que calmarla y situarla. Ya habría tiempo después para ser policía, para preguntarle sobre Quick y He y contarle lo que les había ocurrido.

Estudió el rostro de su hija. Parecía vaciado de toda emoción. Todavía se la veía cansada pese a lo mucho que había dormido en el avión.

—Todo irá bien, Maddie. Te lo prometo.

Ella asintió.

—Um, ¿crees que puedo quedarme sola un rato aquí?

—Claro. Es tu habitación. Yo tengo que hacer unas llamadas. —Harry se levantó y se dirigió a la puerta. Vaciló cuando estaba cerrándola y volvió a mirarla—. ¿Me avisarás si necesitas algo?

—Sí, papá. Gracias.

Bosch cerró la puerta y fue al salón. Sacó el teléfono y llamó a David Chu.

—Soy Bosch. Perdone que llame tan tarde.

—No hay problema. ¿Cómo va allí?

—Estoy en Los Ángeles.

—¿Ha vuelto? ¿Y su hija?

—Está a salvo. ¿Cómo va el caso Chang?

Hubo una vacilación antes de que Chu respondiera. No quería ser el mensajero.

—Bueno, saldrá por la mañana. No tenemos nada de que acusarlo.

—¿Y la extorsión?

—Hice un último intento con Li y Lam hoy. No presentarán denuncia formal. Están demasiado asustados de la tríada. Li dijo que alguien llamó y lo amenazó.

Bosch pensó un momento en la llamada amenazadora que había recibido el viernes. Supuso que había sido la misma persona.

—Así que Chang saldrá del centro de detención por la mañana y se dirigirá al aeropuerto —dijo—. Se meterá en un avión y nunca volveremos a verlo.

—Parece que a éste lo hemos perdido, Harry.

Bosch negó con la cabeza, con la rabia hirviendo en su interior.

—Malditos hijos de puta.

Bosch se dio cuenta de que su hija podía oírlo. Abrió una de las correderas del salón y salió a la terraza de atrás. El sonido de la autovía en el desfiladero ayudaría a ahogar la conversación.

—Iban a vender a mi hija —dijo—. Por sus órganos.

—Dios —exclamó Chu—. Pensaba que sólo trataban de intimidarle.

—Le sacaron sangre y parece que coincidía con la de alguien con mucho dinero, porque cambiaron de planes.

—A lo mejor le hicieron un análisis de sangre para comprobar que estaba limpia antes de...

Se detuvo, dándose cuenta de que el escenario alternativo no era reconfortante. Cambió de tema.

—¿Ha vuelto con usted, Harry?

—Le he dicho que está a salvo.

Bosch sabía que Chu interpretaría su respuesta evasiva como falta de confianza, pero ¿y qué? No pudo evitarlo después del día que había tenido. Trató de hablar de otra cosa.

—¿Cuándo fue la última vez que habló con Ferras y Gandle?

—No he hablado con su compañero desde el viernes; sí con el teniente hace un par de horas. Quería saber cómo iban las cosas. También está muy cabreado.

Era casi medianoche del domingo y los diez carriles de la autovía seguían repletos. El aire era cortante y frío, un cambio agradable respecto a Hong Kong.

—¿Quién se supone que ha de decirle a la fiscalía que lo suelte? —preguntó Bosch.

—Iba a llamar por la mañana, a menos que usted quiera hacerlo.

—No estoy seguro de si estaré allí por la mañana. Ocúpese usted, pero espere a llamar hasta las diez.

—Claro, pero ¿por qué a las diez?

—Me daría tiempo a llegar allí y decirle adiós al señor Chang.

—Harry, no haga nada que pueda lamentar.

Bosch pensó brevemente en los últimos tres días.

—Es demasiado tarde para eso.

Bosch terminó la llamada con Chu y se quedó apoyado en la barandilla, contemplando la noche. Ciertamente había algo seguro en estar en casa, pero no pudo evitar pensar en lo que había perdido y dejado atrás. Era como si los espíritus hambrientos de Hong Kong lo hubieran seguido a través del Pacífico.

—¿Papá?

Se volvió. Su hija estaba en el umbral.

—Eh, peque.

—¿Estás bien?

—Claro, ¿por qué?

Salió a la terraza y se quedó a su lado, junto a la barandilla.

—Parecías enfadado al teléfono.

—Es sobre el caso. No está yendo bien.

—Lo siento.

—No es culpa tuya. Pero escucha, por la mañana he de echar una carrera al centro. Haré unas llamadas para ver si puedo conseguir que alguien te cuide mientras estoy fuera. Y luego cuando vuelva iremos a comprar, como hemos quedado. ¿Vale?

—¿Te refieres a una canguro?

—No…, o sea, sí, supongo.

—Papá, no he tenido canguro ni niñera desde que tenía unos doce años.

—Sí, bueno, eso fue hace un año.

—Creo que estaré bien sola. No sé, mamá me deja ir sola al centro comercial después de la escuela.

Bosch se fijó en su uso del presente. Estuvo tentado de decirle que el plan de permitirle ir sola al centro comercial no había ido muy bien, pero fue lo bastante listo para esperar a otro momento. El resumen era que tenía que considerar la seguridad de su hija por encima de todo lo demás. ¿Las fuerzas que la habían raptado en Hong Kong podían encontrarla allí en su casa?

Parecía improbable, pero aunque sólo existiera una pequeña posibilidad, no podía arriesgarse a dejarla sola. El problema era que en realidad no sabía a quién llamar. No estaba conectado con el barrio; era el poli al que llamaban cuando había un problema, pero por lo demás nunca se había relacionado con nadie en la calle, al menos con nadie que no fuera poli. No sabía quién era de fiar o era distinto de un completo desconocido que eligiera de la lista de canguros de la guía telefónica. Estaba perdido y empezaba a darse cuenta de que no tenía ni idea de cómo educar a su propia hija.

—Maddie, escucha, ésta es una de esas veces en que te he dicho que vas a tener que ser paciente conmigo. No quiero dejarte sola; todavía no. Puedes quedarte en tu habitación si quieres, probablemente todavía te entre sueño por el *jet lag*. Pero quiero que haya un adulto en la casa contigo. Alguien en quien pueda confiar.

—Como quieras.

Pensar en que era el poli del barrio de repente le metió otra idea en la cabeza.

—Vale, hay otra posibilidad. Si no quieres canguro, tengo otra idea: hay un instituto al pie de la colina, una escuela secundaria pública. Creo que las clases empezaron la semana pasada porque vi muchos coches de camino al trabajo. No sé si es donde terminarás yendo o si intentaremos que asistas a un centro privado, pero puedo llevarte allí para que eches un vistazo. Puedes sentarte en una clase o dos a ver qué te parece mientras yo voy al centro. ¿Qué opinas? Conozco a la subdirectora y confío en ella. Cuidará de ti.

Su hija se colocó un mechón de pelo detrás de la oreja y contempló la vista durante unos momentos antes de responder.

—Supongo que estaría bien.

—Pues perfecto, eso haremos. Llamaré por la mañana y lo arreglaré.

«Problema resuelto», pensó Bosch.

—Papá.

—¿Qué, peque?

—He oído lo que decías por teléfono.

Se quedó de piedra.

—Lo siento. Trataré de no usar esa clase de lenguaje más. Y nunca cerca de ti.

—No, no me refería a eso. Me refiero a cuando estabas aquí. Lo que dijiste de que iban a venderme por mis órganos. ¿Es verdad?

—No lo sé, cielo. No sé cuál era el plan exacto.

—Quick me sacó sangre. Dijo que iba a mandártela para que pudieras comprobar mi ADN y que supieras que me habían secuestrado de verdad.

Bosch asintió.

—Sí, bueno, te estaba mintiendo. El vídeo que envió era suficiente para convencerme. La sangre no era necesaria. Te estaba mintiendo, Mad. Te traicionó y tuvo lo que merecía.

Maddie se volvió inmediatamente hacia él y Bosch se dio cuenta de que había resbalado otra vez.

—¿Qué quieres decir? ¿Qué le pasó?

Bosch no quería mentir a su hija. También sabía que Maddie obviamente se preocupaba por la hermana de Quick, y quizá también por éste. Probablemente todavía no comprendía el alcance de su traición.

—Está muerto.

Se quedó sin respiración y se llevó las manos a la boca.

—¿Lo ma…?

—No, Maddie, no fui yo. Lo encontré muerto al mismo tiempo que encontré tu teléfono. Supongo que en cierto modo te gustaba, lo siento. Pero te traicionó, peque, y he de decírtelo: puede que lo hubiese hecho yo mismo si lo hubiera encontrado vivo. Vamos adentro.

Bosch se volvió de la barandilla.

—¿Y He?

Bosch se detuvo y se volvió a mirarla.

—No lo sé.

Se acercó a la puerta y entró. Allí estaba: había mentido a su hija por primera vez. Lo hizo por ahorrarle más dolor, pero no importaba. Ya sentía que estaba empezando a deslizarse por la pendiente.

$\mathcal{A}$ las once de la mañana del lunes, Bosch se hallaba a las puertas de los calabozos del centro de la ciudad, esperando a que pusieran en libertad a Bo-jing Chang. No estaba seguro de adónde ir ni de qué decirle al asesino cuando saliera por aquella puerta como un hombre libre, pero sabía que no podía dejar pasar el momento. Si la detención de Chang había sido el desencadenante de todo lo que había ocurrido en Hong Kong —incluida la muerte de Eleanor Wish—, Bosch no podría vivir consigo mismo si no se enfrentaba al hombre cuando tenía la oportunidad.

Su teléfono sonó en el bolsillo y estuvo tentado de no responder por no arriesgarse a perderse a Chang, pero vio en la pantalla que era el teniente Gandle. Atendió la llamada.

—He oído que has vuelto.

—Sí, iba a llamarle.

—¿Tienes a tu hija?

—Sí, está a salvo.

—¿Dónde?

Bosch vaciló, pero no mucho rato.

—Está conmigo.

—¿Y su madre?

—Sigue en Hong Kong.

—¿Cómo os vais a organizar?

—Va a vivir conmigo, al menos por el momento.

—¿Qué pasó allí? ¿Algo por lo que tengamos que preocuparnos?

Bosch no estaba seguro de qué contarle. Decidió decirlo.

—Espero que no salpique, pero nunca se sabe.

—Te haré saber lo que oiga. ¿Vas a venir?

—Hoy no. Necesito tomarme un par de días para situar a mi hija y pensar en la escuela y esas cosas. Quiero conseguirle un psicólogo.

—¿Es tiempo blanco o vacaciones? He de anotarlo.

Las horas compensadas se conocían como «tiempo blanco» en el Departamento de Policía de Los Ángeles, por el formulario blanco en el que lo anotaban los supervisores.

—No importa. Creo que tengo tiempo blanco.

—Te lo apuntaré. ¿Estás bien, Harry?

—Estoy bien.

—Supongo que Chu te ha dicho que van a soltar a Chang.

—Sí, lo sé.

—El capullo de su abogado ya ha estado aquí esta mañana para recoger su maleta. Lo siento, Harry, no podemos hacer nada. No hay caso y esos dos peleles del valle no nos van a ayudar a retenerlo por extorsión.

—Ya.

—No ha ayudado que tu compañero se haya pasado el fin de semana en casa. Dijo que estaba enfermo.

—Sí, bueno…

Bosch había llegado al límite de su paciencia con Ferras, pero eso era entre ellos. Todavía no iba a discutirlo con Gandle.

La puerta del edificio se abrió y Bosch vio que aparecía un hombre asiático vestido con traje y portando un maletín. No era Chang. El tipo aguantó la puerta con el cuerpo e hizo una seña a un coche que esperaba calle arriba. Bosch sabía que era el final. El hombre del traje era un abogado defensor muy conocido llamado Anthony Wing.

—Teniente, he de colgar. ¿Puedo volver a llamarle?

—Llámame cuando decidas cuántos días vas a tomarte y cuándo puedo volver a ponerte en la agenda. Entre tanto, encontraré algo para que Ferras lo haga. En comisaría.

—Le llamaré después.

Bosch cerró el teléfono justo cuando un Cadillac Escalade negro pasaba a escasa velocidad y Bo-jing Chang salía de la puerta del edificio de los calabozos. Bosch se interpuso en el camino entre él y el todoterreno. Wing se interpuso entonces entre Bosch y Chang.

—Disculpe, detective —dijo Wing—. Le está impidiendo el paso a mi cliente.

—¿Es eso lo que estoy haciendo, «impedir»? ¿Y qué ocurre con que él impidiera vivir a John Li?

Bosch vio que Chang hacía una mueca y negaba con la cabeza detrás de Wing. Oyó el portazo de un coche tras él y el abogado dirigió su atención a un lugar situado a la espalda de Harry.

—Grabad esto —ordenó.

Bosch miró por encima del hombro y vio a un hombre con una cámara de vídeo que acababa de bajar del todoterreno. La lente de la cámara estaba enfocada en Bosch.

—¿Qué hacéis?

—Detective, si toca o acosa al señor Chang de alguna manera, quedará documentado y será ofrecido a los medios.

Bosch se volvió hacia Wing y Chang. La mueca de éste se había convertido en una sonrisa de satisfacción.

—¿Crees que ha terminado, Chang? No me importa dónde vayas, pero no se ha acabado. Tu gente lo ha convertido en algo personal, capullo, y yo no lo olvido.

—Detective, apártese —dijo Wing, claramente actuando para la cámara—. El señor Chang se va porque es inocente de los cargos que han tratado de urdir contra él. Regresa a Hong Kong por el acoso del Departamento de Policía de Los Ángeles. Por su culpa, no puede seguir disfrutando de la vida que ha llevado aquí desde hace varios años.

Bosch se apartó y dejó pasar al coche.

—Es un mentiroso, Wing. Coja su cámara y métasela por el culo.

Chang se sentó en el asiento de atrás del Escalade, luego Wing hizo una señal al cámara para que ocupara el asiento delantero.

—Ahora tiene su amenaza grabada en vídeo, detective —dijo Wing—. No lo olvide.

Wing entró al lado de Chang y cerró la puerta. Bosch se quedó allí, observando cómo se alejaba el enorme todoterreno, probablemente para llevar a Chang directo al aeropuerto para completar su huida legal.

Cuando Bosch volvió a la escuela, fue al despacho de la subdirectora para preguntar cómo había ido. Esa mañana Sue Bambrough había accedido a que Madeline asistiera a las clases de octavo grado y viera si le gustaba el centro. Cuando llegó Bosch, Bambrough le pidió que se sentara y procedió a decirle que su hija aún seguía en clase y que se estaba adaptando muy bien. Bosch se sorprendió. Su hija llevaba menos de doce horas en Los Ángeles después de perder a su madre y de pasar un fin de semana atroz en cautividad. Harry se temía que el contacto con el instituto fuera desastroso.

Bosch ya conocía a Bambrough. Un par de años antes, un vecino que tenía un hijo en esa escuela le pidió que diese una charla en clase sobre delincuencia y trabajo policial. Bambrough fue una administradora brillante y práctica, y entrevistó a Bosch en profundidad antes de permitirle dirigirse a ningún estudiante. Casi nunca lo habían interrogado tan a conciencia, ni siquiera un abogado en un tribunal. Bambrough tenía una opinión crítica sobre la calidad del trabajo policial en la ciudad, pero sus argumentos estaban bien pensados y articulados. Bosch la respetaba.

—La clase termina dentro de diez minutos —dijo Bambrough—. Entonces le llevaré con ella. Hay algo que me gustaría hablar con usted antes, detective Bosch.

—Ya le dije la última vez que me llamara Harry. ¿De qué quiere hablarme?

—Bueno, a su hija le gusta contar historias. La han oído en el recreo de media mañana diciendo que acaba de llegar de Hong Kong porque han asesinado a su madre y a ella la han secuestrado. Me preocupa que quiera agrandarse para…

—Es verdad. Todo.

—¿Qué quiere decir?

—La secuestraron y mataron a su madre cuando trataba de rescatarla.

—¡Oh, Dios mío! ¿Cuándo ocurrió?

Bosch lamentó no haberle contado a Bambrough la historia completa esa mañana. Simplemente le había dicho que su hija iba a vivir con él y que quería conocer la escuela.

—Este fin de semana —respondió—. Llegamos anoche de Hong Kong.

Bambrough puso cara de haber encajado un puñetazo.

—¿Este fin de semana? ¿Me está diciendo la verdad?

—Por supuesto que sí. Maddie ha pasado un mal trago. Puede que sea demasiado pronto para que venga a la escuela, pero esta mañana tenía una cita que no podía eludir. Ahora la llevaré a casa y si quiere volver dentro de unos días, la llamaré.

—Bueno, ¿cuenta con ayuda psicológica? ¿Le han hecho un reconocimiento físico?

—Estoy trabajando en todo eso.

—No tenga miedo de pedir ayuda. A los chicos les gusta hablar de cosas, pero a veces no lo hacen con sus padres. He descubierto que los niños tienen una capacidad innata para saber lo que necesitan para restablecerse y sobrevivir. Sin su madre y con usted como padre a tiempo completo novato, Madeline podría necesitar una persona externa con la que hablar.

Bosch asintió al final del sermón.

—Tendrá todo lo que necesite. ¿Qué he de hacer si quiere venir a este instituto?

—Sólo llámeme. Está en el distrito y tenemos plaza. Habrá un poco de papeleo para la matrícula y necesitaremos su expediente de Hong Kong. Necesitará su certificado de nacimiento y nada más.

Bosch se dio cuenta de que el certificado de nacimiento de su hija probablemente estaba en el apartamento de Hong Kong.

—No tengo certificado de nacimiento. Tendré que solicitar uno. Creo que nació en Las Vegas.

—¿Cree?

—No la conocí hasta que ya tenía cuatro años. Entonces vivía con su madre en Las Vegas y supongo que nació allí. Puedo preguntárselo.

Bambrough pareció aún más desconcertada.

—Tengo su pasaporte —ofreció Bosch—. Dirá dónde nació. Pero no lo he mirado.

—Bueno, podemos arreglarnos con eso hasta que consiga el certificado de nacimiento. Creo que ahora lo importante es ocuparse de que su hija reciba ayuda psicológica. Es un trauma terrible para ella. Ha de hablar con un terapeuta.

—No se preocupe, lo haré.

Sonó un timbre de cambio de clases y Bambrough se levantó. Salieron del despacho y caminaron hasta el pasillo principal. El campus era largo y estrecho porque estaba construido en la ladera. Bosch vio que Bambrough aún estaba tratando de asimilar lo que Madeline acababa de superar.

—Es una niña fuerte —dijo Bosch.

—Tendrá que serlo después de una experiencia como ésa.

Bosch quería cambiar de tema.

—¿En qué clases ha estado?

—Ha empezado con matemáticas y luego, después de una breve pausa, ciencias sociales. Después ha almorzado y ahora acaba de terminar clase de español.

—Estudiaba chino en Hong Kong.

—Estoy segura de que es sólo uno de los muchos cambios difíciles que tendrá que superar.

—Ya le he dicho que es fuerte. Creo que lo conseguirá.

Bambrough se volvió y sonrió mientras caminaba.

—Como su padre, supongo.

—Su madre era más fuerte.

Los niños estaban abarrotando el pasillo con el cambio de clases. Bambrough vio a la hija de Bosch antes que él.

—¡Madeline! —la llamó.

Bosch saludó. Maddie iba caminando con dos niñas y parecía que ya eran amigas. Les dijo adiós y se acercó corriendo.

—Hola, papá.

—Eh, ¿qué tal ha ido?

—Supongo que bien.

Hablaba con timidez, y Bosch no supo si era porque la subdirectora estaba allí al lado con ellos.

—¿Qué tal el castellano? —preguntó Bambrough.

—He estado un poco perdida...

—He oído que estudiabas chino. Es un idioma mucho más difícil. Creo que te pondrás al día enseguida con el castellano.

—Supongo.

Bosch decidió ahorrarle la charla.

—Bueno, ¿estás preparada, Mad? Hemos de ir de compras hoy, ¿recuerdas?

—Claro, estoy lista.

Bosch miró a Bambrough y asintió.

—Gracias por todo. Estaremos en contacto.

La niña también le dio las gracias y salieron de la escuela. Una vez que llegaron al coche, Bosch enfiló la colina hacia su casa.

—Bueno, ahora que estamos solos, ¿qué te ha parecido, Mad?

—Eh, estaba bien. No es lo mismo, ¿sabes?

—Claro. Podemos mirar algunas escuelas privadas. Hay unas pocas cerca, del lado del valle.

—No quiero ser una chica del valle, papá.

—No creo que seas nunca una chica del valle. De todos modos, no se trata de a qué cole vas.

—Creo que este instituto estará bien —dijo después de pensarlo un poco—. He conocido a unas niñas y eran muy majas.

—¿Estás segura?

—Creo que sí. ¿Puedo empezar mañana?

Bosch la miró y luego volvió a concentrarse en la carretera de curvas.

—Es un poco pronto, ¿no? Llegaste anoche.

—Ya, pero ¿qué se supone que tengo que hacer? ¿Quedarme todo el día sentada en casa, llorando?

—No, pero pensaba que si nos tomábamos las cosas con calma, podríamos…

—No quiero retrasarme. El curso empezó la semana pasada.

Bosch pensó un momento en lo que Bambrough había dicho sobre que los chicos sabían lo que necesitaban para restablecerse. Decidió confiar en el instinto de su hija.

—Vale, si sientes que es lo correcto, volveré a llamar a la señora Bambrough y le diré que quieres matricularte. Por cierto, naciste en Las Vegas, ¿verdad?

—¿Quieres decir que no lo sabes?

—Sí lo sé. Sólo quiero asegurarme porque tengo que pedir una copia de tu certificado de nacimiento para la escuela.

Maddie no respondió. Bosch aparcó en la cochera de al lado de la casa.

—Entonces Las Vegas, ¿eh?

—¡Sí! No lo sabías. ¡Por Dios!

Antes de que pudiera pensar una respuesta, a Bosch lo salvó el teléfono. Sonó y lo sacó. Sin mirar la pantalla, le dijo a su hija que tenía que cogerlo.

Era Ignacio Ferras.

—Harry, he oído que has vuelto y que tu hija está a salvo.

Había tardado en recibir la noticia. Bosch abrió la puerta de la cocina y la sostuvo para que entrara su hija.

—Sí, estamos bien.

—¿Te vas a tomar unos días?

—Ése es el plan. ¿En qué estás trabajando?

—Oh, unas pocas cosas. Escribo unos informes sobre John Li.

—¿Para qué? Ha terminado. La hemos cagado.

—Lo sé, pero hemos de completar el archivo y necesito presentar al tribunal los resultados de la orden de registro. Por eso te llamaba. Te fuiste el viernes sin dejar notas de lo que encontraste en los registros del teléfono y la maleta. Ya he escrito el registro del coche.

—Sí, bueno, no encontré nada. Ésa es una razón por la que no tenemos caso, ¿recuerdas?

Bosch lanzó las llaves sobre la mesa del comedor y vio que su hija enfilaba el pasillo hacia su habitación. Sentía un creciente malestar con Ferras. En cierto momento contempló la idea de ser el mentor del joven detective y enseñarle el oficio, pero por fin estaba aceptando la realidad de que Ferras nunca se recuperaría de haber sido herido en acto de servicio. Físicamente sí; mentalmente, no. Nunca volvería a estar al cien por cien. Sería un burócrata.

—¿Entonces pongo que ningún resultado? —preguntó Ferras.

Bosch pensó un instante en la tarjeta del servicio de taxis de Hong Kong. Había sido un callejón sin salida y no valía la pena mencionarlo en la orden de registro que se enviaría al juez.

—Sí, ningún resultado. No había nada.

—Y nada en el teléfono.

De repente Bosch se dio cuenta de algo, pero también supo en el mismo instante que probablemente era demasiado tarde.

—Nada en el teléfono, pero ¿habéis mirado los registros de la compañía telefónica?

Chang podía haber borrado todos los registros de su teléfono, pero no habría podido eliminar los que guardaba la compañía telefónica. Hubo una pausa antes de que Ferras respondiera.

—No, pensé... Tú tenías el teléfono, Harry. Creí que habrías contactado con la compañía telefónica.

—No lo hice porque me estaba yendo a Hong Kong.

Todas las empresas de telefonía habían establecido protocolos para recibir y aceptar órdenes de registro. Normalmente suponía enviar por fax la solicitud firmada a la oficina de relaciones legales. Era una cosa fácil de hacer, pero había caído en el olvido. Ahora habían soltado a Chang y probablemente se había largado.

—Maldita sea —dijo Bosch—, deberías haberte ocupado de eso, Ignacio.

—¿Yo? Tú tenías el teléfono, Harry. Pensaba que te ocuparías tú.

—Tenía el teléfono pero tú te encargabas de las órdenes. Deberías haberlo comprobado antes de irte el viernes.

—Es una chorrada, tío. ¿Vas a echarme la culpa de esto?

—Nos culpo a los dos. Sí, yo podría haberme ocupado, pero tú deberías haberte asegurado de que estaba hecho. No lo hiciste porque te fuiste pronto el viernes y lo descuidaste. Has estado descuidando todo el trabajo, compañero.

Ahí estaba, ya lo había dicho.

—Y tú estás cargado de mierda, compañero. ¿Quieres decir que como no soy como tú, como no pierdo a mi familia por el trabajo y no los pongo en riesgo lo estoy descuidando? No sabes de qué estás hablando.

Bosch se quedó mudo por la pulla verbal. Ferras le había golpeado justo en el sitio donde había habitado las últimas setenta y dos horas. Finalmente se sobrepuso y volvió a hablar.

—Ignacio —dijo con calma—. Esto no funciona. No sé cuándo volveré a la brigada esta semana, pero cuando llegue allí hablaremos.

—Vale. Aquí estaré.

—Por supuesto que sí. Siempre estás en la brigada. Te veré entonces.

Bosch cerró el teléfono antes de que Ferras pudiera protestar a su pulla final. Bosch estaba seguro de que Gandle le apoyaría cuando pidiera un nuevo compañero. Volvió a la cocina para coger una cerveza y olvidarse de la conversación. Abrió la nevera y empezó a meter la mano, pero se detuvo: era demasiado temprano y tenía que llevar a su hija en coche por todo el valle durante el resto de la tarde.

Cerró la nevera y caminó por el pasillo. La puerta de la habitación de su hija estaba cerrada.

—Maddie, ¿estás lista?

—Me estoy cambiando. Saldré en un minuto.

Había respondido en un tono cortante de «no me molestes». Bosch no estaba seguro de cómo interpretarlo. El plan era ir primero a la tienda de teléfonos y luego a buscar ropa, muebles y un ordenador portátil. Iba a darle a su hija todo lo que quisiera, y ella lo sabía. Sin embargo, Maddie estaba siendo cortante y él no estaba seguro de por qué. Un día en el trabajo de padre a tiempo completo y ya se sentía perdido en el desierto.

41

A la mañana siguiente, Bosch y su hija se pusieron a montar algunas de las compras del día anterior. Maddie no fue a clase porque su matriculación tardaría un día más en superar la burocracia de la escuela pública, un retraso bien recibido por Bosch porque les daba más tiempo para estar juntos.

Los primeros artículos en la cadena de montaje eran la mesa y silla de ordenador que habían elegido en la tienda IKEA de Burbank. Se habían pasado cuatro horas de compras, acumulando material escolar, ropa, artículos de electrónica y muebles. Habían llenado por completo el coche y Bosch se había quedado con una sensación de culpa que desconocía. Sabía que comprarle a su hija todo lo que ésta señalaba o pedía era una forma de tratar de comprar su felicidad y el perdón que con un poco de fortuna lo acompañaría.

Había apartado la mesa de centro y extendido las piezas del escritorio prefabricado en el suelo de la sala. Las instrucciones decían que podían completarse con sólo una herramienta: una pequeña llave Allen incluida en el paquete. Harry y Madeline estaban sentados en el suelo con las piernas cruzadas, tratando de entender el plano de montaje.

—Parece que has de empezar poniendo los paneles laterales de la mesa —dijo Madeline.

—¿Estás segura?

—Sí. Mira, donde pone uno es parte del primer paso.

—Pensaba que sólo significaba que hay una de esas piezas.

—No, porque hay dos paneles laterales y están marcados con un uno. Creo que significa paso uno.

—Ah.

Sonó un teléfono y se miraron el uno al otro. Madeline había elegido un teléfono nuevo el día anterior, otra vez idéntico al de su padre. Como no había seleccionado un tono personalizado, los dos móviles sonaban igual.

A lo largo de la mañana, Maddie había recibido una serie de llamadas de amigas de Hong Kong a las que les había mandado mensajes comunicándoles que se había trasladado a Los Ángeles.

—Creo que es el tuyo —dijo ella—. He dejado el mío en la habitación.

Bosch se puso lentamente en pie. Le dolían las rodillas después de estar un rato con las piernas cruzadas. Fue a la mesa del comedor para cogerlo antes de que colgaran.

—Harry, soy la doctora Hinojos, ¿cómo está?

—Desconectando, doctora. Gracias por llamar.

Bosch abrió la corredera y salió a la terraza. Cerró la puerta tras de sí.

—Siento no haberle llamado hasta hoy —dijo Hinojos—. Los lunes son brutales aquí. ¿Qué pasa?

Hinojos dirigía la Sección de Ciencias del Comportamiento del departamento, la unidad que ofrecía servicios psiquiátricos al personal. Bosch la conocía desde hacía casi quince años, cuando ella era psicóloga y le tocó evaluarlo después de un altercado físico con su supervisor en la División de Hollywood.

Bosch habló en voz baja.

—Quería preguntarle si podría hacerme un favor.

—Depende.

—Quiero que hable con mi hija.

—¿Su hija? Lo último que me dijo de ella era que vivía con su madre en Las Vegas.

—Se trasladaron. Ha vivido en Hong Kong los últimos seis años y ahora está conmigo. Su madre ha muerto.

Hubo una pausa antes de que Hinojos respondiera. Bosch recibió un pitido de llamada en espera, pero no hizo caso y aguardó a que ella hablara.

—Harry, sabe que sólo veo agentes de policía, no a sus familiares. Puedo derivarla a un psicólogo infantil.

—No quiero un psicólogo infantil; para eso ya tenía las páginas amarillas. Ahí es donde entra el favor. Quiero que hable con usted. Me conoce, yo la conozco.

—Pero Harry, no funciona así.

—La secuestraron en Hong Kong. Y a su madre la mataron cuando trataba de rescatarla. Lo ha pasado mal, doctora.

—¡Oh, Dios mío! ¿Cuándo ocurrió?

—Este fin de semana.

—¡Oh, Harry!

—Sí, fatal. Necesita hablar con alguien además de conmigo. Quiero que sea con usted, doctora.

Otra pausa y de nuevo Bosch la dejó pasar. No tenía mucho sentido insistir con Hinojos. Bosch lo sabía por propia experiencia.

—Supongo que podría verla fuera de horas. ¿Ha pedido hablar con alguien?

—No, pero le he dicho que quería que lo hiciera y no ha protestado. Creo que usted le caerá bien. ¿Cuándo podría verla?

Bosch estaba insistiendo y lo sabía. Pero era por una buena causa.

—Bueno, tengo un rato hoy —dijo Hinojos—. Podría verla después de comer. ¿Cómo se llama?

—Madeline. ¿A qué hora?

—¿Puede venir a la una?

—Claro. ¿Puedo llevarla allí o habrá algún problema?

—Aquí está bien. No lo registraré como sesión oficial.

El teléfono de Bosch pitó otra vez. Esta vez lo apartó para ver la identificación de llamada. Era el teniente Gandle.

—Vale, doctora —replicó Bosch—. Gracias.

—Me gustaría verle a usted también. Quizás usted y yo tendríamos que hablar. Sé que su ex mujer aún significaba mucho para usted.

—Ocupémonos de mi hija primero; luego podremos ocuparnos de mí. La dejaré allí y me iré, a lo mejor daré un paseo hasta Philippe's o algo así.

—Hasta luego pues, Harry.

Bosch colgó y miró a ver si Gandle había dejado un mensaje. No había nada. Volvió a entrar y vio que su hija ya estaba montando la estructura principal del escritorio.

—Guau, niña, sabes lo que haces.

—Es muy fácil.

—A mí no me lo parece.

Acababa de sentarse en el suelo cuando el teléfono empezó a sonar en la cocina. Se levantó y corrió hacia él. Era un viejo teléfono montado en la pared sin identificador de llamada.

—Bosch, ¿qué estás haciendo?

Era el teniente Gandle.

—Le he dicho que me tomaba unos días.

—Necesito que vengas y traigas a tu hija.

Bosch estaba mirando el fregadero vacío.

—¿A mi hija? ¿Para qué?

—Porque hay aquí dos tipos del Departamento de Policía de Hong Kong sentados en la oficina del capitán Dodds y quieren hablar contigo. No me dijiste que tu ex mujer había muerto, Harry. No me dijiste nada de todos los cadáveres que dicen que has dejado a tu paso allí.

Bosch hizo una pausa mientras sopesaba sus opciones.

—Dígales que estaré allí a la una y media —dijo al fin.

La respuesta de Gandle fue brusca.

—¿A la una y media? ¿Para qué necesitas tres horas? Ven aquí ahora.

—No puedo, teniente. Les veré a la una y media.

Bosch colgó el teléfono y sacó el móvil del bolsillo. Sabía que la policía de Hong Kong llegaría antes o después, y ya tenía un plan sobre lo que tenía que hacer.

La primera llamada que hizo fue a Sun Yee. Sabía que era tarde en Hong Kong, pero no podía esperar. El teléfono sonó ocho veces y saltó un mensaje.

—Soy Bosch. Llámame cuando oigas esto.

Bosch colgó y se quedó un buen rato mirando el teléfono. Estaba preocupado. Era la una y media de la mañana en Hong Kong. No esperaba que Sun Yee estuviera alejado de su teléfono, a menos que no fuera por decisión propia.

Repasó la lista de contactos de su teléfono y encontró un número que no había usado en al menos un año.

Marcó el número y esta vez obtuvo una respuesta inmediata.

—Mickey Haller.

—Soy Bosch.

—¿Harry? No pensaba…

—Creo que necesito un abogado.

Hubo una pausa.

—Vale, ¿cuándo?

—Ahora mismo.

42

Gandle salió como una exhalación de su despacho en el momento en que vio a Bosch entrando en la sala de la brigada.

—Bosch, te dije que vinieras aquí enseguida. ¿Por qué no has contestado…?

Se detuvo cuando vio quién entraba detrás de Bosch. Mickey Haller era un famoso abogado defensor. No había ningún detective en Robos y Homicidios que no lo conociera al menos de vista.

—¿Es tu abogado? —dijo Gandle con expresión de asco—. Te he dicho que trajeras a tu hija, no a tu abogado.

—Teniente —dijo Bosch—, dejemos algo claro desde el principio: mi hija no forma parte de esta ecuación. El señor Haller está aquí para asesorarme y ayudarme a explicar a los hombres de Hong Kong que no cometí ningún crimen mientras estuve en la ciudad. Bueno, ¿me los va a presentar o he de hacerlo yo mismo?

Gandle vaciló, pero acabó cediendo.

—Por aquí.

El teniente los condujo a la sala de reuniones que estaba al lado de la oficina del capitán Dodds. Allí había dos hombres de Hong Kong esperando. Se levantaron cuando llegó Bosch y le dieron sus tarjetas. Alfred Lo y Clifford Wu. Ambos eran de la Unidad de Tríadas del Departamento de Policía de Hong Kong.

Bosch le presentó a Haller y le dieron tarjetas también a él.

—¿Necesitamos un traductor, caballeros? —preguntó Haller.

—No —dijo Wu.

—Bueno, es un comienzo. ¿Por qué no nos sentamos y discutimos este asunto?

Todos, Gandle incluido, tomaron asiento en torno a la mesa de reuniones. Haller habló primero:

—Dejen que empiece diciendo que mi cliente, el detective Bosch, no renuncia en este momento a ninguno de sus derechos garantizados por la Constitución. Estamos en suelo americano y eso significa, caballeros, que no tiene obligación de hablar con ustedes. No obstante, también es detective y sabe a qué se enfrentan ustedes dos día a día. En contra de mi consejo, desea hablar con ustedes. Así que vamos a hacerlo de la siguiente manera: podrán hacer preguntas y él tratará de responderlas si yo lo considero oportuno. No habrá grabación de esta sesión, pero pueden tomar notas si lo desean. Esperamos que, cuando esta conversación termine, ustedes dos se marchen con una mejor comprensión de los sucesos de este pasado fin de semana en Hong Kong. Pero una cosa que está clara es que no se van a ir con el detective Bosch. Su cooperación en este asunto finaliza cuando concluya esta reunión.

Haller puntuó este primer aldabonazo con una sonrisa.

Antes de entrar en el Edificio de Administración de Policía, Bosch se había reunido con Haller durante casi una hora en el asiento trasero del Lincoln Town Car del abogado. El vehículo estaba aparcado en el parque canino próximo a Franklin Canyon y podían ver a la hija de Harry paseando y cuidando de los perros más sociables mientras ellos hablaban. Cuando terminaron llevaron a Maddie a su sesión con la doctora Hinojos y se dirigieron al EAP.

No estaban actuando en completo acuerdo, pero habían forjado una estrategia. Una rápida búsqueda en Internet en el portátil de Haller incluso les había proporcionado material de apoyo. Habían llegado preparados para defender el caso de Bosch ante los hombres de Hong Kong.

Como detective, Bosch caminaba por una cornisa. Quería que sus colegas del otro lado del Pacífico supieran lo que había ocurrido, pero no iba a ponerse en peligro él, ni tampoco a su hija ni a Sun Yee. Creía que todas sus acciones en Hong Kong estaban justificadas. Le dijo a Haller que había estado en situaciones de matar o morir iniciadas por otros, y eso incluía su encuentro con el encargado del hotel en Chungking Mansions.

En todos los casos había salido victorioso. Eso no era ningún crimen. Al menos para él.

Lo sacó papel y bolígrafo y Wu planteó la primera pregunta, revelando que era el hombre al mando.

—Mi primera pregunta es: ¿por qué fue a Hong Kong en un viaje tan corto?

Bosch se encogió de hombros como si la respuesta fuera obvia.

—Para traer a mi hija aquí.

—El sábado por la mañana su ex esposa informó a la policía de la desaparición de su hija —dijo Wu.

Bosch lo miró un buen rato.

—¿Es una pregunta?

—¿Había desaparecido?

—Entiendo que sí estaba desaparecida, pero el sábado por la mañana me encontraba diez mil metros por encima del Pacífico. No puedo decir qué estaba haciendo entonces mi ex mujer.

—Creemos que su hija fue raptada por alguien llamado Peng Qingcai. ¿Lo conoce?

—Nunca lo vi.

—Peng está muerto —dijo Lo.

Bosch asintió.

—No lo lamento.

—La vecina de Peng, la señora Fengyi Mai, recuerda que habló con usted en su casa el domingo —dijo Wu—. Con usted y el señor Sun Yee.

—Sí, llamamos a su puerta. No fue de gran ayuda.

—¿Por qué?

—Supongo que porque no sabía nada. No sabía dónde estaba Peng.

Wu se inclinó hacia delante; su lenguaje corporal era fácil de interpretar. Pensaba que ya tenía a Bosch en el punto de mira.

—¿Fue al apartamento de Peng?

—Llamamos a la puerta, pero nadie respondió. Al cabo de un rato nos fuimos.

Wu pareció decepcionado.

—¿Reconoce que estaba con Sun Yee? —preguntó.

—Claro. Estaba con él.

—¿De qué conoce a ese hombre?

—A través de mi ex esposa. Vinieron a recogerme al aeropuerto el domingo por la mañana y me informaron de que estaban buscando a mi hija porque el departamento de policía no creía que la hubieran secuestrado. —Bosch estudió un momento a los dos hombres antes de continuar—. Su departamento de policía no se ocupó del asunto; espero que incluya eso en sus informes, porque si me arrastran a esto, ciertamente lo mencionaré. Llamaré a todos los periódicos de Hong Kong (no me importa en qué lengua sean) y les contaré mi historia.

El plan era usar la amenaza de bochorno internacional del Departamento de Policía de Hong Kong para que los detectives actuaran con precaución.

—¿Es consciente —dijo Wu— de que su ex mujer, Eleanor Wish, murió de una herida de bala en la cabeza en la decimoquinta planta de Chungking Mansions, en Kowloon?

—Sí, lo sé.

—¿Estaba presente cuando ocurrió?

Bosch miró a Haller y el abogado asintió.

—Estaba allí. Vi cómo sucedió.

—¿Puede decirnos cómo?

—Fuimos buscando a nuestra hija. No la encontramos. Estábamos en el pasillo a punto de irnos y dos hombres empezaron a dispararnos. Le dieron a Eleanor y… la mataron. Y a los dos hombres también les dispararon. Fue defensa propia.

Wu se inclinó hacia delante.

—¿Quién disparó a esos hombres?

—Creo que ya lo saben.

—¿Puede decírnoslo, por favor?

Bosch pensó en la pistola que había puesto en la mano sin vida de Eleanor. Estaba a punto de decir la mentira cuando Haller se inclinó hacia delante.

—Creo que no voy a permitir que el detective Bosch participe en teorías sobre quién disparó a quién —dijo—. Estoy seguro de que su buen departamento de policía tiene grandes capacidades forenses y ya ha podido determinar por medio de análisis de arma de fuego y balísticos la respuesta a la pregunta.

Wu continuó.

—¿Sun Yee estaba en la decimoquinta planta?

—No en ese momento.

—¿Puede darnos más detalles?

—¿Sobre el tiroteo? No. Pero puedo decirle algo sobre la habitación en la que retuvieron a mi hija: encontramos papel higiénico con sangre. Le habían sacado sangre.

Bosch los estudió para ver si reaccionaban a esta información. No mostraron nada.

Había una carpeta en la mesa delante de los hombres de Hong Kong. Wu la abrió y sacó un documento con un clip de papel. Lo deslizó por la mesa hacia Bosch.

—Esto es una declaración de Sun Yee. Se ha traducido al inglés. Por favor, léala para verificarla.

Haller se inclinó junto a Bosch y los dos leyeron juntos el documento de dos páginas. Bosch inmediatamente reconoció que era un señuelo: era su hipótesis de investigación disfrazada como una declaración de Sun. El cincuenta por ciento era correcto; el resto eran suposiciones basadas en interrogatorios y pruebas. Atribuía los asesinatos de la familia Peng a Bosch y Sun Yee.

Harry sabía que o bien estaban tratando de engañarlo para que contara lo que de verdad había ocurrido o bien habían detenido a Sun y lo habían obligado a poner su nombre en la historia que ellos preferían, a saber: que Bosch había sido responsable de una carrera sangrienta por Hong Kong. Sería la mejor manera de explicar nueve muertes violentas en un domingo: lo hizo el americano.

Pero Bosch recordó lo que Sun le había dicho en el aeropuerto. «Me ocuparé de estas cosas y no te mencionaré. Te lo prometo. No importa lo que ocurra, no te mencionaré ni a ti ni a tu hija.»

—Caballeros —dijo Haller, que fue el primero en terminar de leer el documento—. Este documento es…

—Una mentira total —terminó Bosch.

Volvió a deslizar el documento por la mesa hasta el pecho de Wu.

—No, no —dijo rápidamente éste—. Es muy real. Está firmado por Sun Yee.

—Quizá si lo estaban apuntando con una pistola en la cabeza. ¿Es así como hacen las cosas en Hong Kong?

—¡Detective Bosch! —exclamó Wu—. Vendrá a Hong
Kong y responderá de estas acusaciones.

—No voy a volver a acercarme a Hong Kong nunca más.

—Ha matado a mucha gente. Ha usado armas de fuego. Ha
puesto a su hija por encima de todos los ciudadanos chinos y...

—¡Estaban analizando su grupo sanguíneo! —dijo Bosch
enfadado—. Le extrajeron sangre. ¿Sabe cuándo hacen eso?
Cuando pretenden verificar la compatibilidad de órganos.

Hizo una pausa y observó el creciente descontento en la cara
de Wu. A Bosch no le importaba Lo; Wu tenía el poder y si
Bosch lo vencía, estaría a salvo. Haller había acertado. En la
parte de atrás del Lincoln había establecido la estrategia sutil
para el interrogatorio. Más que concentrarse en atribuir las
acciones de Bosch a defensa propia, deberían aclararles a los
hombres de Hong Kong lo que saldría en los medios internacionales en caso de que presentaran cualquier tipo de acusación
contra Bosch.

Había llegado el momento de hacer esa jugada, Haller tomó
el mando y se movió con calma para dar la puntilla.

—Caballeros, pueden aferrarse a su declaración firmada
—dijo, con una sonrisa permanente en el rostro—. Dejen que
resuma los hechos que están sustentados en pruebas reales:
una menor estadounidense de trece años fue secuestrada en su
ciudad, su madre llamó a la policía para denunciar el crimen,
la policía se negó a investigarlo...

—La menor se había fugado antes —lo interrumpió Lo—.
No había forma de...

Haller levantó un dedo para interrumpirlo.

—No importa —dijo, ahora en un tono de rabia contenida
en su voz y sin rastro de la sonrisa—. Se informó a su departamento de que había una menor estadounidense desaparecida
y su departamento, por la razón que sea, decidió no hacer caso
de la denuncia. Eso obligó a la madre de la menor a buscar a su
hija por sí misma. Y lo primero que hizo fue llamar al padre a
Los Ángeles. —Haller hizo un gesto hacia Harry—. El detective Bosch viajó a Hong Kong y junto con su ex mujer y un

amigo de la familia, el señor Sun Yee, empezaron la búsqueda en la cual la policía de la ciudad había decidido no participar. Por su cuenta, encontraron pruebas de que habían secuestrado a la menor por sus órganos. ¡Iban a venderla por sus órganos!

La rabia del abogado iba en aumento y Bosch tuvo la impresión de que no era una actuación. Por unos momentos Haller la dejó flotar sobre la mesa como una nube de tormenta antes de continuar.

—Como ustedes saben, han muerto varias personas. Mi cliente no va a entrar en detalles sobre todo ello. Baste con decir que, solos en Hong Kong, sin ninguna ayuda del Gobierno ni de la policía, esta madre y este padre que trataban de encontrar a su hija se encontraron con gente muy peligrosa y hubo situaciones de matar o morir. ¡Fue una provocación!

Bosch vio que los dos detectives de Hong Kong se echaban físicamente hacia atrás cuando Haller gritó la última palabra. Luego el abogado continuó en un tono calmado y bien modulado de tribunal.

—Veamos, somos conscientes de que desean saber qué ocurrió, que han de completar informes y que hay supervisores que deben ser informados. Pero han de preguntarse seriamente si están tomando el camino adecuado. —Otra pausa—. Lo que pasó en Hong Kong ocurrió porque su departamento falló a esta menor estadounidense y a esta familia. Y si ahora van a sentarse a analizar qué acciones llevó a cabo el detective Bosch porque su departamento no supo actuar adecuadamente; si están buscando un chivo expiatorio para llevarse a Hong Kong, no van a encontrarlo aquí. No vamos a cooperar. No obstante, tengo a alguien que podría estar interesado en hablar de todo esto. Podemos empezar con él.

Haller sacó una tarjeta del bolsillo de la camisa y la deslizó hacia ellos por encima de la mesa. Wu la cogió y la examinó. El abogado se la había mostrado antes a Bosch. Era la tarjeta de un periodista del *Los Angeles Times*.

—Jock Mikeevoy —leyó Lo—. ¿Tiene información sobre esto?

—Es Jack McEvoy. Y ahora no tiene ninguna información, pero estará muy interesado en una historia como ésta.

Todo formaba parte del plan. Haller estaba marcándose un farol. La verdad era, y Bosch lo sabía, que a McEvoy lo habían echado del *Times* seis meses antes. Haller había sacado la vieja tarjeta de una pila que guardaba unida por una goma en su Lincoln.

—Ahí es donde empezará —dijo Haller con calma—. Y creo que será una gran historia. Niña de trece años secuestrada en Hong Kong por sus órganos y la policía no hace nada. Sus padres se ven obligados a actuar y la madre es asesinada cuando trata de salvar a su hija. A partir de ahí saltará a escala internacional. Todos los periódicos y canales de televisión del mundo querrán una parte de esta historia. Harán una película de Hollywood. ¡Y la dirigirá Oliver Stone!

Haller abrió la carpeta que había llevado a la reunión. Contenía las historias de noticias que había impreso en el coche tras una búsqueda en Internet. Pasó las copias por la mesa a Wu y Lo. Se acercaron para compartirlas.

—Y finalmente, lo que tienen ahí es un dossier de artículos de periódico que proporcionaré al señor McEvoy y a otros periodistas que me lo pidan a mí o al detective Bosch. Estos artículos documentan el reciente crecimiento del mercado negro de órganos humanos en China. Se dice que la lista de espera de China es la más larga del mundo, y algunos informes hablan de hasta un millón de personas que aguardan un órgano. No ayuda que hace unos años, y bajo la presión del resto del mundo, el Gobierno chino prohibiera el uso de órganos de prisioneros ejecutados; eso sólo aumentó la demanda y el valor de órganos humanos en el mercado negro. Estoy seguro de que con estos artículos de periódicos muy reputados, incluido el *Beijing Review*, verán adónde irá a parar el señor McEvoy con su artículo. Depende de ustedes decidir ahora si es lo que quieren que ocurra aquí.

Wu se volvió para poder susurrar rápido en chino al oído de Lo.

—No hace falta que susurren, caballeros —dijo Haller—. No les entendemos.

Wu se enderezó.

—Nos gustaría hacer una llamada telefónica privada antes de continuar la entrevista —dijo.

—¿A Hong Kong? —preguntó Bosch—. Son las cinco de la mañana allí.

—No importa —dijo Wu—. Debo hacer la llamada, por favor.

Gandle se levantó.

—Pueden usar mi despacho. Tendrán intimidad.

—Gracias, teniente.

Los investigadores de Hong Kong se levantaron para salir.

—Una última cosa, caballeros —dijo Haller.

Lo miraron con una expresión de «¿y ahora qué?» escrita en el rostro.

—Sólo quiero que sepan ustedes y la persona a la que vayan a llamar que también estamos muy preocupados por la situación de Sun Yee en este asunto. Queremos que sepan que vamos a ponernos en contacto con el señor Sun Yee y que si no lo encontramos o si averiguamos que ha tenido cualquier clase de impedimento a su libertad personal, también llevaremos este asunto ante la corte de la opinión pública. —Haller sonrió e hizo una pausa antes de continuar—. Es un acuerdo global, caballeros. Díganle eso a su gente.

Haller movió la cabeza, manteniendo todo el tiempo la sonrisa y contradiciendo con su expresión la amenaza obvia. Wu y Lo asintieron: habían comprendido el mensaje. Salieron con Gandle de la sala de reuniones.

—¿Qué opinas? —preguntó Bosch a Haller cuando estuvieron solos—. ¿Estamos a salvo?

—Sí, eso creo —dijo Haller—. Creo que el problema ha terminado. Lo que ocurrió en Hong Kong se queda en Hong Kong.

43

*B*osch decidió no esperar en la sala de reuniones al regreso de los detectives de Hong Kong. Continuaba molesto por el altercado verbal que había tenido con su compañero el día anterior y fue a la sala de brigada para tratar de encontrar a Ferras.

Sin embargo, Ferras no estaba y Bosch se preguntó si habría salido a comer de manera intencionada para evitar otra confrontación. Harry entró en su propio cubículo para ver si tenía en el escritorio sobres interoficinas u otros mensajes. No había nada, pero vio una luz roja parpadeante en su teléfono: tenía un mensaje. Aún estaba acostumbrándose a mirar su línea de teléfono para comprobar si había. En la sala de brigada del Parker Center, el equipamiento era anticuado y no había buzones de voz personales; todos los mensajes iban a una línea central controlada por la secretaria de brigada. Después ella anotaba los que iban a los buzones o se dejaban encima de los escritorios. Si la llamada era urgente, la secretaria localizaba personalmente al detective mediante el busca o el móvil.

Bosch se sentó y marcó su código en el teléfono. Tenía cinco mensajes. Los tres primeros eran llamadas de rutina de otros casos. Tomó unas pocas notas en una libreta de escritorio y los borró. El cuarto lo había dejado la noche anterior el detective Wu, del Departamento de Policía de Hong Kong. Acababa de aterrizar y de instalarse en un hotel y quería concertar una entrevista. Bosch lo borró.

El quinto mensaje era de Teri Sopp, de Huellas. Lo había dejado a las nueve y cuarto de esa mañana, justo en el momento en que Bosch estaba abriendo la caja plana que contenía el nuevo ordenador de su hija.

—Harry, hicimos la mejora electrostática en el casquillo que me diste. Hemos encontrado una huella y aquí todos están muy excitados. También hemos conseguido un resultado en el ordenador del Departamento de Justicia, así que llámame lo antes posible.

Al llamar a Huellas, Bosch miró sobre la pared de su cubículo y vio a Gandle escoltando a los dos detectives de Hong Kong de nuevo a la sala de reuniones. Le hizo un gesto con el brazo a Bosch para que también volviera. Bosch levantó un dedo, diciéndole que necesitaba un minuto.

—Huellas —dijo alguien al otro lado del teléfono.

—Quiero hablar con Teri, por favor.

Esperó otros diez segundos con excitación creciente. Habían soltado a Bo-jing Chang y por lo que Bosch sabía posiblemente ya estaba en Hong Kong. Aun así, si su huella dactilar se hallaba en el casquillo de una de las balas que había matado a John Li, la cosa cambiaba. Era una prueba directa que lo relacionaría con el asesinato. Podrían acusarlo y solicitar una orden de extradición.

—Soy Teri.

—Hola, soy Harry Bosch. Acabo de recibir tu mensaje.

—Me preguntaba dónde estabas. Hemos conseguido un resultado en tu casquillo.

—Es fantástico. ¿Bo-jing Chang?

—Estoy en el laboratorio. Déjame ir al escritorio. Era un nombre chino, pero no el que estaba en la tarjeta que me dio tu compañero. Esas huellas no coincidían. Te pongo la llamada en espera.

Se había ido y Bosch notó que de repente se abría una fisura en su hipótesis del caso.

—Harry, ¿vas a venir?

Levantó la mirada y salió del cubículo. Gandle le estaba llamando desde la puerta de la sala de reuniones. Bosch señaló al teléfono y negó con la cabeza. Gandle no se conformó. Salió de la sala de reuniones y se acercó al cubículo de Bosch.

—Mira, están cerrando esto —dijo con urgencia—. Has de ir allí y terminarlo.

—Mi abogado puede ocuparse. Acabo de recibir la llamada.

—¿Qué llamada?

—La que lo cambia…

—¿Harry?

Era Sopp, de nuevo en la línea. Bosch tapó el auricular.

—He de atenderla —le dijo a Gandle. Luego soltó la mano y habló al teléfono—: Teri, dame el nombre.

Gandle negó con la cabeza y volvió a entrar en la sala de reuniones.

—No es el nombre que mencionaste. Es Henry Lau, ele, a, u. Fecha de nacimiento 9-9-82.

—¿Por qué está en el ordenador?

—Lo detuvieron por conducir bajo los efectos del alcohol hace dos años en Venice.

—¿Es lo único que tiene?

—Sí. Aparte de eso está limpio.

—¿Y una dirección?

—La dirección de su carnet de conducir es el 18 de Quarterdeck en Venice. Unidad once.

Bosch copió la información en su libreta de bolsillo.

—Vale, y esta huella que habéis sacado es sólida, ¿no?

—Sin duda, Harry. Salió brillando como un árbol de Navidad. Esta tecnología es asombrosa. Va a cambiar cosas.

—¿Y pretenden usarlo como caso de prueba para California?

—No me adelantaría a los acontecimientos. Mi supervisor quiere ver primero cómo funciona en tu caso, si este tipo es tu asesino y qué otras pruebas hay. Estamos buscando un caso en el que la tecnología sea una pieza más en la acusación.

—Bueno, lo sabrás en cuanto lo sepa yo, Teri. Gracias. Vamos a actuar ahora mismo.

—Buena suerte, Harry.

Bosch colgó. Primero miró por encima de la mampara hacia la sala de reuniones. Las persianas venecianas estaban bajadas, pero abiertas. Vio que Haller hacía un gesto hacia los dos hombres de Hong Kong. Bosch miró el cubículo de su compañero una vez más, pero seguía vacío. Tomó una decisión y volvió a levantar el teléfono.

David Chu estaba en la oficina de la UBA y contestó la llamada de Bosch. Harry lo puso al corriente del último elemento de información obtenido del Laboratorio de Huellas y le pidió que buscara el nombre de Henry Lau en los archivos de la tríada. Entre tanto, dijo Bosch, él pasaría a recogerlo.

—¿Adónde vamos? —preguntó Chu.

—Vamos a encontrar a este tipo.

Bosch colgó y se dirigió a la sala de reuniones, no para participar en lo que se estaba discutiendo, sino para informar a Gandle de lo que parecía un punto de inflexión en el caso.

Cuando abrió la puerta, Gandle puso su expresión de «ya era hora». Bosch le hizo una seña para que saliera.

—Harry, estos hombres querrían hacerte unas preguntas —dijo Gandle.

—Tendrán que esperar. Tenemos una pista en el caso Li y hemos de irnos. Ahora.

Gandle se levantó y empezó a salir hacia la puerta.

—Harry, creo que puedo ocuparme de esto —dijo Haller desde su asiento—. Pero hay una cuestión que has de responder.

Bosch lo miró y Haller asintió, lo cual significaba que la pregunta que quedaba era segura.

—¿Qué?

—¿Quieres que transporten el cadáver de tu ex mujer a Los Ángeles?

La pregunta dio que pensar a Bosch. La respuesta inmediata era un sí, pero vaciló al sopesar las consecuencias que tendría en su hija.

—Sí —dijo al fin—. Que la envíen.

Dejó que Gandle saliera y cerró la puerta.

—¿Qué ha ocurrido? —preguntó Gandle.

Chu estaba esperando en la puerta del edificio de la UBA cuando Bosch llegó. Llevaba un maletín, lo cual hizo pensar a Harry que había encontrado alguna información sobre Henry Lau. Subieron al coche y Bosch arrancó.

—¿Empezamos por Venice? —preguntó Chu.

—Exacto. ¿Qué has encontrado sobre Lau?

—Nada.

Bosch volvió a mirarlo.

—¿Nada?

—Por lo que sabemos, está limpio. No he visto su nombre

en ninguna parte en nuestros archivos de inteligencia. También he hablado con alguna gente y he hecho algunas llamadas. Nada. Por cierto, he impreso la foto de su carnet de conducir.

Se agachó, abrió el maletín y sacó la impresión en color de la foto de Lau. Se la pasó a Bosch, que hurtó miradas rápidas mientras conducía. Se incorporaron a la 101 en la entrada de Broadway y tomaron la 110. Las autovías estaban congestionadas en el centro.

Lau había sonreído a cámara. Tenía una cara fresca y un corte de pelo con estilo. Era difícil relacionar aquel rostro con la tríada, y aún más con el asesinato a sangre fría del dueño de una tienda de licores. La dirección en Venice tampoco encajaba.

—También he comprobado en la Agencia de Alcohol, Tabaco y Armas. Henry Lau es el dueño registrado de una Glock 19 de nueve milímetros. No sólo la cargó, sino que es el dueño.

—¿Cuándo la compró?

—Hace seis años, el día que cumplió veintiuno.

Para Bosch significaba que se estaban acercando. Lau era el dueño del arma adecuada y el hecho de que la hubiera comprado en cuanto tuvo la edad legal indicaba que probablemente hacía mucho que deseaba adquirirla. Eso lo convertía en un viajero en el mundo que Bosch conocía. Su relación con John Li y Bo-jing Chang se haría evidente una vez que lo detuvieran y empezaran a desmenuzar su vida.

Conectaron con la 10 y se dirigieron al oeste, hacia el Pacífico. El teléfono de Bosch sonó y respondió sin mirar, esperando que fuera Haller con la noticia de que la reunión con los detectives de Hong Kong había acabado.

—Harry, soy la doctora Hinojos. Le estamos esperando.

Bosch lo había olvidado. Llevaba más de treinta años moviéndose durante una investigación cuando era el momento de hacerlo. Nunca había tenido que pensar en nadie más.

—Oh, doctora. Lo siento mucho. Me he… Voy de camino a detener a un sospechoso.

—¿Qué quiere decir?

—Tenemos una pista y he tenido… ¿Hay alguna posibilidad de que Maddie se quede con usted un poco más?

—Bueno, esto es… Supongo que puede quedarse aquí. Sólo

tengo que hacer trabajo administrativo el resto del día. ¿Está seguro de que es lo que quiere hacer?

—Mire, sé que está mal y quedo fatal. Acaba de llegar, la dejo con usted y la olvido. Pero este caso es la razón de que ella esté aquí. He de hacerlo. Voy a detener a ese tipo si está en casa y lo llevaré al centro. La llamaré entonces y pasaré a buscarla.

—Vale, Harry. Puedo usar el tiempo extra con ella. Usted y yo también vamos a tener que encontrar tiempo para hablar.

—Vale, lo haremos. ¿Está Maddie ahí? ¿Puedo hablar con ella?

—Espere.

Al cabo de un momento, Maddie se puso.

—¿Papá? —Con esa palabra impartía todos los mensajes: sorpresa, decepción, incredulidad, terrible chasco.

—Lo sé, peque. Lo siento. Ha surgido algo y tengo que ocuparme. Quédate con la doctora Hinojos y llegaré lo antes posible.

—De acuerdo.

Una doble dosis de decepción. Bosch temía que no sería la última vez.

—Vale, Mad. Te quiero.

Cerró el teléfono y lo apartó.

—No quiero hablar del tema —dijo antes de que Chu pudiera hacerle una pregunta.

—Vale.

El tráfico se aligeró y llegaron a Venice en menos de media hora. Por el camino, Bosch atendió otra llamada, la de Haller. Le dijo a Harry que la policía de Hong Kong no volvería a molestarle.

—¿Se acabó?

—Estarán en contacto por el cuerpo de tu ex mujer, pero es todo. Van a abandonar cualquier investigación sobre tu participación en esto.

—¿Y Sun Yee?

—Aseguran que van a soltarlo y que no se enfrenta a cargos. Tendrás que contactar con él para confirmarlo, claro.

—No te preocupes, lo haré. Gracias, Mickey.

—Todo en un día de trabajo.

—Mándame la factura.

—No, estamos en paz, Harry. En lugar de que te mande la factura, ¿por qué no dejas que tu hija conozca a la mía? Son casi de la misma edad, ¿sabes?

Bosch vaciló. Sabía que Haller estaba pidiendo más que una visita entre las dos niñas. Era hermanastro de Bosch, aunque nunca se habían visto de adultos hasta que sus caminos se cruzaron en un caso el año anterior. Relacionar a las hijas implicaba vincular a los padres, y Bosch no estaba seguro de que estuviera preparado para eso.

—Cuando sea el momento lo haremos —dijo—. Se supone que mañana empieza el cole y he de hacer que se asiente aquí.

—Me parece bien. Cuídate, Harry.

Bosch cerró el teléfono y se concentró en encontrar la residencia de Henry Lau. Las calles que formaban el barrio al sur de Venice estaban ordenadas alfabéticamente y Quarterdeck era una de las últimas antes de la ensenada y Marina del Rey.

Venice era una comunidad bohemia de precios caros. El edificio en el que residía Lau era una de las nuevas estructuras de cristal y estuco que lentamente estaban desterrando los pequeños bungalós de fin de semana que se habían alineado en la playa. Bosch aparcó en un callejón de Speedway y volvieron caminando.

El edificio era un complejo de casas unifamiliares y había letreros delante que anunciaban dos viviendas en venta. Entraron por una puerta de cristal y se quedaron en un pequeño vestíbulo con una puerta interior de seguridad y un panel de botones para llamar a las distintas viviendas. A Bosch no le gustaba la idea de pulsar el botón del número 11. Si Lau sabía que había policía en la entrada del edificio podía escapar por cualquier salida de incendios.

—¿Cuál es el plan? —dijo Chu.

Bosch empezó a pulsar los botones de otras casas. Esperaron y finalmente una mujer respondió una de las llamadas.

—¿Sí?

—Policía de Los Ángeles, señora —dijo Bosch—. ¿Podemos hablar con usted?

—¿Hablar conmigo de qué?

Bosch negó con la cabeza. Hubo un tiempo en que no le habrían preguntado; le habrían abierto la puerta de inmediato.

—Es en relación con una investigación de homicidio, señora. ¿Puede abrir la puerta?

Hubo una larga pausa. Bosch iba a llamar de nuevo al timbre, pero se dio cuenta de que no estaba seguro de quién había respondido porque había pulsado varios timbres.

—¿Pueden mostrar las placas a la cámara, por favor? —dijo la mujer.

Bosch no se había dado cuenta de que había una cámara y miró a su alrededor.

—Aquí. —Chu señaló un pequeño orificio en la parte superior del panel.

Levantaron las placas y enseguida zumbó la puerta interior. Bosch la abrió.

—Ni siquiera sé en qué casa estaba —dijo Bosch.

La puerta se abrió a una zona común a cielo abierto. Había una pequeña piscina en el centro y las doce casas unifamiliares tenían las entradas allí, cuatro en los lados norte y sur, y dos en el este y el oeste. La once estaba en el lado oeste, lo que significaba que tenía ventanas con vistas al océano.

Bosch se acercó a la puerta con el número 11 y llamó sin obtener respuesta. La puerta del 12 se abrió y una mujer apareció allí.

—Pensaba que querían hablar conmigo —dijo.

—En realidad estamos buscando al señor Lau —dijo Chu—. ¿Sabe dónde está?

—Supongo que trabajando; creo que dijo que iba a filmar de noche esta semana.

—¿Filmar qué? —preguntó Bosch.

—Es guionista y está rodando una película o una serie de televisión. No estoy segura.

Justo entonces se abrió un resquicio en la puerta número 11. Se asomó un hombre de ojos cansados y despeinado. Bosch lo reconoció de la foto que había impreso Chu.

—¿Henry Lau? —dijo Bosch—. Departamento de Policía de Los Ángeles. Hemos de hacerle unas preguntas.

44

*H*enry Lau tenía una casa espaciosa con una terraza trasera que se alzaba unos metros por encima del paseo marítimo y tenía vistas a la amplia playa de Venice y el Pacífico. Invitó a pasar a Bosch y Chu y les pidió que se sentaran en el salón. Chu se sentó, pero Bosch permaneció de pie, de espaldas a la terraza para que no le distrajera durante la entrevista. No estaba teniendo la vibración que esperaba. Lau pareció tomar su llamada a la puerta como rutina, como algo que esperaba. Harry no había contado con eso.

Lau llevaba tejanos, zapatillas y una camiseta de manga larga con la imagen serigrafiada de un hombre de pelo largo con gafas de sol. La leyenda rezaba: «El Nota está con nosotros». Si estaba durmiendo, lo había hecho vestido.

Bosch le señaló una silla cuadrada de cuero negro sin apoyabrazos de treinta centímetros de ancho.

—Siéntese, señor Lau, y trataremos de no robarle demasiado tiempo —dijo.

Lau era pequeño y gatuno. Se sentó con los pies en la silla.

—¿Es por el tiroteo? —preguntó.

Bosch miró a Chu y luego de nuevo a Lau.

—¿Qué tiroteo?

—El de la playa. El atraco.

—¿Cuándo fue eso?

—No lo sé, hace un par de semanas. Pero supongo que no están aquí por eso si ni siquiera saben cuándo fue.

—Exacto, señor Lau. Estamos investigando un tiroteo, pero no ése. ¿Le importa hablar con nosotros?

Lau se alzó de hombros.

—No lo sé. No sé de ningún otro tiroteo, agentes.

—Somos detectives.

—Detectives. ¿Qué tiroteo?

—¿Conoce a un hombre llamado Bo-jing Chang?

—¿Bo-jing Chang? No, no conozco ese nombre.

Parecía genuinamente sorprendido. Bosch señaló a Chu y sacó una imagen impresa de la fotografía de ficha policial de Chang del maletín que le mostró a Lau. Mientras éste la estudiaba, Bosch pasó a otro lugar de la sala para observarlo desde un ángulo diferente. No quería pararse. Eso ayudaría a pillar a Lau con la guardia baja.

Lau negó con la cabeza después de mirar la foto.

—No, no lo conozco. ¿De qué tiroteo están hablando?

—Deje que hagamos nosotros las preguntas por ahora —dijo Bosch—. Luego pasaremos a las suyas. Su vecina ha dicho que es guionista.

—Sí.

—¿Ha escrito algo que pueda haber visto?

—No.

—¿Cómo lo sabe?

—Porque nunca se ha rodado ningún guión mío. No hay nada que pueda haber visto.

—Bueno, ¿entonces quién paga esta hermosa casa en la playa?

—La pago yo. Me pagan por escribir, pero nunca he hecho nada que llegue a pantalla. Requiere tiempo, ¿sabe?

Bosch se colocó detrás de Lau y el joven tuvo que volverse en su cómodo asiento para seguirle la pista.

—¿Dónde se educó, Henry?

—En San Francisco. Vine aquí a la facultad y me quedé.

—¿Nació allí?

—Sí.

—¿Es de los Giants o de los Dodgers?

—De los Giants, claro.

—Lástima. ¿Cuándo fue la última vez que estuvo usted en South LA?

La pregunta pilló desprevenido a Lau. Tuvo que pensar antes de responder. Negó con la cabeza.

—No lo sé, hace al menos cinco o seis años. Hace mucho.

Me gustaría que me dijeran de qué trata esto, porque así podría ayudarles.

—Entonces, si alguien dice que lo vio allí la semana pasada, ¿estaría mintiendo?

Lau hizo una mueca como si se tratara de un juego.

—O eso o se confundió. Ya sabe lo que dicen.

—No, ¿qué dicen?

—Que todos nosotros nos parecemos.

Lau sonrió de oreja a oreja y miró a Chu en busca de confirmación. Chu mantuvo su posición y sólo le devolvió una mirada dura.

—¿Y en Monterey Park? —preguntó Bosch.

—¿Se refiere a si he estado allí?

—Sí, a eso me refiero.

—He ido allí un par de veces a cenar, pero no merece la pena el viaje.

—Así pues, ¿no conoce a nadie en Monterey Park?

—No, la verdad es que no.

Bosch había estado trazando círculos, planteando preguntas generales y encerrando a Lau. Era el momento de estrechar el círculo.

—¿Dónde está su pistola, señor Lau?

Lau puso los pies en el suelo. Miró a Chu y luego de nuevo a Bosch.

—¿Esto es por mi pistola?

—Hace seis años compró y registró una Glock 19. ¿Puede decirnos dónde está?

—Sí, claro. En la caja fuerte de la mesita, donde siempre.

—¿Está seguro?

—Vale, deje que lo adivine. El señor Capullo del número 8 me vio con ella en la terraza después del tiroteo de la playa y me ha denunciado.

—No, Henry, no hemos hablado con el señor Capullo. ¿Me está diciendo que tenía la pistola después del tiroteo de la playa?

—Exacto. Oí disparos allí y un grito. Estaba en mi propiedad y tengo derecho a protegerme.

Bosch hizo una seña a Chu. Éste abrió la corredera y salió a la terraza, cerrando la puerta tras de sí. Sacó el teléfono para hacer una llamada sobre el tiroteo de la playa.

—Mire, si alguien dice que disparé, miente —dijo Lau.

Bosch se lo quedó mirando un buen rato. Sentía que faltaba algo, una pieza que todavía no conocía.

—Que yo sepa, nadie ha dicho eso —dijo.

—Entonces, por favor, ¿de qué se trata?

—Se lo he dicho: se trata de su pistola. ¿Puede mostrárnosla?

—Claro, iré a buscarla.

Se levantó de la silla y se dirigió a la escalera.

—Henry —dijo Bosch—, espere. Vamos a acompañarle.

Lau miró hacia atrás desde la escalera.

—Como quieran. Acabemos con esto.

Bosch se volvió hacia la terraza. Chu estaba entrando por la puerta. Siguieron a Lau al piso de arriba y luego por un pasillo que iba hacia la parte de atrás. Había fotografías enmarcadas, carteles de cine y diplomas a ambos lados. Pasaron junto a una puerta abierta de un cuarto que se usaba como estudio y luego entraron en el dormitorio principal, una espléndida habitación con techo de tres metros y medio de altura y ventanas de tres metros que daban a la playa.

—He llamado a la División Pacífico —dijo Chu a Bosch—. El tiroteo fue la noche del día 1. Hay dos sospechosos detenidos.

Bosch repasó mentalmente el calendario. El día fue el martes, una semana antes del asesinato de John Li.

Lau se sentó en la cama sin hacer junto a una mesita de dos cajones. Abrió el primero y sacó una caja de acero con asa en la parte superior.

—Déjela ahí —dijo Bosch.

Lau dejó la caja en la cama y se levantó con las manos en alto.

—Eh, no iba a hacer nada. Me ha pedido que se la enseñe.

—¿Por qué no deja que mi compañero abra la caja? —dijo Bosch.

—Adelante.

—Detective.

Bosch sacó unos guantes de látex del bolsillo de la chaqueta y se los pasó a Chu. Luego se acercó a Lau para tenerlo a un brazo de distancia por si tenía que actuar.

—¿Por qué compró la pistola, Henry?

—Porque vivía en una ratonera entonces y había pandilleros por todas partes. Pero tiene gracia; pagué un millón de dólares por esta casa y aún están ahí en la playa, pegando tiros.

Chu se puso el segundo guante y miró a Lau.

—¿Nos da permiso para abrir esta caja? —preguntó.

—Claro, adelante. No sé de qué va todo esto, pero ¿por qué no? Ábrala. La llave está en un pequeño gancho en la parte de atrás de la mesa.

Chu palpó detrás de la mesita y encontró la llave. Abrió la caja. Había una bolsa de fieltro para pistolas en medio de papeles doblados y sobres. También vio un pasaporte y una caja de balas. Chu levantó con cuidado la bolsa y la abrió, sacando una semiautomática negra. La giró y la examinó.

—Una caja de balas Cor Bon de nueve milímetros, una Glock 19. Creo que es todo, Harry.

Abrió el cargador y examinó las balas a través de la rendija. Luego sacó la bala de la recámara.

—Cargada y lista para usar.

Lau dio un paso hacia la puerta, pero Bosch inmediatamente le puso la mano en el pecho para detenerlo y lo hizo retroceder contra la pared.

—Mire —dijo Lau—, no sé de qué va esto pero me están asustando. ¿Qué coño está pasando?

Bosch mantuvo una mano en su pecho.

—Sólo hábleme de la pistola, Henry. La tenía la noche del día 1. ¿Ha estado en su posesión todo el tiempo desde entonces?

—No, yo… Ahí es donde la guardo.

—¿Dónde estuvo el martes pasado a las tres de la tarde?

—La semana pasada estuve aquí. Creo que estuve aquí, trabajando. No empezamos a rodar hasta el martes.

—¿Trabaja aquí solo?

—Sí, trabajo solo. Escribir es un oficio solitario. No, ¡espere! ¡Espere! El martes pasado estuve en la Paramount todo el día. Tuvimos una lectura del guión con el reparto. Estuve allí toda la tarde.

—¿Y habrá gente que responderá por usted?

—Al menos una docena. El capullo de Matthew McConaughey puede dar fe. Estaba allí. Es el protagonista.

Bosch cambió radicalmente, golpeando a Lau con una pregunta diseñada para hacerle perder el equilibrio. Era sorprendente las cosas que caían de los bolsillos de la gente cuando los agitabas adelante y atrás con preguntas aparentemente inconexas.

—¿Está relacionado con una tríada, Henry?

Lau soltó una carcajada.

—¿Qué? ¿Qué coño están…? Mire, me voy de aquí…

Apartó la mano de Bosch y se separó de la pared para dirigirse a la puerta. Era un movimiento para el que Harry estaba preparado. Cogió a Lau del brazo, lo hizo girar, le trabó el tobillo y lo lanzó boca abajo en la cama. Se arrodilló sobre su espalda para esposarlo.

—¡Esto es una locura! —gritó Lau—. ¡No pueden hacer esto!

—Cálmese, Henry, sólo cálmese —dijo Bosch—. Vamos a ir al Centro y vamos a aclararlo todo.

—¡Pero tengo una película! He de estar en el plató dentro de tres horas.

—A la mierda las películas, Henry. Esto es la vida real, y vamos al centro.

Bosch lo sacó de la cama y lo orientó a la puerta.

—Dave, ¿lo tiene todo?

—Sí.

—Entonces, adelante.

Chu salió de la habitación con la caja metálica que contenía la Glock. Bosch lo siguió, manteniendo a Lau delante de él y con una mano en la cadena entre las esposas. Recorrieron el pasillo, pero cuando llegaron a lo alto de la escalera, Bosch tiró de las esposas como de las riendas de un caballo y se detuvo.

—Espere un momento. Vuelva aquí.

Hizo caminar a Lau hacia atrás hasta la mitad del pasillo. Algo había captado la atención de Bosch al pasar, pero no lo había registrado hasta llegar a la escalera. Miró de nuevo el diploma enmarcado de la Universidad del Sur de California. Lau se había graduado en Arte en 2004.

—¿Fue a la USC? —preguntó Bosch.

—Sí, a la facultad de cine, ¿por qué?

Tanto la universidad como el año de graduación coincidían con el diploma que Bosch había visto en la oficina de la parte de atrás de Fortune Fine Foods & Liquor. Y además estaba la conexión china. Bosch sabía que un montón de jóvenes iban a la USC y varios miles se graduaban cada año, muchos de ellos de origen chino. Pero nunca había confiado en las coincidencias.

—¿Conoce a un tipo de la USC llamado Robert Li, ele, i?

Lau asintió.

—Sí, lo conozco. Era mi compañero de piso.

Bosch sintió que de repente las piezas empezaban a encajar con una fuerza innegable.

—¿Y Eugene Lam? ¿Lo conoce?

Lau asintió otra vez.

—Sí. También era mi compañero de habitación entonces.

—¿Dónde?

—Como le he dicho, en una ratonera en territorio de bandas, cerca del campus.

Bosch sabía que la USC era un oasis de educación elegante y caro rodeado por barrios conflictivos donde la seguridad era un elemento que considerar. Años atrás una bala perdida de un tiroteo entre bandas había herido a un jugador de fútbol americano en el campo de entrenamiento.

—¿Por eso compró la pistola? ¿Para protegerse allí?

—Exactamente.

Chu se dio cuenta de que se habían quedado atrás y volvió corriendo por la escalera y por el pasillo.

—Harry, ¿qué pasa?

Bosch levantó su mano libre para señalarle a Chu que esperara en silencio. Volvió a hablarle a Lau.

—¿Y esos tipos sabían que compró la pistola hace seis años?

—Fuimos juntos. Me ayudaron a elegirla. ¿Por qué...?

—¿Aún son amigos? ¿Mantienen el contacto?

—Sí, pero ¿qué tiene que ver eso con...?

—¿Cuándo fue la última vez que vio a alguno de ellos?

—Los vi a los dos la semana pasada. Jugamos a póquer casi cada semana.

Bosch miró a Chu. El caso acababa de abrirse como una nuez.

—¿Dónde, Henry? ¿Dónde juegan?

—La mayoría de las veces aquí. Robert aún vive con sus padres y Huge tiene una casa pequeña en el valle. Yo tengo la playa aquí...

—¿Qué día jugaron la semana pasada?

—El miércoles.

—¿Está seguro?

—Sí, porque recuerdo que fue la noche anterior a que empezara mi rodaje y yo no quería jugar. Pero se presentaron y jugamos un rato. Fue una noche corta.

—¿Y la vez anterior? ¿Cuándo fue?

—La semana anterior. El miércoles o jueves, no lo recuerdo.

—Pero ¿fue después del tiroteo en la playa?

Lau se encogió de hombros.

—Sí, casi seguro. ¿Por qué?

—¿Y la llave de la caja? ¿Alguno de ellos podía saber dónde estaba la llave?

—¿Qué han hecho?

—Sólo responda la pregunta, Henry.

—Sí, lo sabían. Les gustaba sacar la pistola de vez en cuando y jugar con ella.

Bosch sacó sus llaves y quitó las esposas a Lau. El guionista se volvió y empezó a masajearse las muñecas.

—Siempre me he preguntado cómo era —dijo— para poder escribir sobre eso. La última vez estaba demasiado borracho para recordarlo.

Finalmente levantó la cabeza y se encontró con la mirada intensa de Bosch.

—¿Qué pasa?

Bosch le puso una mano en el hombro y lo hizo dirigirse otra vez hacia la escalera.

—Bajemos a hablar al salón, Henry. Creo que hay muchas cosas que puede contarnos.

45

*E*speraban a Eugene Lam en el callejón de detrás de Fortune Fine Foods & Liquor. Había un pequeño aparcamiento para empleados entre una fila de contenedores de basura y cartón apilado. Era jueves, dos días después de su visita a Henry Lau, y el caso estaba a punto de cerrarse. Habían usado el tiempo para recoger pruebas y preparar una estrategia. Bosch también había aprovechado para matricular a su hija en la escuela del pie de la colina. Había empezado las clases esa mañana.

Creían que Eugene Lam era quien había disparado, pero también el más débil de los dos sospechosos. Lo detendrían primero a él, y luego a Robert Li. Estaban a punto, y mientras Bosch vigilaba el aparcamiento, sintió la certeza de que el asesinato de John Li quedaría comprendido y resuelto al final del día.

—Allá vamos —dijo Chu.

Apuntó a la salida del callejón. El coche de Lam acababa de girar.

Dejaron a Lam en la primera sala de interrogatorios para que se cociera un rato. El tiempo siempre jugaba a favor del interrogador, nunca del sospechoso. En Robos y Homicidios llamaban a eso «sazonar el asado». Dejabas que el sospechoso se marinara con el tiempo; siempre lo dejaba más tierno. Bojing Chang había sido la excepción a esta regla: no había dicho ni una palabra y había aguantado como una roca. La inocencia te daba esa resolución, y eso era algo que Lam no tenía.

Una hora más tarde, después de hablar con un fiscal de la oficina del distrito, Bosch entró en la sala con una caja de cartón que contenía las pruebas del caso y se sentó enfrente de Lam. El sospechoso levantó la cabeza con ojos asustados, como siempre sucedía después de un periodo de aislamiento. Lo que era una hora fuera, parecía una eternidad dentro. Bosch dejó la caja en el suelo y cruzó los brazos sobre la mesa.

—Eugene, estoy aquí para explicarle cómo va a ser su vida —empezó—. Así que escuche atentamente lo que he de decirle. Tiene que tomar una importante decisión. Va a ir a prisión, sobre eso no cabe ninguna duda. Pero lo que vamos a decidir en los próximos minutos es durante cuánto tiempo estará allí. Puede que hasta que sea un hombre muy mayor o hasta que le claven una jeringuilla en el brazo y lo maten como a un perro... O puede darse una oportunidad de recuperar su libertad algún día. Es un hombre muy joven, Eugene. Espero que tome la decisión correcta. —Hizo una pausa y esperó, pero Lam no reaccionó—. Es gracioso. He hecho esto mucho tiempo y me he sentado ante una mesa como ésta ante un montón de hombres que han matado. No puedo decir que todos fueran personas malvadas. Algunos tenían razones y a otros fueron manipulados. Los engañaron.

Lam negó con la cabeza en una representación de valor.

—Les he dicho que quiero un abogado. Conozco mis derechos. No pueden hacerme preguntas una vez que pido un abogado.

Bosch asintió en señal de asentimiento.

—Sí, tiene razón en eso, Eugene. Toda la razón. Una vez que invoca sus derechos no podemos interrogarle. No está permitido. Pero mire, por eso no le estoy preguntando nada. Sólo le estoy diciendo cómo va a ser, explicándole que ha de tomar una decisión. El silencio es sin duda una opción, pero si ésta es la que elige, no volverá a ver el mundo exterior.

Lam negó con la cabeza y miró la mesa.

—Déjeme solo, por favor.

—Quizá le ayudaría si resumo las cosas y le doy una imagen más clara de su situación. ¿Ve?, estoy perfectamente dispuesto a compartirlo con usted. Le enseño toda mi mano porque, ¿sabe?, es una escalera real. Juega a póquer, ¿verdad? Sabe que esa mano es imbatible. Y eso es lo que tengo: una puta escalera de color.

Bosch hizo una pausa. Veía la curiosidad en los ojos de Lam, que no podía evitar preguntarse qué pruebas tenían contra él.

—Sabemos que hizo el trabajo sucio en esto, Eugene. Entró en esa tienda y mató al señor Li a sangre fría. Pero estamos casi seguros de que no fue idea suya. Fue Robert quien lo mandó a matar a su padre, y es a él a quien queremos. Tengo a un ayudante del fiscal del distrito sentado en la otra sala y está dispuesto a hacer un trato: de quince a perpetua si nos da a Robert. Cumplirá los quince seguro, pero después de eso tendrá una oportunidad de libertad. Si convence a un tribunal de condicional de que fue una víctima, de que lo manipuló un maestro, saldrá libre… Podría ocurrir. Pero si va en el otro sentido, echa los dados. Si pierde, está acabado. Estamos hablando de morir en prisión dentro de cincuenta años si el jurado no decide que le claven antes la inyección letal.

—Quiero un abogado —dijo Lam en voz baja.

Bosch asintió y respondió con resignación en la voz.

—Vale, es su decisión. Le conseguiremos un abogado.

Levantó la mirada a la cámara del techo y se llevó un teléfono imaginario al oído.

Luego volvió a mirar a Lam y supo que no iba a convencerlo sólo con palabras. Era el momento de mostrar sus cartas.

—Muy bien, vamos a llamar. Si no le importa, mientras esperamos le voy a enseñar unas cosas. Puede compartirlas con su abogado cuando llegue.

—Como quiera —dijo Lam—. No me importa lo que diga si me trae un abogado.

—Muy bien, pues empecemos por la escena del crimen. Había unas cuantas cosas que me inquietaron desde el principio. Una era que el señor Li tenía la pistola debajo del mostrador y no tuvo ocasión de sacarla. Otra era que no había heridas en la cabeza. Al señor Li le dispararon tres veces en el pecho y eso fue todo. Ningún disparo en la cara.

—Muy interesante —dijo Lam con sarcasmo.

Bosch no le hizo caso.

—¿Y sabe lo que me dice todo esto? Me dice que Li probablemente conocía a su asesino y que no se sintió amenazado. También que era una cuestión de negocios. No era venganza, no era personal; sólo negocios.

Bosch cogió la caja y sacó la tapa. Buscó en el interior la bolsa de plástico de pruebas que contenía el casquillo encontrado en la garganta de la víctima. Lo arrojó en la mesa, delante de Lam.

—Aquí está, Eugene. ¿Se acuerda de que lo buscó? Pasó al otro lado del mostrador, movió el cuerpo, preguntándose qué demonios había pasado con el casquillo. Pues aquí está. Es el único error que hace que todo le caiga encima.

Hizo una pausa mientras Lam miraba el casquillo y el miedo se alojaba permanentemente en sus ojos.

—Nunca hay que dejar atrás un soldado. ¿No es la regla del que dispara? Pero usted lo hizo. Dejó atrás un soldado y eso nos llevó hasta su puerta.

Bosch cogió la bolsa y la sostuvo entre los dedos.

—Había una huella en el casquillo, Eugene. La hemos conseguido con una cosa llamada potenciación electrostática, PE. Es una ciencia nueva para nosotros. La huella que hemos conseguido pertenece a su antiguo compañero de piso, Henry Lau. Nos llevó a Henry, que se mostró muy dispuesto a colaborar. Dijo que la última vez que disparó y volvió a cargar la pistola fue en una galería de tiro hace ocho meses. Su huella dactilar estuvo todo este tiempo en el casquillo.

Harry cogió la caja y sacó la pistola de Henry Lau, que aún estaba en la bolsa de fieltro negro. Sacó el arma y la dejó sobre la mesa.

—Fuimos a ver a Henry y nos dio el arma. La verificamos en balística ayer y sí, es nuestra arma homicida. Es la pistola que mató a John Li en Fortune Liquors el 8 de septiembre. El problema es que Henry Lau tiene una coartada sólida para la hora de los disparos: estaba en una habitación con otras trece personas. Tiene incluso a Matthew McConaughey como testigo de coartada. Luego, además de eso, nos dijo que no ha prestado su pistola a nadie.

Bosch se recostó y se rascó la barbilla con la mano, como si todavía estuviera tratando de entender cómo la pistola terminó usándose para matar a John Li.

—Maldita sea, era un gran problema, Eugene. Pero luego, por supuesto, tuvimos suerte. Las buenas personas muchas veces tenemos suerte. Usted nos dio suerte, Eugene. —Hizo una pausa para causar efecto y luego asestó el golpe final—. Ya ve, el que usó la pistola de Henry para matar a John Li la limpió y volvió a cargarla después para que Henry nunca supiera que habían usado su arma para matar a un hombre. Era un buen plan, pero cometió un error. —Bosch se inclinó sobre la mesa y miró a Lam a los ojos. Giró la pistola en la mesa para que el cañón apuntara al pecho del sospechoso—. Una de las balas que volvió a colocar en el cargador tenía una huella legible de pulgar. De su pulgar, Eugene. La comparamos con la huella que le tomaron cuando cambió su licencia de conducir de Nueva York a California.

Los ojos de Lam lentamente se alejaron de Bosch por la mesa.

—Todo esto no significa nada —dijo. Había poca convicción en su voz.

—¿No? —respondió Bosch—. ¿En serio? No lo sé. Yo creo que significa mucho, Eugene. Y el fiscal que está al otro lado de la cámara piensa lo mismo. Dice que suena a portazo de prisión, con usted en el peor lado.

Bosch cogió la pistola y la bolsa con el casquillo y volvió a ponerlos en la caja. La cogió con las dos manos y se levantó.

—Así que ahí estamos, Eugene. Piense en todo eso mientras espera a su abogado.

Bosch se movió despacio hacia la puerta. Esperaba que Lam le pidiera que parara y volviera, que quería hacer un trato. Pero el sospechoso no dijo nada. Harry se puso la caja bajo un brazo, abrió la puerta y salió.

Bosch llevó la caja a su cubículo y la dejó caer pesadamente en la mesa. Miró al cubículo de su compañero para asegurarse de que aún estaba vacío. Ferras se había quedado en el valle de San Fernando para vigilar a Robert Li. Si se enteraba de que Lam estaba detenido y posiblemente hablando, tal vez intentara huir. A Ferras no le había gustado el encargo de hacer de niñera, pero a Bosch no le importaba. Ignacio se había desplazado a la periferia de la investigación y allí iba a quedarse.

Enseguida entraron en el cubículo Chu y Gandle, que habían vigilado la jugada de Bosch con Lam desde el otro lado de la cámara, en la sala de vídeo.

—Te dije que era una mano débil —dijo Gandle—. Sabemos que es un chico listo. Tenía que llevar guantes cuando recargó el arma. Una vez ha sabido que estabas jugando con él, hemos perdido.

—Bueno —dijo Bosch—. Creíamos que era lo mejor que teníamos.

—Yo estoy de acuerdo —dijo Chu, mostrando su apoyo a Bosch.

—Vamos a tener que soltarlo —dijo Gandle—. Sabemos que tuvo la oportunidad de coger el arma, pero no tenemos ninguna prueba de que lo hiciera. La oportunidad no basta. No puedes ir al tribunal sólo con eso.

—¿Es lo que ha dicho Cook?

—Eso era lo que estaba pensando.

Abner Cook era el ayudante del fiscal que había ido a observar en la sala de vídeo.

—¿Dónde está, por cierto?

Como para responder por sí mismo, Cook gritó el nombre de Bosch desde el otro lado de la sala de brigada.

—¡Vuelva aquí!

Bosch se enderezó y miró por encima de la mampara. Cook estaba haciéndole ostentosamente señas desde la puerta de la sala de vídeo. Harry se levantó y empezó a caminar hacia él.

—Le está llamando —dijo Cook—. ¡Vuelva ahí!

Bosch aceleró el paso y cruzó la puerta de la sala de interrogatorios, luego frenó y recobró la compostura antes de abrir la puerta para entrar con mucha calma.

—¿Qué pasa? —dijo—. Llamamos a su abogado y está en camino.

—¿Y el trato? ¿Sigue en pie?

—De momento. El fiscal está a punto de irse.

—Que venga. Quiero el trato.

Bosch entró del todo y cerró la puerta.

—¿Qué vas a darnos, Eugene? Si quieres hacer un trato, he de saber qué ofreces. Llamaré al fiscal cuando sepa qué hay sobre la mesa.

Lam asintió.

—Le daré a Robert Li… y a su hermana. Todo el plan fue de ellos. El viejo era tozudo y no quería cambiar. Necesitaban cerrar esa tienda y abrir otra en el valle, una que diera dinero.

Pero el viejo dijo que no. Siempre decía que no y al final Rob no aguantó más.

Bosch se sentó, tratando de ocultar su sorpresa sobre la implicación de Mia.

—¿Y la hermana formaba parte de esto?

—Fue ella la que lo planeó. Salvo...

—¿Salvo qué?

—Quería que los matara a los dos: a la madre y al padre. Quería que llegara antes y los matara a los dos. Pero Robert me dijo que no; no quería hacer daño a su madre.

—¿De quién fue la idea de que pareciera obra de la tríada?

—Fue idea de Mia y luego Robert lo planeó. Sabían que la policía se lo tragaría.

Bosch asintió. Apenas conocía a Mia, pero sabía lo suficiente de su historia para sentirse triste por todo ello.

Levantó la vista a la cámara del techo, esperando que su mirada enviara a Gandle el mensaje de que había que poner a alguien a localizar a Mia Li para que los equipos de detención actuaran simultáneamente.

Bosch volvió a centrarse en Lam, que miraba la mesa con expresión de derrota.

—¿Y usted, Eugene? ¿Por qué participó en esto?

Lam negó con la cabeza. Bosch captó el arrepentimiento en su rostro.

—No lo sé. Robert me amenazó con echarme porque la tienda de su padre estaba perdiendo mucho dinero. Me dijo que podía salvar mi empleo... y que cuando abrieran la segunda tienda en el valle la dirigiría yo.

No era una respuesta más penosa que otras que Bosch había escuchado a lo largo de los años. No había sorpresas cuando se trataba de móviles para asesinar.

Trató de pensar en cualquier cabo suelto del que debiera ocuparse antes de que Abner Cook entrara a cerrar el trato.

—¿Y Henry Lau? ¿Le dio la pistola o la cogió sin que él lo supiera?

—La cogimos, yo lo hice. Estábamos jugando al póquer una noche en su casa y dije que tenía que ir lavabo. Fui al dormitorio y la cogí. Sabía dónde guardaba la llave de la caja. Luego la devolví la siguiente vez que jugamos. Formaba parte del plan. Creíamos que no se enteraría nunca.

Todo parecía perfectamente plausible para Bosch. Además, Harry sabía que una vez que el trato fuera definitivo y lo firmaran Cook y Lam, podría interrogar más en detalle al asesino sobre el resto de cuestiones relativas al caso. Sólo le quedaba un último aspecto por cubrir antes de traer a Cook.

—¿Y Hong Kong? —preguntó.

Lam parecía confundido por la pregunta.

—¿Hong Kong? —preguntó—. ¿Qué pasa?

—¿Quién de ustedes tiene relación allí?

Lam negó con la cabeza, desconcertado. A Bosch le pareció que no fingía.

—No sé qué quiere decir. Mi familia es de Nueva York, no de Hong Kong. No tengo relación allí y, por lo que yo sé, tampoco Robert ni Mia. De Hong Kong no hablamos.

Bosch pensó en ello. Ahora estaba confundido. Algo no conectaba.

—Está diciendo que por lo que sabe, ni Robert ni Mia hicieron llamadas a nadie sobre el caso o la investigación.

—No, que yo sepa. No creo que conozcan a nadie.

—¿Y Monterey Park? La tríada a la que estaba pagando el señor Li.

—Eso lo sabíamos, y Robert sabía cuándo pasaba Chang a cobrar cada semana. Así lo planeó. Esperé y cuando vi que Chang salía de la tienda, entré. Robert me dijo que me llevara el disco de la máquina, pero que dejara los otros allí. Sabía que en uno de ellos salía Chang y que la policía lo vería como una pista.

Un buen elemento de manipulación por parte de Robert, pensó Bosch. Y él había mordido el cebo, como estaba planeado.

—¿Qué le dijeron a Chang cuando llegó a la tienda la otra noche?

—Eso también formaba parte del plan. Robert sabía que iría a cobrarle.

Bajó la mirada y se apartó del escrutinio de Bosch. Parecía avergonzado.

—¿Qué le dijo? —le instó Bosch.

—Robert le dijo que la policía nos había mostrado su foto y

que nos habían dicho que había cometido el crimen. Le dijo que la policía lo buscaba y que lo detendría. Pensamos que huiría, que se iría de la ciudad y parecería que había cometido el crimen. Si volvía a China y desaparecía, eso nos ayudaría.

Bosch miró a Lam cuando el sentido y las ramificaciones de la afirmación empezaron a hundirse lentamente en la sangre oscura de su corazón. Lo habían manipulado desde el principio hasta el final.

—¿Quién me llamó? —preguntó—. ¿Quién llamó y me dijo que me alejara del caso?

Lam asintió lentamente.

—Fui yo —dijo—. Robert escribió un guión y yo hice la llamada desde una cabina. Lo siento, detective Bosch. No quería asustarle pero tenía que hacer lo que me dijo Robert.

Bosch asintió. Él también lo lamentaba, pero no por las mismas razones.

46

$\mathcal{A}$l cabo de una hora, Bosch y Cook salieron de la sala de interrogatorios con una confesión completa y un acuerdo de cooperación de Eugene Lam. Cook anunció que presentaría cargos de inmediato contra el asesino así como contra Robert y Mia Li. El ayudante del fiscal dijo que había pruebas más que suficientes para proceder a la detención de la hermana y el hermano.

Bosch se reunió con Chu, Gandle y otros cuatro detectives en la sala de reuniones para discutir los procedimientos de detención. Ferras aún estaba vigilando a Robert Li, pero Gandle dijo que un detective enviado a la casa de Li en el distrito de Wilshire había informado de que el coche familiar había desaparecido y que parecía que no había nadie en la casa.

—¿Esperamos a que aparezca Mia o detenemos a Robert antes de que empiece a preguntarse por Lam? —preguntó Gandle.

—Creo que hemos de actuar —dijo Bosch—. Ya se estaba preguntando dónde estaba Lam. Si empieza a sospechar, podría huir.

Gandle miró al resto de los reunidos por si había una protesta. No la hubo.

—Vale, entonces vamos de uno en uno —dijo—. Detenemos a Robert en la tienda y luego vamos a buscar a Mia. Quiero a los dos detenidos antes de que termine el día. Harry, llama a tu compañero y confirma la ubicación de Robert. Dile que estamos en camino. Iré contigo y con Chu.

Era inusual que el teniente saliera de la oficina, pero el caso trascendía la rutina. Aparentemente quería estar allí cuando se acercara la detención.

Todos se levantaron y empezaron a abandonar la sala de

reuniones. Bosch y Gandle se quedaron atrás. Harry sacó el teléfono y pulsó el número de marcación rápida de Ferras. La última vez que había hablado con él aún estaba en el coche, vigilando Fortune Fine Foods & Liquor desde el otro lado de la calle.

—¿Sabes lo que aún no comprendo, Harry? —preguntó Gandle.

—No, ¿qué no entiendes?

—¿Quién secuestró a tu hija? Lam asegura que no sabía nada de eso, y en este momento no tiene razones para mentir. ¿Aún crees que fue la gente de Chang, aunque ahora sabemos que era inocente del crimen?

Contestaron la llamada de teléfono antes de que Bosch pudiera responder a Gandle.

—Ferras.

—Soy yo —dijo Bosch—. ¿Dónde está Li?

Levantó un dedo a Gandle para que esperara mientras respondía la llamada.

—Está en la tienda —dijo Ferras—. Tenemos que hablar, Harry.

Bosch sabía por la tensión en la voz de su compañero que no era de Robert Li de lo que Ferras quería hablar. Mientras estaba sentado solo en su coche toda la mañana, algo se estaba pudriendo en su cerebro.

—Hablaremos después. Ahora mismo hemos de actuar. Hemos convencido a Lam, y nos lo va a dar todo: a Robert y a su hermana, que también formaba parte de esto. ¿Está ella en la tienda?

—No la he visto. Dejó a la madre, pero luego se fue.

—¿Cuándo fue eso?

—Hace una hora, más o menos.

Gandle, cansado de esperar y con la necesidad de prepararse para unirse a los equipos de detención, se dirigió a su despacho. Bosch se quedó pensando que por el momento estaba a salvo de tener que responder a la pregunta del teniente. Ya sólo tenía que tratar con Ferras.

—Bueno, quédate ahí —dijo—. Y avísame si algo cambia.

—¿Sabes qué, Harry?

—¿Qué, Ignacio? —respondió con impaciencia.

—No me has dado una oportunidad, tío.

Había un tono de lamento en su voz que puso a Bosch nervioso.

—¿Qué oportunidad? ¿De qué estás hablando?

—Estoy hablando de que le hayas dicho al teniente que quieres un nuevo compañero. Deberías haberme dado otra oportunidad. Está intentando trasladarme a Automóviles, ¿sabes? Dijo que yo no soy digno de confianza y que soy el que se ha de ir.

—Mira, Ignacio, han pasado dos años, ¿vale? Te he dado dos años de oportunidades. Pero ahora no es el momento de hablar de eso. Lo comentamos después, ¿eh? Espera, vamos en camino.

—No, espera tú, Harry.

Bosch hizo un momento de pausa.

—¿Qué coño quieres decir?

—Quiero decir que voy a ocuparme de Li.

—Ignacio, escúchame: estás solo. No entres en esa tienda hasta que llegue el equipo de detención, ¿entiendes? ¿Quieres ponerle las esposas? Bien, podrás hacerlo. Pero espera hasta que lleguemos.

—No necesito un equipo ni te necesito a ti, Harry.

Ferras colgó. Bosch le dio al botón de rellamada y empezó a dirigirse hacia la oficina del teniente.

Ferras no contestó y la llamada fue directamente al buzón de voz. Cuando Bosch entró en la oficina de Gandle, el teniente se estaba abotonando la camisa sobre un chaleco antibalas que se había puesto para el viaje de campo.

—Vámonos —dijo Bosch—. Ferras se ha desquiciado.

47

*D*espués de volver del funeral, Bosch se quitó la corbata y cogió una cerveza de la nevera. Salió a la terraza, se sentó en el sillón y cerró los ojos. Pensó en poner algo de música, tal vez un poco de Art Pepper para sacudirse la tristeza.

Pero se sentía incapaz de moverse. Se limitó a quedarse con los ojos cerrados y trató de olvidar en la medida de lo posible las últimas dos semanas. Sabía que era una tarea imposible de lograr, pero merecía la pena intentarlo, la cerveza le ayudaría, aunque sólo fuera de manera temporal. Era la última que quedaba en la nevera y se había prometido que sería la última para él. Ahora tenía una hija a la que educar y debía ser lo mejor posible para ella.

Como si pensar en ella hubiera conjurado su presencia, oyó la puerta corredera.

—Eh, Mads.

—Papá.

En esa única palabra la voz de la niña sonó diferente, inquieta. Abrió los ojos y miró entrecerrándolos al sol de la tarde. Maddie ya se había cambiado de ropa: llevaba pantalones tejanos y una camisa que había sacado de la bolsa que su madre le había preparado. Bosch se había fijado en que se ponía más las pocas cosas que su madre le había metido en la mochila en Hong Kong que toda la ropa que habían comprado juntos.

—¿Qué pasa?

—Quiero hablar contigo.

—Vale.

—Siento mucho lo de tu compañero.

—Yo también. Cometió un grave error y pagó por ello.

Pero no sé, no parece que el castigo fuera proporcional al error, ¿sabes?

La mente de Bosch pasó momentáneamente a la espantosa escena que se había encontrado en el interior de la oficina de gerencia de Fortune Fine Foods & Liquor. Ferras boca abajo en el suelo, con cuatro disparos en la espalda; Robert Li aterrorizado en un rincón, temblando y gimiendo, mirando el cuerpo de su hermana junto a la puerta. Después de matar a Ferras, Mia se suicidó. La señora Li, la matriarca de una familia de asesinos y víctimas, permanecía estoicamente de pie en el umbral cuando llegó Bosch.

Ignacio no vio venir a Mia. La joven había dejado a su madre en la tienda y se había marchado, pero algo la hizo volver. Se metió en el callejón y aparcó en la parte de atrás. Según especularon más tarde en la sala de brigada, Mia descubrió a Ferras vigilando y comprendió que la policía estaba al llegar. Fue a casa, cogió la pistola que su padre asesinado guardaba bajo el mostrador de su tienda y volvió a la tienda del valle. No quedó claro —y siempre sería un misterio— cuál era su plan. Quizás estaba buscando a Lam o a su madre, o quizá sólo estaba esperando a la policía. El caso es que regresó a la tienda y entró por la puerta de empleados de la parte de atrás a la vez que Ferras accedía por la puerta delantera para detener él sólo a Robert. Mia vio que el policía entraba en la oficina de su hermano y fue tras él.

Bosch se preguntó cuáles habrían sido los últimos pensamientos de Ignacio cuando le acribillaron las balas. Se preguntó si su joven compañero estaría asombrado de que un relámpago pudiera caer encima dos veces, la segunda para terminar el trabajo.

Bosch apartó la visión y los pensamientos. Se sentó más derecho y miró a su hija. Vio la carga de culpa en sus ojos y supo lo que se avecinaba.

—Papá.

—¿Qué pasa, peque?

—Yo también cometí un error. Pero no fui yo la que lo pagó.

—¿Qué quieres decir, cariño?

—La doctora Hinojos dice que tengo que descargarme. Que he de contar lo que me inquieta.

Le cayeron las lágrimas. Bosch se sentó de lado en el sillón, cogió a su hija de la mano y la guio a un asiento que estaba justo a su lado. Le pasó el brazo en torno a los hombros.

—Puedes decirme lo que sea, Madeline.

Ella cerró los ojos y se los tapó con una mano. Apretó la mano de su padre con la otra.

—Mataron a mamá por mi culpa —dijo—. La mataron a ella y deberían haberme matado a mí.

—Espera, un momento, un momento. Tú no eres responsable…

—No, espera. Escúchame. Sí que lo soy. Fue culpa mía, papá, y he de ir a prisión.

Bosch le dio un gran abrazo y la besó encima de la cabeza.

—Escúchame, Mads. No vas a ir a ninguna parte. Te vas a quedar aquí conmigo. Sé lo que ocurrió, pero eso no te convierte en responsable de lo que hicieron otras personas. No quiero que pienses eso.

Ella se echó atrás y lo miró.

—¿Lo sabes? ¿Sabes lo que hice?

—Confiaste en una persona equivocada… y el resto, todo lo demás, es culpa suya.

Ella negó con la cabeza.

—No, no. Todo fue idea mía. Sabía que vendrías y pensé que conseguirías que ella me dejara venir aquí contigo.

—Lo sé.

—¿Cómo lo sabes? —preguntó.

Bosch se encogió de hombros.

—No importa —dijo—. Lo que importa es que no podías saber lo que iba a hacer Quick, que cogería tu plan y lo haría suyo.

Maddie inclinó la cabeza.

—Da igual. Maté a mi madre.

—Madeline, no. Si hay alguien responsable, soy yo. La mataron por algo que no tenía nada que ver contigo. Fue un atraco y ocurrió porque yo fui estúpido, porque mostré mi dinero en un lugar donde nunca debería haberlo mostrado, ¿vale? Es culpa mía, no tuya. Cometí un error.

No había forma de calmarla o consolarla. Negó con la cabeza violentamente y con la fuerza lanzó lágrimas en el rostro de Bosch.

—Ni siquiera tendrías que haber estado allí, papá, si no hubiéramos mandado el vídeo. ¡Eso lo hice yo! ¡Sabía lo que pasaría! ¡Que subirías al primer avión! Quería escapar antes de que aterrizaras. Llegarías a Hong Kong y yo estaría bien, pero tú le dirías a mamá que no era un lugar seguro para mí y yo me vendría contigo.

Bosch se limitó a asentir. Había imaginado más o menos ese escenario días antes, cuando se había dado cuenta de que Bojing Chang no tenía nada que ver con el homicidio de John Li.

—Pero ahora mamá está muerta, y ellos están muertos. Todo el mundo está muerto y es culpa mía.

Bosch la agarró por los hombros y la hizo girar hacia él.

—¿Qué parte de esto le contaste a la doctora Hinojos?

—Nada.

—Vale.

—Quería decírtelo antes a ti. Ahora has de llevarme a la cárcel.

Bosch la abrazó y la apretó con fuerza contra su pecho.

—No, cielo, vas a quedarte aquí conmigo.

Le acarició suavemente el pelo y le habló con voz calmada.

—Todos nos equivocamos. Todo el mundo. A veces, como mi compañero, cometes un error y no puedes resarcirte; no tienes ocasión. Pero a veces sí la tienes, y podemos compensar nuestros errores. Los dos.

Los sollozos empezaron a remitir. La oyó sorber. Pensó que quizá por eso había acudido a él. Buscando una salida.

—Quizá podamos hacer algo bien y compensar por las cosas que hicimos mal. Nos resarciremos por todo.

—¿Cómo? —dijo en voz baja.

—Yo te enseñaré el camino. Te lo enseñaré y verás que podremos resarcirnos de esto.

Bosch asintió para sí. Abrazó a su hija con fuerza y deseó no tener que soltarla nunca.

Agradecimientos

No podría haber escrito este libro sin la ayuda de Steven Vascik y Dennis Wojciechowski. Steve me enseñó todo lo que necesité en Hong Kong, y Wojo encontró todo lo que necesité en Internet. Siempre les estaré agradecido.

También fueron de gran ayuda para mí Asya Muchnik, Bill Massey, Michael Pietsch, Shannon Byrne, Jane Davis, Siu Wai Mai, Pamela Marshall, Rick Jackson, Tim Marcia, Michael Krikorian, Terrill Lee Lankford, Daniel Daly, Roger Mills, Philip Spitzer, John Houghton y Linda Connelly. Muchas gracias a todos ellos.

Mi agradecimiento especial a William J. Bratton, jefe del Departamento de Policía de Los Ángeles entre 2002 y 2009, por abrirnos muchas puertas a mí y a Harry Bosch.

Michael Connelly

Michael Connelly decidió ser escritor tras descubrir la obra de Raymond Chandler. Con ese objetivo, estudió periodismo y narración literaria en la Universidad de Florida. Durante años ejerció como periodista de sucesos para dedicarse después la escritura.

El detective Harry Bosch, a quien presentó en su primera obra, *El eco negro*, protagoniza la mayoría de sus novelas posteriores, *Hielo negro*, *El poeta*, *Pasaje al paraíso*, *Luna funesta* y *Más oscuro que la noche*.

La obra de Connelly ha sido traducida a 35 idiomas y ha recibido numerosos premios, entre ellos el Pepe Carvalho, el Edgar o el Maltese Falcon.